日本妖怪物語（第三版）

日本のお化け物語

王新禧一著

【目錄】

第二章
大和時代

第三章 平安時代

第四章 幕府迷夢

第五章 戰國風雲

第六章 江戶時代

第七章
我是妖怪 我怕誰

附錄
細數百鬼

自序

櫻花之美與妖異之魅

「欲問大和魂，朝陽底下看山櫻。」櫻花熱烈、純潔，短暫燦爛隨即凋謝，不污不染、乾淨俐落，因此被看成日本精神的象徵，並尊為「國花」。

怪談，虛無縹緲、幻化無常，一個個幽靈鬼魅的傳說，帶著凜然幽微之美，在搖曳的燭光下，自講述人口中娓娓道來，不教人血脈賁張，卻讓不可思議的感覺悄悄爬上背脊……

日本，就是這樣一個具有鮮明兩面性的國家，既有櫻花之美，又兼妖異之魅。時而如櫻花般浪漫、文雅、溫和謙讓，時而又如鬼魅般殘酷、陰險、刻板古怪，甚至瘋狂。對於日本人，無論是孟德斯鳩還是本尼迪克特，都給出了一套複雜的刻劃。

善變的民族性格，造就了日本文化的獨特性與多樣性。在世界文明坐標中，其文化底蘊可說是一件「百衲衣」，主要由中國、歐美及日本本土諸種因素混和而成。說得直白點，日本就是個熱衷「拿來」別國文化後，再重新包裝販售的國家！但它「複製」的手段高明、技巧嫻熟，借鑒、模仿外來文明時，能迅速地吸納消化成為自身的嶄新創造力，進而推動本國文化發展。舉凡文學、繪畫、音樂、建築等諸領域，無不如是。而流傳千年，至今已蔚為壯觀的日本妖怪文化，亦是其中的一個典型。

《左傳》載：「天反時為災，地反物為妖。」不符合自然規律的事物就是「妖」。對人類而言，妖怪是不可思議的超自然現象，也是盡力隔絕的奇異存在。它們被視為不吉的威脅，或是愚昧的迷信。然而這兩種通常的看法，並無助於人類真正瞭解妖怪。即使有汗牛充棟的各類神怪作品可供考鑒，但依然無法盡釋人們心中的迷惑。

近年來在中國，神幻之風勁吹，西方的美人魚、獨角獸、半人馬、吸血鬼等等，伴隨著《魔戒》、《哈利波特》、《魔幻王國》等熱潮，席捲神州大地。但面對與我們一衣帶水、同文同脈的日本神幻文化，卻似乎欠缺必要的瞭解與透析。在白雪皚皚的富士山下、自怒濤洶湧的瀨戶內海、由繁茂蔥鬱的千葉之森、從薄霧籠罩的古墓墳場，走出了雪女、海坊主、狐妖、河童、天狗……夜行百鬼，群妖爭競，為我們打開一個華麗絢爛的幻想世界。那奇異的、遙遠的、全然陌生的鬼怪物語，像一枚枚葉子，舉起來對著太陽細看，脈絡中湧動著的是島國男女的辛酸、哀怨、喜樂、不捨，竟不可思議地使人有種奇特的親切感。究竟這如許眾多的日本妖怪，有如何的來歷身世？有怎樣的性格差異？又有哪些扣動心弦的傳說？就讓筆者提燈引路，放膽打開歷史與想像的魔法盒，帶您進入日本怪談的嘉年華吧！

這本書，以各自獨立的短篇串成，按時代順序，講述了日本的神話源起、奇談怪聞、妖怪的類型及特色等，自然，也免不了諸多人與妖之間的傳奇情事。筆者試圖以淡筆的巧述，結合細緻濃墨的描摹，將那些美麗的怨靈、蒼涼的悲哀、無奈的抉擇、枯寂的執念，真實刻劃於紙上。同時，熔知識性與趣味性於一爐，既有嚴謹治學的鉤沉梳理，又有民間說書講史的韻味。以那時那人那事的腔調語氣，緩緩鋪陳出情節，將本來駁雜繁複的「妖事」，從字裡行間立起來，還其鮮活的原貌。這許許多多讓我們歎氣、驚恐、頓足、思索的傳奇，與其說是談鬼說怪，不如說是摹畫人間景象。

筆者不敢妄稱打通「古今八脈」，在神話與歷史之間進得去又出得來。如果這本穿梭於人界和異界的書，能給奇幻、神話、靈異、歷史愛好者，以及諸位日本文化研究者細閱，哪怕薄物細故的裨益，那都將成為我如願以償的喜悅。

最後，小詩一首，以記今次日本怪談之旅：

浮生如繪夢，恍惚一青燈，
搖曳步步行，轉瞬雲煙散。
百鬼夜遊奇，野狐撞鐘異，

妖魅隨心生，儼然諸法相。
哭笑紛紛揚，不過逢場戲，
凝眸即消逝，轉身幽然在。
人生寄一世，奄忽若飆塵；
人生處一世，去若朝露晞。
虛無天地間，忽如遠行客；
生當復來歸，死當長相思。
幻夢終有破滅時，一切只是一瞬間。
閒看花開花落，可惜不在庭中。
牽攣如此意，邊走邊唱遊；
存亡永乖隔，一一隨同。

第一章

島國初誕

——天神創世，神話史詩

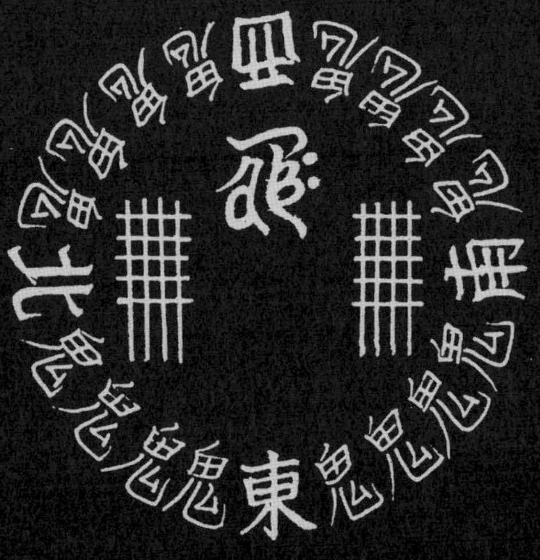

【「五別天神」創世】

與許多國家的神話一樣，日本神話也是由創世說開始的。遠古時宇宙初生，渾沌不清。不知過了多少載，清者上升為天，濁者沉落為地，天地於斯始分。眾神高高在上，居住的天上界稱為「高天原」；與此相對，凡人居住的世界便稱為「葦原中國」；而地下世界則是黃泉國。垂直三層的神話世界是日本神話體系的構想基礎。

天地形成之初，高天原上誕生了三尊天神：天之御中主神、高御產巢日神、神產巢日神。「天之御中主神」是天上界的最高主宰，代表著宇宙的根本，其名字的意義就是支配天庭中心，表示世界神聖的中心在天上。「高御產巢日神」則掌管萬物生育，而「神產巢日神」負責掌管幽冥界。他們的名字中都有「產」、「巢」這兩個字，顧名思義，就是共同代表著宇宙的生成力，意味著生命的孕育。此兩神相對即為陰陽兩儀。

當其時，下界的大地尚未成熟凝固，一片汪洋之上漂浮著一片幼稚的國土。這個國土沒有根，如同浮在水面上的油脂，只能像水母那樣在海面上漂浮不定。浮游中，國土逐漸萌生了一個像葦芽一樣的東西，它生命力極強，生長迅速，最後化成神，叫做「美葦芽彥知神」（意為由蘆葦芽生的俊美之神），代表著大地和海洋尚未分離時的生命中心。之後又誕生了一尊神，叫做「天之常立神」（意思是永遠的天庭之神），其職責是以強力永久支撐著天界。

以上五尊神合稱為「五別天神」，是日本神話體系中的最高神，也是第一代神。這五位神明皆為獨身，無性別，而且隱形不現。「他們」的出現，代表著世界就此創造。

【神世七代】

五尊特別天神誕生後不久，又誕生了第二代的十二尊天神：

國之常立神：「常立」之意是永恒、永久。天之常立神與國之常立神雖皆為高天原之神，但卻是天上與人間社會相對應的概念。國之常立神只負責掌管國土，是地上之神；

豐雲野神：表示天與地、地與海還無法區別時所出現的神；

「**宇比地邇神**」**與妹妹**「**巢土神**」：宇比地邇神是泥土之神，巢土神則是沙土之神；

「**角杙神**」**與妹妹**「**活杙神**」：角杙神和活杙神是樹木之神，表示植物的根莖開始萌發嫩芽；

「**大殿兒神**」**與妹妹**「**大殿部神**」：大殿兒神代表男性、大殿部神代表女性；

「**御面足神**」**與妹妹**「**敬畏神**」：御面足神代表面貌俊美，敬畏神則象徵思想意識的產生；

「**伊邪那岐命**」**與妹妹**「**伊邪那美命**」：神話時代最重要的神祇，一起創造了日本國土，掌管下界萬物生育的根本之神！

以上十二尊神，除了國之常立神與豐雲野神是獨身而且隱形不現外，其餘十尊都是兄妹成對的雙神，共五對。最前面的二尊獨身神各為一代，以後成雙的五對各為一代，並稱「神世七代」。

神世七代的誕生，象徵了土和水融合成稠泥狀，形成世界的雛形；植物的嫩芽開始長出，並且由白色的莖支撐大地，成為世界的中心支柱；男性、女性在神中誕生，象徵性別區分的開始；由於男女雙方互相示愛，因而結婚，生命開始繁衍。

【國土的誕生】

對於日本國的創造，日本神話的描述比較獨特。在其他國家的神話中，本國的世界通常是由一位男性神創造的，而在日本神話中，世界則是由男性神「伊邪那岐命」與女性神「伊邪那美命」共同創造的（「岐」、「美」是對男女的美稱；「命」是「尊」的意思，對神或貴人的稱呼，沒有特別意義）。

當時下界的國土，雖然已經有了蘆葦的支撐，但沒有根基的土地仍然不夠穩定，於是眾天神就指派伊邪那岐命和伊邪那美命去修固漂浮的國土。

二神遵命來到懸浮於天地之間的天浮橋上，俯視凡塵大地。透過翻飛的五彩祥雲，看那大海蔚藍，白浪如雪，天水相連，蒼蒼茫茫。遂將眾神所賜予的天沼矛（《日本書紀》中叫天之瓊矛）探入海水中並來回攪動，再將矛提起時，矛尖上殘留的海水滴下來，變成了鹽，鹽堆積起來，凝聚成島，這就是淤能碁呂島（意為自然凝結而成的島）。

島嶼形成後，伊邪那岐命和伊邪那美命降到島上，樹起天之御柱，並建立了一個名為「八尋殿」的巨大房屋。一日，伊邪那岐命問他的妹妹：「你的身體是如何形成的？」

伊邪那美命回答說：「我的身體是經過層層塑造而成的，已經完全長成了。但不知怎麼有一個地方卻凹了下去。」

伊邪那岐命說：「我的身體也長成了，但有一處正好與你的相反，凸了出來。我們可以嘗試用凹凸處相互結合，來生育我們的國土，如何？」

伊邪那美命欣然應允。於是他們相約圍繞天之御柱行走，並在相遇的地方結合。

⊙ 伊邪那岐命與伊邪那美命

伊邪那岐命便從左繞行，伊邪那美命從右繞行，當相遇時，伊邪那美命先開口說：「哎呀！你真是個英俊的好男子！」伊邪那岐命趕緊接道：「哎呀！你真是個美麗的好女子！」就這樣，二神完成了結婚儀式。

然而不幸的是，他們在神婚之後，生的第一個孩子竟然是水蛭子（指骨骼發育不全的胎兒），到了三歲仍不能站立。他們只好把這個孩子放在蘆葦船上，讓他順水流去。不久，他們又生了淡島，竟也是個怪物。

傷心的二神商量道：「我們生下的兩個孩子都不健全，是什麼原因呢？還是去請教天庭中的神吧！」於是他們一同回到高天原去見天神。

天神用焚燒鹿肩骨的占卜方法為二神占卜後說：「那是由於女子先說話而顛倒了男先女後秩序的緣故，所以才生出怪胎。這次回去重新結合，由男子先說話就能解決問題了。」

二神回來，照以前那樣繞著天之御柱行走。這次相遇時，伊邪那岐命搶先說：「哎呀！你真是個美麗的好女子！」伊邪那美命答道：「哎呀！你真是個英俊的好男子！」這樣說過之後，二神再次結合，須臾間，百花豐茂、鳥雀飛鳴，順利生下了九州、四國、隱岐國、筑紫島、對馬島、壹伎島、佐度島、本州島等八島，這八大島組成了日本國土的主要部分，所以日本古時又被稱為「大八島國」。此後二神又生「小六島」，共計十四個島，一起構成了凡人居住的「葦原中國」。

【第三代諸神】

伊邪那岐命和伊邪那美命生國土既畢，乃生諸神，是為第三代神。

第三代的諸神與世間萬物有著緊密的聯繫：包括房屋神、河神、海神、農業神、風神、原野神、船神、木神、山神、土神、火神等，一共三十五位。

不幸的是，在生第三十五位神——火神火之迦具土時，一場悲劇發生了，因為火神炙熱的身軀，伊邪那美命陰部被燒傷，受了重傷。伊邪那岐命竭力找來各種草藥，想要醫好妻子。但伊邪那美命的傷勢日益惡化，最終不治而亡。

伊邪那美命死後，伊邪那岐命非常悲傷，痛苦地嘔吐並排洩，嘔吐物和排洩物化成了金屬神、黏土神和穀物神。他痛不欲生，回想起兩人曾經的恩愛甜蜜，喃喃地說：「我親愛的妻子呵，竟因為一個兒子的緣故，就喪失了你嗎？」他匍匐在妻子的枕邊，又匍匐在妻子的腳旁，悲哀地哭泣，那晶瑩誠摯的淚水匯聚起來，化成了神，名叫「泣澤女神」。

痛哭之後，伊邪那岐命將伊邪那美命葬於出雲、伯耆二國界的比婆山，希望這個水草豐美的地方能讓妻子的靈魂得到超脫。接著，他拔出所佩的十拳劍（即十握長的劍，四指寬為一握），走向他的兒子火之迦具土：「雖然你是我的孩子，也不可饒恕啊！」說罷，便揮劍斬向火神。火神被殺死，濺在劍鋒上的血化為石拆神、根拆神、暗淤加美神、暗御津羽神等八位神。火神的頭、胸、腹、下體、四肢也分別化作了正鹿山津見神、淤縢山津見神、奧山津見神、暗山津見神等八位神。

殺死火神用的十拳劍，後被稱為「天之尾羽張」，又名「伊都之尾羽張」。

⊙ 國土誕生

【黃泉國】

時間的流逝並沒有沖淡伊邪那岐命失去妻子的悲痛，他朝思暮想，希望再見到伊邪那美命。於是，他打聽到了黃泉國之所在，打算去那兒尋妻。黃泉國即冥界，被認為是陰曹地府和生命歸宿的根源之地。一條蜿蜒的小路通往這個無底的深淵，入口有兩個，一個在出雲國，一個在海裡。在地府的水裡，集中了所有的罪孽，都是沖刷淨化罪惡靈魂後留下來的。在地府的各個房屋和宮殿裡，則住著男男女女的鬼怪。

伊邪那岐命來到黃泉國，在大殿門口遇到了伊邪那美命。妻子身上穿著生前最美的衣裳，梳著生前最漂亮的髮髻。伊邪那岐命見妻子美豔如昔，頓覺陰陽相隔的距離感消失了。他興奮異常，立即誠懇地請求說：「我與你受命創造國家，如今使命未完，你和我一道回去吧！我日夜想念你，實在捨不得你啊！」

伊邪那美命深情地說：「我又何嘗不在日夜思念你呢？可惜……」她顯得十分為難：「可惜呀！你怎麼不早些來？我已經吃了黃泉灶火所煮的飯食，身體也已經污濁了。不過，既然你是特意來找我，那我也願意回去！你等等，讓我和黃泉國的神商量一下。但是，在我交涉的這段時間裡，你絕對不能進來看我。」這樣囑咐之後，伊邪那美命就回到了殿裡。

時間過了很久，伊邪那岐命心急如焚，還不見妻子出來，實在是等得不耐煩了，就取下左髮髻上戴著的多齒木梳，折下一個邊齒，點起火來，到殿裡去看他的妻子。但面前的景象卻使他驚呆了：

只見伊邪那美命原先嬌美的身軀，已開始腐爛，上面流著膿血，爬滿一堆堆黃白色的蛆蟲，在一拱一拱地蠕動，令人作嘔。還有一陣陣腥臭之味撲鼻而來。她的旁邊，站著八個面目可憎的雷神在惡狠狠地盯著自己。

伊邪那岐命看到這番景象大吃一驚，嚇得倉皇而逃。伊邪那美命見丈夫違約，窺到了自己醜陋的模樣，深感受辱，羞憤交集，立即派黃泉醜女（醜惡事物的化身）、母夜叉在後面緊緊追趕。伊邪那岐命取下頭上的黑髮飾和梳子，扔到地上。黑髮飾上長出野葡萄，梳子變成了竹筍，黃泉醜女和母夜叉忙著吃葡萄和竹筍，放過了伊邪那岐命。

伊邪那美命又派八雷神率領一千五百名黃泉鬼軍追趕上來。伊邪那岐命一邊拔出所佩的十拳劍抵擋衝上來的雷神，一邊從附近的桃樹上摘下三個桃子，砸向黃泉鬼軍。黃泉鬼軍一見桃子，慌忙逃了回去。伊邪那岐命感激地對桃子說：「謝謝你幫助了我。今後，生活在葦原中國的人們若身處困境，還請多幫助他們。」從此以後，日本民間就認為桃可除魔辟邪。

就這樣，伊邪那岐命終於拚死逃到黃泉比良坂，這時醜陋的伊邪那美命也追到了。伊邪那岐命用千引石堵住黃泉比良坂，他們隔著千引石相對而立。伊邪那岐命決定與妻子斷絕關係，並發下了夫妻決絕的誓言。伊邪那美命恨恨地斥責道：「我的夫君呵，你竟然做出這樣無情的事來對待我，我要每日殺死一千個你國家的人民。」伊邪那岐命回答說：「我的前妻呵，你假如真這樣做的話，那我每天將會讓一千五百人來到這個世界上。」

從此他們夫妻恩斷義絕，而日本便每天必死千人，每天也必生一千五百人，以每日五百人的速度在增長。

三貴子——天照大御神、月讀命、須佐之男命

從黃泉國回來後，為了除去冥界的污穢，伊邪那岐命來到了日向國阿波岐原，在這裡舉行修禊儀式。阿波

岐原位於入海口處，岸邊柳青樹茂、波光粼粼，景色十分優美。伊邪那岐命把身上所佩戴的東西全部脫掉，杖、腰帶、衣服、裙裳、頭冠、左右手玉鐲等均化為各種不同的神，共十二位。

接著，他見上游水流湍急、下游又太平緩，便在河的中段認真地洗濯全身，洗左眼時，左眼突然閃耀光輝而化成了「天照大御神」；洗右眼時生成了「月讀命」；洗鼻子時又生成了「須佐之男命」。這三神合稱為「三貴子」！從身上洗掉的其他污垢也都化為「八十禍津日神」、「大禍津日神」等十一神。另有「底筒之男命」、「中筒之男命」、「上筒之男命」這三神，並稱為「住吉三神」，是航海的守護神。

得到「三貴子」，伊邪那岐命非常高興。他於是取下脖子上戴的勾玉所串之頸珠，搖動得琮琮作響，賜給天照大御神，並對她說：「你去治理天界的高天原！」這串玉串，取名「御倉板舉之神」，代表了統治高天原的無上權威。它發出的悅耳響聲，叫做「玉響」。天照大御神由此成為美麗高貴的太陽女神。隨後，伊邪那岐命又讓月讀命去治理夜之國，成為月神；讓須佐之男命去治理海洋，成為風暴與地震之神。

至此，日本創世時期的三代神全部誕生！

【大鬧高天原】

世界被創造後，「三貴子」受命掌管人間天上，其中須佐之男命（舊譯素戔嗚尊）被分派到「滄海之原」。他到了封地後，不思治理國土，每日只是哭泣，直到鬍鬚留到八拳長，拖到了胸前，還在那裡痛哭。其聲之悲，令青山荒蕪；其聲之哀，使河海乾涸。國中的惡神也隨哭聲出沒，災禍頻生。

伊邪那岐命感到很奇怪，便問他何故如此，須佐之男命回答說：「我日夜思念母親，想到亡母所在的根之堅洲國（即黃泉國）去，所以才哭泣不止。」伊邪那岐命想起先前去黃泉國的可怕經歷，勃然大怒，斥道：「既然如此，你就不要住在海原上啦！」說罷，便下令將須佐之男命放逐到淡海的多賀。

須佐之男命不肯死心，想上天和大姐天照大御神商量。當他升天時，粗重的腳步令山川轟隆搖撼、大地劇烈震動，天照大御神猛吃一驚，以為弟弟想來高天原搶奪自己的寶座，便解開頭上的結髮，綰上男髮式的鬢頰髻，並在左右鬢頰髻上、左右手上各佩戴美麗的勾玉串；背上還背著千羽箭筒，身側掛著五百羽箭袋。搖動弓梢，頓足陷地，蹴散堅土飄若雪花。全副武裝、嚴陣以待弟弟的到來。

須佐之男命見到姐姐劍拔弩張的樣子，趕忙說明來意，表白自己絕無野心。天照大御神依然不信，質疑道：「你嘴上說得好聽，誰知道你心裡是怎麼想的？怎麼證明你沒有說謊呢？」須佐之男命回答說：「那麼咱們就在祖先的神靈牌前起誓，用身上所佩之物生孩子，若生女則證明心地純潔，若生男則說明心懷叵測。」

於是姐弟倆隔著天安河（銀河）立誓。隨後天照大御神先將弟弟佩的十拳劍折成三段，在天之真名井中擺動洗淨，然後放入口中咀嚼，她呼出的氣息生出了神寄姬、瀧利姬和市杵島姬等三位女神。接著須佐之男命求取姐姐左右髮鬢、束前額髮、左右手上裝飾的五串玉珠，依樣施為，將玉珠放在嘴裡嚼碎，「噗」地吐出，生出了五位男神。

須佐之男命一看姐姐的飾物生出的都是男神，就對天照大御神說：「後生的五個男神，是以您的玉珠為種子而生的，是您的孩子。先生的三位女神是以我的劍為種子而生的，是我的孩子。正因為我本性純潔，不會說謊，所以我生的孩子都是善良柔和的女子，而您生的都是暴烈的男子。照此看來，居心不良的反而是您啊！」於是便乘勝大鬧，賴在高天原不走了。

⊙ 三貴子誕生

起初天照大御神還能以寬容的態度對弟弟處處忍讓，但任性驕傲的須佐之男命越來越放縱。他到處肆意破壞天界的田地、填平灌溉用的玉池、胡亂播撒種子、糟蹋已收穫的神糧，甚至還故意在舉行祭禮的殿堂上隨意大小便。天上眾神怨聲載道，天照大御神無可奈何，只好睜一隻眼閉一隻眼。但有一天，須佐之男命趁姐姐不在時，剝下天斑馬的馬皮，自屋頂丟入織造房裡，導致一位織女因驚嚇過度而不慎被梭機刺中陰部而死。須佐之男命的這些惡行，就是日本人原罪觀念的根源。

由於須佐之男命的胡作非為越來越過分，天照大御神一怒之下避入天之岩屋，並緊閉了石門。天界人間頓時沒有了陽光的照耀，陷入了無邊的黑暗。凶神妖魔借機四起橫行，各種災難也隨之發生。

【舞誘天照大御神】

天照大御神躲入岩屋後，「高天原皆暗，葦原中國皆暗」；長夜漫漫，不見白晝。八百萬眾神驚懼慌忙，如夏天的蒼蠅般亂作一團。他們齊集於天安河畔，請高御產巢日神之子思金神思考對策。最有智慧的思金神採來天安河裡的天堅石和天金山上的鐵，找鍛冶神天津麻羅造出「八咫鏡」；接著，他又命令玉祖命造出八尺瓊勾玉，並剝下天香山雄鹿的全副肩骨，與朱櫻木一起焚燒占卜。最後派神將天香山的一株枝繁葉茂的楊桐樹連根掘起，上枝懸掛美麗的八尺瓊勾玉玉串、中枝懸掛八咫鏡、下枝懸吊許多用楮樹皮製成的青、白兩色棉布和麻布，將天岩屋外佈置成了一個大舞台。眾神就在岩屋前開起了大型歌舞晚會。

靡音響起，思金神伸右手向漆黑的空中一召，登時飛來無數隻長鳴鳥，引頸齊鳴。布刀玉命手捧獻給太陽女神的供物，天兒屋命唸頌著莊重的祝禱之詞，妖嬈的舞神天宇受賣命用天香山的藤蘿蔓束起衣袖、以葛藤作髮縵束住頭髮、將空桶倒扣在天岩屋前，手持幾束天香山的脆竹葉，搖動金鈴，踏著「天細女舞」的節拍在桶上翩翩起舞（此即日本神樂史的開始）。她姿態優雅、笑容莫測，斜睨的眼神和曼妙的身姿，令人驚豔。舞到盡興處，竟袒胸露乳、衣裳垂至下體，媚態撩人。這番「豔舞」令眾神 high 到不得了，八百萬眾神大聲嬉嚷，笑鬧不已。

在雅樂與妙舞中，躲在天岩屋裡的天照大御神忍不住將石門悄悄打開一條細縫，向外窺視，暗夜裡燈火迷濛，點點流光閃爍。她猶疑不定地問道：「我隱居不出，世界應該一片黑暗，眾神為何還歡欣雀躍呢？」舞神回答說：「那是因為有比你更尊貴百倍的神來到高天原了，所以我們歡快歌舞。」說著布刀玉命將八咫鏡舉到天照大御神面前，天照大御神見到鏡中自己模糊的影像，為了看清楚便把石門開得更大。說時遲那時快，就在這一瞬間，事先隱藏在天岩屋門旁的大力神天手力男，猛然一把抓住她的手，將她拉出了天岩屋。太陽女神重現，高天原和人間又恢復了昔日的光明。為防止天照大御神再度避進屋中，布刀玉命隨即繞到天照大御神身後，將稻草繩掛在了天岩屋的石門上。此後在日本，神社的入口處掛稻草繩，以及新年時家家戶戶門前結稻草繩的習俗就淵源於此。

經此事件後，天照大御神至高無上的地位得以完全確立，她從此成為日本神話體系的「秩序原理」和「絕對存在」，也成了後世所供奉的獨一無二的正統統治者。

一切都歸於原狀後，眾神商議要懲罰罪魁禍首須佐之男命。他們逼迫須佐之男命拿出千件物品贖罪，並罰他割去鬍鬚、拔掉手指甲和腳趾甲，然後把他趕出了高天原。

臨離開高天原前，須佐之男命到掌管食物的神大氣津姬那裡索要食物，打算在路上吃。大氣津姬從鼻、口、肛門處弄出許多食材，做成美味佳餚，獻給須佐之男命。可是，這一切都被須佐之男命偷看到了。他認為大氣津姬是用污穢之物來侮辱他，一氣之下，將大氣津姬殺了。

大氣津姬死後，她的頭化作蠶，眼珠化作稻、耳朵生成粟、鼻子生成小豆、陰部生成麥、肛門生成大豆，這就是日本五穀的起源。

【八岐大蛇之退治】

落日揮動大旗，沒落在野草深處的出雲族載歌載舞。他們本是守在歷史深處的安靜種族——溪水滌蕩他們的心，微風吹拂他們的臉。在這與世隔絕的時間內壁，幸福的青藤纏繞著他們。本來這將是他們恒久的命運，命運中的神祇會一直眷顧著他們，護佑著他們。然而山野雀一樣的自由生活雖然美好，但注定短暫。天狗吞日、天降異兆，八岐大蛇的貪食在時光中逼近。

破壞分子須佐之男命遭到「神譴」，離開了天界，下凡來到出雲國境內一個名叫鳥發的地方。他站在該地一條河的下游，思索著未來的出路。忽然，河中有雙筷子漂流了下來，須佐之男命感到上游應該住有人家，於是溯流而上。在上游，他看到一位老翁和一位老嫗圍坐在一位少女身邊，三人執手相泣。少女看上去約十六、七歲，清秀可人。須佐之男命覺得奇怪，便上前問道：「你們是什麼人？為何如此悲切呢？」老翁抬起滿是淚水的臉，回答說：「我是本地的山神，叫足名椎，妻子名叫手名椎，這是我們的女兒奇稻田姬。先前我們共有八個相貌姣好的女兒，一家和睦地生活著。可誰知離這兒不遠的高志有一個叫八岐大蛇的怪物，每年都來此作祟，每次都吞食我一位女兒。今年是第八年了，眼看我最後一位女兒也要被吃掉，我們無計可施，因而哭泣。」

八岐大蛇，是日本亙古以來最強的魔物之一，擁有魔界的神秘力量。牠長得相當可怕，眼睛火紅如漿果，身有八頭八尾，八個頭分別代表著「魂、鬼、惡、妖、魔、屠、靈、死」八種幻靈。其身軀黑黝龐大，蜿蜒超過八條山谷，腹部還滴著赤血，全身覆蓋著青苔與檜杉，頭頂上飄著天叢雲。牠曾經與貓又、九尾狐一起，引發了長達五百年的上古九大神獸之戰。後來被神獸之首的九尾狐擊敗，被迫蟄伏於出雲的高志，成了出雲地區水害的來源。它每年都要吞噬一位美麗的少女，就是為了取元陰之氣補充魔力，準備東山再起。

老翁描述著八岐大蛇的可畏，身體不斷地顫抖。但須佐之男命卻毫不膽怯，他深情地望著奇稻田姬，為姑娘的美貌所打動，便對老翁說：「別怕，我可以治服這個怪物。不過，你肯把女兒嫁給我嗎？」

老翁驚奇地問：「啊？閣下是？」

「我乃天照大御神的同胞弟弟，掌管海洋的大神須佐之男命是也！」

足名椎與手名椎一聽竟然是中央來的高幹子弟，大喜過望：「原來是天神大人啊！真惶恐得很，小女就獻給您吧！」

須佐之男命十分高興，把奇稻田姬變成多齒木梳，插在髮間。然後說：「既然我是你們的女婿了，自然要保護你們。你們快去釀造濃香的烈酒，再築起籬笆牆，牆上留出八個洞，每個洞前都放一個裝滿烈酒的酒槽。」

老夫婦依照吩咐做好了準備。

過了幾個時辰，八岐大蛇果然拖著長長的身軀來了。牠嗅到香甜的酒味，趕忙遊到籬笆牆前，迫不及待地將八個巨大的腦袋分別鑽進八個酒槽裡，狂飲起來。這酒槽裡裝的是經反覆釀造八次才出窖的高濃度烈酒，即便是魔力深厚的八岐大蛇也抵不住酒力，不一會兒就爛醉如泥，耷拉著八個腦袋昏昏睡去。須佐之男命趁此機

⊙ 八岐大蛇之退治

會拔出十拳劍迅捷地向大蛇砍去，將牠的八個腦袋一一割掉，又依次去砍大蛇的八條巨尾。當他砍到最後一條蛇尾時，只聽「鏗」地一聲，十拳劍居然被彈了回來，劍刃也應聲崩裂。須佐之男命深感詫異，縱向剖開蛇尾，剎那間光彩熠熠，一把鋒利的稀世寶劍映入眼簾，這就是著名的日本皇室「三神器」之一——天之叢雲劍（草薙劍）。

完成這英雄般壯麗的事蹟後，須佐之男命先是將寶劍獻給了姐姐天照大御神，得到了她的原諒和赦免。接著決定在出雲國建造一座雄偉的宮殿。他經過探尋，發現了一處清爽怡人的寶地，十分適合自己，於是便在此處破土動工。這個地方就是須賀。宮殿開工之時，有祥雲自地上升騰而起，在太陽照耀下，瑰麗無比。據說這就是「出雲國」的來歷。

由於不畏強暴、為民除害，須佐之男命成為日本神話中「勇武」的化身，也成為了出雲神話的祖神。宮殿落成後，須佐之男命與奇稻田姬結婚了，他們唱著日本最早的和歌「八雲立兮層雲湧，出雲國中八重垣；為使吾妻居於此，故建八重垣，恩愛八重垣」，幸福地生活著。

【牽引國土】

在出雲立國後，有一天，須佐之男命站在高處俯瞰出雲國，發現出雲國宛若一條狹長的細帶，他自言自語地說道：「我統治的國土如此狹小，實在說不過去，難道就沒有什麼辦法讓國土變寬嗎？」說著，他向海的遠處眺望，發現朝鮮半島南端有一塊土地向外突出，他高興地嚷道：「有了，有了，把那突出之處補在我的國土上，不就可以擴增國土了嗎？」

於是，須佐之男命掄起一把大鋤頭，運起全身氣力，對準那塊突出的土地掄去，只聽「轟隆」一聲巨響，那塊土地從朝鮮半島斷開了。須佐之男命隨即用三根粗繩索做成套圈，緊緊捆住土地，嘴裡喊著號子，像拉縴般把砍下的那塊土地拉了過來。這塊拉來的國土與出雲國相接，形成了今日出雲國小津港到杵築的御崎這一段海岸。

為了不讓辛苦拉來的國土漂走，須佐之男命步入海中，用重槌在海裡打下一根粗樁，用繩索將國土牽繫在樁子上。那粗樁年深日久，便化作了今日屹立在出雲國與石見國之間的三瓶山；而牽繫的繩索，則化作了今日杵築御崎南邊長長的海濱。

儘管增加了一塊國土，須佐之男命還是不滿足。他又登高遠眺，這次發現出雲國北面的隱岐島多出一塊，像尖嘴似地向南突出，顯得孤零無依。須佐之男命高興地大叫：「又有了！又有了！那裡又有一塊沒人要的國土！」說著，他又掄起大鋤頭把它斷下來，用三根粗繩索把土地拉到了出雲國。如今的多久村至狹田村一帶，就是這塊拉來的國土。

後來，須佐之男命又用同樣的辦法從別處牽引來了兩塊國土。出雲國新添了四塊國土，變得寬闊多了，須佐之男命終於滿意地笑了。

當時，日本國土上草木稀少，到處是禿山和荒野。國土雖然廣闊了，但依然顯得單調冷清。有一次，須佐之男命渡海來到朝鮮半島，發現了許多金山銀山，很想把它們運回日本，可惜沒有足夠的船。須佐之男命便決定讓日本到處長滿樹，好伐木造船渡海。於是，他拔下自己的長鬚，臨風一吹，長鬚落地化為一株株杉樹；又拔下胸毛，一根根吹散，胸毛化作了茂盛的檜樹；拔下腰間的體毛，化為羅漢松；拔下眉毛，化作楠樹。從此，日本整個國土便長滿了杉檜松楠等各種珍貴的樹木，為深深綠蔭所覆蓋。

須佐之男命夫妻倆在出雲國勵精圖治，頗有作為。他們繁衍了眾多子孫，第六代孫「大國主神」成為後來地上國的建國之神。

【因幡之白兔】

在鳥取縣的海邊有一道蜿蜒的海岸，名叫「白兔海岸」，這並不是因為海岸線上有什麼風景酷似白兔，而是由於這裡是日本開國之神「大國主神」與因幡白兔因緣際會的地點。

所謂「大國主」，即偉大的國土統治者之意。大國主神在未受冊封以前，名為大汝神，他有八十位異母兄弟，總稱「八十神」。這些異母兄弟個個都邪心極重，自私狡詐；而大國主神卻性情溫順，樂於助人，因此時常受到兄弟的排擠刁難，但他從不記恨。

在遙遠的因幡國，有一位十分美麗的女子，名叫八上媛，芳名遠揚。八十神都非常愛慕她，希望娶她為妻。為此他們明爭暗鬥，互不相讓。可是爭鬥了挺長一段時間，仍不分勝負。其中一位神便提議道：「我們在此苦鬥，其實毫無意義。因為八上媛究竟喜歡誰，我們都不知曉。不如一道去向美人兒求婚，她喜歡誰，就嫁給誰。也免得咱們兄弟之間傷和氣。」

其他神聽了，都覺有理，於是眾兄弟出發向因幡國的八上媛求婚。他們強迫大國主神當隨從，負責背負眾

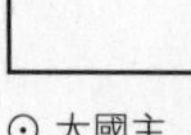

⊙ 大國主

⊙ 白兔與鯊魚橋

兄弟的行李。大國主神的心裡雖然也喜歡八上媛，但覺得自己肯定沒有機會，因此一聲不吭，默默上路。

一行人浩浩蕩蕩地來到氣多岬海岸時，發現有隻全身皮被剝掉的小白兔，在海邊痛哭。

原來，這隻白兔想從淤岐島渡海到因幡國。但淤岐島和因幡國間一座橋樑也沒有，只有多不勝數的鯊魚。於是，白兔想出了一個主意，牠對海裡的鯊魚說：「你們知道嗎？兔子一族的數量，比鯊魚一族多得多。」鯊魚不服氣，說：「這不可能！你怎麼會知道？」白兔趁機說：「要是不相信的話，你們在海中排成一列直至對岸，我在你們背上數一數就清楚了。」

鯊魚真的排成一長列，從海岸這頭一直延伸到那頭，白兔就利用這座「鯊魚橋」渡過大海。可是離海岸僅有一步時，兔子忘乎所以，脫口諷刺道：「笨魚，你們被我騙了！」鯊魚聽了大怒，立即以閃電般的速度襲擊白兔，白兔躲閃不及，被剝掉了兔皮，扔到沙灘上，疼得死去活來。恰巧此時八十神路過此地。

心術不正的八十神見此情景，故作同情地欺騙說：「好可憐，好可憐。不要哭了，兔子你到海中洗洗，再到高處讓風吹乾，傷口就會癒合的。」白兔照辦，結果身體被海水浸泡後，沾滿了鹽，被風一吹，更加痛苦不堪。

大國主神由於揹著很多行李，落在眾兄弟的後面，過了好一陣子才大汗淋漓地趕到。他見白兔已經氣息奄奄，連忙向白兔建議道：「你先到河川用淡水洗身，再摘一些河岸生長的香蒲花，把花粉均勻地撒在一處乾淨的地面上，在花粉上滾一滾，就會恢復原狀了。」白兔照吩咐去做，果然很快就長出了兔皮。牠感激不已，為了報恩，向大國主神許下幸福的諾言：「汝心慈善，前噁心之八十神等，必不能得八上媛之心。汝雖負囊從行，然得八上媛者，唯汝一人！」

果然，聰明的八上媛一眼就看出八十神個個都是壞心腸，唯有大國主神溫和善良。在知恩圖報的因幡白兔暗中撮合下，八上媛迅速傾心於大國主神，兩人終於結成美好姻緣。

【大國主神的磨練】

八十神非常嫉妒大國主神娶到美麗的八上媛，便想方設法地施行迫害。

他們先是將大國主神引到一座山下，說：「這座山上，有罕見的赤野豬，我們打算圍獵牠。你在山下等著，當我們把赤野豬趕下來時，你一定要捉住牠，否則要你的好看！」大國主神便在山下等著，哪知八十神把燒得通紅的岩石從山上滾下，大國主神躲閃不及，被活活燙死。

大國主神的魂靈，急忙向親生母親求救。其母上天哭訴，求助於神產巢日神。神產巢日神遣蚶貝姬、蛤貝姬二神施救。蚶貝姬刮削貝殼，得到殼粉；蛤貝姬取來清水，將殼粉混合蛤汁母乳，塗在大國主神屍身上，大國主神登時復活了。

八十神見狀，心有不甘，又第二次加害大國主神。他們劈開一棵巨樹，以楔子打入樹中支撐。然後引誘大國主神入樹中，突然拔去支撐縫隙的楔子，將大國主神活活夾死。

大國主神的魂靈只好再度向母親求救，其母劈開巨樹，將兒子救活了。

因八十神數度謀害大國主神，大國主神在母親的勸告下，決定逃往須佐之男命所居的根之堅洲國。在這裡，他邂逅了須佐之男命的女兒，自己的祖奶奶須勢理姬，兩人情投意合而結為連理。

須勢理姬向父親稟告了此事，並告知大國主神即將來訪。須佐之男命對此亂倫事件大為不滿，他稱大國主神為「葦原色許男」，意為「人界的糞便男」，打算用計除掉大國主神。

第一天，須佐之男命安排大國主神住進一間蛇屋。須勢理姬將一塊頭巾交給丈夫，說：「這頭巾有辟蛇之效，如果蛇要咬你，你將頭巾搖三下，便能退蛇。」當晚大國主神依言行事，果然蛇群變得十分寧靜。大國主神得以放心安寢。

第二天，須佐之男命安排大國主神住進滿是蜈蚣和馬蜂的屋子。須勢理姬又交給丈夫能辟毒蟲的頭巾，當晚也得以安然度過。

第三天，須佐之男命將鳴矢射至原野中，命大國主神去撿回來。當大國主神進入原野後，須佐之男命暗中命人放火焚野。就在大國主神被困火中，危在旦夕時，一隻老鼠鑽了出來，說道：「內裡空洞陰涼，外在陽炎怒燃！」大國主神得到這個提示，立即用腳踩踏地面，地上現出一洞，他急忙跳入洞中。大火從他頭頂上燒過。隨後，老鼠叼出鳴矢，送到大國主神面前。

大國主神攜箭返回，須佐之男命驚訝萬分，又生一計，命大國主神為自己捉頭上的蝨子。大國主神扒開須佐之男命的頭髮一看，哪有什麼蝨子，全是毒蜈蚣。須勢理姬在一旁偷偷將椋木果實和紅土遞給丈夫，大國主神一邊將椋木果實咬破，一邊將紅土含在口中唾出。須佐之男命以為他咬碎毒蜈蚣後吐出，心中頗感佩服，放鬆了警惕，不一會兒就睡熟了。

大國主神趁此時機，輕輕抓起須佐之男命的頭髮，綁到屋裡的柱子上，而後搬來巨石堵塞屋門，揹起須勢理姬，偷了老丈人的十拳劍、弓和天沼琴，急急奔逃。半路上，天沼琴不慎撞到了樹上，發出聲響，令大地為之鳴動。須佐之男命聞聲驚醒，正欲起身，哪知頭髮綁在屋柱上，登時將房屋拽倒。等到將頭髮解開時，大國主神已然遠逃。須佐之男命追至黃泉比良坂，見已追趕不及，便大聲遙呼道：「罷了罷了，我就成全你們吧！你用我的十拳劍和弓箭，去殺死你的那些異母兄弟，你就能成為統治葦原中國的大神了！但是，你必須以我的女兒為正室，你先前娶的八上媛只能做側室。」

【建國】

經過一次又一次的艱險磨礪與考驗，大國主神徹底脫胎換骨了。他依照丈人的指點，狠下心腸，以神劍神弓追討八十神，將八十個兄弟殺得乾乾淨淨。但當他準備在出雲建國時，卻感到勢單力孤，發愁說：「我隻身怎能建此國土呢？」

忽然，海中傳來聲響，他循聲望去，卻什麼也沒見到。過了一會兒，一個小人身穿蛾皮衣，以白蘞皮為舟，浮浪渡海而來。大國主神將他放到掌上，問其名字，但小人不答。一隻蟾蜍說道：「久延毘古神必知其名。」大國主神找來久延毘古神詢問，久延毘古神答道：「他是神產巢日神之子，少名彥神是也！」

大國主神又向神產巢日神請示，神產巢日神說：「此子是從我指間溢漏而生，在我一千五百個兒子中，最不服從管教。所以讓他下凡幫你建國，並鞏固之。」

於是大國主神與搭檔少名彥神同心協力，定出雲、平越國、戰北陸，最終徹底統一了葦原中國全境，成就大業，成為地上國的建國之神。少名彥神則成為了智慧之神、醫藥之神、商業之神和開拓之神。

在建國期間，大國主神和少名彥神為人類壽命過短而深感哀傷，他們為此在箱根製出熱湯，給人類沐浴延壽。這就是日本溫泉的由來。

建國後，大國主神依約讓須勢理姬做了正室。八上媛突然由正妻變成「二奶」，十分傷心，在生下御井神後就回了娘家因幡。

【讓國】

大國主神作為須佐之男命一系的出雲神，統治了地上的葦原中國，天照大御神一系的高天原神不樂意了。他們萬分覬覦富饒的地上國，便商量道：「葦原中國當由大御神的後裔統治，如今卻有許多兇暴的土著神妄自稱尊，該派天神下界平定了。」於是派遣天照大御神的兒子天忍穗耳命（天安河立誓時生出的五子之一）下界去向大國主神討取國土，大國主神當然不會答應，將天忍穗耳命阻攔在天之浮橋上。天照大御神得報後，在天安河畔召集八百萬眾神商議對策，思金神建議派遣天菩比神為使者，與下界交涉。然而天菩比神貪戀人間的繁華，媚附大國主神，三年之久未回奏。

天照大御神只好再度向眾神徵求意見，詢問再派誰去葦原中國。思金神又推薦了天若日子。哪知天若日子下凡後為美色所迷，娶了大國主神的女兒下照姬，並且妄想吞併國土，竟也長達八年之久沒有消息。

天照大御神無奈，派了一隻叫做鳴女的天雉去打探情況。天雉飛臨葦原中國，降落在一棵桂樹上，啼鳴著質問天若日子。天探女聽見了，便挑唆天若日子說：「此鳥叫聲不祥，當射殺之！」於是天若日子取出高御產巢日神所賜的天之麻迦古弓和天之波波矢，將天雉一箭射殺。箭矢貫穿鳴女的胸膛，一直射到天照大御神和高御產巢日神的住處。高御產巢日神認出了這支箭，他將箭傳閱眾神後說：「如果這支箭是天若日子為了射殺凶神才射到這裡的，那麼就不會射中他。如果他有邪心，就必將死於箭下。」說著便將箭從射來時的箭眼擲回去，呼嘯而下的箭正中天若日子的胸膛，天若日子當即斃命。

天若日子死後，大國主神為他舉行了隆重的葬禮。天若日子的雙親也從天上降下，為兒子建造了喪屋。葬禮上，由河雁頭頂膳盤運送膳食、鷺鷥執帚掃地、翠鳥下廚做供食、麻雀舂米、雉鳥充作哭婆，送葬行列也全由鳥兒擔任。葬禮舉行了八天八夜，送葬歌舞不絕，場面異常悲哀。

連續三次爭國失敗後，思金神又想出了一個辦法，再派遣居住在天石屋的建御雷神下凡。天照大御神便命令天鳥船神輔佐建御雷神前去。

二神降落在出雲國伊那佐的小濱，建御雷神拔出十握劍，倒插在浪花上，然後盤腿坐在劍尖上，問大國主神道：「我奉天照大御神和高御產巢日神之命而來，你所佔據的葦原中國，將由天照大御神的兒子來治理，你以為如何？」大國主神推託說：「我無法回答，要和兒子商量商量。」

他的大兒子八重言代主神此時正在打鳥捕魚，建御雷神派天鳥船神叫回八重言代主神，問他的意見。八重言代主神對父親說：「好，就把這個國家敬獻給天神的御子吧！」說完，把船踏翻，倒拍手背，沒於青枝綠葉的神籬之中（這裡隱喻八重言代主神自知不敵天神，被逼走投無路，唸著咒語而死）。

建御雷神得意地再次問大國主神：「你還有什麼可說的？」大國主神說：「我還有一個很了不起的兒子，叫建御名方神。」說話之間，建御名方神用手擎著一塊大岩石走來，他大聲喝道：「是誰來到我的國，敢如此大聲與我父親說話？」說著就一把抓住建御雷神的手。建御雷神怒道：「小子無禮。好吧，就讓我們來比力氣！如果你輸了，就把地上國交給我們。如果我輸了，我就立刻離開！」於是兩人一起脫光上衣，下身只裹一塊遮羞布，糾纏在一起角力（日本國技相撲即來源於此）。建御名方神技輸一籌，被建御雷神推倒在地，一把捏斷了手臂。建御名方神惶恐地趕忙逃走，建御雷神在後緊追，終於在洲羽海追上了建御名方神，準備殺他。建御名方神求饒道：「我錯啦，請不要殺我，一切唯天神之命是從。」後來這位挑戰失敗的建御名方神，也成了戰神，和建御雷神齊名。

建御雷神第三次問大國主神：「你的兩個兒子都表示服從天神了，你呢？」大國主神曾經的英風豪氣此刻已蕩然無存，他無奈地回答說：「既然如此，我們父子願意讓出葦原中國。不過，如果能把我的住所建造得和天照大御神的兒子即位時所住的宮殿一樣輝煌燦爛，從地底深處立起粗大的宮柱，屋脊兩端交叉豎起高衝雲霄的長木，那我就隱沒到遙遠的天邊去。這樣雖然我的兒神眾多，但也不會反抗了。」

高天原諸神考慮到已經把地上國搶到手，這點面子還是要給的。諸神便在出雲國的多藝志小濱建造了宏偉壯麗的「天御舍」給大國主神，讓他永遠接受祭祀，體面地下了台。

【天孫降臨】

出雲讓國後，天照大御神命令兒子天忍穗耳命去統治人間。正好天忍穗耳命與高御產巢日神之女萬幡豐秋津師姬剛生下一子，便稟告道：「我最近生了個兒子，名叫『天邇岐志國邇岐志天津日高日子番能邇邇藝命』（暴長的名字，以下簡稱天孫），他是在得國那天生的。我認為是天意要令這個孩子去統治大地。」天照大御神認為有理，便令天孫下凡去統治葦原中國。

於是天兒屋命、布刀玉命、天宇受賣命、伊斯許理度賣命、玉祖命，共五部族神，各擔職司，隨同天孫準備從天上降臨。正要下降時，卻見有一神立於天之八衢，渾身散發光華，上照高天原、下映葦原中國。天照大御神命天宇受賣命道：「你雖是女神，但面對困難從不退卻，所以遣你去查問，天孫正要下凡，是誰站在天降之道上？」

天宇受賣命便上前查問，那神答道：「在下乃猿田毘古神也。聽聞天孫下降，特來迎接，願為嚮導。」這猿田毘古神就是天狗大力神，後來成為了導引神。

眾神大喜，於是簇擁著天孫，由猿田毘古神在前指路，撥開密密的雲層，威風凜凜地下了天浮橋，站在浮洲上，從這裡降到九州南部的筑紫。天孫說道：「這地方面向朝鮮，是朝輝直射、夕陽晚照的國土，實在是太好了。」於是就在雲霞繚繞的日向高千穗峰豎起高大的神柱、蓋起直衝雲霄的宮殿，立都建國。人間的統治權至此正式轉由高天原神系建立的「大和國」掌管。

此外，曾參與舞誘天照大御神的眾神，也全都陪同天孫下凡，後來成了支持天皇的各個氏族的祖先。天照大御神將曾誘她走出天岩屋的八尺瓊勾玉、八咫鏡，以及須佐之男命奉獻的草薙劍，作為統治大地的信物賜給了天孫。

「劍（強盛）、鏡（神聖）、玉（忠誠）」從此成為兩千多年來一直被日本民眾所膜拜的「皇室三神器」，流傳至今。日本皇室以此宣揚所謂「皇權天授」的思想，歷任天皇登基，必定右手執劍、左手持鏡、胸前垂璽（曲玉），鄭而重之、堂而皇之地重複著這套繁瑣的繼位儀式。

三神器作為日本皇室的信物，是天照大御神正統後裔獨一無二的象徵，「神器在哪裡，正統就在哪裡」的觀念深入民心。後來日本進入南北朝紛爭，因為北朝取勝，所以日本歷史一度以北朝為正統。然而由於三神器掌握在南朝天皇手中，明治天皇最終作出裁定：以南朝天皇為日本皇室正朔，北朝天皇保留名號，但不列入正統。成王敗寇的慣例，在三神器面前也敗下陣來，勝利者反成了搶奪三神器的篡逆者。這在其他國家是不能想像的。

【山海相爭】

當天孫從天上降臨，沿笠沙崎海岸行走時，曾經遇到一個名叫「木花之佐久夜姬」（櫻花女神）的大美人，她是大山津見神的女兒。天孫驚豔之下，向美人的父親求親，大山津見神十分高興地應允了這樁婚事，並準備了豐厚的嫁妝，讓木花之佐久夜姬和姐姐石長姬一起出嫁。石長姬是岩石女神，正好和妹妹相反，相貌十分醜陋。天孫感到害怕，心生厭棄，因而只留下了妹妹，而將姐姐遣送回家。

見到嫁出去的女兒又被遣回，大山津見神覺得這是極大的羞辱，他說：「我之所以要嫁出兩個女兒，是希望天孫的地位像磐石般永不動搖，又像櫻花一樣繁榮昌茂。現在，既然天孫只選擇了櫻花，不要岩石，那麼我詛咒這位天神之孫的壽命也會像櫻花一樣短暫！」據說這就是日本歷代天皇大多數壽命不長的原因。

木花之佐久夜姬懷孕後，建起一間大屋，在分娩時，用黏土將門窗封閉，然後在屋裡燃起大火，於火光中生下了火照命、火須勢理命跟火遠理命三個孩子。後來在產屋中燃火，成了日本人的風俗習慣。木花之佐久夜姬也被當作安產之神、防火之神被後人所祭祀。

天孫的三個兒子中，大哥火照命又名「海幸彥」，三弟火遠理命又名「山幸彥」，在日本天皇的家譜裡，他們是地面上最早的先祖。

海幸彥和山幸彥兄弟倆，一個精於捕魚，一個擅長狩獵。「海幸」即從海中獲取產物之意；「山幸」是從山中獲取產物之意。一天，他們突發奇想，提議互換工具，看看結果怎樣。於是，下海捕魚的海幸彥和上山獵獸的山幸彥互換了釣鉤和弓箭。誰知山幸彥不但連一條魚也沒釣到，還把釣鉤遺落到了海底。他把事情告訴哥哥，海幸彥十分生氣，無論弟弟如何道歉，就是不肯原諒。山幸彥便搗碎自己的佩劍，準備以此製作一千個釣

⊙ 天孫之妻櫻花女神

鉤賠償給兄長，但海幸彥拒不接受，非要原來的釣鉤不可。

山幸彥回到垂釣的海邊，望著茫茫大海，不知如何去尋回釣鉤，惟有悲傷地哭泣。突然，出現了一位白鬚老人，他指點山幸彥用竹籠製舟，並說：「我是製造潮流的大鹽神。你搭這竹籠出海，潮流會帶你去到一座魚鱗所造的宮室，那就是海神的龍宮。宮殿大門旁有一口井，還有一株高大的桂樹，你只要爬到樹上等待，就有人幫你解決問題了。」

山幸彥按照指點，來到海神大綿津見神的海底宮殿，爬到桂樹上等著。正巧海神之女豐玉姬的婢女來到水井邊取水，山幸彥解下脖頸上繫著的一塊玉飾，在口中含了一下，立即吐到婢女取水的玉壺中。玉飾緊緊黏在玉壺上，婢女無法取下，便帶著一起去見豐玉姬。

豐玉姬見到玉飾十分驚訝，親自來到水井邊查看。一抬頭，見到英俊的山幸彥，登時一見鍾情，便向父親作了稟報。大綿津見神知道山幸彥是天神之子，遂熱情招待，以八張海驢皮為墊褥、八重絲絹為坐具，擺上一百張几案，列出無數珍饈海味款待，並答允豐玉姬與山幸彥結為夫妻。山幸彥墜入溫柔鄉中，在海之國度過了幸福的三年。

有一天，他想起自己來到海之國的原委，不禁長吁短歎。這情景被妻子豐玉姬見到，便問起是何緣故，山幸彥如實說了。豐玉姬向海神稟告，海神馬上召集群魚，問有誰能尋到釣鉤？正巧有一條鯛被不知名的尖物鯁在喉間，痛苦不堪。海神從鯛喉中取出尖物一看，正是海幸彥的釣鉤。於是就將釣鉤交還給山幸彥，並賜予他潮盈珠、潮乾珠（一說是滿潮玉和退潮玉）兩件寶貝，讓他向大哥復仇，並叮囑道：「如果你哥哥在低處墾田，你就在高處開墾；他在高處，你就在低處。我掌管降雨和水源，可以讓他的田無水灌溉，不出三年，他就會窮困潦倒。他要是攻擊你，你就用潮盈珠、潮乾珠還擊。」

山幸彥乘坐大鱷回到陸地，恨恨地將釣鉤扔給兄長，暗暗詛咒說：「這是煩惱之鉤、蠢笨之鉤、貧窮之鉤。

誰得到它，誰就煩惱不斷、蠢笨愚昧、貧窮纏身。」果然，得回鈎鉤的海幸彥整天煩惱不斷，腦筋也變得不好使了，再加上開墾的田地一直歉收，變得越來越窮困，於是就想去搶奪弟弟的財產。山幸彥取出潮盈珠，向天上一拋，登時潮水洶湧而來，瞬間把海幸彥淹沒了。海幸彥嚇得告饒求救，山幸彥又取出潮乾珠，潮水頃刻又退去無蹤。海幸彥被整得死去活來，只好臣服，隨後遠走九州島，成為日後九州島隼人（隼人是古日本南九州地區的原住民，被大和人當作異族人看待）的祖先。得勝者山幸彥則成為天皇的祖先。這則神話，就是隼人服從天皇的起源。

【天皇先祖】

山幸彥的妻子豐玉姬，自丈夫走後，孤獨寂寞，就想去陸地探望丈夫。她上岸後，找到山幸彥，說：「我此刻已有身孕，因為孩子是天神的後裔，所以不適合在海中分娩，我要在陸地上產子。」於是豐玉姬在海邊砌了一棟產房。生產時，豐玉姬警告山幸彥，決不能因好奇而偷看產房。因為她是海神之女，生產時將變成母鱷魚。

然而山幸彥覺得這簡直不可思議，忍不住偷偷地窺看了豐玉姬的生產過程，震驚地見到一條大鱷魚在地上翻滾著。山幸彥嚇得拔腿飛逃，豐玉姬知丈夫已瞧見了自己的醜樣，感到十分羞恥，放下孩子後，一怒返回了故鄉海原。從此海陸的通路就徹底堵塞了，這就是地上人類不能進到海中世界的原因。

豐玉姬原本想用鵜鶘的羽毛葺蓋產房屋頂，可是還沒等屋頂葺好，她就生產了，所以生下的孩子被取名為

「鵜葺草葺不合命」。鵜葺草葺不合命是日本的安產神，日本的年輕人新婚旅行時，都喜歡去宮崎縣的鵜戶神宮參拜鵜葺草葺不合命。

山幸彥心中有愧，便盡力撫養孩子，以彌補過錯。豐玉姬雖然回到海中，但對自己的親生孩子十分思念，便請託妹妹玉依姬代替自己，到人間幫助山幸彥，將鵜葺草葺不合命撫養長大。後來玉依姬與鵜葺草葺不合命結為夫妻，生下了神武天皇。

神武天皇是日本第一代天皇，日本神話時代至此結束，日本進入人皇時代，天皇成為神的代表，以驚人的超穩定性萬世一系地統治日本。在接下來的兩千多年裡，神武東征、八幡大神、百鬼夜行、陰陽師、酒呑童子、七福神等形形色色的神幻角色一一登場，令扶桑的神怪傳奇史愈發多姿多彩、引人注目！

《古事記》和《日本書紀》

人類各個民族的神話，有的只是口耳相傳，沒有形成文字記載；有的則在後世集中編撰，收集在書籍中世代流傳。日本的神話，大部分都記載於《古事記》和《日本書紀》中。這兩本書是日本最早記載歷史文字的書籍，以較多篇幅敘述了「神明時代」，一般研究日本神話，都從這兩本書開始。

《古事記》是元明天皇命太安萬侶根據稗田阿禮所背誦的帝紀、口傳神話為基礎而編撰的官修史書，於七一二年完成。其以皇室系譜為中心，記錄日本開天闢地至推古天皇間的傳說與史事，是研究古代日本政治、歷史、宗教、文學、神話等各方面形成和發展的一部極其重要的著作。它長期秘藏於皇室，近世才公諸於眾，所以關於這部書迄今仍有許多未解之謎。全書由上、中、下三卷構成，上卷的「神代卷」全是記述有關神的世代之事，編纂者希望在《古事記》中強調天皇就是天神的子孫。

《日本書紀》是舍人親王等人奉元正天皇之命，於七二〇年完成的日本正史。全書以漢文寫就，文采華麗、注重修辭，所記載的事件大多已進入人史時代，記述較為詳細周密。全部三十卷中，神話部分僅有卷一、卷二，佔十五分之一。

第二章

大和時代

——神神怪怪，幽玄之間

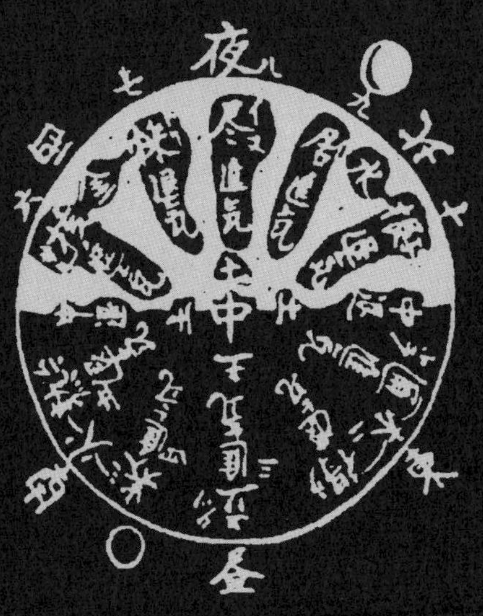

小引：時代背景

日本由神話時代轉入人皇統治的最初階段，被稱為「彌生時代」和「古墳時代」，時間大約在前一世紀到六世紀。這一階段的日本從原始公社制向奴隸制社會過渡，先是出現了第一個奴隸制國家邪馬台國，完成了大小百餘個部落的兼併。又在此基礎上，於三至四世紀，在本州大和（今奈良縣）興起了另一個更發達的奴隸制國家——大和國。到五世紀，大和國征服了日本大部分地區，從東到西逐步實現了國土統一。因當時的統治階級大量營建前方後圓的「古墳」，這一時期遂被稱為「古墳時代」。大和國的首腦稱「大王」，自認是太陽神的後裔，因此以太陽作為本國的圖騰。中國古代史書稱之為「倭國」。

大和政權吸收了中國的高度文明，到了五世紀，來自朝鮮半島的歸化者又帶來了煉鐵、製陶、紡織、金屬工藝及土木等技術，同時開始使用中國漢字。六世紀，正式接受儒教，佛教也傳入日本，大和國的國勢發展到鼎盛時期。

六四五年，大和國實行了一次自上而下的政治、經濟改革，推翻了大奴隸主貴族集團，擁立孝德天皇即位，改年號為「大化」。次年元旦，發佈革新詔書，並仿照中國唐朝典章制度，全面推行改革，史稱「大化改新」。

大化改新使大和國從中央到地方建立起一套完整的律令制官僚統治機構，世襲氏姓貴族制被廢除，高度中央集權的古代天皇制得以確立。七〇一年制訂、次年實施的《大寶律令》將大化改新的成果在制度上鞏固了下來，日本從此進入封建社會。同一時期，大和國積極向中國派出遣唐使，遣唐使在晉見中國皇帝時，改稱國名為「日本」，因為他們認為自己國家的地理位置在東方遙遠的海上，正是太陽升起的地方。此名成為日本的正式國名，沿用至今。

此一時期的日本神異傳奇，也從純粹的神話，過渡轉變為半人半神、似妖似怪結合的產物，並且日趨多樣性與人格化，最終在平安時代演變為純粹的民間文化。

【神武東征】

日本號稱有兩千六百多年歷史，這一說法的源頭，來自於「神武天皇東征」。神武天皇是傳說中日本的第一代天皇，他的名字在《日本書紀》中稱作「神日本盤余彥」，在《古事記》中為「神倭伊波禮毘古命」，至於姓氏則付之闕如。因為按照天皇自家的說法，他們都是天照大御神的後代，神就是神，不能像凡人一樣有凡姓。所以，從神武天皇至今，天皇是世界上唯一沒有姓氏的人。

其實天皇的名號來源很晚，日本古代君主多稱大王，要到七世紀以後才給古代的諸位大王追賜諡號，改稱某某天皇。神武天皇的諡號為「始馭天下之天皇」，他是真正意義上的日本國開國之祖。

「神武東征」的發生時間，約在古墳時代前中期。起初神武統治的地方在日本西部，比較貧瘠，他聽說東方有肥沃的土地，就想前去征服。四十五歲那年，神武與長兄五瀨命、諸王子在高千穗宮商議道：「現在我們的領地太小了，沒有實力能使天下太平，還是往東方去拓展吧！」當年十月，神武整軍自日向（今宮崎縣）出發，向東遠征。

大軍一路東進，橫渡瀨戶內海，歷經半年，途中經筑紫、安藝等地，來到吉備。神武在吉備遇到一位乘龜甲垂釣的人，振袖而來。神武問來者道：「你是何人？」答曰：「我乃本地的神，名叫宇豆毘古。」神武又問：「從此東去，你熟悉海路嗎？」宇豆毘古答道：「知道得十分清楚，我還願意為你做嚮導。不過，此去路途遙遠，以你目前的軍力，是無法征服東土的。」於是神武就在吉備的高島宮駐紮下來，訓士卒、備舟楫、蓄兵食，整整準備了八年，才又溯流而上，進軍本州中部，在攝津地區登岸，拉開了東征路上連場激戰的帷幕。

❶……五瀨命戰死

攝津的土豪長髓彥，恐懼神武入侵，率兵堅決抵抗。激烈的戰事中，皇兄五瀨命在陽光照射下，奮勇衝向敵陣，本來具不壞之軀的他，雙手竟然被長髓彥的箭射傷。五瀨命登時醒悟，說道：「我是太陽神的子孫，不宜向日而戰，所以負傷。今後當迂迴過去，背日作戰。」於是便轉到南方去，到了茅渟海，就在海裡清洗手上的傷口，不料血越洗越多，最後把整個海面都染紅了。五瀨命因失血過多，到了紀國的男之水門時終於傷重而亡。後人就把茅渟海叫作「血沼海」。

❷……天劍斬熊

五瀨命的陣亡令神武領悟到身為日神之後裔，不應該向日征討，於是向南撤軍，改由繞道往紀伊進軍。大軍在渡海時，突然浪急海嘯、暴雨狂風，神武的二哥稻飯命、三哥三毛入野命見形勢危急，決定捨己祭天，遂縱身躍入海中，換來了全軍平安。

神武的三位兄長，至此全部犧牲。神武忍痛，指揮軍隊在荒坂津登岸，繼續前進。當大軍行至和歌山縣熊野村時，有一隻身軀龐大的大熊，忽隱忽現，用妖力擋住了東征路途。原來大熊是熊野之神的化身，牠不願見到東土被神武侵佔，便幻化為巨熊，口中噴出毒霧，將神武和他的部下全部昏迷倒地。這毒霧若三天不解，中毒者就會毒發喪命。

就在危急時刻，一個叫做高倉下的人出現了。他手裡捧著一柄利劍，來到神武跟前，用雪亮的劍光在神武眼前晃來晃去，神武受刺眼的劍光映照，登時清醒過來，驚道：「我怎麼睡得這麼久呀！」隨即從高倉下手裡接過利劍，劍光閃處，巨熊無處遁形，便吼叫著撲了上來。神武持劍力戰巨熊，終於將其斬殺。巨熊一死，昏倒在地上的士兵也都清醒了過來。

神武便問高倉下這劍的來由，高倉下答道：「我昨晚夢見天照大御神和高木神對建御雷神說：『葦原中國近來騷亂得厲害，我的御孫似乎遇到危險。葦原中國既是你平定的，還是請你再降到人間幫他們一次吧。』建御雷神回說：『我不降下去，這裡有當時平定地上國的神劍，把它降下去就行了。此劍會穿過高倉下屋子的倉頂，落到屋裡去。讓高倉下早晨醒時，持之獻給神武便好。』因此，我就如夢裡所指示的，把這柄劍拿來獻給您了。」

這柄救神武脫離絕境的天劍，就是日本九大名劍之一的「布都御魂劍」。

❸……神鴉引路

烏鴉在中國是不吉利的飛禽，但在日本，烏鴉是立國的神鳥，是日本文化中超度亡魂的使者。因為烏鴉曾經幫助神武天皇逃脫大劫。

神武以天劍斬巨熊後，命令軍隊就地休整一天，準備次日繼續東進。當晚，神武夢見高木神對他警告說：「你不要從熊野村這裡再前進了，前面的熊野山裡凶神極多，還埋伏了眾多敵兵，你最好繞道而行。」神武一驚而醒，回想夢中警語，便欲傳令繞道。但轉念一想，繞道而行路程遙遠，要多耽誤許久工夫。自己兵強馬壯，就算有敵軍埋伏，現在我已知曉，有了防備，還怕什麼？次日便不改道，直往熊野山殺來。

哪曾想，一踏入山中，山高林密、連綿逶迤，敵軍不知道埋伏在哪裡，倒是自家軍隊陷入了重重迷陣中，不辨東西、暈頭轉向。正當神武急急傳令退出大山時，半山腰猛地一聲吶喊，伏軍四起，流矢飛石從四面八方打來，神武軍招架不住，死傷慘重，眼看就要全軍覆沒。

在這存亡關頭，一隻巨大的金色烏鴉突然從天而降，落於神武弓端之上。這隻烏鴉有著三隻腳，頸上掛著上古三神器之一的八阪瓊勾玉，渾身發散出堪比烈陽的道道強光，埋伏的敵軍全都被耀眼的光芒刺瞎。神武趁機指揮部下掩殺，大獲全勝，一舉扭轉了戰局。

原來這隻烏鴉叫「日之精八咫烏」，是天照大御神特意派遣下凡來協助神武的。由於八咫烏引領神武走出了迷陣，因此日本人至今仍篤信牠是旅途安全的守護神，現在熊野的那智神社依舊供奉著牠。

❹……斬殺土蜘蛛

神武在八咫烏的指引下，終於擺脫迷陣，抵達了忍阪大室。這裡棲居著被稱為「土蜘蛛」的蠻族，他們也被稱為「八掬脛」，或「山之佐伯」、「野之佐伯」。土蜘蛛之名，乃因這些蠻人身矮如侏儒，又手長足長，像蜘蛛一般；而八掬脛是腳很粗大的意思；山之佐伯或野之佐伯，指在荒山野外大聲呼喊的人。這些稱呼都是對藏匿在深山中原住民的蔑稱。

土蜘蛛掘土居於洞穴，人來則藏入穴中，人去則復出。殺人越貨，極難對付。他們的首領喚作「八十梟帥」，狡詐多變，聞知神武統軍到來，打算予以伏擊。但神武久經沙場，很快就識破了八十梟帥的陰謀，遂決定先下手為強。他設下宴席，請八十梟帥赴宴，同時暗中安排八十名膳夫，人人佩刀，一對一盯緊八十梟帥。囑咐膳夫當聽到歌聲時，一齊動手，斬殺土蜘蛛的首領。

宴席上，酒酣耳熱，八十梟帥漸漸失卻防備之心，於是神武作歌道：

⊙ 神武東征

於忍阪之大室者，有兇猛之族群聚其中；
勇壯之久米部兵，舉頭椎石椎之大刀以擊；
勇壯之久米部兵，攻擊之良時，即在此刻！

八十名膳夫聞歌，戰刀出鞘，用力斬去，八十梟帥悉數被殲。土蜘蛛部沒有了首領，哄亂之下，無力再戰，遂臣服於神武。

❺……決戰長髓彥

經過一系列征戰，神武已消滅大多數敵人，現在的強敵，只剩下最初遇到的敵人攝津土豪長髓彥了。當初那場戰役，神武的長兄五瀨命遭流箭所傷而喪命，這使神武意識到身為日神子孫，朝著太陽升起的東方征伐乃逆天之舉，因此令全軍繞道紀伊前進。此際，東征大軍再次攻到長髓彥領地。神武對五瀨命戰死常懷忿怒，決意徹底擊滅長髓彥，一雪前恥。

然而長髓彥兵勢猛銳，神武連戰不能取勝，戰況陷入膠著。正當神武為無法獲勝而愁眉不展時，突然漫天冰雨，一隻金色靈鵄從雨霧中飛來，停在神武所持長弓的下端，金光耀眼，令長髓彥軍的士卒頭暈目眩，無力再戰。神武趁機揮師猛攻，長髓彥兵敗如山倒，全線潰散。神武軍窮追不捨，將長髓彥趕入絕地。長髓彥派人前來說和，並聲稱有天神子饒速日命乘天磐船自天而降，娶了自己的妹妹長髓媛為妻，自己奉饒速日命為君，不信神武亦是天神子，這才反抗。

神武為此質疑饒速日命，若為天神之子，應有信物。長髓彥遂出示饒速日命所佩戴的天羽羽矢及步韃。神武細覽後，說道：「其事不虛。」於是饒過了長髓彥。

然而長髓彥素懷野心，豈肯真心悔改？他趁神武鬆懈之際，密謀施予暗害。饒速日命其實是天神旁支，他深知嫡系是天孫一脈，早有心歸服。他得知長髓彥的陰謀後，先行下手，誅殺了長髓彥，而後率部眾歸順了神武。

神武對饒速日命的義舉大為讚賞，從此對他重用有加。饒速日命就是大和朝廷最有權勢的物部氏的遠祖。

平定長髓彥後，神武率軍抵達了東征的目的地——大和地區（今奈良縣）。他在大和正式建都，並且娶妻生子，開始繁衍生息。此後，以大和為中心點，又經過六年的東征西討，消滅了大和周邊幾大不肯降伏的土著勢力，統一了四分五裂的日本諸島。

辛酉年正月（前六六〇年二月），神武即位於大和橿原宮，稱「神武天皇」，成為歷代天皇的鼻祖。他創立的大和王朝，以十六瓣菊花為皇室家徽，所以又稱「菊花皇朝」，從此屹立在日本本州的中部，綿延流傳至今。不過天皇雖貴為太陽神後裔，畢竟就此食用起人間煙火，再無飛升高天原的本事了。日本以這一年作為本國歷史的開始，稱之為「皇紀元年」；並定二月十一日為「開國紀念日」。

不過，也有一種說法認為，神武天皇實際上就是替秦始皇尋找長生不死藥的徐福。徐福在海外找不到仙丹，不敢回中國，只好帶領部下在日本南征北戰，結果成了日本的開國者。

【日本武尊】

在日本神話中，有一位極受歡迎的悲劇英雄。他的名字在日本家喻戶曉，他的事蹟廣為流傳，他的子嗣乃今日天皇之直系祖先，他就是日本武尊，古日本獨一無二的英傑、大和最後的神話傳奇。

❶……弒兄

日本武尊是日本第十二代景行天皇的兒子，年少時被稱為小碓命。他自幼就有雄傑之氣，長大後容貌清秀、身材魁偉，而且力大無窮，能獨自扛起一尊大鼎。

有一次，景行天皇聽說大根王有兩個女兒，容貌出眾，便令小碓命的兄長大碓命，去將這對姐妹花召入宮中。然而前去宣召的大碓命，被兩姐妹的美貌所傾倒，不但未將她們送入宮中，反與二女私通，還另外找來兩名少女冒充兩姐妹，獻給天皇。景行天皇得知真相後，心中氣惱。大碓命也有愧於心，從此不敢再與父皇一起用膳。

每日例行的大御食都不見大碓命，這讓景行天皇十分不快，便詔小碓命道：「你那兄長朝夕不來進膳，令人憂心。你去看看，勸說一番，請他出來。」

哪知五天過去了，依然不見大碓命，天皇又問小碓命道：「為何你兄長仍未出來？你勸說過了嗎？」小碓命答道：「早已勸說過。」天皇又問：「如何勸說？」小碓命答道：「那日早上，我趁他起床如廁時，將他抓住，折斷四肢，然後以草蓆裹屍，丟掉了。」

景行天皇聞言，駭然不已，對小碓命的兇暴性情大感驚恐，便想將他支走，於是說道：「西方熊襲的川上梟帥，不服王化、拒絕朝貢，命你前去討伐！」

⊙ 日本武尊

❷……西討熊襲

景行天皇二十七年（九七），小碓命謹遵父命，著手準備遠征。這一年，他剛滿十六歲。

在出發前，小碓命詢問部下道：「何處有善射者？我欲與之共行。」部下答道：「美濃有弟彥公，乃神射手。」於是小碓命遣人前去傳召。弟彥公欣然從命，率部與小碓命會合。

小碓命揮師進抵熊襲國，命人查探軍情地勢。探子回報：川上梟帥正聚集親族，設宴慶祝新居落成。其館邸周圍有重兵把守，戒備森嚴。智勇雙全的小碓命聞報，知道不能力敵，只可智取。他靈機一動，想出一條妙計。

當川上梟帥的宴會開始後，小碓命解開髮髻，將頭髮垂下，又穿上女裝，打扮成少女模樣，把短劍藏於袖中，雜在女人中，混入川上梟帥的宴席間。由於小碓命是個美男子，容顏秀麗，所以沒有任何人懷疑他。川上梟帥被他的美貌所誘，執手同席，舉杯戲狎。待到夜闌眾散時，色迷心竅的川上梟帥將小碓命帶到房中。小碓命見川上梟帥已全無警惕之心，立即拔出袖中短劍，朝他胸口刺入。川上梟帥大驚，酒醒了大半，奮力與小碓命搏殺。鬥了多時，川上梟帥不是對手，被小碓命一劍刺入胸口。

川上梟帥臨死之際，驚訝地問道：「你到底是何人？」小碓命答道：「我乃當今天皇之子，名喚小碓命是也！」川上梟帥歎息道：「我自命武勇過人，人人懾服，國中無有不從者。殺伐經年，多遇勇士，卻無一人可與皇子閣下相比。為此，願上尊號，可否？」小碓命應許。川上梟帥遂道：「自今而後，閣下應稱日本武尊。」小碓命大喜，讚道：「此名極好。」言罷，揮劍斬下川上梟帥首級。

在外守候的弟彥公，接到小碓命的信號，知道熊襲首領已經伏誅，立即率軍殺入，盡斬川上梟帥餘黨。熊襲國就此平定。

小碓命初次出征就立下大功，聲名震世，朝野敬異。「日本武尊」之名，遂行於世（《古事記》中稱倭建命，「倭建」表示大和勇士）。他的本名，反而不再被人提起。

日本武尊西征奏凱，從海路返回京城。途中，吉備穴濟神、難波柏濟神等荒神①，施放毒氣，欲行加害。日本武尊奮起武勇，盡誅惡神，開通了水陸之徑。

❸……計殺出雲建

日本武尊返京路上，須經過出雲國。出雲國與大和國乃是世仇，是長期以來的死對頭。在神話時代，天照大御神的後裔強奪了出雲神系統治的地上國土，這個怨恨一直糾結到了人皇時代。此時出雲國的首領名叫出雲建，也是一位武藝高強、響噹噹的勇士。

日本武尊見出雲建和自己一樣魁梧雄壯，若是正面硬拚，未必有必勝把握，於是心生一計。他故作親熱，刻意與出雲建結交。出雲建雖不服朝廷，但對日本武尊卻頗有惺惺相惜之感。兩人很快便成為好友。

某次，日本武尊約出雲建到肥河沐浴，並事先將自己的佩刀換成柏木刀。沐浴時，日本武尊道：「兄弟，你我情義甚篤，何不交換佩刀，以為紀念？」出雲建不疑有他，爽快地將自己的佩刀換給日本武尊。沐浴畢，二人上岸，日本武尊又道：「久聞兄弟刀法精妙，今日正好有閒，你我切磋一番如何？」出雲建不知有詐，點頭應允。

於是二人拔刀比試。這時出雲建所持的，已是日本武尊的柏木刀；日本武尊所持的，卻是出雲建的真刀。出雲建拔刀的一瞬間，見是木刀，驚愕不已。日本武尊趁此良機，揮刀斬殺了出雲建。

出雲建死後，出雲國分崩離析，很快就被日本武尊平定。

---

① 荒神：未被大和朝廷祭拜的異族神。

❹……領命東征

日本武尊凱旋歸京，將所建功勳稟報天皇。他滿心以為會得到父皇讚賞，哪知景行天皇懾於他的威力，對他愈發忌憚，決心盡力壓制他。因此日本武尊既未得到犒賞，也沒有任何嘉勉，迅即而至的，是轉戰東方的詔命：「東國不安，邊境騷動。暴神紛起，十二國悉叛。命汝領軍東征，敉平兇頑。」

日本武尊無奈，惟有再度奉命出征。景行天皇賜他柊木八尋矛，同時命吉備武彥與大伴武日連兩人隨行。大軍開拔前，日本武尊來到伊勢大御神宮參拜，並向其姑母倭姬訴苦道：「剛討西方之賊，未幾又征東方十二國。父皇的意思，大概是希望我戰死吧。」說著悲從中來，哭泣落淚。

倭姬安慰了一番，取出神宮內的寶器——天叢雲劍，交給日本武尊。這天叢雲劍，正是當年須佐之男命殺死八岐大蛇後，從其尾部獲得的寶劍。倭姬另外又送一個錦囊給日本武尊，囑咐道：「慎之，勿怠。若遇極危險事，無計可施時，可解囊口！」

日本武尊被授予神劍後重拾勇氣，揮師東進。行經尾張國時，借住在尾張建國者家，與其女宮簀媛互生情愫，於是締結婚約，約好功成返國時，便行婚娶。

❺……草薙神劍

日本武尊率軍進抵駿河國，在此，他遇上了攸關生死的重大危機。當地土豪欲加害於他，騙他說：「在那原野的中間，有個大沼澤，沼澤中住著駭人的狂暴之神。請閣下幫我們消滅他。」日本武尊信以為真，便進入原野。土豪立即順風縱火，原野四周登時燃起熊熊烈焰。日本武尊眼見情勢不妙，急忙打開姑母所賜錦囊，見其中有一塊打火石。於是他先拔出天叢雲劍，將己身周圍的草全部砍光，使火無法燒到自己。而後取出打火石，放火回擊。這時他發現天叢雲劍還可以控制風向，於是引導火勢逆燒，終於衝出險地，將欺騙自己的土豪悉數殲滅。從此，天叢雲劍又被稱作「草薙劍」；其地則被稱為「燒津」。

❻……弟橘媛投海

征服駿河國後，日本武尊進抵相模國，由此搭船前往上總國。船行至半途時，海上突然狂風大作、巨浪滔天，船隻受風浪顛簸，無法前行。這時日本武尊的次妃弟橘媛說道：「天叢雲劍之舊主乃海洋之神須佐之男命。此大惡浪，必是須佐之男命知夫君得了寶劍，欲翻覆此船所致。事已危急，妾願以身代，贖王之命！」言畢縱身跳入海中，暴風雨登時停息，船隻得以安全靠岸。

隨後，日本武尊從上總國轉入陸奧國，又橫渡玉浦，進入蝦夷境內。東夷十二國生性橫暴，其中又以蝦夷最強。其冬穴夏巢、衣毛茹血，登山如禽、行走如獸。此時蝦夷島津神、國津神等，屯兵於竹水門，打算抗拒日本武尊。哪知他們從海岸上遙望戰船，被日本武尊那股威武雄壯、捨我其誰的氣勢深深震懾，意識到此戰不可勝。於是拋棄弓矢，禮迎日本武尊上岸，而後拜倒在地，說道：「仰視君容，秀於人倫，若神之乎。敢問姓名？」日本武尊答道：「吾乃人神之子也！」蝦夷人聞言震慄，悉數歸降，並自縛請罪。日本武尊將他們全部赦免。

蝦夷雖不戰而屈，但信濃、越國仍然作亂。於是日本武尊自甲斐北轉，歷武藏、上野，向西來到碓日坂。在這裡他想起了犧牲的妻子弟橘媛，於是登上碓日坂的山頭向東南方眺望，三歎道：「吾嬬者耶！」（我的妻子啊！）從此，該山以東各國被稱為「吾嬬國」，泛指日本東部地區。

❼……病歿

此後，日本武尊又進軍信濃國。信濃國群山遍佈，日本武尊在峻嶺幽谷間穿梭，以捕獵充飢。某天，在足柄山坡，山神化身為白鹿出現在日本武尊眼前，他將吃剩的野蒜作為彈丸，彈擊出去，正中白鹿眼睛，白鹿登時倒斃。以往過信濃坂的人，多有中妖氣而得病。自白鹿被殺後，行人只要嚼蒜塗身，便能免除其患。

殺鹿後日本武尊迷失了方向，無法走出山林。忽然，一條白狗在前方出現，日本武尊緊跟白狗，得以走出深山。隨後他再度來到尾張，與先前定下婚約的宮簀媛完婚。停留數月後，聞近江五十葺山有暴神，便欲前往征討。於是解下草薙劍，交予宮簀媛，說道：「待我凱旋歸京後，必命人來接你。現將這柄寶劍贈你，以作紀念。」部下勸道：「往征暴神，須藉此劍，不可輕離。」日本武尊道：「我徒手便能誅敵，不必依賴寶劍。」

至五十葺山，遇到一條大蛇擋道。日本武尊以為是暴神所派使者，暗忖道：「今將殺暴神，其使者何足問哉！」於是不予理會，跨過大蛇繼續前進。

然而這條大蛇實際上就是暴神的化身。他本有意和解，卻見日本武尊如此無禮，便興風弄雨，阻攔日本武尊。霎時間雲霧晦暝、冰雨大作。前方咫尺莫辨，無可行之路。日本武尊在大雨中勉強跋涉，費盡周折才逃離五十葺山。

這場大冰雨令日本武尊染上急病，身體日漸虛弱。不得已，他只好返回大和國。這一年，是景行天皇四十三年（一一三）。

在歸途中的能褒野，日本武尊病情加重。滿懷思鄉之情的皇子，惆悵地吟唱道：「秋津大和者，萬國之中最真秀。山巒層疊如青垣，群峰環繞若仙境。大和之國者，錦繡如斯兮。」

歌畢，力竭倒地。大和國一代英傑就此病歿，得年三十二歲[①]。

日本武尊死後，景行天皇將他厚葬於能褒野。其妻及諸子聞訃前往弔祭，匝陵哀歌。忽然有白鳥從陵中飛出，眾人開棺探視，棺中僅留明衣，屍骨已然不見。大家方知白鳥正是日本武尊所化，急急追尋翔天白鳥，見其停

① 據《大日本史》，景行天皇二十七年（九七），日本武尊年十六；至四十三年歿，應為三十二歲。《古事記》與《日本書紀》都錯為三十歲。

於倭琴彈原，便於此處造陵；後來白鳥又飛到河內國的志幾，便又造陵於志幾。人號此三陵為「白鳥陵」。

日本武尊轉戰各地，為大和王權開疆拓土。他死後，大和國又繼續兼併了遠近各個小國，於四世紀末五世紀初，基本上統一了日本。

日本武尊雖然在奔波、征戰中耗盡了年輕的生命，但他作為一個同時具有強健與纖弱兩種特質的英雄，那滿溢著冒險與浪漫的傳奇故事，以及悲劇性的淒美結局，打動了無數日本人的心靈，至今他的傳奇仍是文藝領域反覆表現的題材。直至現代，他仍被當作神格化的英雄來看待。

【般若】

日本百鬼傳說中的「般若」，與佛教《般若心經》中的「般若」不是同一個意思。佛教之「般若」是指佛的大智慧，是明白真理、認清事實之意；而作為妖怪名，則表示「憤怒的相」，更確切地說，是女怨靈因嫉妒而極度狂怒狂悲，從而扭曲的面相。

般若的日文讀法是はんにゃ，屬於典型的高危害性凶靈。其由來和產生，主要是因為心胸狹窄之女人的強烈怨念、惡妒和憤怒所累積而成。般若一般住在深山老林裡，每到半夜就下山搶奪小孩來吃，而且它會發出令人毛骨悚然的可怕笑聲，嬰孩聽到這種尖笑，都會嚇得失啼。

般若也有類別之分，基本上分為笑般若（わらいはんにゃ）、白般若（しろはんにゃ）和赤般若（あかはんにゃ）

三大類。以絕色美女形象出現的般若是最為險惡的，但許多人卻往往被色相迷昏了頭，對她們不加提防。其實要辨識她們很容易，其最明顯的特徵就是頭頂有兩隻犄角，角的大小與其怨念成正比。當然，長髮和女帽，會在平時遮掩這兩隻角。當般若蛻去美女外形，現出本相時，整個面部就會變得極為猙獰，尖尖的耳朵、額頭上還有被稱為「泥眼」的特徵。泥眼本來是女性成佛的表徵，但到了這裡卻成為高貴女性因嫉妒而產生激烈的心理鬥爭的表現。再加上宛如蛇樣裂開到耳旁的大嘴，令般若看起來像是在狂笑一般，任何人見了都會魂飛魄散。

「歎妾魂兮空飄蕩，雲遊西東無定時，盼結裾端兮息魍魎……」這首和歌出自日本著名的古典小說《源氏物語》，所說的就是關於般若的故事。在此，「般若」正式成為了「嫉妒發狂的鬼女」的代名詞。

話說平安時代有一位貴族光源氏，長得是眉清目秀、風流俊俏，傾倒了不少女性。他一生愛過眾多女子，處處留情的做法，必然給那些女子帶來傷害，絕色美女六條御息所就是其中一位。六條才貌兼備、遍曉詩書、風姿絕世，十六歲時便位列東宮，備受太子寵幸。無奈皇太子早逝，本來風光奢侈的生活驟然間陷入陰暗，她只得和小女兒相伴度日，過著清淡順和的寡居生活。就在此時，光源氏出現了。

高冠博帶、廣袖長襟；白衣勝雪、溫潤如玉；風儀與秋月齊明，音徵與春雲等潤——這，就是平安時代的公家，高傲又不乏優雅，遠比日後幕府時代迂腐不成器的公家強得多。光源氏就是這樣一位令女性無法抵擋其魅力的男人。六條御息所原打算守貞寡淡度過餘生，面對光源氏，卻禁不住怦然心動，被深深吸引，終於越過界限，刻骨地愛上了他。

然而皇室貴族妻妾成群是司空見慣的事，初識的纏綿溫存過後，花心的光源氏漸漸冷落了六條，又娶了很多側室，去寵愛更多的女人。從小在溺愛中長大的六條，矜持驕傲，自覺高貴萬分，當然無法接受和容忍光源氏的移情別戀。她非常苦惱，想不通為什麼會淪落到如此地步？漸漸地，在憎恨光源氏薄情的同時，也將嫉妒之火發洩到了光源氏正妻葵上以及光源氏的另一個情人夕顏身上。在愛恨交纏的苦楚、如火燃燒的妒意、極強

⊙ 般若

極烈的怨念驅使之下，她的心靈時常漂浮遊蕩、迷離恍惚，最終竟然靈魂出竅，心魔變身成了生靈般若。

所謂「生靈」，是指活人被某種意念強烈困擾但無法排解，終於導致其元神脫出肉體，代自己去完成某種夙願。

她夜夜侵進葵上的寢宮、侵進葵上的夢中，恐嚇威逼，折磨謾罵。養尊處優的葵上怎能受得了這等驚嚇？再加上已懷有光源氏的孩子，身體虛弱，不多久，就被般若活活害死了。

接著，般若又將目標瞄準了夕顏。她相信，只要光源氏身邊的美麗風景全部消失，那時，他一定會回來找她。因此，般若那雙怨毒的紅眼，每晚子夜都準時出現在夕顏的枕邊，時刻伺機著，要用妒火將夕顏焚成灰燼。

光源氏因為葵上之死，已經有所察覺，此際聽聞夕顏又受到惡靈騷擾，立刻召集僧侶，企圖通過祈禱來驅除惡靈。但由於那嫉恨過於強烈兇猛，任憑什麼手段都無法阻止。夕顏也像失去水分的鮮花般，慢慢地枯萎死去了。

在這期間，六條御息所卻絲毫沒有察覺自身已化為生靈祟人。每當睡夢醒來，她總會發現自己長長的黑髮上沾有從未聞過的焚香氣味，對此，她全然不知是何緣故。其實那正是詛咒葵上時所焚之香的氣味，她的內心在完全意識不到的時間裡，跨越深層意識空間，化身為般若去了葵上寢宮。直至後來夕顏死去，六條才得知那些事是自己無意識的化身所為。她因此極難原諒自己的墮落。深感愧疚的她出於對自己潛意識中惡念的恐懼而削髮出家，希望通過虔心祈禱來趕走內心深處鬱結的惡靈怨念。在苦修多年後，終於驅走了心中的惡靈，般若的面膜自然地脫落消失，六條御息所由內到外都恢復了原貌！

後來著名的劇作家世阿彌根據這個故事，創作了名為《葵上》的謠曲，通過懾人心魄的樂音、驚悚壓抑的表演，淋漓展現了般若在彷彿永久凝鑄的鬼面下，那為情所役的無盡悲哀。

【人魚傳說與八百比丘尼】

人魚，或是「美人魚」，這樣的稱謂，對於很多人而言都不陌生。在民間傳說中、在藝術家和作家的作品裡，美麗而動人的人魚傳說，已經流傳了兩千多年。她跨越了文化、地域和歲月的界限，在全世界廣泛流傳著並深受人們的喜愛和讚美。日本也同樣不乏人魚的一席之地。

日本最初記錄人魚的出現，是在四八四年，大和時代期間的丹後國。有漁夫在河中捕獲了「頭部像人猿，有著像魚一樣細細牙齒，全身披覆著鱗片」的水中生物。這個人魚，身高一公尺多，發出嬰兒似的哭聲。此後，日本的若狹灣、九州、四國近海等處，特別是在狂風暴雨迫近時，時不時地傳出人魚現形的傳聞。《古今奇談莠句冊》就有「頭部像人臉一般，眉毛眼睛俱全，皮膚很白，頭髮是紅色的，紅鰭之間有手，並且指間有蹼，下半身為魚形」這樣詳盡而驚人的記載。

江戶時代末期，西方人魚圖像傳入日本。上半身是人、下半身魚形的人魚形象，由此在日本人心中逐漸確立。但畢竟人魚的真相依然未明，人們的內心多半把牠當作神秘的妖怪來處理，《六物新志》認為人魚之骨可以入藥，是貴重的珍品。民間則普遍認為食用人魚肉，可以返老還童甚至長生不死。由此，更引出了一段「八百比丘尼」的故事。

在大和國時期，日本若狹（今福井縣）有一個名叫小浜的漁村，當地的人基本都靠捕魚為生。村裡有位年方十七歲的漂亮女孩子，喚作秋子。秋子很小的時候母親就死了，她和父親高橋相依為命，過著自給自足的簡單生活。

隔壁屋的山田，自幼與秋子青梅竹馬，隨著年齡的增長，兩人感情愈來愈深，終於到了談婚論嫁的時候。

⊙ 人魚

高橋非常高興，可是，家境貧寒，送什麼禮物作為女兒的嫁妝呢？

高橋冥思苦想之下，決定出外海捕魚，如果能捕到珍稀的大魚就是很體面的嫁妝了。哪知高橋剛剛駕船來到外海，天氣卻突然轉壞，海上掀起驚濤駭浪，烏雲密佈，大風暴即將來臨。

正當高橋猶豫是否要返回時，撒下的漁網突地撲跳起來，高橋用手一拉，特別沉重。按長久以來的經驗判斷，一定是捕到大魚了。他急忙用盡全身氣力，將網拉了上來。仔細一看，不由得倒吸了一口涼氣，網中之物雖然有著魚身、魚鱗、魚尾，可是頭部卻五官俱全，宛如人面。高橋大為驚訝，這難道是傳說中的人魚？正想丟棄，轉念一想，「這東西倒新鮮哪，從沒看見過。用來做嫁妝，大家都會驚奇的」。於是就將人魚帶回了村子。

在秋子與山田締結連理的婚宴上，高橋拿出了這條人魚，引來了大夥嘖嘖稱奇。高橋感到十分有面子，就入廚殺魚烹煮。但大家只是表面讚賞，其實內心都十分恐懼，因為據說吃了人魚肉會遭遇不幸。所以當高橋把煮好的人魚端到席前時，每個人都是心裡有數，假意裝出一副吃得津津有味的樣子，卻沒有人敢真的嚥下去，都趁擦臉或是飲酒時，用衣袖掩面，把人魚肉吐掉。其中只有秋子少不更事，對父親又非常信任，吃了很多人魚肉。

這件事就這樣過去了，秋子婚後夫妻恩愛，還生了幾個孩子。

十年後，孩子逐漸長大了，秋子的容貌、身段，依然是那麼嬌豔、纖細，村子裡的女人都十分羨慕秋子，認為她保養有方。

又過了十年，秋子的丈夫已經皺紋滿面，孩子也都相繼成家了，奇怪的是，秋子似乎不受歲月流逝的影響，依然保持著十七歲的俏模樣。村裡開始有了閒言閒語。

當第三個十年到來，年邁的高橋去世了，秋子仍然青春逼人。村民都害怕了，認為秋子是妖怪的化身，流言四起，人人視她是不祥之人。

原來，秋子之所以青春不老，就是因為三十年前吃了人魚肉的緣故。在不知不覺間，她已經擁有了永恒的生命。但是，眼睜睜看著心愛的人逐漸老去，看著丈夫、朋友、兒子一個個地離開人世，世上只剩下自己孤身一人，這份不老不死的寂寞與無趣，令秋子倍感失落、彷徨、甚至是絕望。她不知道在這條無休止的旅途上還要走多久，什麼時候才能完全停下來！萬分的痛苦促使她在一百二十歲那年，出家做了尼姑，從此周遊諸國，為人治病，救助窮人，尋找著生命的真諦。

一路上，秋子看慣了生生死死，擁有太多刻骨銘心的傷痛、別離。日復一日年復一年、漫長而單調的人生旅程令她厭倦。在五百歲那年，她又回到故鄉若狹，獨自住進瀨山的一個洞穴裡。她在洞前種了一株山茶花，預言說：「樹枝枯萎時，就是我了結一生的時刻。」

秋子在洞穴裡與世隔絕地修心養性，領悟到了人世無常、萬法皆空的大道。她原本有千年的壽命，在大徹大悟之後，遂捨棄餘下的兩百歲生命，在八百歲時涅槃坐化。山洞前的那株山茶花也隨之枯萎凋謝。後人相當尊敬這位年輕而美麗的比丘尼（比丘尼是佛教中對正式出家的女子的稱呼），將她奉為八百姬明神、白比丘尼、八百比丘尼。在小浜市青井的神社中，現在還供奉著留存下來的八百比丘尼神像。

人魚帶不來幸福，帶來的只是無形的枷鎖。因人魚而獲得不死的人，正像煉獄裡贖罪的死靈，沒有轉生的輪迴，只有忍受地獄的火焰，期待著走完通向天國的煉獄之路，擁有新生。這以後，人魚成為日本文藝領域常見的創作素材，谷崎潤一郎的作品《人魚歎息》、小川未明的《紅色蠟燭與人魚》，以及高橋留美子的漫畫《人魚之森》都是有關人魚的傑出作品，引發了人們無盡的浪漫遐想！

狐大仙——稻荷神

世上再沒有任何動物比狐狸更具有神秘色彩了。或許是因為經常出沒於山林田野，牠的輕盈形體、機智行為以及與人類之間的互動，使得人們相信狐狸可以修道成仙、成妖，佑人祟人，故而總是抱著敬畏的心態來看待狐狸。在日本擁有廣泛信仰層的稻荷神，原形就是狐狸，也就是中國北方傳說中的「狐大仙」。

日本人只要一提起狐狸，立刻就會聯想到稻荷神社。日語中的「荷」與中文一樣，是負荷、背扛之意，「稻荷」即「背負稻子果實」的意思。日本古代家貓很少，在稻田裡捉老鼠主要靠狐狸，所以農民相信狐狸是農耕神派來保護收成的護糧神使，會傳達神明的旨意，並保佑四季平安五穀豐登，而且狐狸具有預知的能力，根據供品上留下的咬痕，可以占卜捕魚量；向狐狸鳴叫的方向去捕魚，可得豐收。狐狸的鳴叫聲還可預警海浪、火災、騷亂等。因此人們將狐狸當成食物神與豐收神，高高供奉了起來，並敬稱之為「稻荷神」。如果狐狸跑到家中，全家人都會奉若神明，任其自由活動。據說得道的狐狸懂得通靈，還能替人醫病或消災解厄。

不過，也有一說認為狐狸只是受稻荷神的差遣，其本身並不是稻荷神。

稻荷神原本具有農耕神的特質，現今日本已進入了商業時代，商人也同樣傳承著對狐狸的崇拜。只要作物豐收，商業也必然會跟著興盛，所以許多日本企業也祭拜稻荷神，藉此祈求財運亨通、鴻盛昌隆。他們不但認為稻米是財富的象徵，更看好狐狸的聰明智慧、精於謀算，實是商業領域的最佳「代言神」。

由於稻荷信仰豐富的包容性，成為信眾廣泛的「福德之神」。專門祭祀稻荷神的稻荷神社在日本各地相當普及，日本共有八萬個神社，其中僅稻荷神社的數量就高達三萬多家，最重要的是位於京都伏見區的伏見稻荷大社。相傳伏見是狐狸主神的所在地，著名的弘法大師空海在伏見尋找道場時，深入荒山遇到大霧，迷了路，繞來繞去怎麼也走不出去。正在飢寒交迫之時，有一隻狐狸渾身放出光芒，在前頭引路，將弘法大師救離深山。弘法大師感念大恩，便設立稻荷大社來紀念稻荷神。

始建於七一一年的伏見稻荷大社是全日本稻荷神社的大本營，其地處皇都東南方，又位於狗熊出沒的道路旁，朝廷認為它既守護皇都，又庇佑人民不受狗熊侵害，故而尊崇有加。社中除了處處可見口叼稻穗、高高在上受信徒膜拜的狐狸雕像外，還有最具特色的「鳥居」。鳥居有些像中國的牌樓，但只是用一些樹幹或石柱支起兩根橫樑，柱子外面塗成統一的紅色。它只是一種象徵，並沒有鳥類在內居住。如果某些企業效益好，就會向神社敬獻一座鳥居，感謝稻荷神的庇佑。稻荷大社大殿前已經有了幾千座鳥居，分成數排，從山腳一直排列到山頂，構成了一條四公里長的山門「隧道」，十分壯觀。

雖然史料中沒有明確提示，但大都認為稻荷神是女性，所以稻荷神社的祭典多半由女性來主持。稻荷祭日一般在初午節（二月的第一個午日）舉行。屆時各地信徒如潮水般湧來，曾有一首和歌記述其盛況云：「遙望稻荷阪，朱紅鳥居晃，原是人浪翻。」可見民眾對稻荷信仰之虔誠，祭典場面之壯觀。

值得一提的是，據說狐狸很喜歡吃油豆腐皮，這是祭祀中必不可少的供品。因此日本料理中有一種豆皮壽司，外表淺棕黃色，鼓鼓圓圓的，繫在用油炸過的豆腐中，放入米飯、雞肉、香菇、胡蘿蔔等食材做成，味道酸甜，稻荷神最為喜愛，因此這種壽司被稱為「稻荷壽司」。

與遍佈日本各地的稻荷神社緊密聯繫的，是關於稻荷神的各種傳說。其中最有名的，是流傳於宮城縣的竹駒稻荷傳說：

某獵人是虔誠的稻荷神信仰者，在一個隆冬，他進山捕到了一隻野雞，下山時，路遇一隻狐狸，狐狸對他說：「我是竹駒稻荷，因為大雪覆山，很難找到食物，我的孩子都餓壞了。你可以將這隻野雞給我麼？」獵人立即將野雞遞給狐狸，說：「拿去吧。不過要當心，別讓其他獵人見到你。」狐狸謝過獵人，飛快地跑走了。

⊙ 稻荷神

在接下來的三天裡，獵人在山裡一無所獲，飢腸轆轆之下，只好找鄰居借了點米勉強維持。三天後，他又打到了一隻野雞，但那隻狐狸又出現了，再度央求獵人將野雞送給自己。獵人毫不猶豫，又把野雞給了狐狸。結果獵人又餓了三天。

到第三次捕到野雞時，狐狸又出現在獵人面前。獵人想也不想，不等狐狸開口，就將野雞遞了過去。但這回狐狸卻說：「不，不，承蒙您兩次相助，我的孩子總算可以在寒冬活下來。這隻野雞您拿回去自己吃吧。現在冬天即將過去，待到春天來臨，我會報答您的恩惠的。」說完，狐狸飛奔而去。

春暖花開，一天，獵人家來了一位非常美麗的女子，她對獵人說：「我就是去年冬天得到過您幫助的竹駒稻荷，今日特來報恩。請將我送到國司大人府上去，他會賞你很多錢。」獵人依言行事。國司見他送了一位大美女來，樂得骨頭都酥了，重賞了一大筆錢給獵人。

竹駒稻荷在國司府邸住了下來，國司對她百依百順。某年節慶時，國司下令擺酒宴慶賀，竹駒稻荷也很高興，喝了很多酒，結果醉醺醺地，露出了狐狸尾巴。國司和僕人見了大驚失色。竹駒稻荷見自己的身份已經暴露，便對國司說：「我到此其實是為了報答獵人恩德的，承蒙您也待我不薄，所以我走後，請您再賞一筆錢給那獵人，您也會有好報的。」說完，尾巴一擺，憑空消失得無影無蹤。

國司驚得目瞪口呆，對竹駒稻荷的吩咐不敢違拗，於是又喚來獵人，再次賞了一大筆錢給他。獵人先後兩次得到厚賞，成了當地的巨富。國司後來也受到天皇賞識，平步青雲，進京做了大官。

【修驗道祖師——役小角】

役小角，又名役行者、小角仙人、神變大菩薩，生於六三四年，是日本七至八世紀最著名的佛師與咒禁師。《今昔物語集》、《日本靈異記》、《本朝神仙傳》、《源平盛衰記》等古籍中，都將他描述為仙人形象，因而變成神話傳奇人物。

役小角的全名是賀茂役君小角，本是葛城豪族之後。他的後裔賀茂忠行，就是日後赫赫有名的陰陽師安倍晴明的師父，所以論資排輩，役小角是晴明的師公。

役小角自幼便皈依佛教，十五歲開始學習梵文，十九歲時遁入葛城山中修行，所住山洞名曰「般若窟」。他身穿葛藤衣，食松葉飲清泉，經常在心裡默想自己「乘五色雲」與「仙人聚」，吸收天地靈氣。經過刻苦修行，他終於領悟了《般若心經》與《孔雀明王經》中的咒術仙法，從而擁有了能夠役使妖鬼，飛天入地的強大法力。

當時日本的佛教各派，皆是足不出寺，在政府的庇蔭下，以研究經書典籍為主，政治與學術色彩濃厚。役小角有感於佛教不問民間疾苦，遂以神佛調和之思想為理論基礎，又吸收了一部分古代的山嶽信仰及中國道教內容，開創了新的佛教宗派——修驗道。修驗道以大和葛城山為根據地，在吉野金峰山、大峰山、高野山等地廣開道場，修行時強調跋涉深山、苦行林野等「戶外運動」，與清淨閉門的其他宗派全然不同。正因為修驗道跟當時的佛教主流宗派背道而馳，所以受到了嚴厲壓制，但其信徒卻越來越多，到平安時代更成為一時顯學。

役小角留下的神異傳說很多，他收服「前鬼、後鬼」，與一言主神鬥法等事蹟迄今仍膾炙人口。

前鬼又稱「善童鬼」，後鬼又稱「妙童鬼」，是役小角座下的降魔式神，也就是專職打手。前鬼體形魁梧，通體赤紅，頭生雙角，手持黑色利斧；後鬼體形瘦小，通體青綠，黃口直髮，手持水瓶，背負種子草袋。據說

⊙ 役小角

此二鬼本是一對凡人夫妻，居住在生駒山山腳的村子裡，因為長得太醜，而被鄉民驅趕出村，只好避進山裡，天長日久就變成了鬼。

役小角在生駒山苦修期間，這對鬼夫妻經常拐走山下的小孩，還搶奪糧食，滋擾村民，幹盡壞事。小角施展密教咒術「孔雀明王咒」困住兩鬼，兩鬼九天九夜無法脫困，最終被感化降伏，成為小角的忠實僕役。小角收服前鬼、後鬼並一起居住修行的地方，便是如今「生駒市鬼取町」名字的由來。

役小角號稱日本史上擁有最強法力的靈能者。他經常驅動妖鬼替他挑水、打掃、劈柴，如果哪個鬼不聽使喚，就用咒術綁縛它。某次，他見來往於葛山城與金峰山的百姓交通不便，就驅令眾鬼神在城山之間修建一座石橋，方便百姓出行。但眾鬼神卻遲遲不能竣工，役小角前去查看，發現眾鬼神白天都無所事事，小角十分生氣，厲聲責問。眾鬼神告訴他，金峰山的山神一言主神因長相醜陋，所以不好意思在白天出現，只在夜裡出來活動，眾鬼神要挖取岩石，就只能等到夜晚，因此工期大為延誤。

役小角聽後大怒，找到一言主神，請他協助眾鬼神白天築橋。一言主神心胸狹隘，拒絕了役小角。役小角便唸動咒術，將一言主神綁在了葛城山一棵大樹上。一言主神表面屈服，暗地裡卻搗鬼報復。他附身在一位大臣身上，向文武天皇進讒言，稱役小角以妖術潛窺國家，時刻圖謀反叛朝廷。天皇大驚，派大軍捉拿役小角，役小角騰空飛去。帶隊軍官無奈，只好抓住役小角的母親相要挾，孝順的役小角惟有就範，被流放到伊豆島。但役小角被流放後，日本各地發生了多次災變，文武天皇本人也得了心痛病。朝廷民間議論紛紛，都說是役小角神通所致。由此役小角於七〇一年被大赦，回到了故鄉。沒過多久，他就和母親一起升天成了仙。

役小角不但是法力精深的仙人，還是一位菩薩心腸的醫者和藥師，據說他曾傳下一種名為「曼陀羅散」的腸胃藥方救世濟人。他死後受到了歷代朝廷的追贈。平安朝廷追贈他尊號「行者」，這就是「役行者」通稱的由來。到了江戶時代，光格天皇又追贈他「神變大菩薩」的尊號。這一尊號非同小可，等於是官方將人提升為神佛。

至此，對役小角的尊敬已達到了無可企及的地步，役小角也因此在號稱有八百萬神的日本，佔據了重要地位。

【浦島太郎遊龍宮】

日語裡有這樣一句俗語：「開けて悔しき玉手箱」。這句家喻戶曉的話，意為「玉匣讓希望落空」，講的是關於浦島太郎遊龍宮的傳奇。凡是日本人，小時候一定聽過這個故事。

古時候，在丹後國[①]有個小漁村，村裡住著一位二十四、五歲的年輕後生，名叫浦島太郎。他生性敦厚樸實，與年邁的母親相依為命，每天都要出海捕魚，或是在海灘上拾貝、撈海藻，以此來維持艱辛的生活。

有一天，正在江島灘打魚的浦島太郎，看見一群頑皮的小孩在海岸上，拿著木棒和石頭欺侮虐待一隻大海龜。他們把海龜的身子翻來翻去，還使勁地敲打著牠的硬殼。海龜驚恐地把頭和四隻腳縮進了殼裡。

心地善良的浦島太郎看不下去了，他上前試圖勸阻頑童不要再欺負可憐的海龜，結果換來了孩子的一通嘲笑。無可奈何之下，浦島太郎就把當天捕到的魚都給了那些小孩，以此來交換大海龜。救下海龜後，他把海龜放生回了大海，並對牠說：「世人常言，有情眾生中，鶴齡千年、龜壽萬載。倘若你喪命於此，便可惜了你的壽數。所以你趕緊回海裡去吧！小心不要再被人類捉到了！」獲救的海龜一邊緩緩地向大海深處游去，一邊頻

① 丹後國：日本古代令制國之一，屬山陰道，又稱丹州、北丹。領域大約為現在京都府的北部。

⊙ 浦島太郎

有靈性地頻頻回頭。

次日，浦島太郎已經淡忘了這件事，正當他照常在海上捕魚時，突然聽到後方有個聲音在呼喚他：「浦島君、浦島君。」他扭頭一看，竟是上次他救下的大海龜。大海龜游近浦島太郎，對他說：「浦島君，上次承蒙你搭救，大恩報答不盡。我願意帶你去海底，到那漂亮的水晶宮去遨遊。」

浦島太郎說：「海底太深了，我不去。況且母親還在等我回家呢。」

大海龜仰起頭勸道：「去吧，去吧，那水晶宮，就是人間所說的龍宮，是個好地方哩。來，請騎到我背上。」

於是，浦島太郎坐在海龜的背殼上，潛入了海底。說也奇怪，那海水紛紛向兩邊湧開，太郎絲毫不覺得有呼吸阻滯之感。

一深入海底，浦島太郎就被海底的景色迷住了。「哇啊……真是太美了……」他不禁大聲叫起來。雖說常年住在海邊，但浦島太郎還從未見過深海裡的景色哩。只見太陽的光線從水面上直照進海裡，就彷彿一條條金鏈般泛著華暈；海藻海草隨著海浪搖曳曼舞；大大小小的魚群、各種各樣的水族歡快地在珊瑚間游弋嬉戲。海底的正中央，矗立著巍峨氣派的龍宮，芬芳的海花、七彩的珊瑚、綺麗的玳瑁、晶瑩的珍珠環繞著它，就像一座巨型城堡，散發出無與倫比的恢宏氣勢。

海龜帶他來到龍宮中一座亮光閃閃的珊瑚院前，這裡高大寬敞，以黃金為屋頂、白銀砌的牆壁，雕樑畫棟、珠光寶氣，綿軟的水草在大門口扭動著，美麗的海葵和海星點綴在牆上，五彩繽紛，令人眼花繚亂。真是漂亮極了！浦島太郎完全被吸引住了。

就在浦島太郎邊欣賞邊驚歎時，珊瑚門輕輕地打開了，露出一節節珍珠台階。每節台階上都站著兩名蚌女，最上面的一節，站著一位身穿盛裝、美麗高貴的龍女。她就是龍宮裡的公主——乙姬。

「浦島太郎，歡迎你到龍宮來作客。」乙姬親切地說：「你救了海龜，我們深表謝意。別忙著走，請在這兒多玩幾天，讓我們好好款待你吧。」道謝完，一搖扇子，蝦僕趕忙擺上了豐盛宴席；花枝招展的鯛魚女、海蜇、蚌女也成群結隊地游過來，圍著太郎，翩翩起舞。

吃過酒宴，乙姬領著浦島太郎參觀華麗的龍宮，他們來到四扇神奇的大門前。

「這是春之門。」乙姬打開東面第一扇綠色的大門。只見門裡面繁花似錦、春光滿目。櫻花、水仙、紫玉蘭、海棠、芍藥等春天開的花，在枝頭盛放，爭奇鬥豔；蝴蝶在花叢裡飛舞，黃鶯在輕快地歌唱，還不時停到浦島太郎的衣領上；柳樹垂下枝條像一位害羞的新娘。到處呈現一片綠意盎然的春色，充滿著朝氣。

乙姬接著打開南面第二扇紅色的「夏之門」，一派夏日風光燦然於眼前：盛夏的陽光從屋裡射出耀眼的光芒；濃密的樹蔭像華蓋；荷花在池中綻放，荷葉上承滿露珠；水鳥在河裡嬉戲；牽牛花滿牆爬藤；蟬兒在樹上快樂地鳴叫；忽而雷聲隆隆，布穀鳥歡唱著夏歌。

「這是秋之門。」乙姬又打開了西面第三扇金色的大門，屋中菊花燦放、紅楓飛舞；漫山遍野秋果纍纍、金色的稻穗正隨風搖擺；山野小道上鹿鳴呦呦，蟋蟀也悠哉地在田野上跳躍。

當乙姬打開北面最後一扇白色大門時，只見屋裡皚皚白雪，冰面反射著寒光；山谷小屋渺渺，俱隱於瑞雪中；松柏都裹上了銀裝、江河皆凝成了玉鏡，好一幅冰妝瓊砌的雪景圖。

「好神奇呀，只不過走了一遭，就像是過完了一年四季。」大開眼界的浦島太郎感歎道。

就這樣，他在這無限美好、無限廣闊的龍宮裡心醉神迷地遨遊著，猶如身臨夢境一般，整個人都飄飄忽忽的。從此以後，他每天都吃著珍饈海味、穿著華服錦裳、賞著悅目美景，舒舒服服地在龍宮裡住著，日子過得有滋有味。

一天又一天，時光宛然流轉，不知不覺間，浦島太郎已經在龍宮過了三年天堂般的生活。他開始想家，想母親了。終於，他下定決心，正式向乙姬請辭道：「承蒙留住龍宮，一晃已過三載。日子雖然過得舒適安逸，但一想到老母獨自在家，心中難免忐忑不安。如今我要回去探望老母，以盡孝道。望公主成全。」

乙姬見挽留不住，便答應了。臨別時，她送給太郎一個玉匣，並叮囑說：「咱們也算有緣，我送你一樣寶貝吧。寶貝就在這玉匣裡，不過你要記住，在你年老之前，絕對不能打開它！否則……」

浦島太郎深深致謝後，告別乙姬，又坐在海龜背上，帶著玉匣回到了思念已久的故鄉。

不料，村子的景象竟然和以前完全不同了。究竟出了什麼事？怎麼到處都是陌生人，沒有一個熟人。而且不管怎麼找，就是找不到自己的家和年老的母親。

「我的家……我的家到哪兒去了？」茫然的浦島太郎向村中一位白髮蒼蒼的老叟詢問道：「您知道浦島太郎的屋子在哪裡嗎？」

老公公奇怪地看了浦島太郎一眼，驚訝地說：「啊！你問浦島太郎？那是很久以前的事了，我爺爺的爺爺曾經留下一個關於他的傳說。據說，他三百年前在大海上乘坐一隻海龜不知去向，此後就再也沒有回到村裡了。他的母親天天在海邊盼呀盼，直到去世還是沒盼回兒子。唉，怪可憐的。」

「真是難以置信！我只在龍宮住了三年，沒想到人間已經過了三百年！景物全非，故人皆杳。連母親大人也早已去世了……」浦島太郎沮喪極了，將自己的來歷原原本本地告訴給老叟。老叟聽了，又驚又悲，老淚縱橫，指著遠處的一座荒塚道：「那座古墳，就是浦島太郎母親的墳墓。」

浦島太郎痛哭流涕，神情恍惚地坐到一棵松樹下，呆呆地想著心事。突然間，他想到了乙姬送給他的玉匣，「裡面到底裝了什麼東西呢？打開它，也許就都弄清楚了。」

浦島太郎忘記了乙姬的叮嚀，冒冒失失地將玉匣打開了。

登時，一陣白煙從匣子裡飄出，嫋嫋升騰，越來越淡，消散之後，浦島太郎變成了一位鬚髮皆白的老翁。而玉匣則變成一隻仙鶴飛走了。

原來，龍宮是「超越了時間的世界」，好心的乙姬擔憂浦島太郎在龍宮三年，再回到人間會夭壽，所以送給他一千年壽命，那隻鶴就代表著千年的時光。但浦島太郎沒有遵守約定，私自打開玉匣，於是千年歲月化鶴遠去，只餘一臉皺紋與滄桑陪伴浦島太郎度過餘生。

【桃太郎】

在古早古早的時候，吉備國（今岡山縣）的一個偏僻小村子裡住著一對老夫婦。他們沒有孩子，過著平淡溫馨的生活。

這天，老公和往常一樣，大清早就踏出家門，上山砍柴。老婆婆目送老公離去之後，便用一個大木盆裝滿了衣服，來到河邊洗衣服。

洗著洗著，忽然從上游咕咚咚、咕咚咚地慢慢漂下來一個圓滾滾的東西，老婆婆定睛一看，呀，竟然是一個要伸開雙臂才能抱得住的大桃子。老婆婆活了一大把年紀也從未見過這麼大的桃子！她想去撈桃子，可是手勾不著，四周又沒有長竹竿。她想了想，便拍手唱道：「遠水苦，近水甜。大桃子，避苦水，向甜水，漂過來吧！」說也奇怪，那桃子彷彿真能聽懂老婆婆的話似的，搖搖晃晃地朝著她漂了過來。

老婆婆等大桃子漂到岸邊，費了很大的力氣將桃子撈了起來。這大桃子還真重！她仔細一打量：「看樣子是個大甜桃兒，真稀有啊！拿回去給老頭子吃吧。」說著，她就將大桃子放在木盆裡，小心翼翼地帶回家。

傍晚，老公公揹著沉重的柴禾從山上回來了。他大聲喊道：「老伴啊，家裡有什麼吃的嗎？肚子好餓喲！要不然先給一碗水喝吧，嗓子都渴得冒煙了。」

老婆婆馬上說：「老頭子，有更好的東西呢，既能解渴又能充飢，是從河裡撿回來的。你把它吃了吧！」說著，拿出那顆大桃子。

夕陽映入屋中，給桃子塗上了一層淺淺的紅色。

老公公驚喜地說：「啊喲！這麼大、這麼好看的桃子，皮又薄，看起來很好吃哦。」老婆婆看到他那一副饞相，舉起菜刀，正要切下去。突然，「呱」的一聲，一道金光閃過，桃子自己從當中裂開了，一個圓頭胖腦、粉嫩小臉蛋、烏黑亮眼睛的可愛小男嬰，「哇哇哇」地從桃子裡蹦了出來。

這可把老公公和老婆婆樂壞了，他們一直盼望著能有個孩子。老婆婆急忙將小男嬰抱起來，高興地搖著，然後用溫水幫他洗澡。

「莫非是天上的神明憐憫我們沒有孩子，所以特地賞賜這孩子給我們？」老公公充滿感激地說。於是他們歡天喜地地向天跪拜，感謝上蒼賜子。

老公公想為小寶寶取個好名字，他想了又想，終於靈機一動：「既然他是從桃子裡出來的，就叫他『桃太郎』吧。」

老公公和老婆婆晚年得子，對桃太郎愛逾性命，呵護備至。頓頓都給他吃糯米飯團，還時不時為他上山捉野兔飛禽、下河撈鮮魚活蝦。桃太郎吃得多、吃得好，也長得快、長得壯，不知不覺中，已經長成一位健康強壯的少年了。他不但聰明過人，力氣更是特別大，大人都舉不起來的大石頭，他輕輕鬆鬆就高舉過頂。村裡不管多麼有力的人，跟桃太郎角力都穩輸不贏。老公公和老婆婆看在眼裡，心裡樂開了花。

有一天，一隻烏鴉落到了桃太郎家的院子裡，叫著：

⊙ 桃太郎

大事不好，大事不妙，
鬼島上的惡鬼下來了，
東村大米搶走不少。
嘎——
大事不好，大事不妙，
鬼島上的惡鬼下來了，
西村鹹鹽搶走不少。
嘎——嘎——
大事不好，大事不妙，
鬼島上的惡鬼下來了，
還把領主的女兒給搶跑。
嘎——嘎——嘎——

桃太郎聽了烏鴉的這番話，非常生氣地罵道：「這些惡鬼真是大壞蛋！」他下定決心，要為民除害。便跑到老公公、老婆婆身前，端端正正地跪下，雙手拄地，請求道：「爺爺，奶奶，我已經長大了，我想上鬼島，去懲治惡鬼，請給我準備一些日本第一的飯團，讓我路上吃吧！」

兩位老人家勸他說：「這怎麼行啊？你太小了，打不過他們的。」

桃太郎自信地說：「打得過！打得過！」

老公公和老婆婆被他纏得沒法子，又見他這麼有志氣，就答應了，不但給他做了日本第一的糯米飯團，還給他紮上新頭巾、穿上新馬褲、挎上一把戰刀。桃太郎舉起一面旗子，上面寫著：「日本第一的桃太郎」，神氣地出發了。

「路上多加小心。」

「等你勝利歸來。」

兩位老人家站在門口，與桃太郎依依惜別。

桃太郎剛走出村子，就有一隻小白狗「汪、汪、汪」地跑來了。

「桃太郎，桃太郎，你這樣雄赳赳的，是去哪兒？」

「去鬼島打鬼！」

「腰間帶的是什麼？」

「日本第一的糯米飯團。」

「請給我一個飯團好不好？我肚子實在是餓極了。」

桃太郎慷慨地拿出一個飯團，遞給小白狗：「你吃吧，這種飯團只要吃了一個，你就會有十個人的力氣。」

小白狗吃完飯團，非常高興。為了報答桃太郎，便決定追隨他一起去打妖怪，做一個忠心的隨從。

桃太郎與小白狗繼續前進，在崎嶇的山路中，他們又遇到了一隻小猴子。這隻小猴子對桃太郎說：「好心的桃太郎啊！能不能將那用愛心做成的糯米飯團給一個我吃呢？在這深山裡，我已經很久沒吃東西了。」

桃太郎毫不猶豫地將糯米飯團又拿出一個，給了這隻飢餓的小猴子。小猴子將飯團吃下後，立刻精神煥發。牠問明桃太郎的目的後，說：「讓我跟你去打鬼吧，多一個幫手就多十個人的力量！」於是猴子也跟著一起上路了。

他們走著走著，下了山，來到森林，一隻雉雞飛了過來，也發出像小白狗和小猴子一樣的請求：「桃太郎！請你將那用愛心做成的糯米飯團給我吃一個吧！我會感激你的。」

於是桃太郎又給了雉雞一個糯米飯團。雉雞吃完飯團後問起他們此行的目的，桃太郎便將詳細情形告訴了牠。雉雞也願意成為隨從，一起上路。

桃太郎帶著小白狗、小猴子、雉雞走了很久，終於來到海邊。從這兒望去，大海茫茫，鬼島就在對岸。大家一向都住在陸地上，望著波濤洶湧的大海，心情既激動又不安。

桃太郎找漁夫借了一艘漁船，揚起了帆，船帆被風吹得鼓起，大夥兒鬥志昂揚，同心協力地用力划著槳。船像箭一般破浪前進，向著目的地鬼島駛去。

鬼島是一個地形險惡、環境複雜的島，桃太郎他們一踏上陸地，便感到一股陰森森的氣息瀰漫在四周。但無論再大的困難也無法阻止他們勇往直前，朝惡鬼住的城堡走去。

鬼城的城門是用精鐵鑄成的，緊緊地關閉著，非常堅固，無論怎麼用力都推不動。身手矯捷的小猴子望了望高大的城牆，說了聲：「看我的。」靈活地向上一躍，跳過了城牆。牠使勁兒撓看門的鬼，雉雞也飛過城垣啄鬼的眼睛。看門鬼招架不住，只好把城門打開。桃太郎拔出戰刀，和小白狗衝進了鬼城。

城裡，鬼的大頭目——黑鬼大將跟一群小鬼酒宴正酣，見桃太郎他們勢單力薄，也沒當一回事。桃太郎大喝一聲：「我乃桃太郎是也！特意前來消滅你們！」黑鬼大將生氣地罵道：「小小的桃太郎，你嚷什麼嚷，不要太狂妄了！給我上，把他們統統殺掉！」一群青鬼、赤鬼、黃鬼紛紛操起武器，將桃太郎他們團團圍住。黑鬼大將像轉風車一般舞動大鐵棒，砸向桃太郎。桃太郎敏捷地把頭一偏，鐵棒砸到一塊大石頭上，石頭碎裂而飛濺開來。

桃太郎趁黑鬼大將發愣的工夫，從腰間掏出一個糯米飯團，不慌不忙地吞了下去。「臭妖怪！我已經吞下了天下第一的飯團，身上有了百倍的力氣！誰怕誰啊？來吧！」說著，他揮刀向前，與黑鬼大將戰成一團。

桃太郎的夥伴也與他並肩戰鬥。小白狗（病消除）「汪汪汪」地叫著，狠狠地咬住了代表疾病的青鬼的腳；小猴子（惡消失）伸出爪子，把無惡不作的赤鬼的臉抓得傷痕纍纍；雉雞（災消解）也用牠銳利的嘴將慣於興災作難的黃鬼的眼睛啄瞎。這群厲鬼被打得落花流水，抱頭鼠竄。黑鬼大將一見爪牙都逃了，不由得慌了陣腳，桃太郎趁機一刀擊在他的背脊上，黑鬼大將渾身酸軟麻痺，痛得眼淚都出來了，急忙跪地求饒：「桃太郎，請你原諒我們吧！我們發誓以後再也不敢作惡了。」惡鬼紛紛投降，將手放在頭上，表示誠意。

善良的桃太郎饒恕了這群惡鬼，黑鬼大將慶幸不已，主動交出了所有搜刮來的寶物，被他們搶走的領主女兒也放了出來。桃太郎將金銀珠寶全都堆放在一輛推車上，帶著領主的女兒和三位夥伴，高高興興地離開了鬼島。

他們回到村子後，村民們都圍了過來，歡迎這些小勇士。桃太郎便將金銀珠寶全分給了老百姓。老公公和老婆婆自豪地稱讚說：「好孩子，真是多虧了你，從此我們的村子又太平了！」

領主聽說自己的女兒被英勇的桃太郎救了出來，又聽說桃太郎慷慨地將財寶都分給鄉親，對桃太郎非常嘉許，就將女兒嫁給了桃太郎。

領主的女兒是一位知書達禮、孝順長輩的好女孩，從此以後，桃太郎和他的妻子、老公公和老婆婆，還有三位小夥伴住在一起，過著幸福快樂的生活。

【狸貓】

狸（たぬき），又稱獾狸、狸貓、大山貓，是日本民間口耳相傳、家喻戶曉的一種神秘動物。

由古至今，狸貓都是日本人十分喜愛、類似於寵物的小妖。與其他可怖可畏的妖怪相比，狸一直給人以容易親近的良好印象。狸作為可愛系的小妖怪，單看其稍顯肥臃的笨拙身材和兩塊黑眼圈便會令人忍俊不禁，心生好感。在許多民間故事中，狸對人類沒有任何危害，牠們和住在山裡的人相處得十分融洽。看似憨憨笨笨的狸總是富有幽默感及臨機善變的機智，因此相當討喜。這與狡猾的狐形成了鮮明的對比。

狸貓因其善變的特點而被人們親切地稱為「百變狸貓」，牠們性情風趣、愛開玩笑，善於使用類似障眼法之類的法術，將自己的身體變為任意形狀，而後突然鑽到角落或縫隙裡躲起來，或是隱身在一邊挖著墓穴，總之不讓人看見。平時無聊的時候，就喜歡靠變身來搗蛋，無傷大雅的鬧劇一齣接著一齣，其中最有名的「惡搞」是將樹葉變成銅錢以欺騙貪心的人。此外，牠們還常常偷喝老百姓家裡的釀酒，喝得醉醺醺的，四腳朝天地躺在庭院裡呼呼大睡，逗得人們哈哈大笑！

人類對狸貓的喜愛，使得在民間故事中，狸貓扮演的角色總是充滿機智與幽默。相傳空海大師在四國設立道場時，因為嫌狐狸太過狡猾，施法將狐狸悉數驅離四國，只留下老實憨厚的狸貓。所以僅在四國，關於狸貓的傳說就有五十多個。

諸多關於狸貓的詼諧傳說中，群馬縣的「文福茶釜」、愛媛縣的「八百八狸物語」、千葉縣的「證誠寺狸貓」並稱「三大狸貓傳說」，流傳最廣。

相傳曾經有一家狸貓居住在深山裡，因為生活清苦，家裡常常有上頓沒下頓，有一天終於到了沒有任何食物的地步。按照狸貓一族的規矩，不能用法術偷盜別人的財物，只能通過勞動努力賺錢。於是狸貓爸爸和狸貓媽媽商量，把自己變成茶釜讓狸貓媽媽拿到集市上賣掉來換些吃的，過段時間再變成狸貓逃回來。狸貓媽媽按照計劃將狸貓爸爸變化的茶釜賣給了一家寺院的住持，住持吩咐小沙彌將茶釜擦乾淨以便煮茶。當小沙彌擦到茶釜底部時，卻聽到茶釜發出了怨言：「喂，這樣磨很痛呀，小和尚，你就不會輕一點磨喔？」嚇了一跳的小沙彌不知所措，慌忙跑去告訴住持。住持早知道是狸貓在搗鬼，卻故意斥道：「胡說八道，茶釜怎麼可能會說話？不准偷懶，趕快去燒水煮茶。」小沙彌無奈，便把水注入茶釜，點了火開始燒水。隨著溫度逐漸上升，從茶釜裡又冒出微弱的聲音：「喲喂，好熱喔！我快被燙死了！」突然狸貓現出了頭、身體和四肢，夾著燒燙的尾巴準備逃之夭夭。早算到是狸貓化身為茶釜的老住持，施展法力，一鼓作氣拿下了茶釜狸貓。經過一番說教，茶釜狸貓只好留在寺裡做一輩子文福茶釜了（「文福」就是指熱水在茶釜中煮沸時的聲響）。

「狐狸」在中國是一個合稱的名詞，但在日本，卻是兩回事，狐經常與狸發生爭鬥。讚岐（今香川縣）一地，有一支強悍的「禿狸」族，他們的老大名叫團三郎狸，長著一顆碩大的腦袋，精通變身術，是個狠角色，手下「狸子狸孫」眾多，專為守護四國這塊地盤而和狐軍團對抗，狐族想踏進一步都不可能。因此四國全地至今為止也看不到狐的蹤影。

不過狸也並非盡幹搗蛋的事，作為最親近人類的妖怪族，有些受到人類幫助的狸常常會化身為馬或女子，去市場上變賣自己來答謝處於困境中的恩人。可是無論報恩也好，搗蛋也罷，到最後都會被人類識破，這就是狸有趣的地方。

❶……狸的奇幻行徑

狸之腹鼓：

深夜，不曉得從哪兒傳來太鼓的聲音，這是狸的拿手絕活，就是敲打自己的腹部發出聲響，「狸之腹鼓」被列為東京番町七大不可思議現象之一。古時候，京都有會彈琴的隱者，傳說經常在有月亮的晚上與狸的腹鼓合奏，樂音相當美妙。

證誠寺狸貓歌：

證誠寺附近有一片被稱為「鈴森」的樹林，松樹、柏樹、竹子鬱鬱蔥蔥，環境優雅，是狸貓築巢定居的地方。在一個明月皎皎的中秋之夜，證誠寺的住持在窄廊彈起了三弦，優美的弦樂吸引了森林裡數百隻狸貓，牠們紛紛跑到證誠寺裡，側耳傾聽。住持望著似乎通曉音律的眾狸貓，心中油然而生得遇知音之感。

樂聲達到高潮時，一隻個頭很大、看上去像是首領的老狸貓竟然和著三弦的旋律，踏著節拍，拍起肚子跳起舞。其他狸貓也紛紛用葉笛伴奏，邊吹邊舞。人狸合奏，氣氛融洽，如癡如醉，如此連續了三夜。到了第四夜，住持左等右等，眾狸貓卻一直沒有出現。住持非常失望。

次日一早，住持清掃殿宇四周，赫然發現「狸貓歌舞團」的那隻老狸貓躺在地上，肚皮破裂，已然斷了氣。原來牠捧場過於熱情，竟把肚皮給拍破了。

一九二四年，著名的童謠詞作家野口雨情，擷取這一傳說作為素材，寫出了童謠《證誠寺狸貓歌》，成為日本兒童必唱的經典歌謠。

⊙ 狸貓與文福茶釜

❷……形形色色的狸

狸作為日本最大的妖怪部族，有確切名稱和記載的種類就有上百餘種，其中較有代表性的種類如下：

① 豆狸

豆狸在四國境內很多，牠們有著奇怪的行徑，喜歡在八個榻榻米寬的室內，四肢趴在地板上裝作驚奇的樣子。在下著小雨的夜晚，還會把睪丸披在自己的肩上，然後去找酒和食物。

② 幽靈狸

幽靈狸由死者化身而成，主要分佈在四國地區。

③ 坊主狸

阿波美馬郡半田町有一座「坊主橋」，躲在附近草叢中的狸有一個奇怪的癖好，喜歡把過路人的頭髮全部剃光，這令當地的人頗為煩惱。坊主狸由此得名（坊主即和尚之意）。

④ 吊蚊帳狸

在阿波三島村，有一種狸會在半夜三更的時候襲擊路人，路人會感覺路旁似乎吊著蚊帳，朦朦朧朧，既不能前進，也不能返回，怎麼也衝不破！這種情形在中國就是所謂的「鬼打牆」。

⑤ **首吊狸**

阿波三好郡有一種狸，喜歡在夜間倒吊於幽暗過道的樹上，不停地晃動頭顱來嚇唬路人。其身手十分矯健敏捷，常讓路過的行人一通好嚇，以為是幽靈出現了。

⑥ **宅左武衛門狸**

洲本狸的長老，在別人經濟困難時會施以援助，是掌管金融之神靈。

⑦ **妖狸**

能幻化成人形的狸。妖狸和狐一樣喜歡在富裕的人家中寄居，甚至附身在人的身上，迷惑他人。

⑧ **柴右衛門狸**

日本三大狸之一，同時也是洲本八狸之首，惡搞之王，故被敬為惡作劇之神。

⑨ **柴助狸**

柴右衛門長子，象徵疾病痊癒的神靈。

⑩ **御增狸**

柴右衛門之妻，就是那位用樹葉變銅錢的小可愛，象徵生意興隆的神靈。

⑪ 御松狸

柴右衛門的女兒，年輕貌美極具人氣，是女性的保護神。

⑫ 左武衛門狸

每晚於各戶門前巡探有無未關好家門的狸，是安全防範之神靈。

⑬ 川太郎狸

檢查關卡和河堤的安全，是象徵交通安全之神靈。

⑭ 風狸

風狸又稱風生獸，外形似貂，渾身青色。乘風可攀越岩石、爬上樹梢。牠火燒不死，刀砍不入，打牠的身子就好像打在鼓起的皮囊上。必須用槌擊其頭數千下方死，但只要有風吹入口中，就會立即復活。

電影《百變狸貓》

《百變狸貓》（平成狸合戰）是由宮崎駿擔任企劃，高畑勳導演完成的原創動畫。影片由一首兒歌開啟：「狸貓，狸貓，我們去玩好嗎？」溫馨的女聲旁白開始講述在多摩丘陵森林裡住著一群天真可愛的狸貓，牠們自得地過著悠閒寧靜的生活。可是，由於人類擴張發展住宅區，使牠們的居住地瀕臨毀滅！這簡直是多摩狸貓有史以來的最大事件。面對空前的生存危機，狸貓們緊急召開會議，決議阻止人類的開發活動。但是，若要對抗擁有先進科技的人類，唯有復興早已沒落的「易容變身術」。於是特訓開始了！在人類不知情的情況下，狸貓們為捍衛家園群起抗擊。

然而可悲的是，本性勤奮卻稀裡糊塗的狸貓們雖然作出了許多努力，但計劃總在意想不到的地方節外生枝，遇到挫折。這場戰爭只不過是狸貓一廂情願發起的，換言之，牠們所做的一切只是一場獨角戲。到最後，各種方法都用過了，得出的結論卻是無路可走，狸貓們的選擇只有幾種：變成人的模樣融進社會中；在城市之間僅存的森林裡苟延殘喘；被優勝劣汰的自然法則毀滅……

本片將反思與嘲諷用滑稽幽默的方式予以體現，雖然氣氛輕鬆，但觀看之後仍令人心情沉重。比如在故事最後，有一句台詞使人難忘：「隨著開發的進行，狐狸與狸貓都會漸漸地消失，不能讓這種情況停止嗎？如果狐狸與狸貓都消失了，那麼兔子與黃鼬又會怎麼樣呢？也會漸漸消失吧？」

是的，如果聽任人類無休止地破壞大自然，那麼動物真的會消失殆盡。準確地說不是消失，而是被「消滅」！在這裡，妖怪的「復興」代表了大自然力量對人類恣意妄為的反擊和警醒。也許只有當我們真正體會到妖怪文化中所包含的哲學與睿智時，才不會簡單地將此看作是一場荒唐的戰爭。難道人類與大自然就沒有一種和諧的共同生存方式嗎？《百變狸貓》在搞笑的同時留給大家一個關於環保的深刻道理，讓我們慢慢咀嚼體會！

【河童與山童】

❶……河童

日本不僅四面臨海，而且江河縱橫列島，自然導致了「水域文化」的盛行，與水相關的妖怪著實不少。在水域群妖中，河童（かっぱ）絕對可稱名妖，它的大名，相信不少中國人也早有耳聞。由於它們生活在日本各地的河川或水澤中，有「住在河川的孩子」之意，故而得名河童。

河童的本體原是水神，相當於中國的河伯一類，後來受到外來宗教傳入的影響，漸漸失去信徒，沒有了廟堂上的香火供奉，神性不斷淡化，只好自力更生，落草到凡間當起了妖怪。《西遊記》中的沙僧，傳到日本後，總是在動漫遊戲中被描繪成河童的模樣，就是出於這個原因。

日本最早關於河童的記載，出自《日本書紀》。仁德天皇年間，就有旅人渡河時，受河童加害而中毒嘔吐。《百物志》、《萬鬼錄》、《妖怪物語》等古書籍中也都記載有它的身影。日語裡有很多與河童有關的俗語，比方河童愛吃黃瓜，所以海苔捲黃瓜壽司就叫做「河童卷」。

綜合各類傳說中的描述，河童身高大約一米出頭，外形如四五歲孩童大小，臉像青蛙或烏龜，有著鳥喙一樣的尖嘴，口腔上下各有四根尖牙，撕裂食物的速度相當快。它全身皮膚泛綠色，身上長滿鱗片，毛髮一般為紅色，背上馱著一個暗綠色的龜殼，非常堅硬，刀槍不入。將這個龜殼脫去後，河童就能變化為人。它身上會發出臭味，並且有滑膩的黏液，其手有四指，指間有蹼，能在水中以驚人的速度游泳，所以很不容易捕捉。這些生理特點使得它很適宜生活在潮濕的水環境中。

河童水陸兩棲，不但擁有上述「水軍裝備」，其陸地機能也相當發達。它的手臂特別修長，可以左右靈活

⊙ 河童

地運動，雙腕的骨頭相連相通，如果一端被切斷，立刻會從另一端再長出來，再生能力很強。據說它被切斷的手臂，可以製成治療跌打損傷的特效藥。它圓圓的眼睛會發光，眼神很是犀利，視野深遠；而鼻子則像狗兒一樣靈敏。這幾點令它在遇到危險時，可逃可守，進退裕如。如果來不及逃跑，就把四肢像烏龜那樣縮進龜殼裡，令敵人面對堅硬的龜殼束手無策。要是有機會逃跑，它就會撅起屁股，屁股上有三個屁眼，只要狠狠地放一個響屁，登時噴氣的推力會快速地將身體反射出去，逃跑的速度甭提有多快了！日語中有個慣用說法「河童之屁」，就是指簡簡單單即可辦到的事。萬一被人類捉住，河童會跟人類訂下種種誓約，不是送淡水魚，就是傳授靈丹妙藥的配方。「河童藥」治傷療病頗有妙效，是難得的寶物。

水，是河童最大的法力來源。因此在其頭部中央有一個凹陷，好似圓盤一般，盤裡盛滿了維持生命的水，水令它力大無比。當河童脫離河流登陸後，在陸地上它的力量就與盤裡積儲的水量成正比，只要水不乾涸，擅長相撲的河童能夠將一匹馬活生生地拖入水中。所以日本有句俗語形容天大的災難，就叫作「河童滅頂」。此外，上了年紀的河童，能擁有極大神通，可用心電感應來洞察人內心的想法，實在可怖。

不過，長期的霜降和冰雨會使河童頭上的盤子變得僵硬易碎，盤子要是破了的話，對河童而言可是致命的。退一步講，即使僅僅是頭頂的水蒸發或者流失，河童的力量也會隨之消失掉，變得十分虛弱，毫無精神。因此日語裡又有一個俗語「上陸的河童」，即指因環境變化而無力顯露才華。

河童膂力奇大，喜歡尋人比賽相撲。它的性情十分頑劣，經常誘人入河加以溺斃，有時還會襲擊到河邊飲水的馬、擄掠在河邊玩耍的孩童。雖然偶爾也幫助人們做點好事，但總體而言，河童是相當危險的。它的惡事包括吸人血、食內臟、偷襲婦女、破壞田地、盜馬等，多不勝數，令人頭痛。不過河童十分懼怕牛，一見到牛就要遠遁。

河童族裔十分龐大，正如人類下可細分為各個民族一樣，河童的總稱下也有眾多不同分支。例如旁支「水虎」

兇狠彪悍，擁有化為液體的能力；而「川太郎」則時常扮作漁夫，有吸引魚群的能力。

至於河童的起源，還得從中國說起。在黃河流域的上游，有一位河川神祇，名叫河伯，這個河伯在中國的神話裡，名聲可不怎麼好。中國的戰國時期，魏國鄴縣每年一到雨季，河水就暴漲氾濫，奪去許多生命、財產。人們都認為這是河伯在興風作浪，於是年年都要犧牲一名年輕貌美的女子來取悅河伯。直到新縣令西門豹上任，才將「河伯娶妻」的迷信破除。

河伯人憎神厭，後來因為調戲洛神，又被后羿射瞎了一隻眼，眼看在中國混不下去了，就索性捲鋪蓋水遁到了日本，入鄉隨俗，搖身一變，連身材也變得矮小起來，成了河童。因為環境適宜，河童大量繁殖，不過好色的本性絲毫未改，時常強抓少女淫褻，終於惹出一場大禍來。

河童中有一個首領叫「九千坊」，它帶領河童一族從中國輾轉來到東瀛，在九州的球磨川雲仙溫泉住了下來。河童惡習不改，頻繁地騷擾附近的村莊，搶錢搶糧搶女人。它們在河畔潭邊變出美麗的花朵，吸引人類去採摘，自己則變成大魚埋伏在河裡。當人類接近時，便躍出將人拖到水深處。它們不但害得許多無辜的人溺斃，還時常襲擊到河邊飲水的馬牛等牲畜，將牲畜拉至水中後吸乾血並吃空內臟，當真是禍害一方。由於九千坊擁有怪力，又好勇鬥狠，村裡人都敵不過它，只好忍氣吞聲，拿河童毫無辦法。

此事後來被熊本城主加藤清正知道了，清正是豐臣秀吉的養子兼大將，著名的「賤嶽七本槍」之一，以驍勇善戰和築城技術聞名。這樣一條漢子，自然不能讓自己的屬民屢屢受辱。為了打敗九千坊，加藤清正先是施展計謀，將河童引誘到會噴出硫磺氣的地獄谷，然後聚集了大批河童最害怕的山猿，群起而攻。當人看不見河童時，山猿依然可將河童看得一清二楚。九千坊率領河童一族，起先還能勉強抵抗，於是加藤清正又下令把燒燙的硫磺石丟向水中。硫磺石所散發出的熱氣，令河童頭部盤碟裡的水，逐漸蒸發殆盡。失去力量的河童渾身酸軟，癱倒在地，乖乖束手就擒。從此以後，河童只得老老實實地住在熊本縣築後川，後來成為水天宮的使者。

另一種關於河童起源的說法，是本土人造說。傳說日本古代的工匠，在建築神社寺廟或城堡時，因人手不足，便流傳有一種咒術：將人的名字寫在紙條上，然後把紙條塞進木頭的縫隙或草紮的人偶裡，此舉稱為「入魂」，據說建築物會因此而蓋得更堅固牢靠，草紮人偶也因此而有了靈魂。可是在完工後，這些人偶卻被拋棄到河川裡。它們心有不甘，於是紛紛幻化成河童，四處作亂，對人畜形成巨大威脅。

❷……山童

山童（山わろ），是與河童並列的山妖，常出沒於九州一帶的深山中。它身形矮小如孩童，主要特徵是體毛濃密似猿猴，頭頂盤碟，獨目單足，能像人一樣站立步行。

山童的來歷，與河童一樣，皆是從中國流傳到日本。中國古越國一帶（今江浙地區），出沒著被稱為山魈的惡鬼，即為山童的原身。山魈是魑魅的代表，乃掌握疾病與火災之惡鬼，特徵也是僅一目一足。前三三四年，越國滅，山魈遷徙東渡，在日本九州西岸登陸，從此長期定居於九州附近的山野之中。

山童雖然相貌可怕，但心地並不壞，非但不會危害人類，還十分樂於助人，只要給它們飯團吃，就能最大地調動其積極性。特別是對於山澗的樵夫來說，更是常常需要山童的幫忙。比如搬運大樹翻越險峰絕嶺遇到困難，除了飯團，再多給一些米酒作為獎勵，山童就會相當賣力了。再怎麼重的東西對它來講，都很輕鬆，畢竟它是力大無比的山精。不過，千萬別在剛開始幹活時就給山童飯團吃，否則幹到中途它們就會開溜，嚴重不守信用。所以一定要等事畢再給飯團，這樣第二天山童還會來幫忙。

大凡身形像孩童的妖怪，許是帶了幾分稚氣未脫，都喜歡惡作劇，山童亦然。它們有時會闖入民居洗個澡，赤裸著身子讓村民瞠目結舌；有時又潛入山寺，偷和尚的食物吃；如果有獵人晚上在山裡露營，它就會突然出現在獵人面前，將獵人心裡所想，全部說出來，而後對著驚訝不已的獵人扮鬼臉。種種頗具喜劇色彩的惡搞，

⊙ 山童

弄得人們啼笑皆非。

不過切記，山童雖然熱心腸，你可別想打歪算盤算計它，它對危險有著很強烈的第六感直覺，一旦發現有人想害它，就會立刻發覺並馬上逃走，然後對惡人施以疫病與火災的懲罰。

由於山童與河童有諸多緊密的聯繫，所以亦有山童即河童的說法。在古老的年代，很多地方，特別是河川附近都住有河童，不過這僅僅是在春夏時，到了秋冬兩季，怕冷的河童就要往相對暖和的山林裡搬遷，此時只剩下一小部分想留在河邊玩而不願離開的河童。遷入山中的河童，因棲息環境的變化，自然而然地轉變為山童。等到春暖花開時，山童又成群結隊地向河邊移居，回到水中成為河童。

第三章

平安時代

——蓮蓬百鬼，夜行東瀛

小引：時代背景

七九四年（一說七八四年），桓武天皇遷都平安京（今京都市），垂天下以治四百餘年的平安時代緩緩拉開序幕。它與盛唐帝國隔海相對，更加積極地攝取大陸文化，以本國文化為基礎，糅合漢學、唐詩、佛教美術的精華，孕育了令後世讚歎不已、無比華麗的燦爛文化，誕生了《古今和歌集》、《源氏物語》、《枕草子》等一大批優秀的文藝作品。

這一時代，被稱為「瞬息京華、平安如夢」，是公卿貴族文化的盛世。狩衣烏帽、寬幅長袖，塗黑齒、奏能樂、誦和歌，還有女官與皇室之間浪漫的愛情故事，共同構成了全社會絢爛唯美的主色調。從表面上看，櫻花漫天飛舞、長廊蜿蜒百轉；飛渡橋朱紅波碧、延曆寺莊嚴肅穆；薰染了淡淡梅香的十二單衣，伴著悠揚動人的和琴聲；烏黑如墨的七尺青絲，映襯著胭脂暈成的櫻唇。一切都華麗得宛如夢幻，猶如古舊畫卷般一幕幕在世人眼前綿綿展開。

然而光鮮的外表，掩飾不了內在的糜爛不堪，京都平安更不是樂土。社會的不公造就了騷亂與動蕩，統治者為安撫民心，時常將無法解決的問題歸咎於鬼神。人們在生活中禁忌多多，唯恐不小心得罪了鬼神，從而招來災禍。在這個暗昧尚存的年代，隱藏著眾多不為人知的黑暗，魔影縱橫、怨靈交錯。妖魔鬼怪不住在水遠山遙的森林或深山窮谷中，而是屏氣斂息地與人類同居於京城，甚至是同一個屋簷下。它們翳黑、不為人知，但人們依然恐怖地感受到它們的存在。人類在白天活動，鬼怪則於夜間自京城的大道上成群結隊、昂然而過。飲食街、溫泉鄉，妖怪過著如同人類一般的夜生活，好不熱鬧。不小心目睹到這一幕的人都會遭到詛咒而無緣無故地死去。這一靈異現象，就是著名的「百鬼夜行」！所以當時夜間外出冶遊的人們，為了躲避鬼怪，多將《尊勝陀羅尼》縫入衣襟內，以祈求佛祖的庇佑。

平安京，就這樣被妖異所蠶食著，成為魑魅魍魎、蓮蓬百鬼的巢穴，也成為陰陽師活躍的舞台。妖怪文化在這一時代，更是達到了日本史上前所未有的高峰。

【斬妖除邪——陰陽師】

蓬蒿萬里拂醉顏，白月照夜曼吟題。
清風徐步轉纖腰，玉扇賞櫻舞翩躚。
陰陽虛空藏妙道，凝慧含真為修心。
五芒馳鶩拯生靈，天心正處妖孽亡。

❶……陰陽師的起源

在東方奇幻的文化體系中，日本的陰陽師是重要的一個類型。在他們的身上，集中展現了究極的日本神幻文化之美。那麼陰陽師究竟是些什麼樣的人呢？簡單說來，可以說是占卜師，或是幻術師。他們不但懂得觀星宿、相人面，還會測方位、知災異，畫符唸咒、施行幻術。對於人們看不見的力量，例如命運、靈魂、鬼怪之事，也都深知原委，並具有支配這些神工鬼力的能力。因此，陰陽師可說是溝通人與靈界的存在者。

⊙ 陰陽師

陰陽師聚集在一起而形成的組織稱為「陰陽道」。日本的「陰陽道」起源於中國春秋戰國的百家爭鳴時期，在當時有一支以齊國人鄒衍、鄒爽為主要代表，主張提倡陰陽、五行學說的學派，被稱之為「陰陽家」，他們的學說就是「陰陽五行說」。

「陰陽說」是把「陰」和「陽」看作事物內部的兩種互相消長的協調力量，認為它是孕育天地萬物的生成法則。「五行說」則是基於「金木水火土」這五種基本物質不斷循環變化的理論，而發展出的五行相生相剋的觀念。

在蒙昧的科學洪荒時代，為了避免災厄的降臨，人們總是希望能預先得知天地變遷的異動，「陰陽五行說」的出現將這一冀望變成了現實。由於它解析、說明了一般平民百姓所無法理解的事物，同時對時間的推移、自然的變化以及人生的各種際遇都能進行較為精確的推算，因此大受歡迎，成為一時顯學。其代表典籍就是自周朝流傳至今的文化瑰寶——《易經》！

六世紀，中國的陰陽五行學說經由朝鮮半島傳入日本，並混和了道教咒術與密教占術，漸漸地滲透進入日本文化，形成了陰陽道獨有的神秘思想。不過當「陰陽道」這個名詞正式出現在日本史料上時，已經是十世紀的事了。此時的陰陽道已有別於早期的中國陰陽思想，它兼備了占卜、祭祀、天文、曆法等應用，上至國運昌隆、天皇安危，下至庶民之事，都可運用陰陽道的知識來解釋。推古皇朝的聖德太子就是善於運用這門知識的佼佼者。篤信佛教的他在制定「冠位十二階」及服裝顏色時都曾考慮到陰陽五行的配合，對日本社會造成了極大影響。

中世紀的日本，是一個外表文治、和平，但內部卻充滿了骯髒權力鬥爭的時代。由於公家統治的無能，造成了底層人民生活的極度痛苦。人們普遍產生了「我為什麼而活著」的疑問。上層社會的失意者及悲觀的士大夫，也有著「江河日下，人生如夢」的迷惘。精神上的全面萎靡，導致各類負面情緒充斥了整個時代，再加上當時日本遭遇了前所未有的天災人禍，因此人心惶惶，鬼神之說甚囂塵上。貴族對方位、日期的吉凶之說深信不疑，不但每逢出門均要選日子挑方位，就連起床、洗漱、吃飯等日常瑣事都有相應的禁忌，一有疾病災禍就託言鬼怪作祟，而朝廷行事的吉凶也要依照各種禁忌原則。於是，咱們負責此類事物的官方機構「陰陽寮」，在天武天皇時期正式成立了。

陰陽寮設長官「陰陽頭」一人，陰陽博士、天文博士、曆法博士各一人，漏刻博士兩人及陰陽師六人，全部屬「國家公務員」編制。其主要職責是負責天文、氣象、曆法的制訂，並判斷祥瑞災異，勘定地相、風水，舉行祭儀等，可支配守辰丁、得業生等下屬人員。陰陽道至此成為律法制度的一部分，誰控制了「陰陽寮」就等於握有詮釋一切的能力。陰陽道成了天皇獨佔的御用之學。

❷……平安時代——陰陽師的興盛

十里大道，枯槁荻草，陰風黑霧籠罩在天空，腥熱風塵撲打在聳立於青山綠水間的朱色城樓上，沙沙作響。竹林、夕霧、嫋嫋薰香，濃豔衣裾，檜扇輕搖，貴族極盡所能行風雅之道。但是，紅梅掛衣、光鮮織錦仍然蔽不住森白枯骨的悲歎，鬼神、妖魔、怨魂，駐留在每個人的心中，存在於世上……這般景象是日本平安時代所特有的。此際，人界與靈界模糊地交錯在一起，惡靈纏繞、眾生難安！

為了鎮壓世間的黑暗，平衡天、地、人、鬼間的矛盾，一個特殊的群體——「陰陽師」大顯身手。陰陽師是宮廷中負責卜筮、祭儀、除靈、施咒、天文觀測的職官，他們能看見一般人見不到的惡鬼或是怨靈，不論多麼強力的詛咒都能化解；還能操縱一種被稱為「式神」的超自然生物，請它們代辦各種事情。在陰與陽的彼與此之端，陰陽師靜靜地觀察著天象變化，衡度著地理的消長。藉由森羅萬象的卦卜和神秘莫測的咒語，驅邪除魔、斬妖滅怪，成為上至皇族公卿，下至黎民百姓的有力庇護者！在這個黑暗與華麗相融的時代，他們像是黑暗中散發著一絲光芒的指針，雖然隱晦卻能直指心的方向。

不過陰陽師的飯碗可不是好端的。正如天界星辰的變動會反映出地上人間的禍福安危一樣，政治複雜殘酷的利益鬥爭也牽連到禁忌的虛幻世界。在爾虞我詐的宮廷中生存，他們不但要通曉天文學、方位學、易學、土木學、化學、中藥學等精深學問，還必須熟稔一切風雅事，和歌、漢詩、琵琶、笛，還有香道或者茶道，樣樣都要涉獵。面面俱到之餘，尚須有看穿人心的本事及隱藏不洩密的職業道德。所以能成為陰陽師的，俱是當時一等一的俊彥之才。

平安時代由於陰陽道深植人心的威力，迷信也自然而然地廣泛流行。陰陽師因應貴族的請求進行各式咒術的施法，許多當時未解的暗殺事件背後似乎都藏有陰陽師的暗影。人們猜測著，卻不敢明言，咒殺的謠言四起，將陰陽師推向另類的更為崇高之地位。當權者無不想將他們的能力納為己用，以排除異己，保障自身權力與安全。奈良時期，天皇更決定以陰陽道預測天地的能力作為統治人民的手段，將陰陽道相關的技術與人才收編國家管理，並近距離監視其發展。一般百姓被嚴禁擁有《河圖》、《洛書》、《太乙》等陰陽道的專門典籍，陰陽道成為國家的獨佔工具，陰陽師也隨之成為「熱門職業」，開始以國家專屬的占術師身份活躍於歷史舞台上。在整個平安時代，他們達到了興盛發展的巔峰。

❸……東方魔鬼終結者——安倍晴明傳奇

其心，恒常不動，迷離卻勝浮雲；
其目，有縛鬼裂魔之光；
其口，明豔朱唇之下有利舌如刀；

其女，時有美貌妖魅相隨；
其友，質實心熱，真心唯他莫許。
——岡野玲子《陰陽師》

由於長期接觸政治鬥爭的黑幕，使得陰陽師雖然官階並不高，但卻多受權臣貴族的仰仗，其地位遠遠淩駕於一般官員和武士之上。在這樣的背景下，當時位居陰陽師實力第一把交椅的賀茂忠行，在世人訝異的注目下，收了一位面目清秀的年幼童子為徒。這名俊雅的靈犀少年，就是後來鼎鼎大名的陰陽道一代宗師——安倍晴明。在眾多傳說及書籍記載中，只要涉及到「陰陽師」這個名詞，安倍晴明都會如晨星般閃耀而出。

出身：

安倍晴明的傳奇故事在日本家喻戶曉，他的名字本身，已成了平安朝文化的一部分。如果說自古以來，每一種宗教或學說都對應著至少一位代表人物的話，那麼在陰陽道中，安倍晴明便是當之無愧的天皇巨星。論長相，他貌似潘安；論才智，文武雙全。他是民眾眼中的英雄、無數少女心目中的偶像，諸多文藝作品、電視節目以及各類野史異說中都浮現著他的身影。常用於伏魔降妖的「五芒星」符號（或稱為晴明桔梗印），相傳即為安倍晴明所發明。善用方術而又處事圓融，似蓮般孤潔疏離、若竹般清淡獨傲，長帽下的雙眸無限風流，嘴角邊的笑意輕煙浮淡；他就像流雲一般難以捉摸，飄逸在夢的彼端。

歷史上，安倍晴明真有其人，但關於他的事蹟，則眾說紛紜。他生於平安朝中期的延喜二十一年（九二一），卒於寬弘二年（一〇〇五），師從賀茂忠行學習陰陽道，是平安時代極富盛名的陰陽師。晴明的軼事中，最有名的該是他的出身。根據《臥雲日件錄》，晴明是「化生之人」，也就是自然而然地出現在這世上，非從妖魔演變，但也不是由母親生下。《簠簋抄》則記載，晴明的母親是和泉國（今大阪）信太森林裡的白狐，晴明實為人狐之子。晴明的父親——大膳大夫安倍益材，自惡右衛門手中救出一隻白狐，這白狐是森林中修行多年的狐仙葛葉，她幻化為人，以身相許來報答益材，並產下了晴明。晴明因此繼承了母親強大的靈力，能夠在黑雲詭奇的暗夜中，看到成群結隊出外遊蕩的妖怪或怨靈，即「百鬼夜行」。據《今昔物語集》卷二十四載，某夜賀茂忠行師徒一行人在平安京某大道上趕路，忠行坐著牛車，其餘人步行，晴明也在其內。恰逢百鬼夜行，一群妖魔迎面而來，生人若近，災禍立隨。天賦異稟的晴明以未修行之身在第一時間發現了此事，及時稟告給師傅。忠行馬上佈陣，施展方術，才使得一行人安然度過此劫。自此之後，忠行對晴明青睞有加，將陰陽道的深奧學問傾囊相授，而晴明本身的聰穎和資質，也使得整個學習過程順利到超乎常人想像。史書對此評價曰：「如灌水入甕。」他所著的《占事略決》，則是關於陰陽道占卜的重要文獻。

後來，賀茂忠行之子賀茂保憲將陰陽道一分為二，「曆道」傳於嫡子賀茂光榮，「天文道」傳於安倍晴明。從此，陰陽道由賀茂與安倍兩家平分天下。再後來，安倍家族成為最著名的陰陽道家族，把持了整個日本的陰陽道。

除妖：

難以解釋的事物不論何時都存在著。特別是在古代，自然環境的不確定性威脅著人類的日常生活，水患、旱災、寒禍，不斷有生命在災害中受盡痛苦地死去。由於情況過於淒慘，人們便認為那些不幸的往生者，會流連於世、徘徊不去，於是敬畏著它們，並為其冠上了「妖魔」、「怨靈」之名。深諳其中奧秘的陰陽師藉由秘儀秘法，操控著暗之力量，於異形世界與現實世界間往來，除了執行規定的任務外，他們還常需奉行天皇或有力貴族私下的請託。著名的權臣藤原道長就相當重視法力高強的安倍晴明，屢次拜託晴明解決棘手事件，而且無論到哪裡，也總是帶著晴明，深怕被反對勢力所詛咒。晴明屢次揭破藤原政敵的加害圖謀，令藤原的地位穩如泰山。

安倍晴明不但擁有收妖伏魔的能力，還能聽懂鳥語，召喚式神為自己做事。滕蛇、朱雀、六合、勾陳、青龍、貴人、天后、大陰、玄武、白虎、大裳、天空，此為晴明所召喚的十二式神，它們完全服從並保護其主人。在《今昔物語集》及《宇治拾遺物語》中，曾寫到他應邀操縱式神殺死青蛙的故事。某日，年輕的公卿和僧人充滿好奇地問他說：「聽說您能操縱式神，可以在瞬間殺死人嗎？」他答道：「人死不能復生，豈能簡單草率地殺人？否則就是作孽了。」僧人登時哂笑起來，以為晴明並無真本事。恰好此時庭院中有隻青蛙呱呱叫，很是吵人，公卿便說：「既然殺人不可，請讓我們看看如何殺死那隻青蛙吧！」他一邊歎息說「作孽啊……」，一邊摘下一片草葉，在唸唸有詞之後丟向青蛙，當草葉碰到青蛙的那一瞬間，青蛙立刻被壓成肉漿死掉了。公卿和僧人失色不已，方不敢小覷晴明。

有關他除妖的事蹟不勝枚舉，其中最為人津津樂道的是九尾狐與殺生石的故事。九尾狐是專門幻化成絕世美女迷惑君王的妖怪，她在夏桀時化身為妹喜、在商紂王時化身成妲己，均是傾國傾城的紅顏禍水。當商朝滅亡時她被姜子牙追殺，被迫來到日本，自稱「玉藻前」，贏得了鳥羽天皇的寵愛與信任。後來天皇得了怪病倒臥床榻，眾大臣開始懷疑她，請安倍晴明暗中對她進行占卜，終於將「玉藻前」的九尾妖狐真面目曝光。御體康復的天皇惱羞成怒，發出追殺令，最後九尾狐被安倍晴明擒殺，但其野心和執念仍以「殺生石」（會噴出毒液攻擊鳥類及昆蟲，令動物無法近身的石頭）的形態保留在那須野，時時刻刻等待著報復時機的到來。（詳見本章「葛葉與玉藻前」）這一著名的除妖故事，為詭美的平安京勾劃了一筆最為神秘的傳奇。

❹……《陰陽師》旋風

安倍晴明的生平事蹟，在平安時代後期就已在《大鏡》、《今昔物語集》中被廣為傳述；鎌倉時代於《宇

⊙ 陰陽師除妖

治拾遺物語》、《續古事談》、《古今著聞集》、《源平盛衰記》中又多次出現。至江戶時代，更有《晴明物語》、《蘆屋道滿大內鑒》等書記載他的軼聞。到了現代，以日本著名奇幻小說大師夢枕貘所著的《陰陽師》系列小說為代表，將陰陽師和安倍晴明的傳奇推上了時尚流行的尖峰。由此所演化出的陰陽師旋風在電影、漫畫、遊戲、歌舞伎、落語等藝術形式上全面鋪開，使得日本人看待安倍晴明就像我們看待姜子牙、諸葛亮或是劉伯溫一樣，既敬且畏。百家爭鳴之下陰陽師的人生也變得更加多姿多彩。

小說：

《陰陽師》系列小說，是以日本民間傳說為基礎的神怪小說，取材自《今昔物語集》，以安倍晴明（陰陽師）、源博雅（武士）這兩個主角為中心，展開一段段離奇神怪的故事。夢枕貘完全拋開典籍，縱橫六合，以神秘古典又不失閒適的文筆構築了當時獨特的奇幻文化景象，更把安倍晴明塑造得有血有肉。他飄逸恬淡又愛戲謔人間的性格，加上耿直武士源博雅作為對比互動，使得故事十分生動有趣，令讀者著迷。此外，夢枕貘雖寫鬼神靈異之事，卻用一種超脫的心態思索咒術、陰陽術與人間的哲學問題。故事中蘊藏著深刻的人情物理，寓意幽遠，不流於一般迷信，對男女情慾之事亦有獨到觀察。由於他筆下的陰陽師並不是鬼氣森森的靈異，而是充滿理解的超然，因此成為影視、動漫改編不可或缺的生鮮素材。

《陰陽師》小說全系列目前已出版十六本，屬於單元式小說集，彼此之間劇情獨立，分別為：《陰陽師》、《陰陽師：飛天卷》、《陰陽師：付喪神卷》、《陰陽師：生成姬》、《陰陽師：鳳凰卷》、《陰陽師：龍笛卷》、《陰陽師：太極卷》、《陰陽師：瀧夜叉姬（上）（下）》、《陰陽師：夜光杯卷》、《陰陽師：天鼓卷》、《陰陽師：醍醐卷》、《陰陽師：醉月卷》、《陰陽師：蒼猴卷》、《陰陽師：螢火卷》、《陰陽師：玉兔卷》。

電影：

《陰陽師》能在日本成為街談巷議的熱門話題，電影功不可沒。在完美的銀幕影像世界裡，《陰陽師》迎來了它成功的頂點。主人公安倍晴明更是成為超越千年的英雄人物。

作為文學作品的影像呈現，由野村萬齋、深田恭子等人主演的電影《陰陽師》系列，以一連貫富含情感支線的故事為主要敘述內容，將文字化主述的安倍晴明加以具象化，賦予其豐富的文化意義與神話意義。考究的服裝扮相、豪華盛大的佈景與日本風味的格局相映襯，帶著大和民族慣有的神情特質，真實再現了陰陽師神秘而又優雅十足的風貌。影片同時在技術上、構成上都對作品的深度和風格進行了完善，給人耳目一新之感。安倍晴明活靈活現地躍入銀幕，頑童似地略帶點悲憫情懷，輕而易舉地使觀眾跌入《陰陽師》所塑造的玄妙奇幻世界以及平安時代炫麗繁華的勝景中，如癡如醉，難以自拔。

漫畫：

《陰陽師》的漫畫眾多，其中最為著名的是由岡野玲子在一九九四年改編的漫畫《陰陽師》和岩崎陽子的《王都妖奇譚》。

岡野玲子的漫畫《陰陽師》可說是日本漫畫界中陰陽師題材的代表作。它的背景設定在平安時代中期，故事多取材自小說原著中的短篇，敘事簡潔、畫風典雅，對話輕妙灑脫、人物極盡風致，在服裝和建築方面也頗為考究，其格調為時下一般漫畫所少見。

漫畫中晴明以冷淡的美男子形象登場，他對萬物多情、對權貴無視，舉止風流、心思難測，飄逸邪魅的姿態儼然欲出。斬妖除魔的英雄式人物被賦予重新造型，妖魔鬼怪也和普通人一樣具有愛恨怨憎，這些改變令漫畫受到女性讀者的大力追捧，在日本掀起陣陣波瀾，至今依舊「高燒」不退。岡野玲子更憑此獲得日本漫畫界最高榮譽——「手塚治虫文化獎」！

撫摩過岡野玲子的畫集，岩崎陽子的《王都妖奇譚》又搖曳著綺麗的舞姿來到奇幻漫畫迷的身旁。《王》共一套七本：自一九八八年《邪天降魔行》一直到二〇〇二年番外篇《冥姬》，以橘影連之死為結束，掀起了陰陽師漫畫的新潮流。它的主線情節是安倍晴明對抗師兄橘影連的京都保衛戰，前者為保衛京都而與魑魅魍魎作戰，後者為報滅門之恨發誓要毀滅京城。這段期間，安倍晴明更遇見了右大臣的少子、當今天皇寵妃的兄弟——藤原將之，從相互嫌棄到結下深厚友誼，發生了一連串緊張有趣的故事。再輔以各種日本傳統鬼怪故事之翻新版——櫻花、蜘蛛、狐狸、畫皮、地縛靈、瘟神……真可稱得上膾炙人口的奇幻漫畫經典。

在畫風上，岩崎是將男性的剛毅與柔美完美結合的難得一人！憂鬱的小子橘影連，越行越遠直到走出人世間；而坦誠的小子安倍晴明，則逐漸蛻變成內心縝密、不動聲色地遊走於權力紛爭的刀刃之上，偶爾也玩世不恭、閒雲野鶴般的一代陰陽宗師。栩栩如生的刻劃，將晴明和橘影連這一正一反兩個主角表現得活靈活現，令人回味無窮！

❺……陰陽術

陰陽術是陰陽師護身、驅邪、祈福的憑藉，在日本古代非常盛行。像役小角和安倍晴明就曾頻繁地使用陰陽術，並在史上留下了諸多事蹟。據說直到現在，一些古剎裡還能找到關於陰陽術的軸卷。

式神：

操控式神是陰陽術的主要技能。式神，是陰陽道的專屬名詞，指由陰陽師從異空間召喚而來、聽其役使的超自然靈體。「式神」的「式」，實際上就是「使用、侍奉」之意，所以「式神」這個詞也可以理解為「被使用、侍奉其主的神」。根據召喚者的靈能力大小，所召喚出的式神也有高下等級之分。

要操縱式神，首先要經過一些特殊的儀式來認主，一旦認主，式神便終身為之所用，式神操控者也需要承擔起使用式神的一切後果。施術者的精神力越強，式神所能發揮的威力也就越大。

式神的種類相當多，其本身的特徵，分為肉眼可見和無聲無形兩類。肉眼可見的式神，大多呈現鬼神、兒童、動物和鳥禽之類的形象，不過大多數式神是看不到的。某些靈力高深的式神代代相傳，只屬於家族內部。比如父親去世後，他的兒子或者弟子便會自動得到操縱式神的權利和能力。

五芒星咒術：

五芒星是陰陽道的代表圖形，其五個頂點代表著地、水、火、風及象徵人類精神力量的第五元素，集中體現了陰陽道思想中「五行相生相剋」的道理。據此衍生而來的五芒星咒術，是陰陽術的基本功，每個陰陽師都必須學會它。它分為大術式和小術式兩種，小術式一般用於靈體防禦，或者加強封印的力量，而大術式大多用在召喚式神、攻擊戰鬥上。

施用五芒星咒術的咒文，是著名的「臨兵鬥者皆陣列在前」。不同的五芒星畫法對應著不同的法術效果，例如火的五芒星，是以上方當頂點，從右下畫起，一筆連成星。如果把五芒星倒過來，那便是把人的精神指向下，即地獄，就會成為邪惡的惡魔符號，倒掛五芒星即代表撒旦。

結界：

結界是密宗的用語，係利用法器或高能量物品（如水晶、天鐵等），運用冥想之力，在某人、某物或某處的周圍，圍繞結成一個完善的防護網，以防止來自異界的干擾。

有別於傳統的肉搏打鬥，結界術靈活多變，只需要「方圍」、「定礎」、「結」、「解」這簡單的四式，就能夠做到攻守兼備，再結合時機與地形，往往能發揮巨大的威力。陰陽師在打坐、入定前，常常要佈下結界，以確保安全。

逆風：
指法術失控，反噬其主。靈力比較低的陰陽師使用高深的咒文，很容易無法駕御，產生逆風現象。輕者受傷，重者嗚呼。

騷靈：
靈能者在承受壓力，或者焦慮時，靈能力會不自覺地洩漏，導致身邊發生超自然的異常事件，稱為「騷靈」。

關於夢枕獏

日本奇幻文學暢銷作家夢枕獏（YUMEMAKURA Baku），一九五一年生於神奈川縣小田原市，一九七三年畢業於東海大學日本文學系，一九七七年於《奇想天外》雜誌上發表《青蛙之死》而初出文壇。為日本SF作家俱樂部會員、日本文藝家協會會員。

他嗜好釣魚，也熱衷於泛舟、登山等户外活動。喜愛攝影、傳統藝能、格鬥比賽、漫畫的欣賞。多才多藝的他，除了廣受讀者好評的《陰陽師》、《狩獵魔獸》、《餓狼傳》等各系列作品外，更在山嶽小說、冒險小說、詭異小說、幻想小說等領域不斷地令廣泛讀者為之入迷。他曾自述，最初使用「夢枕獏」這個筆名，始自於高中時寫同人志風的作品。「獏」這個字，在日本傳說中是一種會將人的惡夢吃掉的吉祥動物。夢枕先生因為「希望想出夢一般的故事」，而取了這個筆名。

戰國時代的陰陽師

戰國時代，皇廷沒落，輪到武士階級治世，各國大名視陰陽道如同敝屣。陰陽師逐漸從歷史舞台消失。不過，全國各地的大名身邊一定都有軍師，而這些軍師的前身大部分正是陰陽師。戰國大名都很在意占卦，武將手中的軍扇，就是咒術的一種。軍扇兩面各畫有日、月，萬一碰到不得不出戰的凶日，便在白天把軍扇的月亮面顯現在表面，讓日夜顛倒，以便將凶日改為吉日。連檢驗敵方首級時都有陰陽道的安魂儀式。所有大名中，大概只有作為「革命兒」的現實主義者織田信長不相信這一套，而德川家康則非常重視咒術。在他開創江户幕府時，迎接了天台宗僧侶南光坊天海（即黑衣宰相）做幕僚顧問，又再度利用了五行思想。天海具有豐富的陰陽道知識，為幕府盡力到第三代將軍時才過世。

陰陽道的現代面貌

安倍晴明的後裔是土御門家，江户時代因受到德川幕府的庇護，一直掌握著陰陽師集團的實權，並成立「土御門神道」。明治維新後，新政府將陰陽道貼上「淫祠邪教」的標籤，不但剝奪了土御門家製作「曆」的壟斷權，更廢除了陰陽道。幸好有不少旁支以土御門家為首，暗地結成了「土御門神道同門會」，苟延殘息下來。一九五二年，根據麥克亞瑟將軍所擬訂的信教自由憲法草案，土御門神道才得以成為正式宗教法人，以「家學」名目存續著陰陽道遺產直至今日。

陰陽道流傳到現代，有不少儀式已落實在日常生活中，例如孕婦於懷孕五個月時，必須在戌日纏上祈望能安產的「妊婦帶」；人們祈求心願能夠達成時，摺的「千羽鶴」等，都是陰陽道咒術的變形。男子的大厄之年在四十二歲，女子在三十三歲的習俗，以及除夕夜的「除夕鐘」必定敲打一百零八下的習慣，也源自陰陽道的數理。

【楓女紅葉狩】

春賞櫻，秋賞楓。「櫻花狩」和「紅葉狩」是日本傳統的郊遊節目。日本是個狹長的國度，每年春天自南向北，櫻花次第開放；到了秋天則自北而南，楓葉陸續著色。有心人若能一路追隨品賞下來，並為之癡迷欲狂，即稱之為「狩」。狩，遊獵之意。日語中有些漢字用得很傳神，頗有古韻，這個「狩」字，正表達出那種「快馬踏清秋」的感覺。

「紅葉狩」，就是秋天在山林間觀賞楓葉的活動。由古迄今，上至公卿權貴，下至工商庶民，都十分看重這一活動。涼風輕拂的金秋，層林盡染，疊嶂的楓葉漫天飛舞飄揚，人們陶醉於這「霜葉紅於二月花」的盎然詩景中，靜靜地眺望著爛漫的山野楓紅，為那如血如脂的紅豔讚歎不已。紅葉的顏色，傳說就是楓女的鮮血染紅的。所以人們在觀賞時，不能長久凝視，只能遠遠眺望。

朱雀天皇治世時，在奧州會津有一對夫妻，夫名笹丸，妻名菊世。二人年老無子，常常到寺社拜求諸神佛賜子，但都沒有結果。一天，他們的鄰居說：「既然求遍神佛皆無效，或許，要走走旁門左道了。你們不妨求禱於第六天魔王試試看。」夫妻倆猶豫再三，最後求子的心壓倒了一切，遂虔心日夜禱告。

第六天魔王，就是慾界最上第六天的「他化自在天王」。當年釋迦牟尼入定菩提樹下，證悟無上大道時，魔王感應到釋迦將離開慾界，脫其所控。於是派遣三魔女率魔兵欲亂佛道，為釋迦所敗。魔王對此耿耿於懷，常思報復。

正巧笹丸與菊世祈禱求子，魔王便於夜間託夢給二人，說：「吾因見汝等心誠，故賜汝等一女，可名吳葉。汝等好生養護，女遠勝男也！」夫妻驟然夢醒，菊世遂感有妊。同年七月，生下一位可愛的女兒，就依夢中所示取名吳葉。

夫妻倆謹記魔王所言，對吳葉細心照料，倍加呵護。吳葉漸漸長大，生得貌美如花、冰肌似玉，更擅長琴藝歌道，真是風華絕代，引得鄰近十里八鄉的男子個個豔慕。當地的一個豪族更是對色藝雙全的吳葉垂涎三尺，他利用權勢，威逼二老把吳葉嫁給自己。吳葉無可奈何，夜禱於天魔，忽然一聲巨響自半空降下：「汝乃吾女所化，定當助汝也！」語畢，吳葉登時沉沉昏睡。次日醒來，已經得有妖法。她取來楓葉一片，施展「一命雙身」之術，將楓葉化為自己的替身，嫁入豪族家；而真身則星夜與二老逃離會津，前往平安京。

吳葉進京後，同二老在京四條大道開了一家髮簪舖維生，並改名「紅葉」。她閒暇時也會教教鄰近的仕女琴藝女紅。不久，紅葉才學豔名傳遍京洛，諸多公子貴胄紛至沓來，皆欲一親芳澤。最終陸奧鎮守將軍源經基拔得頭籌，將紅葉納入府中為妾。

紅葉入門後，在她體內潛伏已久的魔性開始甦醒。她一心想取代經基正妻橘御前的地位，便夜夜施法詛咒橘御前。不久，橘御前突患重病，臥床不起，府內僕人也紛紛傳言半夜時經常出現鬼影。

經基的兒子源滿仲生性機警，起了疑心，便找來陰陽師賀茂忠胤。忠胤取出數十道護符交給滿仲，說：「吾有護符，公可傳於府內諸人佩戴，立可辟邪。若有拒此護符者，是為妖也。」

滿仲於是將護符分給府內眾人，唯獨紅葉拒不接受。滿仲遂與經基密議：「陰陽師忠胤有言如此，獨此女拒而不受，當為妖也。父上可殺之以避災。不然，定受其禍！」源經基深以為然，決意殺掉紅葉。不料當晚床榻之上，經基見紅葉楚楚可憐，又懷有身孕，遂不忍心下手，改為將紅葉與二老流放至信濃國戶隱村。紅葉被逐後，橘御前果然康復。平安京之人由此都相信紅葉確實是魔女。

紅葉被逐離京都後，父母在途中相繼病逝，只剩下她孤零零一人，帶著滿腔憤恨來到戶隱。她在戶隱道中遇到了山姥，將所產之子託付給山姥。山姥攜此子返回相模國足柄山養育，取名為金太郎。金太郎生來力大無窮，喜與山熊相撲為樂。年方五歲，即可揮動大斧，足柄山內妖鬼精怪皆畏服其神力。後來源滿仲的兒子源賴光行經足柄山，見金太郎幼而強猛，十分憐惜，就收為家將同返京都。源賴光日久方知金太郎是自己同父異母的弟弟，於是賜金太郎姓坂田，取名金時，後為賴光四天王之一。

再說紅葉在戶隱結廬隱居，哀其不幸，發誓要蕩平天下悲願。她一面施法為鄉里貧病者療疾，深受鄉人愛戴，一面又時常潛伏於山野，以妖術掠奪往來富商的金銀財貨，然後以此財力收羅鄰近的山賊野盜數百人為羽翼，聚眾而起，縱橫信濃國。信濃守深以為苦，只好求告朝廷派軍進剿。

其時冷泉天皇在位，詔令「余五將軍」平維茂領兵討伐。維茂受命，率軍來到戶隱，佈陣於鹽田，令河野三郎為先鋒大將打頭陣。紅葉獲悉討伐軍至，祭出妖術，發動山洪，水淹河野之陣。河野不敵妖術，大敗退回鹽田。維茂見先鋒失利，又命中軍成田左衛門再度進軍。紅葉以火矢為雨自天而降，成田全軍覆沒，僅自身免難，狼狽逃回鹽田本陣。

維茂見二陣俱敗，己方血肉之軀實在難敵妖法，切齒痛恨，遂發願斷食十七日，期間日日面北禱祝於八幡大神。第十七日夜，維茂於夢中見一白狐口銜寶劍至其榻前，言道：「吾乃八幡大菩薩之使也！紅女，實乃佛敵，攪亂世間。菩薩見公赤誠，特賜寶劍授公，望公克盡所職，誅討紅女以成皇命！」維茂驚醒，見榻前果然有寶劍一柄，慌忙持劍向北拜謝。

維茂得到神劍，改扮為雲水僧潛入戶隱。紅葉已預知維茂變裝而來，命令屬下設宴款待，準備於席間捉殺維茂。席間紅葉施展媚術，勸維茂飲酒，維茂被紅葉的媚態所惑，正要飲下，忽然神音入耳，告曰：「酒有毒，公勿飲！」維茂一個激靈，登時清醒。於是不動聲色，假意舉杯邀紅葉共飲。紅葉仰頭吞酒的一瞬間，維茂拔出神劍，揮手斬出。紅葉發出淒厲的哭吼聲，首級凌空飛出，在空中七旋後墜地。紅葉既死，從賊野盜不過是烏合之眾，無所遁逃，盡為討伐軍所捕。維茂命令將他們全數斬首示眾。

⊙ 楓女紅葉

平維茂得勝回朝，為記此事，特作歌一首曰：「信濃之北山風疾，妖豔紅之葉，乘嵐而舞片片落。」

紅葉死後，因為是天魔之女，所以魂靈未散，潛跡於六道之中。數百年後，紅葉之魂投胎於尾張織田家，以男子形象復現世間，他新的名字叫做：織田信長！織田信長繼承了第六天魔王與佛為敵的夙願，深恨佛徒，攻破比叡聖山焚殺僧徒信眾四千餘人。武田信玄稱之為「實為天魔顯化」。當然，這些都是後話了。

後世之人悲憫紅葉一代佳人，卻落得個身首異處的下場，便設立了一個「紅葉狩」的活動來紀念她。每到秋季，人們凝視著滿樹滿地的楓葉，彷彿看到孤獨了千年的紅葉身著長衣，默默地於秋風中徘徊……

【宇治橋姬】

橫跨宇治川兩岸的宇治橋，是一座雄偉美觀的純日本風格橋，全長一百五十三米，興建於大化二年（六四六），是日本現存歷史最悠久的橋樑。在宇治橋的西頭，矗立著「宇治橋姬神社」。宇治橋姬是長橋的鎮守之神，古代日本人認為橋從此端通往彼端的連繫，寓意著從現世通往彼世的路途，所以，一直將橋視為心靈的歸宿。宇治橋姬作為橋神，也被人們賦予了掌管結界、防禦外敵和抵禦疾病的重要神職，並莊而重之地祭祀膜拜。

宇治橋姬的傳說，隨著時代的演進，有著各種不同的版本。她有兩種形態，一種是橋神，另一種則是鬼女。先說守護女神橋姬。其原型來自於《源氏物語》中的美人宇治大君及其妹妹浮舟。在古語中，「橋姬」一詞也作「愛姬」，即正妻之外的侍妾。讀過《源氏物語》的人，可能都會記得最後的「宇治十帖」，「橋姬」就是其中的第一帖。源氏正妻三公主的私生子薰，深深迷戀著宇治大君，但大君不為所動，只是把異母妹妹浮舟介紹給薰。後來宇治大君染病，以處女之身死去。薰為此痛悼不已，感歎地稱她為「宇治橋姬」。（日文裡「宇治」與「憂愁」音近）大君年紀輕輕就撒手人寰，未曾深愛已無情的殘酷，令薰唏噓萬千。

後來薰將浮舟作為大君的替代，以寄託深情。但浮舟雖容貌與大君相似，性情和出身卻大不相同。她是宇治親王姦污的一個婢女所生，長大後，又因身份卑微被人退過婚。可以說，她是一個可憐人。薰也只是把她當成感情替代品，並非真正愛她。浮舟在遭到源氏繼承人薰和匂宮親王的玩弄後，又被薰遺棄於荒涼的宇治山莊。當時浮舟遙望著宇治長橋，抱著悲傷的心情，寫了兩首歌，一首是：「浮舟隨疊浪，前途不分明。橋長多斷石，不朽語難憑。」另一首是：「我已投身在淚川，誰置木柵阻急湍？故人拋我成永別，此生棄置掩心扉。」這個弱女最終忍受不了現實的無情，縱身躍進了水勢洶湧的宇治川中。

「宇治十帖」從大君寫起，至浮舟跳水自盡結束，宇治橋就象徵著生死界，守護橋的女神橋姬與大君、浮舟就有了必然的聯繫。後世將大君與浮舟合二為一，將這一時期的橋姬，塑造成一位為愛守候、為情等待的美麗女神形象。戀愛的苦惱及思念的甜蜜，被書寫在與橋姬有關的大量和歌或詩文裡，如「恩情無斷絕，豔似橋姬神，恐有孤眠夜，中宵淚沾襟」等，昇華為一種「神性的詩意美」。

此外，還有傳說認為，宇治橋姬和八幡大神是愛侶關係。八幡神每晚都沿著瀫川、瀨田川、宇治川前來與橋姬約會。橋姬也夜夜坐在橋頭，翹首期待八幡神到來。每天凌晨時分，宇治川的波濤最為澎湃激湧，人們都說，那象徵著他們情到最濃時。

至於以鬼女形象出現的橋姬，見於鳥山石燕《畫圖百鬼夜行》裡，都說水性為陰，濕氣深重的河川，常生幽魂鬼魅。在那圖中，雷鳴電閃、風雨交加，一位披頭散髮的女子，半身隱沒於橋樁旁的河水裡，怒睜雙眼，似恨似怨；緊咬雙唇，嘴裡吐出妒恨之煙，頭上燃著陰嫉之火，面部表情因熾烈的嫉妒而變得醜陋猙獰。她就是鬼女橋姬，因為被丈夫欺騙，所以心生惡念與殺意，投身宇治川中變成了厲鬼。這背後還有一個傳說。

嵯峨天皇時，在一個名叫樋口的地方，住著大地主山田左衛門，他的妻子是公卿之女，兩人間的關係平淡。左衛門在別處偷偷包養了一名妓女，其妻知道後，屢次質問斥責左衛門，但左衛門總是閃爍其辭，並不與妓女分開。

一天傍晚，左衛門又去了妓女那兒，妻子獲知後，妒火中燒，心裡尋思著怎樣才能向可惡的丈夫報復。思前想後，決定去拜神求指點。

她來到貴船神社，祈禱道：「貴船大神，我願此身化為惡鬼，殺死負心人和那個討人憎的蕩婦，報仇雪恨！」連續七天，妻子都虔誠地做這樣的禱告。第七天晚上，她在神社過夜，中宵時朦朧一夢，夢中出現一位神官，對她說：「我來幫你實現願望。你將頭髮分為五縷，分別編成五個角的形狀；然後頭上頂著三腳鐵圈，身著紅衣，面塗朱丹，手持鐵杖，怒形於色，前往宇治川。以此姿態浸於宇治川二十一日，就能變成厲鬼了。」

左衛門的妻子非常高興，依言打扮起來。而後向宇治川走去，凡是見到她樣子的行人都嚇得驚慌失措。二十一天到了，妻子果然在滿月之夜變成了駭人的女鬼。她張牙舞爪，飛奔入城，想早日殺死可恨的左衛門和他的情婦。

再說左衛門，晚間做了一個惡夢，次日便請陰陽師安倍晴明解夢。晴明說：「一個滿心嫉妒的女鬼會在今晚來取你的性命。你趕快回家，沐浴潔體，而後待在屋內，拋除私心雜念，全心唸觀音咒。其餘的事情，我來處理。」左衛門慌忙地跑回家閉門守戒。

正午時，鬼女來到左衛門家，踏破寢室的窗戶，站到左衛門的床邊，嘴裡叫嚷著：「無情郎，你貪圖新歡，忘卻舊愛，令我整日以淚洗面，怨天尤人。此時此刻，我就要取你的性命，徹底做個了斷。」說完，就要動手。

⊙ 宇治橋姬

說時遲那時快，只見一道五芒神符「嗖」地一聲從床邊劃過，安倍晴明從牆角陰影裡現出身形。他唸動驅妖咒，聲聲緊迫，壓逼鬼女。鬼女哪裡是頭號陰陽師的對手，落荒而逃，左衛門撿了一條命。這個故事後來演化成能樂的謠曲《鐵輪》。

鬼女情仇難復，滿懷怨氣鬱結不散，憤恨地從宇治橋上跳水自盡，變成了「橋姬」。如果晚上有男子過橋，橋姬就會出現，用盡媚態去誘惑男子，將其勾引到水中淹死；由於強烈的嫉妒心作祟，那些長得漂亮的女子過橋的話，橋姬也會強行將其拉入水中溺死。在此，橋姬已非溫婉生香的女神，或是只會無可奈何、淒淒哀哀的弱女子了，而是叫嚷著「臭男人敢移情別戀，老娘就給你好看」的悍婦！

【酒吞童子】

酒吞童子（しゅてんどうじ），又名酒顛童子、酒天童子，是活躍在平安時代的幾大名妖之一，與九尾狐、大天狗並列為古日本三大最厲害的妖怪。

酒吞童子作為能力強大的妖怪，擁有強碩的身軀：身長六米、虎背熊腰。喜歡飲血的它有著血紅的面部，頭有五個犄角，頭頂近禿，只有幾撮凌亂的短髮，並號稱有十五隻眼睛。以惡鬼的形態出現時往往穿著大格子織物的外衣，腰間繫著野獸皮。在人間為害時，酒吞童子則會幻化成有著英俊外表的少年，一般愚民看不到它的真身，因此便誤認其為帥氣俊俏的少年。

關於酒吞童子的記載，正史自然不著筆墨，但民間小說和畫卷卻多有提及，其傳奇通過千年來的野史小說流傳至今。《御伽草子》等小說記載酒吞童子本是越後出身的小和尚，因為容貌俊秀招來諸多嫉妒和陷害，遂令其漸生惡念，不料惡念積累得過深，終於化為妖怪。後來被察覺到其惡念的高僧趕出寺廟，從而結束了幼年生活。此後，酒吞童子專門勾引處女，將她們的乳房割下來做食物，成為一位真正的處女殺手。

在紛繁冗蕪的諸多酒吞童子傳說裡，著名的「酒吞童子退治」事件，是最流行的，該傳說在日本民間為世代民眾所津津樂道。

九九〇年的平安朝，酒吞童子已經是百鬼之王。它在丹波國大江山上糾結了一夥惡鬼，私自修建了鐵鑄的大城堡，獨霸一方。大江山距離京都的路途險惡遙遠，是進出京都的必經之路，行人在妖怪猖獗的崇山峻嶺中經過，完全無法保障安全。由於無人能夠制服它們，故酒吞童子及其屬下氣焰囂張，無惡不作。白天攔路劫掠，晚上則潛入富豪家中偷竊財寶，還擄走婦女和兒童作為它們的食糧，就連池田中納言的女兒也不放過。這些得寸進尺、毫無顧忌的惡劣行徑嚴重影響了統治階級和皇室的利益，令一條天皇感到震怒和憂慮，於是天皇命令當時十分有名的豪傑、大將軍源賴光去征討酒吞童子。源賴光身負降妖除魔的絕技，手下有並稱為「四天王」的渡邊綱、坂田金時、卜部季武和碓井貞光，再加上勇士藤原保昌，賴光聚集了六人的除魔隊伍前往大江山討魔。

出發前，他們特地去參拜了熊野、住吉和八幡三處的神社，以請求諸神的庇護。之後在途中有上千名的武士趕來相助，六人說：「對手是魔物，如果去這麼多人只會把它嚇跑去危害別的國家，還是用計策取勝比較好。」於是一行人繼續前進，一直來到一個開滿了櫻花的山腳，在那裡遇到了三位老人。

「你們是去征討酒吞童子的人吧？請帶上這鬼毒酒和星甲盔吧。但凡是鬼，都喜歡酒。它對人來說是妙藥，而對鬼來說就是猛毒了。祝你們好運！」說完三位老人就消失了，原來他們就是熊野、住吉和八幡三處神社的神。這件事使大家十分振奮，他們繼續進發，終於到達了惡鬼所在的城堡。

酒吞童子起初對他們的到來十分懷疑，源賴光謊稱因為山間迷路而特來借宿，並獻上神酒以表謝意。在賴光的巧舌和美酒的濃香下，嗜酒的酒吞童子漸漸解除了戒備，下令設宴款待賴光一行人。席間酒吞童子斟上血酒要與眾人共飲，為了消除其疑慮，源賴光等人強壓著內心的悲痛和憤怒，爽快地喝下了以鬼怪所擄少女的鮮血摻和而成的酒，並且不假思索地吃掉了席上的人肉菜餚。至此，他們爭取到了酒吞童子的完全信任，妖怪在鬼毒酒酒力作用下，毫無戒備地睡著了。

見時機已到，賴光等六人遂換上裝備開始斬殺已沉睡的眾鬼怪。對於酒吞童子，則將其捆鎖在床上，四人分斬四肢，源賴光斬頭。在酒宴上化身為美男子的酒吞童子不愧是鬼中的能者，於賴光拔刀的瞬間，竟然甦醒過來並現了原形，只見他三米多長的身子、火紅的頭髮、頭上生有五隻角，猙獰可怕。賴光見狀，大喝一聲：「我就是賴光，你納命來吧！」隨著喊聲刀光一閃，酒吞童子的頭顱被太刀斬斷。但是鬼的頭顱依然不死，飛舞在空中向賴光襲來。賴光立即取出星甲盔，擋住飛來的頭顱並將它包裹了起來。但酒吞童子的首級刀劍不能傷到分毫，只能將之火化，形成的黑雲經久不散，徑直飄往御所方向，直到經過大枝山老之坂時才降下。該地現今還殘留有「首塚」。

就這樣，六勇士成功地消滅了酒吞童子的鬼怪惡勢力，解救了眾多被擄掠的婦女和兒童，受到了天皇的豐厚獎賞。從此他們威名遠震，妖怪聞風喪膽，京都一帶的百姓生活又歸於安定。

源賴光斬下酒吞童子頭顱的佩刀名為「安綱童子切」，由於這奇特的經歷，使它名震魔武兩界，與名刀鬼丸國綱、三日月左近、大典田光世、數珠丸恒次，並稱為「天下五劍」。

現在的京都依然還有以「酒吞童子」為名的日本酒，可見酒吞童子的傳說在日本算是深入人心了。

⊙ 酒呑童子

【茨木童子（羅生門之鬼）】

羅生門，相信中國的讀者都不陌生，同名的小說和電影，令這一地名人盡皆知。羅生門又名「羅城門」，是日本平安京最大的一扇城門。平安京整體上依照中國的洛陽和長安而建造，道路以棋盤式分佈，最中央的朱雀大道將整個京都分為左右兩邊，羅生門就是位於朱雀大道最南端的一座城門。這座唐式飛簷朱柱三層的牌坊門樓，有足足九間七尺高（約十八點五米）。每當夜幕降臨，沒有燈光的羅生門只剩下一個黑幢幢的巨大黑影，彷彿一座地獄之門矗立在朱雀大道的盡頭。因而便有了傳言，認為羅生門在夜晚時，充當了異界通道的媒介，夜半通過此門可以到達黃泉或其他未知的異界。有了這樣的背景，人們自然深信羅生門上居住著鬼怪。羅生門之鬼，別名茨木童子，就是依附於羅生門上的著名妖怪。

茨木童子（いばらきどうじ），也被稱為「大江山童子」，是平安時代大江山鬼王酒吞童子的弟子。他在日本有著寵物般的高級待遇，是大阪府茨木市的象徵物，市內到處皆能見到其雕像。這個有著蓬蓬亂髮、尖尖小角的妖怪，因為與名將渡邊綱、名刀「鬼切」、羅生門等糾結在一起，得以名傳後世而不墜。

茨木童子出生在古攝津國茨木村一戶農家，他在娘胎內待了足足十六個月，剛生下來就有整齊的牙齒，還朝著母親不停地怪笑。極度驚恐的母親被他的異樣嚇得休克而死。因此，村裡所有人都厭惡他，蔑稱他是「鬼子」。

所幸，父親還比較疼惜茨木童子，為他找了位乳娘餵奶。沒想到他特別能吃，吸住乳頭就不鬆口，瞬間就將乳娘的雙乳吮至枯竭，乳娘害怕得當場昏厥。此怪談一下子就在村子裡傳開了，全村人愈發覺得茨木童子是不祥的怪胎，村裡的氣氛變得緊張陰森起來。

在村民的歧視和抵制下，父親已經沒辦法繼續帶這孩子了，也負擔不起他巨大的食量開銷。於是某晚父親趁孩子熟睡，將其丟棄在九頭神森林附近的一家理髮店前。一直沒有孩子的理髮師以為這是神賜之子，便高興地收養了茨木童子。

僅僅過了五年，茨木童子就長成了大人的體格。理髮師夫婦決定傳授他理髮的手藝，讓他在理髮店裡工作。剛開始，茨木童子表現得還不錯。但有一天，他在用剃刀給客人修頭髮時，一不留神手一滑，刀鋒弄傷了客人，鮮血流淌出來。茨木童子見到殷紅的血，心底湧起一股莫名的衝動，立即用手指刮取客人的血舔了起來，血腥味竟令他感覺格外甘美。之後他每次理髮時，都故意將客人弄出傷口然後舔食他們的血液。反覆數次後，客人互相告誡，都再也不敢來這家理髮店了。

理髮師夫妻倆憤怒於生意的冷清，嚴厲地斥責了茨木童子。受到訓責的茨木童子傷心地哭了一晚，第二天一大早，他來到平時玩耍的小河邊洗臉，站在土橋上想起昨晚被養父母痛罵的事情，傷心不已。猛地，他發現河水裡映照出的自己的倒影，竟然呈現出鬼相！嚇傻了的茨木童子怔怔地站在橋上，往事一幕幕在眼前流過，他終於明白了自己並非常人，在人世難免會一再受到唾棄。於是，他順從了命運的召喚，離開俗世，一個人躲進了丹波深山裡。那橋，也因茨木童子而聞名，被命名為「茨木童子姿見之橋」。

茨木童子躲進了深山，他的第二個傳說也因此展開。他後來從丹波深山遷往大江山，投靠了妖怪頭目酒吞童子，並擔任了酒吞的副將。之後他就常常率領手下神出鬼沒地劫掠附近的村鎮和城市，地方官員和普通百姓對他萬般畏懼，一到黃昏，各家各戶就全關上門不敢外出，大街寂寂空如死城。

多年後，養成野性的茨木童子已成為酒吞童子的臣屬首鬼。這一年，酒吞童子要在大江山修築新山寨，需要大量物資。茨木童子自告奮勇，帶著一批妖鬼來到平安京擄掠。某日傍晚，他遊蕩到羅生門附近，變身為美女，想要引誘有錢又好色的富商，借機勒索金錢。

正巧，源賴光手下「四天王」之一的渡邊綱自仕所返回自己宅邸，經過羅生門，見到茨木童子幻化的美豔女子正獨自徘徊，便上前詢問。茨木童子謊稱新遷入京，居於五條府邸，因不熟悉道路，故躊躇不前。渡邊綱見天色將晚，便扶女子上馬，兩人共騎向五條府邸而去。

眼看快到五條，美貌女子忽然輕啟朱唇，柔聲說道：「妾身宅邸其實位於京城之外。」渡邊綱問道：「那敢問小姐到底居住何處？」「妾身就住在愛宕山！」話音剛落，女子一把抓住渡邊綱的髮髻，借著夜色掩護，就要痛下殺手。

渡邊綱的腰間正掛著賴光所賜的名刀「髭切」，他見事態緊迫，急忙拔刀出鞘，反手一揮，刀鋒銳利，寒光一閃，「噗哧」一聲已將茨木童子抓著其髮髻的手臂砍了下來。茨木童子怪叫一聲，負痛逃往愛宕山。名刀「髭切」因此事件，後來被改名為「鬼切」。

為了顯示自己的武勇，渡邊綱將斷臂呈給源賴光，賴光使安倍晴明占卜之。晴明得出結果：渡邊綱必須進行七日的「物忌」。只要度過七天，茨木童子拿不回斷臂，就會法力全失，再也無法作惡了。

「物忌」是陰陽道中一種暫時斷絕酒肉、不能見客的齋戒方式。於是渡邊綱按照晴明的指示將斷臂收入一個稱為「唐櫃」的櫃子裡妥善保管，己身則開始為期七日的閉關齋戒。

過了六天，太平無事。第七天頭上，渡邊綱的養母來訪，養母對渡邊綱有大恩，渡邊綱不能不見，就將養母迎到屋裡款待。談話間，養母說要看鬼的斷臂，渡邊綱也不好意思拒絕，只好打開櫃子把斷臂拿了出來。養母拿著斷臂仔細看了許久，忽然大聲喊道：「哎呀，我的手臂怎麼會在這裡呢？」語畢，抓起斷臂，一溜煙逃掉了。原來，養母就是茨木童子變成的。

後世因為這段典故，所以又把茨木童子喚作「羅生門之鬼」。他和渡邊綱的傳說主要被記載於《平家物語》的「劍之卷」、《御伽草子》，以及謠曲《羅生門》、《大江山》、歌舞伎舞蹈《戻橋》中。

⊙ 茨木童子

【葛葉與玉藻前】

夜窗燭影書狐趣，雲嶺濤聲引鶴鳴。狐，在東方傳統文化中，以亦正亦邪的形象頻繁出沒於民間文學和神話傳說中。狐妖狐仙的故事不但在中國古典小說和志怪筆記中淵源久長，在日本怪談裡，也時時可見她們狡黠靈動的蹤影。

按照古人的說法，狐字通孤，如此孤單地行走於艱難的環境，迴環往復的智力與行動必然成為狐狸的不二法門。

正如許多鬼神都擁有二元性一樣，日本人認為狐妖也分為「善狐」和「野狐」兩種。擁有高智慧和高危險性的狐妖，是介於善惡之間的魅惑者。「善狐」有金狐、銀狐、白狐、黑狐和天狐五種。金狐、銀狐是天皇即位時，太陽月亮的化身；白狐屬於靈狐；黑狐則是北斗七星的化身；天狐是千歲狐，擁有精深法力。至於「野狐」則人人厭惡，因為它會附身人體，帶來災禍，是一種妖獸、淫獸。

由於懂得通靈，故而狐妖在百鬼中的地位極其崇高。其中更有兩位佼佼者，堪稱狐類翹楚。一位是白狐葛葉、一位是野狐玉藻前，它們演繹出風情無限，令後世心馳神往。

❶……安倍晴明之母——葛葉

據《簠簋抄》記載，在距今一千多年前的村上天皇時代，攝洲（今大阪）的安倍野鄉，住著一位名叫安倍益材的美男子。其父本是當地的名門豪族，因為受奸人所欺騙而失去所有的領地。益材無時無刻不想著再興家門，光宗耀祖。他聽說信太森林裡的葛葉稻荷非常靈驗，便決定每天都去參拜，以期得到神靈的庇佑。

神社周圍葛藤叢生、滿徑蒼蔚，連白日裡也昏暗蒙昧，據聞是狐狸鄉，狐影頻現。某日，益材參拜完畢，見景色幽雅，靜謐怡人，間有叢叢紅柳、簇簇山花鋪滿林間，興致大起，遂命僕從在神社前搭起幔帳，就地設席張筵，飲酒賞景。

正推杯換盞之際，突然，一支流矢疾飛而至，「噗」地一聲插在了帳旁的樹根上，緊接著傳來陣陣狗吠聲及嘈雜的人聲。頃刻間，一隻筋疲力盡、走投無路的白狐躥進了幔帳內，躲在益材身後，似有求救之意。心地善良的益材立刻將小白狐藏在長袖之下，自己則平靜地端坐著，裝出在休憩的樣子。少頃，闖進來一群武士，身後跟著數頭猛犬。

武士的首領是河內守護大名石川恒平，住在石川郡，平素作威作福，欺壓百姓。今天因愛妾患病，他聽說白狐的活肝可以治病，就帶了部下出來獵狐。他見了益材，也不施禮，粗聲喝道：「我等追逐一白狐至此，汝這廝必當看見，休言不知！」

益材面對如此蠻橫無禮的態度，自然拒絕回答。石川大怒，喝令屬下武士上前動武。益材和隨從雖奮力應戰，無奈寡不敵眾，接二連三倒地。益材也受了傷，被幾名武士蜂擁而上緊緊抓住，綁了起來。

石川恒平得意洋洋，獰笑著下令道：「將這廝頭顱砍下！」益材內心擔憂著那隻小白狐，環視四周，已不見狐蹤，遂安心地閉上了眼。一名武士高舉大刀重重斬下，「喀嚓」一聲，一截物體應聲而斷。但那不是益材的頭顱，竟然是一塊木頭被劈成兩段。石川驚怒交集，帳裡帳外細細搜尋，卻哪裡還有益材的身影！

再說益材在大刀斬下的一瞬間，只覺得身輕如燕，騰雲駕霧，恍惚間已來到了一處草庵。這草庵雖然簡樸，但裝飾雅致，別有韻味。一名神氣靈秀的女子，如仙子般婀娜走出，走近躺在床上的益材，細心料理起傷口來。那女子長髮飄逸、面若芙蓉，把益材看得呆住了。

女子盈盈淺笑，說道：「妾名葛葉，居此森林中。此處是賤妾居所，但乞公子暫居數日，令妾伏侍貴體，

⊙ 葛葉

早癒傷患。」

益材之前一心只想著復興家門，從未考慮過男女之事，此刻見了葛葉天仙般的美貌，又聽她溫語挽留，不由喜出望外，也沒有深究葛葉的來歷，就忙不迭地答應了。

在葛葉無微不至的細心照顧下，益材的身體很快就痊癒了，但是葛葉並沒有離開。在這段日子裡，他們已經產生了微妙的感情，兩顆心已緊緊地相連在一起，他們再也無法分離。這一年的年末，葛葉懷上了益材的骨肉。

日月輪轉，夏去秋來，轉眼已經過了六年，益材與葛葉的孩子童子丸五歲了。這年中秋，益材出外買酒，葛葉在庭院裡賞菊。她漸漸陶醉於花香中，心馳神迷，沒有注意到自己的法力一時下降，不知不覺中已然顯出了原形。

「哇，媽媽好可怕！」童子丸看到自己的母親竟然變成了一隻白色的狐狸，大聲哭了起來。葛葉知道離別的日子已經到來，雖後悔不迭，但事已至此，無可挽回，她在草庵的紙隔障上留下了一首和歌：

戀しくば尋ねきて見よ和泉なる
信太の森のうらみ葛の葉
（如果思念，就來尋找吧。會逢和泉最深處，信太之森有葛葉。）

之後便消失不見了。

失去母親的童子丸愈發傷心，哭哭啼啼，益材回來後看到和歌，揹著兒子前往信太森林尋找妻子。淒淒晚風中，葛葉現出身形，對益材說道：「妾身本非人類，乃信太之白狐也。稻荷大明神深感益材殿信仰之誠與再興安倍家之夙念，特賜我神力，變化女形。六年前遇粗野武者圍捕，命在旦夕。多蒙夫君搭救，方

⊙ 九尾狐與玉藻前

得保全性命，感恩不盡，乃與夫君結緣畢姻。你我所育之子，天資聰慧，乃安倍家再興之望。本當至少育至十歲，不期被他撞破本相，再難頓留，不得不去也！夫婦親子之愛，縱然畜生三界，亦毫無二致。今後望夫君善教之，必能光大安倍一族。」

益材聞言，泣不成聲，連聲應允。葛葉心如刀絞，在悲鳴聲中化作白狐遁去，不知所終。

從此，益材越發嚴格地磨練童子丸，並聘請名師賀茂忠行傳授他天文、曆數等陰陽道奧秘。這位童子丸，就是日後以驚世才情而聞名天下的陰陽道一代宗師——「白狐公子」安倍晴明。他長大後，依循母親所遺和歌的指引，在信太森林最隱秘處見到了母親，並繼承了葛葉強大的靈力。

❷……九尾狐玉藻前

狐狸漂亮的皮毛、小巧可愛的身軀和狡黠精怪的脾性，在古人的心目中，實在只有嬌媚的女人可與之相比。於是年輕貌美、深具吸引力的妖媚女子，就常被人稱為「狐狸精」。

一提到狐狸精，在中國，最為人熟知的莫過於九尾狐了。傳說中它是陰氣的結晶，臉龐雪白，有著金色的體毛和白色的冠毛，九條尾巴呈扇形分開，最善於變成絕色美女，宮闈中迷惑君王，禍亂朝綱。按照男權社會的邏輯，昏君之所以成為昏君，總是因為一個或者幾個紅顏禍水不好。啟蒙讀物《幼學瓊林》中，就迫不及待地教育孩子「警惕狐狸精」：「三代亡國，夏桀以妺喜，商紂以妲己，周幽以褒姒。」據說，妺喜、妲己，均是九尾狐的化身。

商紂王讓妲己迷得七顛八倒，倒行逆施，結果可想而知，終於被新興的西周推翻。商朝滅亡後，姜子牙竭力追殺九尾狐，九尾狐在中國被迫得無處藏身，只好流亡到了印度。妖物媚主，她搖身一變，成了摩羯陀國斑邑太子的王妃華陽夫人，重操舊業，魅惑君主，導致印度大亂，百姓苦不堪言，結果華陽又被逐出了印度。老

家中國是不能回了，於是九尾狐東渡扶桑，來到了平安時代的日本，化名玉藻前（たまものまえ）。

不過她吸取了前幾次失敗的教訓，此次並不急於出山，而是先蟄伏下來，藉由真言宗的荼吉尼天信仰，與稻荷神結合，使得功力大大增強。這才略施手段，選入宮中。當時日本是鳥羽天皇在位，玉藻前憑藉其傾國之姿，自然豔壓群芳，迅速地贏得了天皇的歡心和寵愛，被讚為「自體內散發玉色光芒的賢姬」。

玉藻前施展魅惑之術，引得天皇夜夜專寵，寸步不離，她趁機吸取天皇的精氣，鳥羽天皇由此日漸憔悴，終至病倒床榻，性命垂危。眾大臣議論紛紛，猜疑四起。他們請陰陽師安倍晴明暗中對玉藻前演了一卦，終於將玉藻前的九尾妖狐真面目曝光。

玉藻前陰謀敗露，惟有再度逃離。御體康復的鳥羽天皇大為震怒，命令安倍晴明協同大將浦介義明、上總介廣常，帶領一萬五千大軍追殺九尾狐。玉藻前逃到了那須野，與追擊大軍展開死鬥。

狐妖的等級，以尾巴的數量來區分，通常尾巴數量越多的狐妖，其妖力便越強。狐妖的常用招數是噴火，如果狐妖是人形，那麼火可從指尖發出；若是狐狸形態，火就從尾巴發出。九尾狐是最高級的妖獸，九條尾巴各有不同的妖術，搖動起來，可分別招出雷、火、風、地震、洪水、死靈或小妖狐等助戰。同時九尾也代表有九個靈魂，除非九條尾巴一起斷掉，否則九尾狐的生命可以不斷再生。面對如此強敵，晴明他們陷入了苦戰，追擊大軍死傷慘重。

最後整整激戰了兩天兩夜，晴明、義明、廣常三人好不容易找到機會，用「三神箭」同時射斷了妖狐的九尾，玉藻前的肉身才一命嗚呼。

但九尾狐的野心和執念並沒有消失，強烈的怨恨使玉藻前的元神化成了一塊七尺四方、高四尺餘的殺生石（せっしょうせき），駐留在那須野。任何生物一旦接近殺生石，殺生石就會噴出毒液瘴氣，進行攻擊，觸之者必死無疑。後來一代名僧玄翁法師，用金剛槌猛敲一擊，才徹底消滅了九尾狐封存在石中的怨靈。

殺生石至今仍留存於那須湯本溫泉北端，成為當地的觀光名勝。

【貓有九命——貓妖】

貓，神秘、妖異、蠱惑、柔媚、可愛，牠屬於高低錯落的屋簷和漆黑的月夜，屬於永遠不羈的生活。人類與牠是如此親密接近，卻又如此遙遠陌生。即使你將牠摟入懷中，也永遠無法靠近牠的心靈。在日本，貓更被視為最具靈氣的詭異動物。

日本原來是沒有貓的，奈良時代，為了避免老鼠肆虐，咬壞那些好不容易從中國傳來的佛經，貓也跟隨佛經被引進日本。有了貓守護典籍，老鼠才不敢猖獗。有關貓的文獻記載，最早出現在《日本靈異記》，描述一隻貓死後產下的胎兒竟然變成人的故事。從平安時代開始，貓被當作寵物飼養，因此在女性文學《枕草子》及《源氏物語》裡都有出現貓的蹤影。

當時只有少數富人和獵人才養得起狗，但養貓的人則不分貧富貴賤，幾乎遍佈社會的各個階層。飼養在家中的貓，雖然似乎更貼近人的生活，與人的距離更為親近，但是貓的瞳孔為了吸收更多光線，在白天和夜晚，會有縮小、放大的微妙變化，還有牠的表情和動作，經常給人一種神秘乃至邪惡的感覺。貓也不像狗兒那麼容易被馴服，不管是家貓還是流浪貓，一旦遇到危險，或是突然歇斯底里起來，就會受到本能的驅使，顯露出殘暴的野性，教人不敢掉以輕心。

此外，貓眼有一種催眠師般的誘惑，色彩斑斕、如有魂魄的鑽石把陽光折射成利劍，穿透人類的身體。貓的身體光滑如綢緞，皮毛下深藏著不可捉摸的骨骼；牠們的腰肢是如此柔軟脆弱卻又擁有詭異的力量；貓的叫聲充滿了瘋狂、野性和蝕骨的勾魂；貓的爪子深藏在肉墊之中，悄然而至，又瞬間消失，只在人們的脖頸上留下鮮血淋漓的記憶。因此，貓逐漸被看成是充滿了妖氣的動物，而後又演化為不祥的先兆、恐怖的意象。貓妖也就正式躍上了靈異奇談的大舞台。

不管什麼國家，傳統的觀念都認為，動植物活得太久，就會「成精」，貓妖的由來也一樣。日本民間向來有「養貓之患，憂其異變」的說法。據說貓有九條命，當貓活了九年後，就會長出一條尾巴；而後每九年長一條，一直長到九條。有了九條尾巴的貓再過九年，即可化成人形。這類貓精在中國叫「九命貓妖」，在日本則稱為「貓又」（ねこまた）。鳥山石燕的《百鬼夜行繪卷》中，貓又頭戴布巾，用兩條後腿站立，眼神狡黠，顯得妖氣十足。

一般能從普通的貓進化為貓妖的，都是具有十年歲數以上的老貓，通常以老太婆的形象顯現。其最明顯的特徵是尾巴在末端分叉成兩股，所以貓妖又名「貓又」。妖力越大，分叉就越明顯。貓又的身體大約是人類體形的一倍，更大隻的貓又甚至可以長得像小牛一般。

越老的貓妖體魄越強壯，而長有翅膀的黑天使大貓妖，則是貓妖中的極品。它原是死神的寵物，後來私自越過三界之門逃到人間界，以吸食死人靈魂為樂。它可以隨意召喚死者的靈魂為自己戰鬥，並且從冥界召喚魔物。在貓妖群中，是最可怖最詭秘的存在。

貓的牙齒本就尖利，成妖後更加厲害。碰見貓妖可不是什麼好事，它會兇殘地用不遜色於猛犬的凌厲牙齒，將招惹它的生物撕裂粉碎後吃掉。另外，它還會喬裝為美女或老太婆來欺騙路人，不過前提是它已經吃掉了所要變為對象的那個人。貓妖吃人的原因是為了維持自己的生命和靈力，具有可怕魔力的貓妖，在吃早飯之前，會以人聲說話，在將人吃掉後，變成此人的肉體伺機尋找下一個獵物。一般而言，要避免被貓妖攻擊，可請它吃加魚的小豆飯，在它吃得津津有味時，溫柔地撫摸它，輕聲請它離開，它就不會對人造成任何傷害。

有很多子女不在身邊的老年人，喜歡養貓作伴，但貓妖會對自己年邁的主人下毒手。所以，為了防止老貓變成貓妖，便要在它還是仔貓時把尾端切掉，只留下短短的根部，這樣一來，就不怕到時候貓尾分叉，變成貓妖在家中作祟了。

貓妖既有了人的臉孔、人的身形，便能感知人類內心的想法。通常貓妖只攻擊它怨恨的人。但是如果遇到性情兇狠、手段殘暴的貓精，只要一看到人，就會不分青紅皂白，一律加以傷害。傳說中也有善良的貓妖，常變成少女模樣親近人類，當然性格也是很溫順的，平日喜歡吃魚，身體輕盈，喜歡偎依人類，但卻常被人傷害。

貓妖最恐怖的一面，應該還是屍變。它精通操控屍體的妖術，能將屍體像提線木偶那樣隨心操弄。不管在東方還是西方，都有被貓爬過的屍體或墳墓會發生屍變的忌諱。日本民間更是咸信一旦貓從棺材上跳過，死人就會復活。為了避免貓和死者有所接觸，會在死者的枕邊放一把刀。這其實是老年人為了防止兒孫不孝而編撰的。民間有為逝去的人守靈的傳統，但如果遇上不孝子孫，把老人的棺材靈位丟在一邊不管不問，守靈之處也無人搭理，連貓都跳到棺材上了，前人就會屍變，跳出棺材教訓自己的不孝子孫。這個民間傳說其實是為了警示後人而流傳下來的一個善意的故事，只是在流傳過程中被越傳越玄乎了。

當貓妖施行屍變時，會綁著頭巾，用後腳站立，一邊跳著舞一邊將屍體盜走，所以舉行葬禮之前，日本人會把貓寄放在鄰居家，或者關進自家的儲藏室，等到儀式結束才放出來。另外，日本人還認為走在路上，如果看見貓從路旁橫越而過，會走霉運；如果不小心殺掉貓，也會招來橫禍。足見東西方對於貓的恐懼心理，幾乎如出一轍。

⊙ 貓妖

貓騷動事件

貓是一種相當執著的動物，民間流傳著無數貓妖攻擊人類的傳說，尤其是鎌倉時代以後，藤原定家的《名月記》與吉田兼好的《徒然草》所記載的怪貓騷動事件最有名。當然，貓幻化成人後，雖然有的貓妖會危害人類，但有的貓妖也會幫助人類。所以貓在民間故事裡的角色，大致分成「貓騷動」（報仇）與「貓報恩」兩人類型。

大正時代，著名劇作家鶴屋南北有一天看到他所飼養的貓蹲在一幅殺生石的錦繪旁，突然靈感乍現，一氣呵成寫出了著名的《岡崎貓騷動》的狂言劇本，成為怪貓物語的濫觴。

隨後，貓騷動的代表故事「鍋島貓騷動」，也被瀨川如皐改編為劇本《花野嵯峨貓魔稿》公開上演，轟動一時。

故事發生在江戶時代，那時候各藩的藩主都要遵守德川家康留下的規矩，輪流到江戶城裡當值。佐賀第二代藩主鍋島光茂，很喜歡圍棋。他在江戶當值時，有一天，和家臣龍造寺又八郎下棋，兩人因勝負問題爭吵起來。光茂見下屬竟然敢和自己爭棋，盛怒之下拔刀砍死了又八郎，而後命令家臣半左衛門偷偷埋掉了屍骸。

又八郎的妻子阿政不知夫君已死，日日抱著溺愛的黑貓耐心地等待丈夫歸來，但丈夫始終沒有回家。阿政很悲傷，四處打聽，終於得知是藩主殺死了丈夫。她悲憤萬分，欲為夫報仇，無奈又是個弱女子，力所難及，只好每日以淚洗面。當眼淚哭乾的那天，她一咬牙，對黑貓說：「貓啊貓，我決意以死抗爭。你記住，我死後會附在你身上，你一定要替又八郎復仇。」

說完，阿政抱著黑貓，用護身刀刺進喉嚨自盡，鮮血噴濺得黑貓渾身都是。全身是血的黑貓舔著主人的屍體，之後不知消失於何處。

阿政死後不久，半左衛門的母親開始不食米飯，頓頓只吃魚，半夜也起來偷吃魚。而且脾氣變得很古怪，以前很喜歡洗澡，現在也不愛洗了。某天深夜，半左衛門聽到廚房傳來窸窸窣窣的聲響，過去探看，發現母親趴在地板上，直接用嘴巴舔魚吃。他大吃一驚，仔細一看，發現母親的臉竟然是一張黑貓的臉。

半左衛門拔刀踢開紙門，砍向黑貓臉的母親。黑貓縱身一跳，對半左衛門說：「我乃龍造寺又八郎的妻子阿政生前寵愛的黑貓，阿政靈魂附在我身上，我再附在你母親身上。你應該沒忘了埋掉又八郎那事兒吧？」黑貓說畢，蹦跳著從廚房後門逃走了。半左衛門嚇得戰慄不已，立即向鍋島光茂報告了此事，光茂聽後也是面無血色。

過了幾天，鍋島光茂的封地佐賀城傳來消息，說有隻黑色貓妖出現在城裡，夜夜作怪。當時從江戶到佐賀，至少要花半個月時間，但黑貓只花了幾天便到達佐賀，實在煞人。這消息令鍋島光茂更加坐立不安，好不容易熬到了駐江戶期滿，光茂急忙整裝趕回佐賀城。

然而黑貓早已先於光茂潛入了藩主府邸，咬死了光茂最寵愛的側室阿豐，隨後變身為阿豐，又咬死了阿豐身邊所有侍女，讓其他貓化為眾侍女。這些貓妖侍女每晚輪流到光茂房間裡折磨他，光茂終於不支病倒。假阿豐趁機篡權奪位，召集一眾家臣，干預起了國政。部分家臣不服，起來反叛，佐賀城隨之分裂為兩派，互相攻擊爭鬥，一時間搞得城中大亂。

不過，城裡一直沒有人懷疑阿豐的真面目，只有半左衛門因為經歷過母親的異事，才對阿豐起了疑心。他命令長矛高手本右衛門時刻監視著阿豐的行動。

某夜，本右衛門隱身於藩主房外，聽到光茂的痛苦呻吟。他悄悄探頭一看，發現格子紙窗映出一隻巨貓的影子。本右衛門立刻擲出手中長矛。長矛破窗而入，刺中了貓妖心臟，房內頓時傳出淒厲的長聲悲鳴，貓影消失不見。

第二天清晨，有人在護城河裡發現了阿豐的屍骸。佐賀城這才恢復了平靜。

「鍋島貓騷動」的怪談在日本非常有名，是說書、狂言、歌舞伎劇的重要題材，後來根據此事件改編的作品多不勝數。

日本第一大魔王——崇德上皇

在有著「八百萬神」且怨靈無數的日本，有一位號稱「第一怨靈」的大魔頭，近千年來成為日本人心中揮之不去的夢魘。他就是第七十五代天皇崇德，退位後號「崇德上皇」，世稱「日本第一大魔王」，與平將門、早良親王、菅原道真並稱「平安時代四大怨靈」。

繁華的京都，處於金字塔尖的皇族公卿，在享受著無上榮華的同時，也召喚著陰謀、傾軋與勾心鬥角。頻繁上演的宮廷權爭，竟讓「人神」天皇也變成了「人魔」。哀傷伴隨血雨腥風、恐怖裹挾膽戰心驚，在妖影憧憧的平安京瀰漫著……

❶……即位、退位、爭位

崇德天皇於一一一九年出生，名義上是鳥羽天皇的長子，實際上是鳥羽天皇的祖父白河法皇的私生子。鳥羽天皇雖然表面上將崇德當作兒子看待，私下裡卻對他極其厭惡。掌握實權的白河法皇則對這個所謂的「曾孫」愛若珍寶，在崇德年僅五歲時，就強迫鳥羽天皇讓位，將大位傳予崇德。

鳥羽天皇被迫下台，心中的憤恨可想而知。他耐住性子，苦熬了六年，終於在一一二九年等到了崇德天皇的後台白河法皇駕崩。鳥羽上皇抓住機會，立即開設院政，並將失去保護傘的崇德天皇牢牢地控制在手中。

一一三九年，鳥羽上皇把自己的親生子體仁親王送給崇德天皇當養子，並於三個月後立其為太子。然而就在次年，崇德天皇自己的親生子——重仁親王也誕生了。兩位皇子並存，為日後的皇位之爭埋下禍根。

一一四一年，鳥羽上皇出家為法皇。他唯恐日久生變，遂強迫二十二歲的崇德天皇退位，立年僅兩歲的體仁親王為近衛天皇。崇德天皇原本期待自己能像鳥羽上皇那樣，開設院政，以皇父身份監護年幼天皇，掌握實權。哪曾想，登基詔書公告天下，卻稱登基的是「皇太弟」而非「皇太子」，從而使崇德的夢想破滅。崇德對此耿耿於懷。

退位後，崇德上皇被遷往鳥羽田中殿居住，人稱「新院」。賦閒的他鬱鬱寡歡，沉迷在和歌的世界中，撰寫了《久安百首》、《詞花和歌集》等歌集，就這樣波瀾不驚地過了十四年。

一一五五年八月，體弱多病的近衛天皇壽僅十六便即病逝，朝廷緊急召開會議討論繼位人選。崇德上皇希望自己復位，或由兒子重仁親王繼承皇位。鳥羽法皇自然不會讓眼中釘崇德上皇如願，遂決定由自己的兒子雅仁親王登臨帝位，是為第七十七代後白河天皇。崇德上皇建立院政的最後努力徹底破滅，再加上後白河天皇的兒子守仁親王被立為太子，這預示著重仁親王也已與皇位無緣。爭位失敗的崇德上皇心懷巨大不滿，開始謀劃以武力奪取最高權力。

❷……保元之亂

保元元年（一一五六）七月，鳥羽法皇病逝，權力重新洗牌的時機到來了。積怨已久的崇德上皇和後白河天皇之間的矛盾一觸即發。

與此同時，隨著皇族的一分為二，大貴族藤原氏內部也出現了裂痕，關白藤原忠通支持後白河天皇，而忠通的弟弟左大臣藤原賴長則擁護崇德上皇。

在皇族爭權奪利的過程中，以源、平兩氏為代表的武士集團勢力也開始日漸強大。鳥羽法皇在生前已預感到崇德必會有所行動，曾寫下一份擁護鳥羽一派的十武將名單，放在皇后美福門院那裡。美福門院在法皇駕崩後，打開名單，卻發現其中沒有武家實力派平清盛的名字。由於平清盛的父親平忠盛是重仁親王的老師，所以

⊙ 崇德上皇

崇德上皇認為平清盛必然加入己方。然而當美福門院向平清盛派出使者，進行勸說拉攏後，平清盛考慮利害得失，在關鍵時刻投到了後白河天皇一方。但他的叔父平忠正卻仍然支持崇德和賴長。同一時期，源氏一門也發生了分裂。源義朝因早被鳥羽法皇編入立誓效忠新皇的十武將名單中，所以支持後白河與忠通。其父源為義及弟弟源為朝則支持崇德與賴長。源為義與源義朝父子之間素來不和，這次終於決裂。

七月十日夜，崇德上皇召來藤原賴長、平忠正、源為義等羽翼，商量如何發動軍事政變，奪回皇位。已對上皇圖謀有所察覺的後白河天皇，也在同一日召來所倚重的藤原忠通、平清盛、源義朝等人商議。清盛和義朝皆是少壯派武士，摩拳擦掌，主張先下手為強。最後決定，由義朝為主帥，採取夜襲的策略。同時，後白河天皇為了安全，轉移到了東三條殿。

七月十一日黎明時分，天皇方面由平清盛率三百餘騎、源義朝率二百餘騎、源義康率一百餘騎，分三個方向突擊駐紮在白河宮殿北殿的上皇本陣。首先到達白河殿的平清盛軍，遭遇源為朝統御的弓矢部隊的頑強抵抗，平清盛因此而轉向攻擊別門。隨後源義朝軍趕到，取代平家軍隊與源為朝作戰。東門、西門等處，天皇軍與上皇軍激烈廝殺，形勢一時僵持不下。此時源義朝向後白河天皇獻策，建議准許火攻，天皇立即予以採納。於是義朝在緊鄰白河北殿西邊的藤原家成宅邸放火，火借風勢，迅速蔓延。老將源為義和源家將雖奮力抵抗，但白河殿武士的鬥志已被大火瓦解，崇德上皇又嚇得先行逃跑，終致全軍土崩瓦解。藤原賴長被流矢射死，平忠正、源為義等人先後被俘，餘眾也紛紛投降。天皇一方僅用了半天時間，就以壓倒性的局面徹底擊敗上皇。這場著名的大亂事，史稱「保元之亂」。

❸……詛咒與作祟

大敗虧輸的崇德上皇逃到仁和寺躲避，被天皇派人搜了出來，遠遠地流放去了四國的讚岐。他的兒子重仁親王被迫出家。平忠正及其四子被平清盛處斬，源為義則被親生子源義朝處斬。只有源為朝因弓術一流而受到天皇賞識，免死流放伊豆大島。在以往的政爭中，失敗一方被捕後，最多判處流放，極少被判死刑。但這次崇德上皇的追隨者卻幾乎被全部斬首。以此為開端，此後每次權力鬥爭，勝者處死對手的情況越演越烈，甚至連孩童都不放過，可謂極為血腥。

被流放的崇德上皇有執念，更有大怨念。他強抑憤恨，歷時三年，精心抄寫了五部大乘經書：《法華經》、《華嚴經》、《涅槃經》、《大集經》以及《大品般若經》。而後將這些經書送到京都，呈遞後白河天皇，希望能藉此贖罪，獲得赦免。但後白河天皇懷疑經書中含有詛咒，堅決不納，將經書退回。已心力耗盡的崇德憤怒至極，咬破手指，在經書上寫下血書毒誓：「三悪道に抛籠、其力を以、日本國の大魔緣となり、皇を取って民となし、民を皇となさん。」意為：「投身地獄、餓鬼、畜生三惡道，以五部大乘經之力，成日本國大魔王，令天皇成賤民，賤民成天皇。」寫罷將經文沉入海底，從此不食不修、不理髮、不剪指甲，變得面目猙獰，最後在淒涼與抑鬱中死去，得年四十五歲。

崇德上皇的死訊傳到京都，後白河天皇不給他舉行國葬。崇德的怨靈遂化作金色大鳶身姿的天狗，持續在人間作亂。從此日本災禍不斷，朝野上下無一寧日，與後白河天皇及藤原忠通親近的人都相繼橫死。接著又發生了一系列災異禍事，如延曆寺強訴、安元大火、鹿谷陰謀等，變亂接踵而至。街頭巷尾紛紛傳言這是崇德怨靈作祟的結果。朝廷畏於怨力，決定恢復崇德名譽，將原先給他的諡號「讚岐院」恢復為「崇德院」，並舉行法華八講為他祈冥福，甚至還在一一六五年將崇德院的靈位與大物主神合祀。

然而這一切補救措施，並未平息崇德的怨氣，他以血書寫下的毒誓，開始應驗。「保元之亂」後武士的地位大幅上升，無論皇權還是藤原氏的攝關政權，都已無法制伏這一猛獸。源平兩家擺脫了被公卿貴族鄙視的地位，進入了權力的核心層。公家勢力被武家所取代，武家攬政拉開了序幕。此後天下戰亂頻仍，平家、源氏、足利、豐臣、德川等武士政權長期掌控朝廷，凌駕於皇室之上，天皇淪為傀儡近七百年。直到明治天皇即位，遣使讚岐，將崇德靈位迎回京都並為之創建白峰神宮供奉，崇德上皇的詛咒才告終結。

由於崇德上皇的詛咒禍患時間最長，所以日本人視崇德上皇為「日本國第一大魔王」與「禍崇神」。不管是在神道、鬼道還是世俗信仰中，崇德上皇都佔有重要的位置。人們對他的敬畏之心，從未因歲月流逝而有所削減。

從頭號怨靈到學問之神——菅原道真

東方的靈魂觀念，總認為死者必須入土為安，才能進入下一個輪迴。沒有順利往生的人，不是變成四處飄泊的孤魂野鬼，就是成為駐留人間的怨靈。從很久以前開始，日本人就對怨靈懷有深深的恐懼。他們相信生前心願未完成、緣分未了的人，或是怨恨難消、仇恨未報而慘死的人，一定會變成怨靈現身作亂。如果不好好地安慰這些怨靈，他們的靈魂就會給予活人種種報復。菅原道真，就是日本怨靈中的著名代表。

菅原道真其人，在活著的時候還是很風光的。他生於以通曉漢文儒學而聞名的世家，幼名阿古。當時中國唐朝的儒學和佛教大舉傳入日本，所以漢學很吃香。道真自幼稟承家學，擅長撰寫漢詩，頗受貴族看重，被譽為「藻思華贍，聲價尤高」，因此一路順風順水地步步高升，十八歲時，考取了文章生，三十三歲成為文章博士，四十一歲任職讚岐守。

八八七年，時年二十歲的宇多天皇即位。這位年輕的天皇幹勁十足，急欲一掃舊政，改革時弊。他看中菅原道真的非凡才幹，提拔他做了參議，並身兼其他數項要職，以便與根深蒂固的藤原一族抗衡。八九四年，天皇又任命菅原道真為遣唐使，不料，道真膽子小，害怕渡海時會被淹死（以當時的航海技術確實有這種可能），便上書說唐朝此刻政局混亂，國勢已衰，建議天皇廢止遣唐使制度。於是，七世紀以來從未中斷的遣唐使制度，竟因菅公的貪生怕死而就此中止。但菅原道真此舉也無意中打開了往後兩百年的「國風文化」門扉，和歌、平假名書寫文化自此蒸蒸日上。

雖然沒完成出國考察的任務，菅原道真還是一路升官，因為當時認字的人沒幾個，人才難得啊！八九七年，醍醐天皇即位，菅公升任權大納言兼左大將，八九九年，終於成為右大臣，達到了他職業生涯的巔峰。

此時朝廷的左大臣是藤原時平，此人個性跋扈、心胸偏狹，他聯合其他妒恨道真的人，暗地裡圖謀構陷道真。道真當時除了政務外，閒餘時間都全力放在整理菅原家一家三代的詩歌文章上，定名為《菅家文草》，一點也沒有發覺藤原已開始運作的陰謀。

在準備充分後，藤原時平向即位不久的醍醐天皇進讒，誣衊菅原道真與宇多天皇串通，企圖廢黜醍醐天皇。年輕的醍醐天皇嚇壞了，一道詔書下去，把菅原道真貶職到僻遠的九州，這時道真已經五十六歲了，又氣又急，且根本經不起這種折磨與打擊，終於在兩年後鬱鬱寡歡地死去。

一般說來，縱使身死異鄉，遺骸也理應運回京城埋葬，但時平暗中做了手腳，搭載菅公遺骸的牛車行至中途，牛突然蹲伏下來，拉起了肚子，一步也走不了了。隨從無奈，只好在牛停下的地方埋葬了菅公。

菅原道真死亦不得還鄉，他的家人也被流放出平安京凍餓而死，自然滿腔冤屈，怨恨難消，於是一連串的異象開始了。史書《扶桑略記》中記載著：自從道真死後，舉凡日蝕、月蝕、彗星、地震、落雷、旱災、豪雨、大火、疫病等重大的災難接連爆發。這些災難中尤以雷擊最多，人們議論紛紛，皆說受冤屈而憤死的道真已經受封成為雷神，專門為世間不平之事而電閃雷鳴，不斷發生的災難就是道真在顯靈，回京復仇。

眾大臣本來是不信的，但有一天正上朝，忽然一道落雷劈中了清涼殿的屋頂，嚇壞了醍醐天皇與公卿大臣。許多朝臣當場淒慘地大叫：「道真回來了！道真來報仇了！」當時藤原時平也在場，他拔出佩劍指著殿外大吼道：「你生前就不如我，死後竟然還敢來找麻煩！」一聲大吼後，雷聲漸漸消失了。

時平雖然鼓足勇氣喝退了雷聲，但平安京內依然不斷出現大雷，時平終於受不了這種無名的恐懼而病倒。按說得了病就得找大夫，可是這時候一般的大夫不管用了，怨靈作祟得找法師，於是天台宗得道高僧淨藏奉命為時平進行延命加持祈禱。

淨藏到達時平府邸開始儀式，已經病重昏絕的時平耳朵內，突然飛出兩條青龍，對淨藏說道：「我是奉了天帝敕命前來追索怨敵性命的，你的延命法事沒有用！快快給我離開！」淨藏意識到這兩條青龍就是道真怨念的化身，立刻退出。天空中登時咆哮巨響，雷光四處飛竄，不一會兒，時平府裡就傳出時平病死的消息。當時平安京內有很多人，都親眼看到電光閃閃的雲層中，化為雷神的道真抓著時平，足踏雷火而去。

這一來，人人自危，許多心裡有鬼的人都嚇得病倒了，京城裡的和尚都忙著跑來跑去四處祈禱，即使這樣還是死了不少人。當初參與陰謀的數名朝臣全都遭到慘禍，不是出遊時被雷擊死，就是暴病身亡。淨藏的同行有樣學樣，把責任全推到道真身上便萬事大吉。

隨著時間的流逝，人們認為道真的復仇應該停止了。沒想到過了十年，道真的怨靈又突然出現。這次災禍落到了皇族身上。九二三年，醍醐天皇的皇太子、時平的外甥保明親王無故猝死，年僅二十一歲。接著，醍醐天皇的皇后、時平之妹隱子也撒手人寰，而且天空中又開始日日充斥著大雷。大家恍然大悟，原來道真還沒忘記罪魁禍首醍醐天皇啊！

朝廷上下認識到了事態的嚴重性，為了鎮伏道真的怨靈，醍醐天皇舉行了盛大的祭祀活動「大祓」，並在儀式上當眾頒佈詔書恢復道真右大臣的官階、昭雪平反一切冤屈。醍醐天皇還把年號「延喜」改為「延長」，因為延喜元年（九〇一）是道真被流放的那一年。更新年號同時也有使朝野氣象一新，邪祟遠離之意。

然而，道真的憤怒並沒有消失。延長三年（九二五），保明親王的遺子慶賴王夭折，年僅五歲。至此保明親王一系正式絕嗣，藤原時平生前希望藉由保明親王與慶賴王相續繼位，令藤原家能夠以外祖身份攝政的願望完全破滅。醍醐天皇受此打擊後開始染病，健康一天天惡化下去。與此同時，日本國內爆發了大規模的洪水、颱風和暴雨災害。

延長八年（九三〇）的一個夏日，禁內的清涼殿正舉行例行朝議，當時天氣良好，一片晴空萬里無雲。突然間，空中劈出一道落雷直入清涼殿內，飛竄的雷光當場將兩位重臣劈成兩具黑焦的死屍。同時間又有另一道落雷射入紫宸殿內，將三名當職的朝臣燒死。許多倖免於難的朝臣目睹此景，不是發狂便是癡呆，醍醐天皇也目睹了整件慘劇的經過。當晚，醍醐天皇便開始高燒不退並且不斷咳嗽，拖到同年九月，終於在受盡病痛折磨後死在御榻上。

與這場悲劇有關的人都死了，但道真的怨靈卻仍然沒完沒了。九三八至九四一年，又出現了平將門、藤原純友的叛亂，也就是承平、天慶之亂，這也被人們認為是道真的怨靈在作祟。

到了朱雀天皇時的天慶五年（九四二），忽然有個住在京城的女巫多治比文子爆料——道真託夢給自己了，要求她轉告朝廷，在京都北野附近的右近馬場一帶建造神宮。但是文子礙於地位的卑微無法上達給朝廷知曉，只好在自家建立一個小祠堂來祭祀道真。漸漸地，奉拜道真的信徒越來越多。天慶九年（九四六），道真出現在神官三輪良種的夢中，再度要求建立神宮。良種便找到前一次被託夢的文子，合力聚集民間的資金與力量在右近馬場建立了神社祭拜道真。說也奇怪，在京洛一帶肆虐了多年的痲疹水痘就在道真神社建立好後，頓時平息了。

⊙ 菅原道真

得知此事的藤原時平侄子藤原師輔大為驚歎，他以藤原家的名義出錢出力擴建北野神社，並封菅原道真為天神，正式名稱是「天滿大自在天神」，菅公神社也就被稱為「北野天滿宮」。天滿宮落成後，師輔畢恭畢敬地尊奉道真為自己家的守護神並按時祭祀。諷刺的是，當年害死道真的正是藤原一族！這種變化使得道真怨靈的威名遍植於百姓心中。

又經過了將近五十年的時光，一條天皇在位時，遭遇了一場大瘟疫。有些記性好的大臣害怕這又是道真在作祟，於是建議天皇追封道真為正一位左大臣。但是，隨即就有人傳出道真託夢給自己，表示不接受此追封。這下馬屁拍在馬腳上，弄得幾名重臣灰頭土臉。到了該年六月，清涼殿再遭無名大火重創，而且天空中又出現了大雷四閃。天皇和眾大臣商議來商議去，乾脆直接追封道真為太政大臣。由於大臣受夠了喜歡爆料的被託夢者，這次他們先下手為強，找來高人占卜，果然「得到」了道真同意的答案。

可是道真是不是真的同意了呢？日本人心裡還是沒有譜。畢竟這位怨靈火氣太大，說不準哪天一不高興又來找清涼殿的麻煩。最後到了寬弘元年（一〇〇四），終於有聰明人想出了一個辦法——尊奉道真為日本的學問之神！因為讀書人自然是心平氣和研究學問的，那麼管學問、文章的神當然也不好意思整天打雷劈人了。這一記馬屁還真拍對了地方，道真出身書香門第，活著時即以學問聞名天下，著有《類聚國史》、《菅原之草》、《新撰萬葉集》等作品，被尊奉為學問之神可謂實至名歸，正合他的胃口。於是乎，道真從火爆脾氣的怨靈昇華為學問之神，進而成為學術研究者、教職人員與學生的庇護守神。在長達百年的時光中讓平安京陷入無限恐懼中的道真怨靈，也由此得以完全平息。

日本有句俗語：「離去時一路顛簸，歸來時帶來恐怖。」道真事件結束後，日本朝廷就罕見因爭權奪利而將政敵趕盡殺絕的例子，主要原因就在於對「帶來恐怖的怨靈」的畏懼。要避開怨靈作祟，最有效的方法就是將他們崇祀為「神」。若按照這「日本封神邏輯」來看，日本大多數的神，其前身恐怕都是「怨靈」了。

時至今日，全日本各地共有一萬四千多間天滿宮的分社，每到大考之時，各地的天滿宮都會湧入大量的學子來祭拜。日本學生和家長誠摯地在祈願牌上寫下願望並掛在神社裡面，然後右手抓住鈴鐺的繩子拉一下，鞠躬兩次，拍手兩次，再鞠躬一次。以此虔誠祈禱，希望天上的菅原道真能夠保佑他們學業進步、金榜題名！

第四章

幕府迷夢

——源平合戰，嗔癡怨念

小引：時代背景

隨著社會生產力的提高，日本莊園制度不斷發展。進入十世紀後，律令制趨於衰微和蛻變，在社會經濟發生重大變化的基礎上，自九世紀中葉迄十一世紀下半葉，外戚藤原氏擅權，貴族長期佔據統治地位。與此同時，伴隨莊園制成長的新興武士勢力在十世紀登上歷史舞台。武士勢力的核心是地方莊園領主階層，他們逐步演變成封建的軍事農奴主。號稱「武家棟樑」的源、平兩氏，展開了爭奪國家權力的激烈鬥爭，這一鬥爭持續到了十二世紀末。

隨著武士階層的全面崛起，式微的天皇被逐漸架空，武家政治得以建立和發展。一一九二年，在源、平兩氏鬥爭中勝出的源賴朝，被朝廷任命為征夷大將軍，隨即於鎌倉開創日本第一個象徵武士統治的幕府政權，史稱「鎌倉幕府」。由此出現了天皇朝廷（公家）和武家政權並存的局面。

一三三三年，以後醍醐天皇為首的宮廷貴族用武力推翻了鎌倉幕府，次年改元建武，史稱「建武中興」。但後醍醐天皇輕視武士利益，引發武士豪族廣泛不滿。一三三六年武家巨頭足利尊氏起兵反叛，攻入京都，建立了第二個幕府政權，史稱「室町幕府」，後醍醐天皇逃至吉野。足利尊氏在京都擁立光明天皇，稱北朝；後醍醐天皇則在吉野建立自視正統的南朝，日本進入長達半個多世紀的南北朝對峙時代。一三九二年南北朝和議，兩朝以南朝後龜山天皇讓位給北朝後小松天皇的形式實現合併。足利氏的室町幕府統一全國。

從十二世紀末到十五世紀中葉，「鎌倉幕府」和「室町幕府」這兩個以武士階層為骨幹力量組織的政權，期間自然免不了殺伐爭戰。歷經一次次名存汗青的著名戰役，湧現出了諸多功勳赫赫的名將；而動蕩的時事，也讓貴族、公卿普遍產生命若浮塵的幻滅感，他們就像中國魏晉時的名士那樣，崇尚談玄說怪，試圖在虛無荒誕中尋求生命的真相。因此這一時期的日本神幻傳奇，多以名將風流及怨念怪談為主，同時民間的妖怪文化和妖怪文學也不斷發展。

值得一提的是，十三世紀初，生動、寫實、樸素的武家文化裡，誕生了以源平合戰為背景的小說《平家物語》，是日本古代軍記物語中最傑出的代表作。

【鎌倉戰神——源義經】

為什麼日本人喜歡櫻花？因為櫻花開得美，散得更美！沒有任何花像櫻花一樣，在隨風逝去的一瞬裡，在婀娜落下的彈指間，顯現出一種淒涼的絕美風情。

源義經就像櫻花。他的人生燦爛而又短暫，如疾風般來了又去。有關他的一切，如今都已成了傳奇。

❶……出生即悲劇

一一五九年，時值日本平安時代末期，國家大權掌握在地方大藩源氏與平家手中，兩族為了壓倒對方，互相間勾心鬥角，已紛爭多年。就在這一非常時期，源氏當主源義朝的第九子出世了，這個孩子的小名叫牛若丸，就是日後大名鼎鼎的源義經！

源義經一生悲劇，這一切從他出生那年就已開始！這一年，源、平兩家為了各自的盛衰興亡，展開了一場

⊙ 源義經

傾盡全力的豪賭，著名的「源平合戰」揭開序幕。在史稱「平治之亂」的第一回合較量中，歷史擲出的骰子選擇了平家，源義朝兵敗身亡。失勢的源氏一門，不得不接受敗亡的命運。義經的母親，有「明眸禍水，流離美女」之稱的京都第一美人常盤，抱著才滿周歲的牛若丸，冒著寒風大雪潛逃。但平家當主平清盛已下令要把源家滿門抄斬，正在重兵搜捕源氏後裔。為了保存源氏一絲血脈，常盤忍辱負重——「即使肉體的節操交給仇人，內心的節操還是屬於義朝的」——帶著這樣的想法，她攜子自首，並下嫁仇敵平清盛。平清盛貪戀常盤天仙般的美貌，便忘記她是敵家的側室，答應不殺常盤的三個孩子。這樣，源義經和他的哥哥，後來建立鎌倉幕府的源賴朝，才得以保住了性命。十三歲的源賴朝，被流放伊豆。從此，源氏一族沒落，平家一族則扶搖直上，他們廣佔朝廷要職，事實上形成了平家獨裁政權。

❷……天狗授業

牛若丸長到七歲時，平家已是權傾朝野，跋扈得不可一世。常盤為免兒子遭平家暗害，將牛若丸送入山城國鞍馬寺，出家做了沙彌，法名「遮那王」。

據傳說，鞍馬寺中寄宿著一種神物，喚作「鞍馬天狗」。這天狗是日本神話中一個半神半妖的人物，他紅顏、白髮，長著個長長的鼻子，有千鈞之力、百般神通、萬種計謀。由於遮那王時常跑到山中練劍，驚動了鞍馬天狗，他在暗中考察了一段時間後，認為遮那王是個可塑之才，於是化身為劍術家鬼一法眼，傾囊以授，教給遮那王六韜三略、劍道和妖術等藝業。聰明的遮那王白天用功讀書，夜裡跟大天狗學藝，他將所學劍術融入日本刀獨特的用法中，自成一派，創立了赫赫有名的「京八流」（又稱「鞍馬八流」），其支流一直流傳至今。

日子就這樣在勤學苦練中一天天地流過，至十六歲時，遮那王已長成一位文武雙全，如同女性般俊美的青年。這時，寺中的僧人聖門坊將他悲慘的家世全盤告知，遮那王的心中，從此便只有一個念頭：打倒平家，興復源氏！

一一七五年，遮那王跟隨商人吉次離開鞍馬山，開始雲遊生涯，並準備到伊豆與被放逐的兄長源賴朝會面。途中，遮那王加冠成人，並取源氏代代相傳的「義」字，以及初代先祖源經基的「經」字，正式改名為「源九郎義經」。

❸……收服戰鬼

亂世之中，源九郎義經毅然踏上復仇之路。在旅途中擊退來襲的山賊，令義經初次嶄露頭角。之後不久，遊俠四方的他陸續收服了許多忠心耿耿的家臣，其中最著名、最為後人所津津樂道的，是收服了號稱「戰鬼」的千人斬武僧——武藏坊弁慶。

傳說中，武藏坊弁慶呱呱落地時，就是一個長有頭髮和牙齒的巨嬰，由此被父母視為不祥的妖物，稱之為「鬼若」，棄於比叡山。長大成人後，弁慶流浪各國，處處碰壁，被天下人所不容。十七歲時，落髮為僧的他來到了京都，站在五條橋上，見到佩刀的人就上前挑戰，進行「刀狩」，贏了後就讓那人把銘刀（銘刀就是刻有鑄刀師名字的刀，通常都是好刀）留下為記，號稱要「奪千刀」才甘休。人人畏懼，盡皆繞道而行。

就在弁慶收集了九百九十九把銘刀時，遊俠四方的源義經來到了京都五條橋。弁慶錯把義經腰裡插著的摺扇誤認為刀，便莽莽撞撞地舉起長長的薙刀，衝上去要和義經決鬥。源義經將手中的扇子扔向他，然後飛身跳上橋欄杆，忽前忽後、忽左忽右，像燕子般施展出輕靈的刀技。弁慶雖然膂力過人、武勇強橫，但卻處處受制、攻而屢挫，最後義經以柔克剛，擊敗弁慶。

經過這場驚心的搏鬥，先前從未一敗的弁慶徹底拜服於義經的武藝和胸懷，從此成為義經最強悍的部下，同時也是最忠心的死士家臣。他追隨義經征戰多年無一敗績，立下赫赫戰功，被譽為「戰鬼」、「第一人間兇器」。

前半生是惡名昭彰的兇僧，後半生卻是智勇雙全的忠臣，如此強烈的反差，讓弁慶為源義經的傳奇生平更增添了濃郁的戲劇性色彩。

4……「戰神」誕生

收服弁慶後，源義經結束了雲遊生涯，到日本東北部奧州的割據勢力藤原秀衡處安頓了下來。秀衡於數日前已夢見黃金鴿子飛來，而鴿子乃源氏氏神八幡神的信使，因此視之為大吉兆。當他見到義經後，立刻為義經的才華和風姿所折服，深信義經必能成就大業。藤原氏的將領佐藤忠信、佐藤繼信、伊勢義盛等，也都誠心歸服義經。義經在秀衡的庇護下迅速成長為一名傑出的武士。治承四年（一一八〇），復仇的機會終於到來：義經的兄長源賴朝組織了「阪東武士團」，在伊豆起兵，討伐平家。二十二歲的義經熱血沸騰，立刻與弁慶等家將率三百騎南下，歷經種種艱險，在黃瀨川與源賴朝見了面。源賴朝以源氏先祖源義家得親弟弟源義光襄助為例，誓言與義經一起消滅平家、共報父仇。義經深受感動，熱淚盈眶。從此，他就以武將身份協助兄長打天下，號稱為「九郎主」。從鞍馬天狗處學到的兵法和韜略，終於可以在真正的戰場上大顯神威了。

當時，源氏另一支血脈源義仲已率先討伐平家，其大軍勢如破竹，把平家勢力趕回了西國，並進入了京都。義仲的聲勢雖如日初昇，人稱「旭將軍」，但他是個大老粗，擅權而又對公卿無理，還縱容部下劫掠京師，導致民心盡失。源賴朝趁此機會，下令源義經為先鋒，以討伐朝賊的名義進京消滅源義仲。義仲猝不及防，急忙將僅有的五萬部隊撒開來，鞏固宇治川一線的河防。

東國軍隊浩浩蕩蕩殺來，主持正面作戰的是源賴朝異母弟弟、源氏著名的「飯桶將軍」——源範賴；而配合從側翼進攻的六萬部隊，則由義經指揮。水位高漲的宇治川抵擋不住士氣高漲的東國武士，義經部下的關東名將佐佐木高綱和梶原景季率先跳入冰冷刺骨的河水中，眾將士不顧如雨的箭矢，拚命向河對岸衝去，防守的義仲軍很快就被擊潰了。義仲在撤退途中被殺，義經領著六騎直奔皇宮，為皇室壓驚。見到如此嬌美而又英姿颯爽的義經，崇尚美學的皇室和公卿都無比陶醉，對這名符合貴族審美觀點的青年充滿了好感——但這卻間接導致了義經日後死無葬身之地……

源氏的內戰，令平家得以喘息並重整旗鼓。他們招募關西諸國武士，在攝津一之谷建立根據地，預備反制源氏，奪回京都。不久，統一了源氏內部的源賴朝返回鎌倉，源義經則駐守京都。後白河院任命源義經為朝廷命官，義經未先知會主事者源賴朝而接下官位，此舉種下日後悲劇的種子，也讓源賴朝開始對弟弟產生猜忌，但在戰事為先的考慮下，源賴朝仍舊在沙場上重用源義經。此時的源義經武藝之高、兵法之妙已是「只應天上有」了。在西征平家的過程中，他多次以神鬼莫測的奇襲數度扭轉戰局，立下汗馬功勞！

一一八四年二月，源賴朝以範賴為總大將，領兵六萬為正面部隊，義經領兵一萬為策應部隊開拔西征。首陣進攻平家的根據地——播磨一之谷。源義經騎寶馬「大夫黑」，率家將翻過鵯越險崖直插一之谷的後方，發動奇襲，以七十騎疾攻入平家本陣。平家猝不及防，陣腳大亂。義經破敵七千餘騎，斬殺平家大將九人，創下了軍事史上一大奇蹟。這一戰役後來被稱為「一之谷合戰」。

從一之谷合戰中逃生的平家軍，挾持幼小的安德天皇在四國的屋島重新集結。賴朝恐懼義經的兵略和武勇，將義經調離了前線。此後的一年間，源氏陸軍和平家海軍在西日本反覆鏖戰。最後，既沒有強大海軍也沒有精明頭腦的範賴被平家阻遏於屋島，無法再前進一步。源賴朝沒有辦法，只好重新起用義經。

一一八五年二月，經周密籌劃後，義經自京都起程前往攝津，整備戰艦，目標直指平家屋島。但就要出航之際，暴風雨來襲，部下皆認為不宜冒險。義經力排眾議，親統三百勇士乘坐五艘戰船，在疾風驟雨的掩護和幫助下，只用了兩個時辰就在屋島的勝浦登陸。

天色微明時分，義經眺望平家陣營，發現平家赤旗浩蕩、軍容壯盛，自知不能力敵，只能智取，於是便在周圍村莊放火，在大霧中豎起多面源氏白色軍旗，製造大軍襲來的假象。平家做夢也沒有想到源氏會在這樣一個風浪險惡的日子渡海，見狀大驚，以為一之谷奇襲再現，驚慌不已。義經趁勢搶灘上岸，吶喊著殺入敵營。平家軍隊大亂之下，自相踐踏，狼狽敗退，倉皇登船而逃。此戰不但使瀨戶內海被源氏奪去，也使原先效忠平家的地方武士集團一一向源氏投誠。平家重振的希望徹底破滅了。

戰敗的平家軍逃至長門彥島，在平知盛的指揮下繼續抵抗。一一八五年三月，雙方在壇之浦爆發海戰。由於平家擅於海戰，而且潮流對平家有利，所以一開始平家佔了上風。逆流進軍的源氏艦艇則如陷泥沼，成為平家箭陣的活靶子。此時義經心生妙計，下令集中箭矢狙殺平家的水手及舵手，此戰術雖然違背了當時不成文的戰爭規則，卻令平家艦隊失去機動能力，動彈不得。正午過後，潮流改變，源氏軍順勢靠近登船，展開白刃血戰，最後全殲擅長海戰的平家軍。值得一提的是，平家勇將平教經在此役中奮力追殺義經，迫得義經連跳八船而逃。平教經最後挾兩名源氏猛將跳海，壯絕而亡。平家的其他重要人物眼看無望，紛紛跳海自殺。年僅八歲的安德天皇也帶著寶璽、神劍投海而死。長期紛爭的源平合戰終於結束，源氏復興，平家連同錦繡一般的平安朝一起滅亡了，日本歷史從此進入鎌倉幕府時代。

盛極一時的平家，被稱為「不入平家休為人」的平家，竟然在不到兩年的時間裡就輸掉了天下。這只能歸功於一個人，那就是源義經。他非凡的軍事才能在一系列的戰役中發揮得淋漓盡致，並且絕無僅有地百戰百勝。他的名字由此傳遍了全國，被百姓譽為「戰神」！

❺……兄弟反目

天才在凡人的眼裡不是可敬的，就是可怕的。在源賴朝的眼裡，源義經就屬於後者。實際上，賴朝對弟弟義經早就瞧不起了，他輕視義經出身低微，認為自己的母親出身官家，而義經的母親則是雜仕（下級宮女），娘家無官位，所以不把義經看作自己的弟弟，而是看作家臣。家臣就應受自己支配，不能超越家臣的界限。但是戰績顯赫的義經此時已成為天皇的新寵臣，他如同鬼神一般的活躍也已經威脅到了賴朝的當主地位。

當源義經押解平宗盛父子凱旋時，卻在鎌倉城外的腰越接到賴朝的命令：不准進城，只須交出人犯即可。因遭兄長猜忌而深感痛心的義經，於一一八五年五月二十四日，在腰越的滿福寺寫下著名的「腰越狀」，委託賴朝的親信大江廣元代為轉交，想以最後的哀訴來表達自己絕無異心，以及手足情深的真摯情意。然而這些都徒勞無功，義經雖然善戰，卻並不瞭解險惡的政治和人心。他的善良在亂世中過了頭，身處紛亂的年代，擁有領導者的才幹卻沒有王者的野心，必將招來災禍。

在強烈的嫉妒之下，源賴朝終於將毒手伸向了自己的兄弟。首先，無能的範賴被迫自殺；接著，賴朝又派刺客行刺黯然返回京都的義經，但沒有成功。在一連串的兄弟反目和各種波折之後，賴朝發佈了討伐令，親率大軍征討在京都駐守的義經。義經還執著於源氏棟樑身份，不願骨肉相殘，無奈中離開京都，開始了逃亡生涯。

❻……高館魂斷

在奈良和京都的山野間四處躲藏，飽受顛沛之苦的義經，明白如此下去絕非長久之計，遂決定投奔當年鼎力相助，猶如再生之父般的奧州領主藤原秀衡。一一八七年二月，源義經喬裝成苦行僧，踏上千里迢迢的路程。

身邊只剩不足十名家將，走在冰天雪地裡的源義經此際已是英雄末路，悲涼、絕望、無助籠罩著他。在歷經「若蹈虎尾、涉於春冰」的千難萬險與考驗後，義經終於抵達奧州，藤原秀衡仍舊給予義經大力援助，並安排他們在高館（又稱衣川館）駐居下來。

得知義經已投奔奧州，源賴朝對秀衡文攻武嚇，但秀衡不為所動，以不惜一戰的決心力拒源賴朝。賴朝暗忖藤原秀衡實力可畏，只得按兵不動，從長計議。

儘管義經在藤原秀衡的情義庇蔭下暫時得以安身，但造化弄人，一一八七年十月，藤原秀衡因病辭世。雖然他臨終前再三叮囑長子泰衡要以優禮善待源義經，然而在老謀深算的源賴朝不斷威逼利誘下，新任奧州領主藤原泰衡終於屈服，於一一八九年四月三十日清晨，命家臣長崎太郎率五百騎突襲高館。

被圍困在行館內的義經家臣，抱著必死的覺悟，捨命奮戰，各自斬殺多人後壯烈戰死或自刃。忠臣弁慶為了保護主人，死守大門寸步不退。他揮刀如舞，殺得血霧瀰漫、遍地屍骸。敵軍近戰不得，於是弓手盡出，萬箭齊發，弁慶身中無數亂箭仍不動如山，宛如佛教的護法金剛般傲然屹立，嘴角似笑未笑。敵軍未知弁慶生死，一時間無人敢上前探查。最後弁慶被一匹馬撞倒，眾人方知弁慶早已身亡。此事日後成為一個歷史典故，即著名的「弁慶立往生」。

家將相繼戰死，義經則以死於泰衡家臣的手中為恥，不願出戰，獨自進入佛堂中誦經，作自盡前的準備。天下之大，已無義經立錐之處。能使群雄束手，卻不能見容於一人。走投無路的源義經，唯有唸著「南無阿彌陀佛」引火燒館，剖腹自盡。俊雅、英武的一代名將源義經就這樣在熊熊烈火中結束了大起大落的一生，終年三十歲！

義經的愛妾靜，被捕送到鎌倉後，跳著拍子舞，唱著「吉野山嶺踩白雪，行蹤不明夢斷腸。卑賤莖環反覆繞，但願昔日變今日」的歌曲泣絕身亡，時年二十二歲，芳魂葬於高柳寺。義經與靜的愛情悲劇，成為日本傳奇文藝裡經久不衰的題材，彷彿中國的霸王項羽和虞姬一般。

凡是美好的事物，也許上天在讓他輝煌之後，都要親手消滅掉吧！縱觀源義經的一生，是如此短暫而又絢麗，猶如天上的彗星一般，在歷史長河中耀出剎那光輝然後又快速地消失無蹤。但就算在他死後，人們還是繼續以傳說來述說著他的一生。他那極為坎坷的身世、極高成就的武學、過人的戰略機智、場場必勝的戰績，以及悲涼的人生結局，完全符合神話一般的悲劇英雄的宿命格局。人民大眾從來就偏向於同情悲劇式的英雄，所

⊙ 源義經愛妾靜

以儘管史學家普遍認同源賴朝的成就，但義經和弁慶的形象，都化作傳說種種，以淨琉璃、歌舞伎、幸若舞、謠曲等形式，廣泛流淌於日本民間的大街小巷中。

【夢幻花——平敦盛】

「人間五十年」是日本能劇《敦盛》中的名曲，也是日本最著名、最膾炙人口的歷史典故之一。這段名曲背後的事蹟不但在日本，在中國和韓國也被年輕人津津樂道。因為一代梟雄織田信長，在他璀璨人生的起點「桶狹間合戰」以及終點「本能寺之變」時，都曾經悲愴激昂地吟唱過這段歌謠（事見本書第五章）。歌詞原文如下：

思へば、この世は常の住み家にあらず。
草葉に置く白露、水に宿る月よりなほあやし。
きんこくに花を詠じ、榮花は先立つて、無常の風に誘はるる。
南樓の月を弄ぶ輩も、月に先立つて、有為の雲にかくれり。
人間五十年、下天のうちを比ぶれば、夢幻の如くなり。
一度生を享け、滅せぬもののあるべきか。

日文「人間」，有「人生」之意。這首名垂後世的佳作，是後人為紀念源平合戰時，慷慨赴難的平敦盛所創。它吟唱出了世事的變幻無常，唏噓感慨浮生如夢幻泡影，自問世之日起就受到歷代英雄豪傑、文人公卿的推崇與讚賞。敦盛死後四百年，這段唱詞的後半段更作為戰國霸主織田信長的辭世歌而廣為流誦。將它翻譯為漢語，意為：

常思人世飄零無常，
如置於草葉之朝露、映照水中之明月。
詠歎繁花似錦，未待讚美已隨風凋謝；
南樓賞月之名流，亦似浮雲消逝於黃昏。
人生五十年，放眼天下，去事如夢又似幻。
雖一度受享此生，焉能不滅而長存！

這其間還包含了一個淒涼而風雅的故事，記載於長篇戰爭小說《平家物語》中：

話說源平這兩大武士家族，乃是世仇。以太政大臣平清盛為首的平家一門，遍佈朝野，權傾天下。奢靡浮華的生活，使他們逐漸脫離了武士的剛勇血性，終日沉醉於音樂詩歌當中，與平安朝以來的腐化公卿如出一轍。平敦盛是平家的旁支，官至從四位。他雖是男兒身，卻玉面俊美、姿容端麗，更兼多才多藝，擅吹橫笛，是京城上上下下都為之擊節傾倒的風雅人物。若能長在朝中，也許會成為一位傑出的音樂家。

然而身負血海深恨的源氏一族起兵發難，在「戰神」源義經的率領下，一路攻無不克，勢如破竹。鼙鼓雷響，雅樂無用。頹廢腐朽的平家完全無力抵抗，一敗再敗，至一一八四年二月，爆發了著名的一之谷合戰，年

⊙ 平敦盛

⊙ 熊谷直實

僅十六歲的平敦盛披掛上陣，參加了這場戰役。

大戰前夜，平敦盛輾轉難眠，便披衣而起，取出心愛的名笛「小枝」，幽幽吹奏一曲，以平定澎湃起伏的心境。夜深月高，四野無聲，優美的笛聲被風送得很遠很遠。不僅本軍陣中，就連敵方士兵也紛紛醒來，側耳傾聽，為之深深打動。

源氏陣中，有一猛將名叫熊谷直實，雖是武人，倒也頗通音律。他凝神細聽，不禁拍案叫好：「不想平家陣中，竟有如此風雅之人。大戰將發，坦然吹笛，而笛聲清澈動人，無絲毫澀滯紊亂之跡。」不由得對吹笛者心生敬意。

次日大戰爆發，源義經率數十騎突襲平家大營。腹背受敵的平家兵將以為源氏大軍已到身後，心膽大怯，士氣低落，紛紛跳到海裡，向停靠在海邊的戰船上逃去。源氏軍從後掩殺，斬首無數，血流成河，平家軍全面崩潰。

平敦盛見大勢已去，急忙催動胯下馬，奔入水中，正準備登上戰船，忽聽身後有人疾呼道：「前面的武將，臨陣脫逃，不感到羞恥嗎？何不掉轉馬頭，與某家大戰一場，分個勝負，如何？」敦盛回頭望去，但見一員白旗武將（平家紅旗，源氏白旗）正在岸邊立馬叫陣。此人正是熊谷直實，一路追殺平家敗兵到此，遠遠看見敦盛大鎧華麗，料想定是大將，因此喝罵挑戰。平敦盛血氣方剛，聞言分開海水，回馬登岸，舞刀與直實戰到一處。兩人馬打盤旋，刀光相激，殺得好不激烈。那直實本是關東有名的猛虎，武藝精熟，敦盛不過是初上戰場的少年，十幾回合一過，就被直實打落馬下。直實跳下馬來，拔出肋差（鋒利的短刀），按住敦盛，就欲割下敵將的首級。不料掀起頭盔，直實見到敦盛的容貌，不由倒吸一口冷氣，僵在了那裡，難以動手。

原來敵將不但年幼，與直實的孫輩相近，更兼眉清目秀、豐神俊雅，雖含羞忍辱，卻並無恐懼之色。直實頓生憐憫，再一低頭，看到了插在敦盛腰間的「小枝」，問道：「莫非昨夜吹笛，清澈悠揚，音感我陣的，就是你這個少年嗎？」敦盛緩緩點頭。直實再也不忍下手，放開敦盛，說道：「你還年幼，何苦來到陣前廝殺，枉送性命？我今放汝歸去，從此專研音律，再不要到血腥的戰場上來了。」

可是平敦盛畢竟是武家之後，不肯失節，說道：「我乃平家大將、春宮大夫敦盛，並非不懂事的小孩兒。我不上陣則罷，既然上陣，身為平家武士，豈能貪生怕死？你武藝高強，打敗了我，就割了我的首級領功去吧。源、平兩家，世代為仇，何況戰場之上、兩陣之間，豈能對敵人存有憐憫之心？」直實反覆勸說，無奈敦盛死志已決，堅持不肯離去。就這麼一耽擱，身後喊殺之聲漸響，源氏大兵已然洶湧而至。直實心想，我軍業已殺到，我不殺他，他也必被人殺，到時不知會再受什麼無端屈辱，豈不反是我的罪過？於是一咬牙，揮肋差割下了敦盛的首級。可憐無雙佳公子，就此魂歸極樂。

熊谷直實殺死平敦盛，忍不住哀傷哭泣。他望著敦盛遺下的「小枝」，感慨少年俊彥，頃刻化作離魂，宛如幻夢；又想到人間生老病死，痛苦良多，憂患無盡，不禁萬念俱灰。遂悄然離開戰場，落髮出家，法號「蓮生」。

敦盛殉難、熊谷出家的史事，後來被民間藝人改編為淒絕的能劇故事，到處傳唱，其中的哀婉意境為日本普遍人民所喜愛。人們都把滿腔同情和憐惜，寄託於敦盛這位千古難得的翩翩美少年身上，甚至還將一種蘭花也命名為「敦盛草」，稱之為「夢幻中的夢幻花」。

【天狗】

「天狗」一詞來源於《山海經．西山經》：「陰山……有獸焉，其狀如狸而白首，名曰天狗。」最初的天狗是可以禦凶的吉獸，後來演變成形容彗星和流星，古人將天空奔星視為大不吉，所以天狗也變成了凶星的稱謂。在日本，最早關於天狗的記載見於《日本書紀》，因其形貌也被稱作「天狐」，相貌與《山海經》中所述的形象相差無幾。佛教傳入日本前，天狗的形象屬於「鴉天狗」，也就是鳥形尖嘴，是山嶽森林信仰的化身。但從鎌倉時代起，日本的天狗慢慢走上自己的演變之路，並最終衍化成日本山林妖怪中最具震懾力的代表。

日語裡中國式的天狗讀作「てんぐ」，而日本式的則讀作「てんこう」。日文漢字也作「萬骨坊」。天狗隨著唐朝商人漂洋過海，傳入日本後，融入了當地的山嶽信仰，在列島上漸漸成了氣候，並開始本土化轉變。由於日本是一個以山地為主的國家，善於幻想的大和民族出於對深幽山林的恐懼，所以將天狗的居所世世代代都設置在深山裡。同時對本應是神明的天狗進行了很大程度的扭曲，先是外貌的改變：鎌倉時代的《是害坊繪卷》描繪了天狗與天台宗僧侶大戰，結果敗退的景象。在這個故事裡，來自中國的天狗軍團向日本的天狗求援，但是日本的天狗擺出一副傲慢的態度，即日語中所謂的「自慢」、「鼻高高」。由此可見，最初天狗鳥喙人身的形象，到了此時就轉變為「鼻高天狗」，其最大的特徵就是長鼻子。內容豐富的《今昔物語集》中亦有十則關於天狗的故事，天狗會幻化成佛、僧、聖人等，可以說是從文學層面上，確立了天狗的新形象。這種形象是佛教傳入日本後，排斥原有天狗形象的結果。

天狗的另一種形象來源，來自修驗僧。古時不少修驗道的信徒幽居於深山中，進行艱苦的修行。在百姓眼裡，他們的生活方式和持之以恒的修行，使他們漸漸地與山之靈氣相融合，獲得了超人的神通力，成為大聖者。

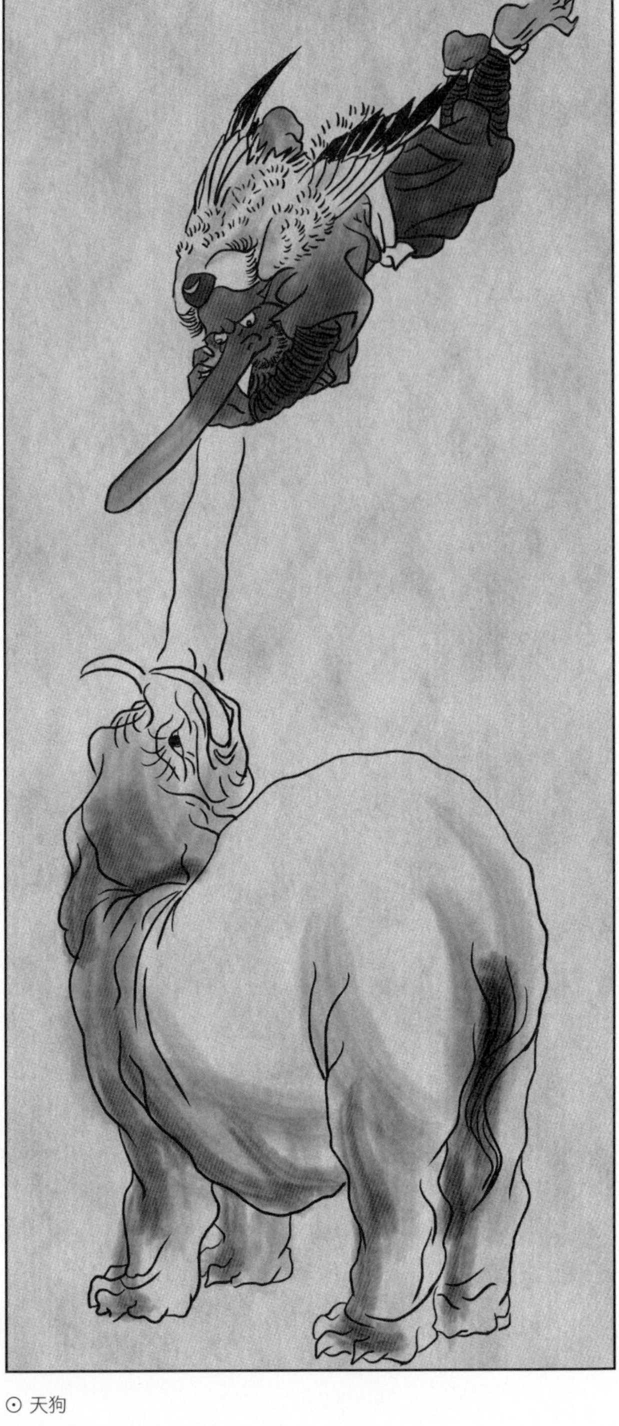

⊙ 天狗

人們慢慢地將修驗僧當成了山神的化身，而修驗僧為了宣傳及強化他們的信仰，用天狗來命名。天狗因此便有了守護神的形象。

最終，天狗的諸般形象開始融合，並形成了一個被廣泛認同的固定形象：它們的臉通常是大紅色，大長鼻子、威嚴怒目，手持寶槌或者團扇，穿著修驗僧服或武將盔甲，腳踏高齒木屐，腰際佩有武士刀，身形十分高大。天狗一般都住在深山裡，背後有一雙翅膀，可以自由地翱翔於天空中。修行高的天狗具有難以想像的怪力和神力，不但能讀懂人心，大聲說出人心所想的東西，還能使用各種幻術，無所不能，有著令人恐懼的力量，舉手間就能將人類撕成碎片。其手中的團扇只要輕輕一揮，便可將許多棵大樹連根拔起，其威力可見一斑。

中國的傳說裡，日蝕、月蝕現象被說成是「天狗食日、吞月」，日本天狗雖然並不吞月，卻時常在滿月時出沒於深山中吃人。所以古時日本的老者都會叮囑小孩不要在十五月圓時到山谷裡亂跑。日本現在仍有許多這樣的禁山。到了後世，更產生了天狗出現便會招致天下大亂的說法。

正因為天狗是日本妖怪中相當強悍的一種，具有高危險性，而且有著很強的性格特徵，情感波動起伏大，所以對於一些離奇事件或無法解釋的現象，也往往把賬算在天狗頭上，於是就有了「神隱」、「天狗倒」、「天狗笑」、「天狗礫」等傳說。據說天狗會把迷失在森林中的人拐走，所以古人稱小孩無故失蹤的事件為「神隱」，顧名思義就是被神明（天狗）隱藏起來了。當失蹤的人被找到時，地點大多在難以攀登的高山、大樹上，他們言之鑿鑿地聲稱是天狗揹著自己飛到了山上、樹上。那些不再回來的人，則被認為永遠留在了天狗的身邊。宮崎駿名作《千與千尋》的日文原名，就叫《千と千尋の神隱し》。這種推論，可能與天狗的法寶「隱身蓑衣」有關，再次顯示了天狗在日本人心中亦正亦邪的形象。

天狗的形象在日本經歷了一系列變化，與之相應，其身份也不斷改變，有山神、修驗僧、妖怪等，從中既可看到日本神道教的影子，亦有佛教傳入日本後的影響。從早期傳遞凶兆的妖怪，轉變為自然的守護者，這並不表示天狗是可馴服的。一旦得罪它，它也會變回作祟者。不過，天狗作為山野神性與詭秘性的具象化表現，比其他妖怪的地位多少要高一些。它並不只代表惡登場，還有相當多時候是以善德形象出現的。其中最有名的大概就是鞍馬山天狗了，它在源義經七歲之際收留了他，教他武功、兵法和法術，最終使義經報仇雪恨，成就一番大事業。

日本天狗的來歷，有多種說法。有的認為修行未臻火候、態度傲慢的山僧，死後會變成天狗。這些修行者因有佛性而免於墮入地獄、餓鬼、阿修羅、畜生四道，但因無道德心也無法升入天道，最終被放逐至六道輪迴之外的天狗道。

另一種說法認為天狗是古代日本人對流星的恐懼與敬畏，並套用了中國神話中的天狗這個名稱。《日本書紀》中記載著欽明天皇時，曾有夾帶著巨大雷聲的流星劃過天際。僧旻對天皇說：那不是流星，是天狗（流星にあらず、これ天狗なり）。這時的天狗意象雖沒有明確地被指出，但根據僧旻所說之天狗的讀法，應該可以認為天狗一詞進入日語之初時，並非人的形象。

第三種說法是天狗為古代中國傳到日本的一種叫「天草」的藥材的音變，這種叫「天草」的植物日文讀做「てんぐさ」，它不同於日本地名、人名中「天草」「あまぐさ」的讀法，由於這種植物傳到日本後很快傳播開來，「てんぐさ」的名字也就這麼叫開了，傳著傳著てんぐさ就變成了てんぐ，轉化成日文漢字就是「天狗」二字。

天狗的數量極多，據《天狗經》記載，曾有十二萬五千五百隻天狗居住在松本地方，所以在天狗中也有類別和等級之分。崇德天皇是它們的最高首領，然後依次是雷天狗、大天狗、小天狗，而鴉天狗和木葉天狗則是最底層的下屬。

雷天狗道行高，是具有最強力量的天狗王。鴉天狗的數量則最多，因其外形酷似烏鴉而得名，是大、小天狗的手下，有著烏鴉般的尖嘴，也有對翅膀，兩腳可以站立，和中國的雷震子造型頗為相似。它們渾身黑色，手持武器，經常在山林中襲擊人類。

鼻子太長了

關於天狗的長鼻子，在日本民間還流傳著一個笑話。話說在日光住著許多天狗，有一年，日光的新座主從遙遠的京都前來就職。消息傳到日光後，不但眾僧和當地人十分高興，準備熱情迎接新座主，就連住在日光山裡的天狗也決定前往歡迎。

經過商議，眾天狗決定在參拜的道路上坐成一排，對座主恭敬致禮歡迎。可是，在預演歡迎儀式時，發生了一件難辦的事。因為天狗的鼻子太長了，一低頭，就碰到了地面，所以坐著行禮，樣子太不雅觀了。總不能把鼻子砍下來吧？這件事可把眾天狗愁壞了。忽然，一個天狗靈機一動，想出了一個妙招。

新座主到達日光那天，眾僧和當地民眾都列隊熱烈歡迎他，並恭敬執禮。等座主來到眾天狗參拜的道路時，只瞧了一眼，就忍不住「噗哧」一聲笑了出來。原來，每個天狗都在自己的面前，挖了一個約三十公分深的坑，到了低頭行禮時，長長的鼻子就插入了坑中。那模樣滑稽極了！

【犬神】

犬神（いぬがみ），又稱狗神、犬神統，是九州、四國一帶勢力龐大的妖怪。它的外形與天狗有幾分相似，

⊙ 犬神

但更像是狼犬所化，青褐色的皮膚、鋒利的爪牙，面貌猙獰。它作為雷系的妖怪，擁有較高的地位，頭上還戴著一頂象徵身份的小官帽，可衣裳卻穿得破破爛爛的。

犬神的正體被認為是死後留在世間徘徊不去的狗靈。犬神擁有犬類的一切特質：行動迅捷、嗅覺靈敏、強大忠誠，而且還很善於把握人類內心的思想，能洞察到嫉妒或是憎惡等不良的念頭，並利用這一點來附身人體。

犬神經常作為「式神」，被陰陽師召喚。但犬神的靈力很高，萬一主人本身的靈力無法壓制它，便有可能發生「逆風」，被它反噬。

犬神最可怕的一面，是它被作為蠱毒使用時。西日本被公認為是犬神的聚集地，那裡除了犬神數目眾多外，還有一部分專門操控犬神的人，稱為「犬神使」。犬神使為了驅使犬神，常取犬的靈魂進行養蠱。他們首先將活生生的狗兒埋在土裡，只露出狗頭，然後將美味食物放置在狗的面前，使其垂涎。狗想擺脫束縛吃到食物，就會拚命掙扎，但越掙扎越吃不到，只能眼巴巴地望著。當其飢餓的痛苦和想吃的慾望達到頂點時，犬神使猛然一刀砍下狗頭，丟到很遠的地方。如此所產生的狗怨靈就會積聚不散，停留世間。犬神使以巫術操縱之，用於詛咒傷人，這就是「犬神之蠱」。

被犬神蠱附體的人，通常會精神混亂、喪失自我，並在昏迷的狀態下不由自主地產生歇斯底里的行為，做出一些常人難以理解的事情，或是莫名其妙地發高燒、全身疼痛難忍。更嚴重的甚至會傾家蕩產、死於非命。

一旦被犬神附上，不能找醫生診治，應立即請祈禱師祛除，還有說法認為必須由放蠱的犬神使才能解毒。被犬神附身的女子，在結婚生育後其子女將成為真正的犬神，所以在四國的一些鄉村，都要對新娘進行檢查，看其是否被犬神附體。

不過，被犬神附身並不一定全是壞事，如果家裡有人在被附身後，及時地祭祀犬神，犬神會留下名為「犬神持ち」的東西給這家人。有了「犬神持ち」，你就是犬神的友人，想要什麼都能得到。而且當你與人爭吵時，心中強烈的恨意與憤怒將立刻傳達給犬神，犬神會幫你去咬對頭人。

犬神的操縱權，一般由家族世代繼承，繼承人稱為「犬神筋」。普通人在祭祀犬神時，一定要邀請犬神筋來主持儀式，倘若對他們不尊敬的話，就會遭遇災禍。

【道成寺的吊鐘】

佛說：人生有八苦，第七苦是「求不得」。有所慾求而不得滿足，實在是令人倍受煎熬。道成寺的吊鐘，講的就是求之不得、因愛生怨的故事。

道成寺位於紀伊半島西部的岬角，據說是在八世紀初，奉當時的文武天皇敕命而修建，是紀伊國（今和歌山縣）最古老的寺院。後因「安珍、清姬」之傳說而名聞遐邇。

安珍是鞍馬寺的僧人，相貌英偉俊秀，吸引了遠近不知多少懷春的女子。他每年都要苦行到熊野聖山參詣佛法，途中總要在一位富商家歇宿。富商是禮佛之人，因此每次安珍來，皆殷勤招待，他的女兒清姬也在一旁幫忙。

年復一年，漸漸地，清姬長大了，到了思春的豆蔻年華。不知何時起，她愛上了美男子安珍，日日倚門翹首，期待著安珍上門。她不顧安珍已經身入空門的現實，發誓一定要與安珍結為夫妻。

這一年，安珍如期登門。清姬躲在暗處癡癡地望著他，只見他雖然風塵僕僕，卻依然豐神俊朗、舉止翩翩，不由得暈生雙頰，一顆芳心怦怦直跳。當晚夜半時分，月色迷離，按捺不住閨情的清姬闖入安珍的房間，大膽求愛說：「日夕慕君，相思愁苦；想是前世因緣注定，妾願以此身託付君心，君可願與妾身結縭？」

安珍大驚失色，他是一個德行高尚的修行者，又有戒律的束縛，怎能動妄念凡心？於是再三向清姬闡明心中虔誠向佛之意。但清姬柔情蜜意，苦苦癡纏，就是不肯離去。安珍無奈之下，將身邊帶的佛像送給清姬，假意敷衍說：「修行之後，我即回來與你歡聚。」清姬信以為真，喜悅不已。

次日一早，安珍起身告別，清姬反覆叮囑，請他參詣完一定要回來。安珍隨口答應，說少則三天，多則七日，定然歸來相聚。

安珍走後，清姬每天都癡情地撫摸著安珍所贈的佛像，夢想著美好的未來。然而，苦等了整整七日，安珍卻杳無影蹤。清姬坐立不安，跑出家門，到各個路口、渡口詢問有沒有見到如此這般的一位俊美僧人。有人告訴她，那僧人已經徑直向前去了。清姬無論如何不相信，但每個人都這樣答覆。因為安珍形容出眾，令人印象深刻，所以很多人都記得他。

相依相守的心願落了個鏡花水月。遭到欺騙的清姬恨由心生，發瘋般往前方追趕安珍。她一路狂奔不息，失了木屐、散了束髮、破了衣裳，如花似玉的少女，漸漸變得面色青黑，憔悴不成人形。終於，在日高河畔，她追上了正準備渡河的安珍。

哪知安珍見到披頭散髮的清姬，恍若目睹厲鬼，急急拔腿便跑。清姬既驚且怒，心中怨恨如火山爆發。她狠狠地將佛像摔進河裡，水面蕩漾，清姬一望水中，見到自己的容顏竟好似鬼魅般醜陋。原來癡嗔愛怨，已經讓她的五官扭曲不堪了。

趁清姬自怨自艾之際，安珍搭上了日高河渡口的最後一艘船，順流而去。可憐的清姬人不像人、鬼不像鬼，傷心欲絕地在河邊來去彷徨，眼睜睜地看著安珍就要消失在視野盡頭。她急火攻心，灰心絕望，一咬牙，縱身躍入滔滔的日高河，剎那間，體內所積累的怨念憤憎，竟使她化為身長二丈的大蛇，一口氣游上了對岸。

安珍一路疲於奔命，躲藏進了道成寺。大蛇清姬也一路尾隨，追進了寺。安珍懇求道成寺裡的眾僧幫忙，湊巧殿內正在補修鐘樓，卸下吊鐘擱在地上，眾僧便將安珍藏在吊鐘裡。

清姬大蛇血目焰口，甚是可怖，眾僧嚇得紛紛走散。她一邊吐著蛇信，一邊爬上石階，尋遍了寺院裡裡外外。此時她的嗅覺已比凡人靈敏許多，見每間僧房都空無一人，而一口大吊鐘內卻隱隱散發出人氣，便料定安珍是躲在吊鐘裡。她將身軀節節盤曲，繞成七節，纏住吊鐘，企圖由上而下將大鐘掀開。但大鐘沉重堅固，根本無法掀動。清姬無可奈何，又不甘就此離去。執拗的她怨安珍背棄諾言，恨有情人偏逢薄情郎，內心的怒火難以抑制，終於噴薄而出，令身軀燃起了熊熊烈火。吊鐘被這怨念之火燒得通紅。

燃燒的愛到了極點就成了深恨，和心愛的人不能同生，那就同死吧！清姬神情哀切，淚中滴血，血色殷紅。轉而又游下山，回至河邊，昂首沉水而死。

吊鐘的大火熄滅後，寺裡的僧人合力把吊鐘打開，鐘內的安珍已燒成了焦炭，只有念珠一串仍執於掌中。因為狂熱熾烈的愛，清姬變容為鬼、化身為蛇，追逐著愛，可最後取得了愛人的性命，依然得不到真愛。眾僧和鄉民無不唏噓感歎。過了數日，道成寺的住持做了個怪夢，夢見兩尾糾纏在一起的蛇，其中一尾向住持說：「我就是在吊鐘內被活活燒死的安珍，因為在地獄與惡女結為夫妻，無法成佛。請住持超度我等二蛇，脫離苦道。」

住持第二天真的為他們舉辦了盛大的法事，並手書《壽量品》，唸誦《法華經》超度安珍、清姬。當晚，住持又夢見一僧一女合掌致謝道：「我等因師慈惠，今已升天。多謝大師超度，我們會護佑道成寺的。」

這段故事後來被完整地繪製在道成寺的寺寶——《道成寺緣起》上，該繪卷完成於一四二七年，長四十米。《今昔物語集》、人形淨琉璃劇、動畫片《道成寺》等文藝載體也對此記敘詳盡。

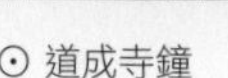

⊙ 道成寺鐘

【黑塚鬼婆】

日本的鬼，根據身體顏色的不同，分為青鬼、赤鬼、白鬼、黑鬼等。它們頭上長犄角、口中生獠牙，身軀高大，腰間繫虎皮兜襠布，揮舞著帶刺大鐵棒。日本最早關於鬼的記載，出現於《日本書紀》中，齊明天皇駕崩於朝倉宮時，朝倉山上出現了一個戴著大斗笠的鬼。不過，這些都是男鬼的形象，從本節開始介紹的黑塚鬼婆、山姥、丑時之女等，全都是日本傳說中著名的女鬼。

鐮倉幕府時，在京都的某公卿府邸裡，有位名叫「岩手」的乳母。她殷勤忠實地照顧著府上的千金，一手將小姐撫育長大。她視小主人如同己出，呵護備至，有著血濃於水的深厚感情。

可是，在那個戰亂頻仍的年代，疫病橫行、缺醫少藥，即使貴為公卿之女，也難逃病魔糾纏。小姐不幸身染重病，身為乳母的岩手為此心疼不已，她下定決心，無論如何都要治好小姐的病。於是就去請教一位據說相當靈驗的占卜師，占卜師告訴她：「要治癒小姐的病，必須用孕婦的新鮮生肝當藥引才行。」岩手雖然認為這是件很殘忍的事，但看到小姐痛得死去活來的可憐樣子，她就把心一橫，決定外出尋藥。臨行前，她忍痛將自己八歲的親生女兒託付給他人照顧。

但是孕婦的生肝並非易得之物，岩手找遍了鄰近的地區，依然找不到。她就起程向遠方去，不知不覺來到了奧州安達原。安達原是一片無邊無際、空曠寥落的荒野，放眼盡是蒿草，道旁有一棟用奇岩怪石堆成的岩屋，供行旅者暫歇落腳。岩手就在岩屋裡住了下來，等待孕婦經過，伺機下手。

安達原荒涼蕭瑟、人煙罕至，連普通旅人都很少經過，更何況是孕婦？但岩手堅信有志者事竟成，日復一日地耐心等待著，就這樣度過了十年的漫長歲月。

一個晚秋的日暮時分，一對年輕夫婦來到安達原，要求在岩屋留宿一晚。男的名叫伊駒之介，女的名叫戀衣，已經懷有身孕。當晚，戀衣忽然腹痛起來，這是快要臨盆的前兆，伊駒之介連忙跑去鄰近村落尋找產婆。岩手見機不可失，手持柴刀衝進屋中，剖開了戀衣的肚子，取得了新鮮的肝臟。

戀衣完全沒想到會飛來橫禍，她臨死前一把抓住岩手，幽怨地說道：「為了尋找自幼在京都分別的母親，我才來到這遙遠的奧州，誰知今日命喪此地。既然命該如此，我拜託你一件事。」說著從懷裡取出一道護身符，交給岩手，又說：「這是當年我母親離開京都前，交給我的紀念品，如果你能見到她，就代我跟她說一聲，我好想念她！我母親是京都公卿府裡的乳母。」說完腹部一陣劇痛，氣絕身亡。

岩手聽聞此言，如五雷轟頂，望著手上的護身符，呆若木雞。天哪，這正是自己十年前離開京都時交給女兒的信物啊！因為多年未見，且懷孕使得戀衣臉形腫胖，自己竟沒有辨認出親生女兒，而且連尚未落地的孫子也一同害死了。

在極度的驚恐與傷悲刺激下，岩手發狂發癲，變成了可怕的鬼婆。從此，凡是因為迷路前來求宿的旅人，無論是誰，都被她用柴刀予以殺害，然後生飲鮮血、噬肉啃骨，安達原岩屋內屍積如山。

數年後，周遊諸國的雲水僧東光坊佑慶，路經安達原，在事先不知情的狀況下，前來岩屋借宿。屋裡出來一位駭人的老嫗，白髮蓬鬆，目光淒厲，盯著佑慶上上下下打量，把佑慶瞅得心裡直發毛。

進屋後，佑慶暗暗納悶：這老嫗為何單獨住在如此荒涼之地？附近並無人家，她又以何為生？雖然滿腹狐疑，但想到只是暫借一宿，明日便走，也就沒有進一步探問。

此時天寒地凍，屋裡寒風凜冽，老嫗要出門撿點柴禾回來生火。臨走時，她鄭重告誡佑慶，千萬不可窺視岩屋裡邊的石室。

但人的好奇心總是強烈的，越是要保守的秘密越守不住。佑慶在老嫗離開後，終於忍不住推開了石室門。

⊙ 安達原鬼婆

登時，一股濃烈的腥臭味撲鼻而來，定睛一看，石室裡赫然堆滿了許多殘缺的骷髏、屍骸，還有不少人肉肝肺正裝在鍋裡，碗裡則滿滿的都是血。

東光坊佑慶大驚失色，這才想起，可能是遇到傳說中的安達原鬼婆了，急忙三步併作兩步，奔出門口逃之夭夭。鬼婆回來後，見到石室門洞開，佑慶已不知去向，頓時勃然大怒，露出了猙獰的面貌，縱身疾行，死命追趕佑慶。她速度快極，又熟悉這一帶地形，漸漸地追上了佑慶。眼看走投無路，佑慶索性停步，取出觀世音菩薩尊像，喃喃唸咒祈禱。三遍經文誦過，觀音像突然顯靈，飛向天空，發出炫目的光芒，把荒野照得通明。鬼婆雙眼被強光刺照，無法睜開。說時遲那時快，佑慶一抬手，以白真弓連發三簇金剛矢，將鬼婆當場射死。

好心的佑慶在鬼婆喪身之處，建了觀音堂，就是現在的天台宗真弓山觀世寺。寺外有鬼婆的墳墓「黑塚」。每當夜深之際，黑塚之上似有鬼魂幽幽地哭，飄忽慘澹的聲線遊離在黑暗的安達原。

【山姥】

與豔麗妖冶的女妖不同，山姥（やまうば）是日本女妖的另一類典型代表。她居住在深山裡，外貌像乾癟的老太婆，彪悍粗獷、身形高大，滿臉皺紋、眼角上吊、嘴巴開裂到耳邊，長長的白髮如鐵絲般堅硬；而且她是女妖中最通靈性的，能夠讀懂人心，明晰對方內心所想。這也正是她最令人膽寒之處。

山姥的原形，主要有兩種說法，其一認為是山神沒落所化成，其二則認為是山中的女鬼所化，這就使得山姥具有了善惡兩面。她既有賜予土地豐收和富饒的一面，也有專門迷惑人，將投宿的旅人吃掉的恐怖一面。人們既害怕、迴避她的兇狠，又渴求她給予財富與幸福。日本民間就是在這種又懼怕又歡喜的矛盾心態中，塑造出了活躍於山間的山姥形象。

山姥並非一生下來就是個乾巴巴的小老太，她也曾有過帶著又甜又酸乳臭味的嬰兒時代，也曾有過像剛搗出的年糕一樣白皙嬌嫩、粉額紅腮的青春年華。可惜，純真的少女在悲劇故事裡總會遇人不淑，山姥也同樣被一個負心人所欺騙，始亂終棄。她傷心欲絕，一夕白頭，紅顏老盡，最後在淒涼悲愴中掙扎著度過餘生，年僅二十五歲就孤獨地死去。她死時，臉上爬滿了密密麻麻的皺紋，牙齒泛黃、頭髮稀疏，完全是個衰老不堪的老婆婆模樣了。

本是溫柔可人的女子，卻含恨而終，自然怨念難消，靈魂便長期滯留於山間，變成了兇殘的山姥。她用繩子把披散的白髮繫起來，用樹葉或樹皮裹作貼身下裙，住在山中的孤僻小屋裡，等待那些在山裡迷路的臭男人，把他們捉來吃掉。一頭白髮、一副直不起的腰身，山姥已是所有怨女復仇的寄託。

一次，一個在山中迷失了方向的年輕男子，無奈中來到山姥的小屋借宿，當然，他並不知道屋主就是山姥。在獲得主人同意後，男子鬆了一口氣，開始仔細打量屋主的相貌。當他看到女屋主頭上別著缺齒的梳子、不修邊幅、齜著牙陰笑的怪樣子時，他膽怯了。

在飄忽不定的燈光下，老女人冷笑著，露出閃著黃光的牙齒，說：「你一定在想，這個老婆子穿著打扮如此怪異，簡直就像個瘦骨嶙峋的老貓一樣，是吧？」

男子嚇了一跳，心想：「她也許只是面目猙獰，還不至於到半夜把我吃掉吧！」但他的想法又怎能瞞得住會讀心術的山姥呢！山姥一邊喝著栗子粥，一邊又對正在偷瞅她的男子說：「你現在心裡在想，我會不會在半夜把你吃掉，對吧？」

⊙ 山姥

男子嚇得面色蒼白，勉強裝作若無其事的樣子說：「我只是感到很累了，喝了這暖和的粥，可以休息了。」山姥「哦」了一聲，就起身刷鍋，燒起了開水。

男子看著沸騰冒泡的大鍋，越來越害怕，又想：「她用那麼大的鍋煮沸水，一定是為吃掉我作準備了。」山姥轉過頭，笑嘻嘻地對他說：「是啊，我用大鍋燒好開水，就是準備半夜把你吃掉哩！」

男子恐懼得渾身冰冷，牙齒上下直打顫，好不容易撐住身體倒在床上，眼睛卻瞟著窗戶，準備假裝睡覺，尋機逃跑。不料山姥冷哼一聲，斜眼看著男子不屑地說：「你這個傢伙，是想找機會逃跑吧？沒用的，我本來想半夜再殺你，現在你這麼不老實，只好提前結果你了。」說完怪笑著，伸出乾枯的雙手，就要上前掐死男子。

男子見死到臨頭，避無可避，不免心中酸痛，想起撇下妻子孤單一人，日後怎生過活？但既無力抗拒，惟有閉目等死。哪知山姥突然歎了一口氣，說：「你走吧，我只殺無情漢，不殺有情人。我若殺你，世上又要多一個怨婦了。」

男子忙不迭爬起身，拚命地逃離山姥家，再也不敢回望一眼。他脫難後，將此事告訴了親友鄰居，一傳十，十傳百，山姥的傳說從此流播開來。

在日本民間，還有另一個山姥的傳說，也頗為恐怖。

有位叫彌三郎的獵人，以在山中捕獸為生。某天，他在佈設陷阱時，不提防被四隻狼盯上了。他趕忙爬到大樹上，四隻狼在樹下轉悠了一陣，見撲不到樹上，就開始疊羅漢，可是就是差了一點點，無法夠著彌三郎。最下面的那隻狼體力不支，一個踉蹌，四隻狼全摔倒在地。反覆數次皆如此。領頭的那隻狼見不是辦法，便說道：「這樣可吃不到獵人，咱們去拜託彌三郎的母親幫忙吧！」於是快速跑走了。

彌三郎大吃一驚，心想：「什麼？找我母親幫忙？天哪，這到底是怎麼回事？」他見狼已經遠去，便從樹上下來，猶疑著往家裡走。走到半路上，忽然一陣狂風颳來，黑雲密佈，從雲中探出一隻枯瘦的手，緊緊掐住彌三郎的脖子。彌三郎無論如何使勁，都無法掙脫。他心一橫，抽出腰間的砍柴刀，猛力向那隻手砍去。

只聽「哇」一聲慘叫，枯瘦的手被砍斷落地，血流如注。躲在一旁觀戰的四隻狼嚇得倉皇而逃。霎時間風停雲消，彌三郎撿起斷手，仔細一瞧，手臂上竟然長滿噁心的針毛。他回到家，對內室的母親說道：「母親，今天有隻鬼手襲擊我，被我砍斷了。」母親應道：「快遞進來給我看。」於是彌三郎伸出左手，隔著門，將鬼手遞給內室的母親。哪曾想左手剛伸進屋，就被母親的手緊緊抓住不放。彌三郎透過門縫，只見母親的手臂上竟然也長滿噁心的針毛。他驚愕萬分，猛然記起狼說的話：「咱們去拜託彌三郎的母親幫忙吧！」登時，他明白了，母親已經被妖怪山姥害死了，現在這個母親是山姥變的，之前從黑雲中探出來的枯瘦的手，就是山姥的。

彌三郎當機立斷，右手抽出腰間的砍柴刀，一腳踢開門，揮刀砍去，將山姥的另一隻手也砍斷了。山姥大呼一聲，丟下兩隻斷臂，狼狽逃回深山。

彌三郎細細搜檢母親居住的內室，只見床下、櫃中，積滿了一堆堆鳥獸和母親的遺骨。他痛哭失聲，為母親的不幸遭遇悲憤不已。

上文已經提到，山姥的形象是立體的，她既是人類生活的威脅者，又是施惠者。她雖然殘忍，但對凡人也並非全是惡意。在一則《紡線山姥》的故事中，山姥就以人類恩惠者的面目出現。

話說在鎌倉幕府時代，有一位少女在家中紡線時，接連三天，山姥都在她身邊出現。她對少女說：「我肚子餓得很，你能做飯團請我吃嗎？」少女答應了，認認真真地做了很多飯團，請山姥吃。山姥張開大嘴，將飯團一個接一個地扔進嘴裡。吃完後，還意猶未盡，竟將少女紡出的五彩線也統統吃進肚中。臨別時，山姥對少女說：「明天清晨，你去窗下看看。無論見到什麼，都要珍惜它。」次日一大早，少女來到窗下一看，見一堆小山般的糞便堆在那兒，正是山姥的排洩物。少女的家人都嫌髒，要把糞便丟掉。少女謹記山姥的話，執意要家人幫忙，將糞便拿到河中沖洗。人們驚喜地看到，糞便在水中變成了五色的蜀江錦，綿長漂蕩。少女一家人因此發了大財，被稱為「錦長者」，意即錦緞富翁。

【丑時之女】

丑時，凌晨一點到三點，傳說中地獄之門開啟，鬼怪、幽靈活動頻繁之時。丑時之女，又名「丑時參」（うしのときまいり），因其固定於丑時出現，並前往參拜山林的神社而得名。她是日本又一知名女妖，絕對兇殘、狠厲。

據說「丑時之女」標準的穿著是身披白衣，胸口掛一面銅鏡，腳踩單齒木屐，臉上塗抹著朱紅色的粉底，嘴裡銜一把木梳，頭頂三根點著了的蠟燭，蠟燭代表著感情、仇恨、怨念三把業火。火勢越大，則丑時越兇惡。在沒有月光的夜晚，其頭頂的蠟燭顯得更為幽暗、恐怖。

丑時之女作惡，通常是一手拿鐵槌，另一手拿五寸釘，於丑時找到一棵神社附近的大樹——一般選擇杉樹——將自己痛恨的人紮成草人釘在樹上，然後施咒作法（類似中國的打小人）。其詛咒的威力相當大，被咒者一般都難逃血光之災，往往不殘也瘋。不過做這種事不能被人看見，否則不但威力大減，還會產生副作用而反噬己身。

在某些說法中，如果你敢在無月無星的夜半兩點，拿著蠟燭去樹林中尋找正準備作法的丑時之女，並快速搶走她手中釘小人的釘子，用釘子將其手釘在樹上，再弄到她的血塗在自己的眼睛上，那麼祝賀你，你已經打開了天眼，可以看到百鬼夜行的壯觀場景了。當然，這樣做是需要極大勇氣的。

⊙ 丑時之女

日本人的靈魂觀分為三種：潔淨的靈魂，成為氏神；受到子孫祭養但還留有死者污穢的靈魂，稱為「荒忌之靈」；沒有子孫祭養、死於非命、留有極深怨恨的靈魂，即是怨靈。女性成為怨靈的化身在日本似乎已成了「傳統」，她們基本上都是因為「被侮辱與被損害」，才產生了強烈的情緒波動，如嫉妒、悲痛、怨恨、偏執等，並且深陷其中難以拔脫，然後又經過一個稱作「生成」的過程，就直接化成了殘虐的妖怪或厲鬼。丑時之女也是如此。

《新耳袋》記載，丑時之女並非單身一人，還帶著一名小孩，這是她的親生女兒。原來，丑時之女本是天皇的妃子，喚作佑姬。佑姬貌美非凡，本來十分得寵，但是當天皇的另一個妃子任子生下了敦平親王後，佑姬就被打進了冷宮。因為她生下的孩子是女嬰廣平，不能承繼皇嗣。

遭到拋棄的佑姬滿腔妒火，漸漸地，她化成了女妖，全身呈現出紅色的光暈。後來日本盛傳丑時之女常穿白衣就源自於此。

其實，所謂「怨」，不過是愛了，卻得不到。長久以來，東方女性的身與心都不過是男人的附屬，呼之則來，揮之即去。像佑姬這樣為愛生為愛死，為愛成為怨鬼的女子，非惡非邪，不過是世間總被辜負拋棄、總是受到無妄之災的無助女子的縮影罷了。

佑姬因愛生恨的怨氣溢滿皇宮，被陰陽師首領道尊所察覺。道尊早有異志，便想趁機利用佑姬所化的丑時之女來殺掉天皇和敦平親王。丑時來臨，丑時之女將天皇和敦平的形象紮成草人，正要咒殺，安倍泰成（安倍晴明的五世孫）突然飛身而至，以五芒降妖術破解了詛咒術。

封建時代最重五德，佑姬竟敢犯上作亂，還陰謀殺害儲君，罪重難赦，天皇罰她流放荒原，並在頭頂箍上一個金輪鐵環，稱為「五德輪」，警誡她必須時刻牢記「溫良恭儉讓」五德。可笑的封建禮教壓迫無助女子，還要大講道學。

汝負我命，我還汝債。以是因緣，經百千劫，常在生死。可憐的佑姬從此只能以丑時之女的負面形象駐留於山林間。她不僅切齒痛恨拋棄她的天皇，更恨、更嫉妒那橫刀奪愛的女人。她胸前掛著的銅鏡，裡面就集結了幾乎全部的醋意與怨氣。倘若遇到某個女性，她就要低頭看看鏡子裡的自己，要是對方比自己漂亮，就會引起她強烈的嫉妒心，從而向對方施予草人詛咒之術。

其實，對付丑時之女的詛咒，辦法也很簡單，只要能化解她的心結，詛咒就會消失。但千年累積的怨尤，又豈是輕易能解的？

【座敷童子】

「座敷」在日文裡是房間、居住之意。座敷童子（ざしきわらし），妖如其名，其外形是一個身穿紅色和服的女童，主要寄住在破舊、有小孩子的房屋裡。近幾十年來，它在日本人氣之高，大有趕超河童、天狗等名妖之勢而成為新晉「國妖」。因為它是一位人人歡迎的好妖怪，既是房屋的守護神，又象徵著好運、幸福，它所經之地，一切不幸與負面影響都能一掃而空！

座敷童子通常會以小女孩的姿態附在家中，幫助人們照看孩子、和小孩玩耍。但是成年人都看不到它，只有幼小、純真、毫無機心的孩子才能看到它的身形。傳說只要有座敷童子在，家業就會興旺，財源廣進、福祿雙至。即使遭遇極大不幸的家庭，只要座敷童子到來，一切噩運都會祛除，立即轉危為安。因此，不少日本家

⊙ 座敷童子

庭都會在門前放置糕餅，座敷童子吃了之後就會住下來一陣子，為這個家帶來幸運；相反地，若是有人待它不好，座敷童子便會跑掉，並會讓此人的家庭衰敗沒落。常常有一些貪得無厭的家庭會請法力高深的邪門法師以結界困住座敷童子，限制它的自由，強行將它束縛在家中。座敷童子最痛恨的就是這種自私的人，一旦發現有人居心叵測，就會毫不猶豫地離開。

不過，很多人根本就不知道自己家已經幸運地有座敷童子前來護佑了，其實只要留心觀察還是能夠注意到的。因為座敷童子很喜歡與小孩子一起玩，如果你看到自家的孩子一個人笑呵呵地，還跑來跑去，彷彿同人在嬉鬧；或者總是目不轉睛地盯著家裡某個地方，那麼肯定就是在和座敷童子玩耍了！

倘若是一群小孩在家中玩耍，你去數小孩個數，總是覺得多出來一個，但仔細去看的話，卻又不明多出的到底是哪一個，看上去都是自己熟悉的臉孔。那不用說，又是座敷童子在其中搗蛋啦。

座敷童子的個性十分調皮，有時會在半夜發出巨大的腳步聲，讓人睡不著覺；或者是欺負你獨自在家時，突然發出怪聲嚇你。但總的來說，座敷童子其實是很孩子氣且善良的，它開的玩笑都無傷大雅，對人類全無害處。有時，它還會預先警告人類火災、地震，讓人們防範於未然。

座敷童子最喜歡到貧困的人家去居住，為窮人家帶來希望與幸福。等這家人富足了，它又去別的窮人家濟貧。據說，這跟它的身世有關。

在鎌倉幕府時期，東北岩手縣鄉下的一間破屋子裡，住著一個小女孩和她的母親，由於父親去世了，母親又有病，母女倆的生活只能靠女兒天天上山採藥來維持。

一天清晨，小女孩和往常一樣去採藥，誰知就此一去不回，母親傷心欲絕。但奇怪的是，此後每天，母親依然能夠在門口看見新鮮的藥草，藥草足夠維持日常生活，有時竟然還有珍稀名貴的藥草出現，可以用來治病。疑惑的母親問遍了村裡所有人，大家都不知是誰做的。母親於是故意躲起來，想暗中看看到底是誰採來藥材。

第二日天剛亮，朦朧中一個小女孩出現在家門口，手裡抓著一把草藥，依稀間竟是女兒的模樣。母親大喊一聲，衝了出去，女孩聞聲扭頭就走。母親失魂落魄般在後面緊跟著，但無論母親怎樣用力追，總是追不上女孩。最終她們來到了一個懸崖前，小女孩眼淚汪汪地望著母親，轉身一跳，消失在雲霧中。

母親撲上前去，地上只餘一個藥籃和一雙鞋。原來，那天小女孩上山採藥，不慎失足，早已摔下懸崖跌死。但放心不下母親的執念，她便化作座敷童子，繼續日日採藥奉養母親。

生前的痛苦，令她產生了為人們帶來幸福的信念，這一強烈的信念得到神明的讚賞，於是賦予座敷童子為人造福的強大靈力。因此緣故，座敷童子特別喜歡幫助窮困人家，並進而成為每個家庭的守護神。

【雪女】

「雪女出，早歸家」是一句在日本民間廣為流傳的古話。在深山中居住的雪女（ゆきおんな），又名雪姬，是日本最著名的女妖，有著令人驚豔的美麗外表。她通常身穿白色和服，肌膚似雪、身材窈窕，一頭淡藍色的長髮，臉龐像月兒般白皙圓潤，水汪汪的大眼睛裡充滿冷酷，比中國仙子嫦娥更具致命的吸引力。由於日本是個小島國，大陸國家那種千里冰封、萬里雪飄的豪邁氣勢是日本人欣賞不到也體會不了的。脆弱、美麗、傷感這三種情緒構成了雪女的靈魂，這正是自然界冰雪在日本人纖細性格中的反映。

雪女是山神的屬下，掌管冬季的降雪，多出現在大雪封山之時。她的性格複雜，可說是亦善亦邪；她的傳說有多種版本，流傳最廣的版本是這樣的：

室町時代，在武藏國的一個村落裡，住著茂作和巳之吉兩個樵夫。茂作已經七十歲了，而弟子巳之吉還是十八歲的年輕人。一個寒冷的黃昏，兩人從森林裡砍柴回來，在途中碰到暴風雪，只好到一間樵夫小屋中避雪。

屋外，天空陰沉、寒風猛吹。皚皚白雪，既無邊際，亦無生命。那些精緻的冰花和冰淩，彷彿是為大地蒼生準備的紙錢，漫天飛舞。兩人哆哆嗦嗦地靠在爐邊烤火，年老的茂作很快就睡著了，巳之吉卻被屋外的風雪聲吵得不能入眠。他披著單薄的蓑衣，越來越覺得寒冷，輾轉難眠，終至睡意全無。突然，屋門「吱嘎」一聲打開了，一個身上沾滿雪花的女子飄然進到小屋裡。女子從頭到腳一身素白，透明的冰冷瞳仁靜靜地盯著巳之吉的臉。巳之吉與她四目相投，只見白衣女子嬌美異常，不由得心迷神醉。

女子來到睡熟的茂作身旁，從嘴裡吐出一縷白氣，吹到茂作臉上。茂作的身子漸漸地開始變白、變僵。女子隨後扭過頭，低聲對巳之吉說：「你大概還很年輕吧。真是個可愛的少年！我和你既然有這麼一段見面的緣分，日後必有結果。今晚看到我的事，你不要告訴任何人喔！否則，我會讓你的生命被冰凍。你要好好記住我說的話。」說完，女子轉身而去，消失在茫茫風雪中。

巳之吉迷迷糊糊，還以為自己是在做夢，便出聲想把茂作叫醒。哪知茂作已死去多時，臉已經像冰塊般凍僵了。巳之吉不勝哀傷，抱起茂作的屍體，打起精神回到村子裡。

第二年冬天，巳之吉在打柴回家的山路上，邂逅了一位雪膚玉肌的美少女。少女名叫雪子，因為雙親都去世了，所以想到江戶去投靠親戚。巳之吉打從心底裡對她產生了好感，便大著膽子向雪子求愛。雪子含羞淺笑地答應了。

回到家後，巳之吉稟過母親，就與雪子完婚了。婚後，小夫妻恩恩愛愛，雪子又非常能幹，將家務打理得井井有條，鄰居都羨慕巳之吉有眼光，討了個好老婆。只不過美中不足的是，雪子只要在陽光下多待一陣子，

⊙ 雪女

就會暈倒。而且也不能吃熱的食物。因此巳之吉儘量避免讓雪子在戶外忙碌，吃飯時也儘量不拿熱食給她。

雪子一共給巳之吉生了十個小孩，這些小孩個個都臉龐清秀，膚色雪白。隨著時光流逝，孩子漸漸長大，很多人也都開始變老，可雪子的樣貌一點也沒改變，她那張臉還是和剛到村子時一樣年輕，一樣嬌嫩。村裡人議論紛紛，都覺得非常奇怪，巳之吉也起了疑心。

一個大風雪的晚上，巳之吉終於忍不住好奇，開口向正在做針線活兒的雪子問道：「你這張臉，還有低著頭在做事的樣子，令我想到十八年前的一次奇怪遭遇。那個時候，我曾經在森林裡看到過一個膚色白皙、和你一樣漂亮的女子。」雪子沒有答話，頭也不抬地繼續縫著針線。

巳之吉沒有察覺到雪子的臉色已變，接著說：「一開始，我以為是夢，怎麼會有那麼漂亮的美人兒？後來仔細想想，那女的一定不是人，因為她渾身雪白透明，正常人哪裡會這樣？真是可怕的夢魘啊！」

雪子的雙眼開始凝出冰冷的殺氣，她猛地丟下手上的活計，靠在丈夫的耳邊，幽幽地說道：「那就是我呀，就是雪子！一點也沒錯，那時出現的正是我。你違背了不把看到我的事情告訴任何人的承諾，對不起，妖界的法則最看重諾言，所以我要實踐我當年的警告，取走你的性命。」說著，雪子從口中吐出一縷縷寒冷的白霧，將巳之吉凍成了冰柱。雪子傷心地帶著孩子重回冰天雪地之中。

從此，雪女孤單地在雪山中徘徊，時常發出嗖嗖的悲鳴聲。為了報復善變不忠的男人，她常常把進入雪山的男人吸引到偏僻的地方，和他接吻，接吻的同時將其完全冰凍起來，取走其靈魂食用。遇上雪女的男人，很容易被雪女的美色所誘惑，進而被她口中吹出的冰氣所凍僵。吹氣是雪女最常用的殺人手段，而被她凍死的人通常臉色紅潤並面帶微笑，似乎在死前曾見到什麼美好的事物。此外，如果有人在暴風雪的惡劣環境中迷路，也會遇到靠吸食人氣維生的雪女。善惡莫測的雪女，會故意在手中托著一個嬰孩，央求過路的人替她抱住孩子，一旦過路人抱住了這個嬰孩，嬰孩就會越來越重，黏住行人使其無法放手。行人寸步難離，直至被活活凍死。

這個故事充分描述了雪女冰冷無情的性格，並藉由背叛的主題反映出男女之間亦親亦離的婚姻關係，以及專屬於女子纖細善感又敢愛敢恨的風情面貌。「就算我的身體灰飛煙滅，但是我的靈魂在不久的將來也一定會與白雪一起回來報仇……」雪女的古老傳說既悲傷又冷酷，充滿了怪談軼聞的恐怖警惕。

雪女作為雪中的精靈，最怕的是火與熱。在新潟縣小千谷有這麼個傳說：一個風雪交加的夜晚，一位美麗的白衣女子來到一個單身男子的住處求宿，並要求嫁給他。男子大喜過望，由於天寒，為了討姑娘的歡心，男子特地燒了一桶熱水，好讓她浸浴。姑娘雖百般拒絕，仍拗不過男子的一再堅持，只好跳入熱水中，結果在熱水中消失不見，只剩下細長的冰柱碎片浮上來。男子這才醒悟姑娘就是雪女，自己在無意中避過了一劫。

在岐阜縣的傳說裡，雪女則以雪球的形狀出現。她會來到山中小屋，祈求水喝，此時如果按照她的要求給她涼水，人們就會為她所害。但如果給她一杯熱騰騰的茶水，或者請她到爐邊取暖的話，她就會畏懼地離去。

第五章

戰國風雲

——亂世野望，白骨妖生

小引：時代背景

室町幕府實際上是以幕府將軍為中心的，聚集各路守護大名共同維持的聯合政權。將軍直轄領地小、直屬軍事力量少，欠缺強而有力的統御機能。統治各地的守護大名，都擁有獨立的領地、武士和家臣團，具有強烈的地方割據性質。因此幕府本身的統治能力相當薄弱。

應仁元年（一四六七）一月，圍繞著將軍足利義政的後繼者之爭，守護大名細川勝元與山名持豐在京都地區爆發大戰。雙方勢均力敵，混戰持續了十一年之久，直至細川氏與山名氏相繼去世，戰禍才告平息。史稱此亂為「應仁之亂」。

應仁之亂後，室町幕府搖搖欲墜，衰敗到再也無力管理國家。於是各地大名蜂擁而起，自立為政、割據一方，彼此間勾心鬥角、征伐廝殺。同時「下克上」成為風潮，農民暴動、國人暴動、僧侶暴動，社會秩序全面崩潰。日本進入了一個長達一百五十餘年，類似中國春秋戰國時期的、空前動蕩的大亂世時代。此際群雄輩出，競逐角力，眾諸侯的戰刀上沾滿了敵人的斑斑血跡，雜生的長草間滿是亂離人的森森白骨。無數戰死的武者、枉死的蒼生，都化成了妖靈，徘徊於亂世腥紅的天空。

經過長期的兼併戰爭，尾張的織田信長逐漸脫穎而出，力量遠超過其他戰國大名。一五六八年，織田信長揮師進入京都，一五七三年室町幕府滅亡，日本走向統一的前夜。

織田信長縱橫馳騁的時代，被稱為「安土時代」，因織田氏的統治中心在近江安土城。他的繼任者豐臣秀吉的統治中心則在京都的伏見城，因為此地密植桃樹，故豐臣氏統治時期被稱為「桃山時代」。安土與桃山時代是日本戰國亂世的尾聲。

第六天魔王——織田信長

戰國時代，狼煙四起、戰火紛飛，就在這民不聊生的危局中，於尾張郊外青山中，一位少年傲然而立。他舉目遙望四野，民居城垣的大火尚未熄滅，濃煙中，少年的眼角隱然有淚花在閃動。

突然，遠處出現了一位遊僧的身影，他背對著夕陽而來，在血色落日的映襯下，顯得分外孤單與淒涼。少年伸手揩去臉上的淚珠，大踏步朝著遊僧迎了上去。在鮮紅的天幕下，他們的對話遠遠地傳了開來……

「此處已化為焦礫，你為何還難捨此地？」

「國亂未平、大廈將傾，吾心有不甘啊……」

「年輕人哪，你看這落日，有如日本，日昇日落，乃天道之常也！今時雖暗無天日，但明晨旭日昇起時，自有朝陽普照大地，又何必為落日而感歎呢？」

「尊者所言甚是，但這日落日昇之間，卻是漫漫長夜，天下黎民將有幾多煎熬啊！」

「那閣下意欲何為？」

「唯有以武力來平定亂世，取得天下。雖然不免殺戮甚多，但為了蒼生國脈之福祉，就算被萬世千秋唾罵為魔鬼，我也在所不惜！」

遊僧長歎唏噓：「沒想到這亂世之中，還有如閣下者能存一片為國愛民之心，老衲實是感佩不已！願閣下早日結束這長夜，使天下黎庶重新過上安居樂業的好日子！」

少年剛毅地點了點頭，目光深沉地望向遠方，望向那海與天相接的日昇之處。而後一轉身，策馬揚鞭而去。這一去，直教群雄束手、將軍亡命、天皇躬腰，幾乎結束戰國亂世，東瀛此後三百年國運由斯鼎定！

此少年的名字叫：織田信長！

❶……「尾張大傻瓜」

織田信長（一五三四至一五八二），幼名吉法師，是日本承前啟後、絕世無雙的一代梟雄，被譽為「戰國風雲兒」，安土時代之開創者。在他出生時，戰國時代已經延續了近百年。其父親織田信秀原本是織田家的旁支，為對抗強敵才受到重用。由於父親長年在外征戰，導致織田信長從童年時代就得不到父母的愛護，這就養成了信長孤僻的性格和粗暴的脾氣。他不信任任何人，也不為其他人所理解，再加上他桀驁不馴、舉止怪異，比如晉見父親和出巡時半裸、調戲女孩等，所以被蔑稱為「尾張大傻瓜」。生母、家臣、領民都對其不抱希望，而獨有父親信秀和老師平手政秀看出了他獨有的才能。

一五五一年，織田信秀去世，信長繼承其父信秀為家督，但他仍然「胡作非為」，搞得怨聲載道。為此，老師平手政秀以死相諫，織田信長這才醒悟並徹底收斂，開始表現出異於常人之處。但家臣中以林秀貞、柴田勝家為首的一些人卻想擁立其弟織田信行。同族相殘的戰爭是冷酷無情而殘忍的。信長首先於一五五五年攻打本家織田敏定的養子織田廣信，並令他切腹自殺。在遷進清州城之後又謀殺曾經與他聯合作戰的伯父織田信光，只因為信光勢力坐大。最後，在「稻生之戰」中，信長以劣勢兵力戰勝了信行和他的擁立者，鞏固了自己的地位。最終又斬草除根，派人暗殺了信行，並讓林秀貞、柴田勝家看到了自己的才能和實力，臣服於自己。至此，織田信長終於成為名副其實的尾張統治者。

織田信長的才能也引來了岳父美濃大名齋藤道三的注意，在和信長見面後，他對自己的心腹大臣說：「將來我的孩子會牽著馬匹，臣服於信長。」

❷……風雲桶狹間

真正使織田信長登上日本戰國群雄舞台的戰役，是著名的桶狹間之戰。

永祿三年（一五六〇）五月，號稱「東海第一弓」的今川義元在和北條以及武田結成同盟之後，解決了後顧之憂，開始上洛（進軍首都），準備一舉攻入京都，取足利將軍而自代（今川、足利是同族，所以義元有這個資格）。他率領的四萬大軍一開始進軍順利，矛頭直指尾張。由於今川認為信長不會反抗，大意的今川本陣五千人行動遲緩，又為了貪圖風涼，抄小路走桶狹間，並決定當夜就在此宿營。

只有兩千軍隊的信長得知此消息後，立即叫人備馬，自己則跳起了「幸若舞」《敦盛》，隨即上馬，飛一樣馳出清州城。諸將也從睡夢中驚醒，追隨信長百里奔襲，半夜到了桶狹間。這桶狹間地勢狹窄如桶，故有此名。兵法有云：狹路相逢勇者勝。在這種地形作戰，義元就算有十萬人也一樣起不了作用。更何況天助信長，風雨大作。今川軍此時迎風而立，睜眼都困難，更別說舉槍廝殺了。織田軍順勢而下，今川全軍崩潰，今川義元被當場斬殺！信長度過了一生中最大的危機。

就這樣，風光一時、最有實力奪取天下的今川義元身死軍滅，而「尾張大傻瓜」卻一戰成名，從此成為戰國中不可忽視的一大勢力！

❸……信長包圍網

聲名大噪的信長緊接著與從今川家獨立出來的德川家康結盟，又將養女嫁給武田信玄之子勝賴做了側室。無近憂遠慮之後，信長把目標放在了美濃攻略上。經過十一年的艱苦戰爭，在「美濃三人眾」的協助下，信長終於擊敗了齋藤龍興，把稻葉山城弄到了手。隨後他仿效周文王「鳳鳴岐山」之意，將稻葉山城改名為「岐阜」，並移居於此，正式確立了「天下布武」的雄心，準備統一天下。

一五六八年，信長出兵降服北伊勢豪族神戶友盛，並強迫他將自己的三子織田信孝收為養子。而後經過明智光秀的介紹，織田信長在美濃政德寺拜見了室町之後足利義昭，並擁立足利義昭為幕府將軍。同年九月，織田信長率軍上洛，進入了京都。眾多豪族、大臣紛紛投靠到信長麾下。隨後，信長制壓畿內，又吞併了北伊勢，一時間志得意滿，在朝廷中的形象也立刻變得高大起來。

但是，信長和將軍間的關係只不過是互相利用罷了。由於他將大權牢牢控制在自己手上，引起足利義昭強烈不滿。不久二人交惡，義昭秘密聯合各國大名守護準備抵抗「朝敵」——織田信長。響應號召的先後有越前的朝倉義景、近江的淺井長政、石山本願寺、延曆寺、甲斐的武田信玄、越後的上杉謙信，再加上長島爆發一向一揆（一向宗暴動）、中國的毛利氏也從水上援助本願寺，信長包圍網由此形成。

為衝破包圍網，織田信長及其忠實的盟友德川家康與「信長包圍網」鏖戰多年。他們首先於一五七一年九月向寺社守舊勢力宣戰，信長認為眾多僧侶都是披著宗教外衣的惡狼，口啖酒肉、懷擁美女孌童，胡作非為、不勞而獲，從根本上違背了佛教的教義。因此，他火燒佛教比叡聖山，殺盡萬千僧侶，成為「佛敵」，「第六天魔王」的惡名也由此而來。此後日本有諸多魔幻傳說，例如「鬼武者」、「比叡亡靈」等等，都與第六天魔王織田信長有著直接的關係。

火燒比叡山後，反信長的氣焰更加猛烈。然而武田信玄卻於一五七三年病死，雖然他臨死前吩咐要將他死亡的消息守密三年，但消息靈通的織田信長卻早已獲得這個重要情報。在七月，他集結軍力攻破足利義昭，室町幕府至此滅亡。接著，織田信長又攻下了一乘谷城和小谷城，朝倉、淺井家滅亡。一五七四年，長島的一向一揆被鎮壓。織田軍血洗長島砦，竟然放火將砦中近兩萬百姓全部活活燒死！

一五七五年五月的長篠之戰，使織田信長徹底成為戰國群雄的霸主。有常勝軍之稱的武田「風林火山」大軍，由於武田家的繼承人武田勝賴沒有遵循父親「三年不出甲斐」的遺訓，再加上過分信賴傳統的戰術，在織田軍的

⊙ 織田信長

三段式射擊鐵炮（火槍）隊前被摧垮，重臣幾乎全部陣亡。信長最強勁的對手倒下了，信長包圍網至此全面瓦解！

❹……本能寺之變

一五七六年，信長築安土城，此時，能與織田信長一爭高下的大名只剩下中國的毛利氏、越後的上杉氏和京畿地區的本願寺氏。

一五八二年，織田聯合德川和北條，進攻甲斐。武田重臣穴山梅雪、小山田信茂等先後背叛，勝賴父子自殺於天目山中，武田氏滅亡。是年，羽柴秀吉水淹高松，對抗毛利；丹羽長秀在攻掠四國；柴田勝家在北陸對抗上杉家；瀧川一益和盟友德川家康在甲信對抗關東的北條氏。織田軍勢空前強大！

五月二十九日，信長率軍增援圍攻高松城的部將羽柴（豐臣）秀吉，宿於京都本能寺。六月一日，信長召來國手日海和尚和鹿鹽利玄對弈。棋局中間竟然下出了罕見的三劫連環無勝負局，包括信長在內，觀者皆驚，都認為此乃大凶之兆！

六月二日，重臣明智光秀突然叛亂，宣稱：「敵在本能寺！」他率領一萬三千名近衛師團直攻在本能寺的織田信長。織田信長僅有衛隊百餘人，毫無招架之力。眼看脫逃無望，織田信長放火焚燬了本能寺，連同他的身體髮膚和最心愛的茶器一起在火焰中化為灰燼，結束了波瀾壯闊的一生，終年四十九歲。這就是日本歷史上有名的「本能寺之變」。

織田信長雖然很遺憾地在有生之年壯志未酬，但他建立的豐功偉業和廣闊的領土已經為一統天下打下了堅實的基礎！他的部將，出身卑微的豐臣秀吉接過他的旗幟，延續他的戰略，最終壓倒群雄，在名義上結束了戰國亂世。而後信長的盟友德川家康又在豐臣秀吉死後，篡奪了政權，在江戶建立起德川幕府。所以，綿延三百年的江戶時代，其實源始於織田信長。正所謂「天下是餅，信長揉麵，秀吉擀皮，家康吃餅」是也！

【里見八犬傳】

《南總里見八犬傳》是日本演義體小說的代表作，江戶時代的作家瀧澤（曲亭）馬琴（一七六七至一八四八）耗費了整整二十八年歲月，才完成了這一長達九十八卷的皇皇巨著。小說借鑒中國的《水滸傳》與《三國演義》，以日本戰國時代初期的關八州（關東地區）為舞台，結合儒家道德觀與佛教因果觀，講述了八犬士懲惡揚善、復興里見家的傳奇故事。時間跨度前後綿延六十餘年，活動舞台遍及半個日本，登場人物有四百餘人，可謂洋洋大觀。小說自出版之日起即廣受歡迎，其風行情況，據說是「書賈雕工日踵其門，待成一紙刻一紙，成一篇刻一篇。萬冊立售，遠邇爭睹」。後世有不少以這部小說為改編、衍生基礎的作品，範圍遍及電影、電視劇、人偶劇及動漫遊戲領域，在日本擁有極高的知名度。

❶……妖姬邪咒

戰國初期，各地大名為了爭奪領地殘酷爭鬥。房總（今千葉縣）南端有一個小國，叫安房國，這裡土地寬闊多桑，便於養蠶，用蠶絲作的纓叫做「總」，所以安房國又稱「南總」。安房國領主山下定包殘暴荒淫，寵幸美豔出眾卻心如蛇蠍的玉梓夫人，兩人過著極度奢靡的生活，致使佞人得勢、民不聊生。家臣里見義實苦勸無效，遂興兵舉義，討伐山下定包。定包民心喪盡，屢戰屢敗，最後被亂兵所殺。里見義實取代定包，成為了安房國領主。

定包正室玉梓夫人為了活命，向義實獻媚，義實見玉梓梨花帶雨楚楚可憐，心中不忍，本想饒她一命，義實手下大將金碗大輔識破了玉梓是禍國殃民的妖女，罪孽深重，不殺不足以平民憤。義實遂下決心將玉梓處以絞刑。玉梓臨刑前苦苦哀求義實給自己一次重新做人的機會，義實斷然拒絕。玉梓懷恨在心，以甚深怨念設下詛咒，言道：「我死後，里見家世世爭鬥不息，終日不得安寧。子孫代代非人為犬，淪入畜生道，受盡欺凌。」話音剛落，行刑的大輔奮力一刀，將玉梓斬殺。玉梓死時，臉上帶著詭異的笑容，流出的鮮血在雨水的沖刷下化為蜘蛛形狀。忽然一道雷光閃過，她的屍身竟然消失無蹤。

果然，從此以後，義實每日裡心神不寧，惡疾纏身。安房國也年年顆粒無收，並且屢受別國侵犯，國運日衰。這一年，安房國又遭到領國安西的入侵，里見軍士氣低沉，無力反擊，只好採取守城的策略。圍城數月後，糧草斷絕，眼看著安房國就要陷落。危急時刻，里見義實對家中靈犬犬八房許諾說：「只要你把敵軍主將的人頭帶回來，解了城圍，我就把女兒嫁給你。」犬八房能通人語，有異能，聞言果然奮不顧身潛入敵陣。安西軍中誰也沒有在意多了一條狗，結果疏忽之下，主帥安西連景彥在夜裡被犬八房給咬死了。安西軍群龍無首，撤圍而去。里見家的危機由此解除。

里見義實的女兒伏姬（「伏」字，隱喻了人與犬的結合），雖然並不情願嫁給犬類，但為了履行父親的諾言，還是與立下戰功的犬八房結為夫婦。

由於沒有共同語言，婚後的伏姬感到十分壓抑與痛苦。她以前的未婚夫金碗大輔趁機提出帶她私奔。伏姬考慮再三，終於決定拋棄犬八房，與真正心愛的人一起漂泊遠方。

他們一路奔逃，來到一座深山裡。大輔去打獵摘果，伏姬見瀑布飛流、溪水清澈，就想痛痛快快地洗個澡，除去連日奔波的風塵。不料碧波如鏡的溪水中，竟映出伏姬的身子已經化成了狗形。伏姬大驚失色，愣怔怔地呆站著，茫然不知所措。

此時，山林間傳來一陣陰森的冷笑聲，一位身披黑紗的妖豔女子飄然而至。伏姬定睛一看，此女竟是已死的妖姬玉梓。

玉梓滿臉邪惡地壞笑，上上下下打量著伏姬的身子，說道：「我下的詛咒真是靈驗呀！現在，你已經懷上了犬八房的孩子，他們是世間男人的八樣劣根——惡、淫、盜、愚、邪、狂、亂、怨——的化身，一生下來，就注定是八隻惡犬，無惡不作，神憎鬼厭，最後把人間變為地獄。這一切，都是因為你們里見家造的孽啊！」

伏姬又羞又愧，知道玉梓所言非虛。為了避免自己的孩子降生後為禍人間，她把心一橫，扭頭向大岩石撞去，打算犧牲自己來破除魔咒。

在她自盡的一瞬間，肚中所懷的孩子以「氣」的形態破體而出，與她胸前佩戴的佛珠相結合，向八個方向飛散開去。

就在這時，大輔打獵歸來，目睹了伏姬的自殺和佛珠的飛散。他怒不可遏，抽出弓矢，抬手一箭，將玉梓釘在一棵大樹上。玉梓的惡靈大吼一聲，掙脫箭矢，化作青煙逃去。

佛珠原本共有一百零八顆，大輔撿起落在地上的珠串細細數了數，只剩餘一百顆念珠。也就是說，有八顆念珠化成了伏姬的孩子。於是大輔帶著剩下的一百顆佛珠，剃度出家，毅然踏上了流浪的旅途，尋找那八顆飛散的靈珠。

❷……八犬出世

八顆靈珠飛散到了日本關八州各地，分別投胎轉世，孕育出了代表八大美德「仁、義、禮、智、信、忠、孝、悌」的八位犬武士。多虧了伏姬犧牲自己，以善良的靈魂淨化了邪惡的咒語，這八隻原先的惡犬，如今個個善良忠義、扶危濟困，是年輕一代中的佼佼者。

這八犬分別是：

犬江親兵衛仁（仁）：生於下總國市川市，是最小的也是最可愛的弟弟，持有八靈珠中最高德行的「仁」

靈珠。他文武雙全，能夠控制風，在百姓中被視作風神的使者。

犬川莊助義任（**義**）：生於伊豆國北，持有「義」靈珠。雖然生於伊豆的官吏之家，但自幼父母雙亡，貧困卑微令他早熟，穩重安靜、深思熟慮，同時學養豐富，屬於慎重派。他面對接二連三的不幸，依然能夠不屈不撓，是個溫柔又堅強的男子。

犬村大角禮儀（**禮**）：生於下野國，持有「禮」靈珠。原本仕官於足利家，後遭妖尼妙椿陷害，被說成是不祥之兆，和父親一起被流放。他博學儒雅，醫術高超，是個熱衷研究的學者型人物，在武藝方面也相當優秀。性格則一本正經。

犬阪毛野胤智（**智**）：生於相模國足柄郡，持有「智」靈珠，是千葉家主君的遺腹子，十三歲時知道了自己的身世以及仇人，遂懷抱著為父親報仇的願望，不惜隱姓埋名改扮成女子，並混入女樂中。他是個頭腦清晰的謀略家，瀟灑睿智。

犬飼現八信道（**信**）：生於安房國洲崎，持有「信」靈珠。他是足利成氏屬下的一名捕頭，十八般武藝樣樣精通，且最講誠信，答允下來的事情絕不反悔。

犬山道節忠與（**忠**）：生於武藏國豐島郡，持有「忠」靈珠。因為年齡較大，所以閱歷豐富。他愛說大話，自稱寂寞道人，周遊列國，擅用火術。

犬塚信乃戍孝（**孝**）：生於武藏國大塚，持有「孝」靈珠，他文武兼備，勇敢又有男子氣概，是使劍的名手。他算是八犬裡面最幸福的人了，親情、友情、愛情都不曾缺少。

犬田小文吾悌順（**悌**）：生於下總國行德，持有「悌」靈珠。他是一家客棧老闆的兒子，雖然長得高頭大馬，擁有空手殺豬的蠻力，卻是個思想單純而且熱心腸的好人，很容易快樂和滿足。孝順父母、照顧妹妹，努力工作，感情豐富又純樸，很容易被騙。

⊙ 里見八犬傳

當這八位犬士陸續覺醒後，命運的巨手開始推動他們邂逅、集結，並賦予他們天任，肩負起復興里見家、拯救南總國的重任。

❸……寶刀村雨

八犬士的出身地各不相同，也互不相識，唯一的特徵是他們身上的某部位都存在一粒牡丹痣。宿命的安排，迫使他們相繼離開了原來的生活軌跡，步上流浪路途，並且逐一相遇結識，朝著共同的目標邁進。

其中最重要的，起到穿針引線作用的，是**犬塚信乃戌孝（孝）**與他的寶刀村雨的遭遇。

戌孝容貌俊美，自幼跟隨父親犬塚番作研習儒家書籍和兵法韜略，並擁有在當地無人能敵的劍術和柔道。他與青梅竹馬的濱路訂有婚約，可是因為不善言辭，一直羞於傳達自己的情感。

犬塚家有一把寶刀，名喚「村雨」，又名「村雨丸」，本是源氏的重寶。此刀在斬殺對手後，飽含殺氣的刀鋒會自動流出清水洗滌血跡，如同雨滴清洗葉子一樣，故被稱作「村雨」。村雨歷經數百年世事變幻，幾度輾轉，後來落到了關東結城的足利持氏手上。一四三八年，足利持氏起兵反叛幕府，遭到幕府的全力鎮壓，持氏兵敗如山倒。結城城陷之時，忠臣犬塚番作帶著村雨逃到了武藏國的鄉下，隱居避世，娶妻生子。

犬塚番作去世前，將村雨鄭重地託付給兒子戌孝，命他將這把絕世名刀安然無恙地交還給足利家。戌孝遵照父親的遺言，出發前往晉見鎮守關東的足利成氏（足利持氏之子），就此拉開了八犬士風雲聚會的序幕。

戌孝一路行去，走了兩三天，他的表弟左母二郎突然從後頭趕了上來，聲稱放心不下戌孝一人遠行，所以趕來與戌孝作伴，也好路上照應。戌孝見他熱忱殷勤，便答應了。

其實左母二郎哪裡是真心想幫戌孝。他是個浪人，平素無所事事、遊手好閒，又對戌孝的未婚妻濱路垂涎三尺。當得知戌孝要去關東獻寶後，左母二郎深怕戌孝受到足利賞識，屆時高官厚祿，回來迎娶濱路，自己就望塵莫及了。因此便盤算出一條毒計，假惺惺地與戌孝同行，趁戌孝不注意時，偷換掉寶刀。這樣寶刀歸了自己，戌孝又因為獻了假寶，肯定會被足利誅殺，真是一箭雙雕！

這天兩人行到一條大河邊，上了渡船。船渡將半，左母二郎假裝失足落水，在水裡掙扎浮沉，大呼救命。戌孝見他即將溺斃的樣子，趕忙脫下衣裳，放下包裹，跳入河裡救人。就在這當口，撐船的船夫手腳麻利地用一把普通的刀，將包裹裡的村雨丸給偷換了。原來船夫早已被左母二郎收買，一起配合來唱這齣調包計。

戌孝將左母二郎救上船後，絲毫沒有懷疑寶刀被調了包。上岸後，左母二郎藉口落水受了風寒，不能再陪伴戌孝。於是次日一早兩人拱手作別，各自上路。

❹……七犬聚首

左母二郎奸計得逞，洋洋自得，回到武藏後，欺騙濱路說，戌孝在關東受了厚賞，現在做了大官，特地委託自己回來接濱路一起去享福。濱路見了村雨寶刀，以為實情的確如此，便跟著左母二郎上路。哪知左母二郎將她拐帶到了遠離關東的豐島。

無巧不成書，八犬之一的**犬山道節忠與**（**忠**）正在豐島進行「火定」。「火定」是一種在火中為人們祈福、占卜的儀式。此時，一路上離關東漸行漸遠的濱路，心中已經知曉受了騙，但她依然裝作茫然不知的樣子，等待著時機。

當濱路見到胸掛明鏡、手握金鈴、身著淨衣，一臉正氣的忠與時，親切感油然而生。她謊稱要為左母二郎祈福，來到祭壇旁，突然朝著忠與高呼：「先生救我！」

左母二郎大吃一驚，疾步上前，想掩住濱路的嘴巴。但忠與已然聽到了，他從火中飛身躍出，厲聲質問這是怎麼回事。左母二郎見拐帶事發，索性一不做二不休，拔出村雨向忠與殺來。

混戰中，左母二郎不小心一刀刺入了濱路的胸膛，眼見誤傷了心愛的女子，二郎心如刀絞，慌亂之下，被忠與奪過村雨，反手一刀劈倒。村雨的刀身登時滴下了涓涓清水，沖刷盡左母二郎的血跡。忠與被這把寶刀的異狀所吸引，自言自語道：「難道這就是名聞天下的村雨丸？」他抱起濱路，輕聲低呼著。可憐濱路已是奄奄一息，臨終前，她將村雨託付給了忠與，請求他找到戌孝，完璧歸趙。忠與一力應承，埋葬濱路後，攜帶村雨往關東而來。在路上，他碰到了攔路搶劫的**犬川莊助義任（義）**，兩人不打不相識，互相佩服，於是結成好友，齊赴關東。

再說不知情的戌孝帶著假寶刀去見成氏公，結果可想而知，盛怒的足利成氏下令鎖拿戌孝下獄。戌孝百口莫辯，只好奮力殺出重圍。足利座下的捕頭**犬飼現八信道（信）**，奉令追緝戌孝。戌孝與他連番惡鬥，從足利府門到芳流閣，無奈力乏氣沮，不是對手，慌不擇路下，逃入一座深山中。

信道步步緊迫，隨後追至，將疲乏不堪的戌孝逼到死角，正要一刀斬下，了結戌孝的性命。突地，一支利箭破空飛來，將信道掌中刀擊落在地。一位法師高宣佛號，健步走來。他的身後，跟著一位秀美的「女子」，以及一位手持弓箭的少年。適才那一箭正是少年所射。

原來這位法師就是當年伏姬的未婚夫大輔，他出家後改名重大大法師，四處尋找八靈珠化成的八位犬士，並且找到了其中兩位。此刻追隨在他身後秀美的「女子」，正是**犬阪毛野胤智（智）**，他男扮女裝，混入女藝團中，學習劍舞來行刺仇敵，替父報仇。那手持弓箭的少年，則是**犬江親兵衛仁（仁）**，他有操縱風的異能，控制風向風速配合箭矢射擊，百發百中。

重大大法師已知戌孝和信道都是八犬之一，在他的調停下，信道答應暫時不殺戌孝，大家一同回去面見成氏公，把事情說清楚。

一行人在回程的途中，突然從路旁的草叢裡跳出兩個蒙面強盜，高聲叫嚷「留下買路錢」。原來從豐島到關東路途遙遠，忠義兩犬盤纏用盡，義任又犯了老毛病，想做點沒本錢買賣。他認為自己和忠與都武藝高強，「借」點錢應該沒問題。哪曾想兩犬遇上對方四犬，寡不敵眾，眼看著就要被擒。

忠與著忙之下，拔出了村雨寶刀禦敵。戌孝見到村雨，不禁一怔，連忙高呼「住手」。雙方一對質，忠與將前事細細說出，大家終於明白了前因後果。信道知道自己錯怪了戌孝，誠懇地向戌孝道歉，兩人冰釋前嫌。忠與和義任也加入了隊伍。

一行人當晚投宿客棧，客棧的少主，正是**犬田小文吾悌順**（**悌**）。

至此，八犬中的七犬已然聚首了。當晚在客棧中，重大大法師與他們秉燭夜談，告知他們真實的身份。七犬逐一脫下衣裳，果然每個人身上的不同部位，都有一粒牡丹痣。七犬這才瞭解到自己所肩負的使命，決意追隨重大大法師，朝著天命指引的方向前進！

❺……關東大戰

另一方面，玉梓夫人為了阻撓八犬士相會，也無所不用其極。她化身為女尼妙椿，拜謁了足利成氏。足利成氏被她的法力所迷惑，對她敬若天人。妙椿乘機誣指足利家臣、尚未知曉自己犬士身份的**犬村大角禮儀**（**禮**）是足利家的不祥之人，致使禮儀遭到無情的流放。

妙椿在蠱惑足利成氏的同時，也開始勾引關東管領上杉定正。上杉定正無法抵禦那美豔雙眸流轉出的惑人心魄的眼波，拜倒在妙椿的石榴裙下。妙椿用妖術控制了上杉定正與足利成氏，令兩個關東最有權勢的大人物聯合起來，組織了軍勢空前強大的關東聯軍，準備一舉消滅安房國的里見義實。

此時，重大大法師率領七犬士正打算去拜會足利成氏，一路上卻見到征塵滾滾，大批兵馬朝安房國方向開去。一打聽，才知道是關東諸侯聯手，大舉征討安房國。重大大法師遂決定立即掉頭，前往南總守護里見家。路上，他們救下了被流放的禮儀。受宿命所引導的里見八犬士，至此終於聚齊了！他們義無反顧地全部投效里見家。

關東大戰全面爆發。

這一戰其實就是三國赤壁之戰的翻版。關東聯軍分水陸兩路進攻安房國。水路方面，上杉定正率軍在江戶川之右，結起連環水寨；里見義實則率軍在江戶川之左，佈下防禦陣勢。江右雖眾卻不諳水戰；江左勢弱但慣於水戰。陸路方面，由足利成氏統兵，攻打要津國府台。

力大無比的悌順和擅長陸戰的義任，奉命在陸路阻擊足利成氏。他們奮勇衝入足利陣中，猛衝猛闖之後，佯敗退卻。足利成氏不知是計，率領騎兵緊緊追趕，被誘至一條名叫長坂河的小河邊。悌順和義任迅速通過長坂橋，足利軍正要過橋，信道突然縱馬從斜刺裡閃出，單槍匹馬擋在橋端。追兵疑有埋伏，不敢過橋，簇擁在橋頭擠成一團。信道見時機大好，一聲令下，伏兵四起，舉槍齊射。足利軍本就疑惑心虛，怎聞霹靂之聲？登時丟盔棄甲，抱頭鼠竄。信道趁勢掩殺，悌順和義任也回軍殺來，併力追殲敵軍。

足利成氏見己軍互相踐踏，死傷狼藉，不由氣急敗壞，連忙下令重整隊形。足利軍畢竟人多勢眾，很快就緩過神來，眼看就要再度集結，戌孝驅趕著火豬陣出場了。火豬陣是仿效田單的火牛陣，在野豬獠牙上紮上火把，然後往豬尾巴點上火，趕入敵陣。狂怒的野豬橫衝直撞，不知扎死、燒死、踏死了多少人。足利全軍潰敗，陸路的進攻被瓦解了。

再說江戶川上，雙方已經對峙了月餘，里見軍雖有小勝，無奈聯軍勢大，急切難圖。轉眼時至隆冬，八犬士中的軍師胤智見時機成熟，向里見義實獻上了「八百八人之計」。「八百」是異體的「風」字，「八人」則是「火」字。

為配合胤智的計謀，禮儀故意在宴席間大發牢騷，宣稱寡不敵眾，不如早日投降。義實知是「苦肉計」，也佯裝大怒，將禮儀鞭笞八十。禮儀裝出憤憤不平的模樣，當晚偷偷潛入江右詐降。上杉定正乃庸碌之輩，可比不上曹操，見到禮儀背上的鞭傷，絲毫沒有懷疑，就相信了禮儀。禮儀乘機獻策：「鐵鎖連環，如履平地。」

定正大喜過望，依計而行，將戰船連鎖以防止被大風吹散。

至此，萬事俱備。里見義實命令準備數百隻小舟，舟上滿載柴火硫磺。在一個無星無月的漆黑夜裡，點起全部水軍，無聲無息，夜襲江右。小舟划到聯軍的連鎖戰船下，忠與祭出控火之術，成片點燃小舟，霎時間，烈焰高熾、火光衝天。衛仁也使出呼風之術，勁風大作、呼嘯怒捲。火借風勢，風助火威，聯軍戰船盡皆灰飛煙滅。里見軍齊聲吶喊，奮勇殺敵，大獲全勝！

在上杉大營裡觀戰的玉梓，眼見大勢已去，急匆匆飛遁而逃。一路不知不覺，竟然逃到了當年害死伏姬的瀑布旁。重大大法師早就在這裡等著她，八犬士也追了上來，將她團團圍住。

玉梓明知不敵，仍然使出妖法，垂死掙扎。突然，從八犬士身上飛出了八顆佛珠，散發出熠熠光芒，將正義的力量集結起來，附在寶刀村雨丸上。戍孝揮起寶刀，凌空斬下，玉梓魂飛魄散，屍身化為灰燼，隨風飄散。

立下大功的八犬士，受到了朝廷與幕府將軍的嘉獎。後來里見義實之子義成當了領主，將自己的八位妹妹分別許配給了八犬士。八犬士也都當了城主，在南總各鎮一城。真可謂功成名就，千古流芳。

【牡丹燈籠】

日本著名妖怪物語「牡丹燈籠」是典型的嫁接中國古典文化的成果，它的緣起，來自於明代文言短篇小說集《剪燈新話》。

《剪燈新話》「上承唐宋傳奇之餘緒，下開聊齋志異之先河」，共載傳奇小說四卷二十篇，附錄一篇，作者瞿佑。在中國明代洪武十一年（一三七八）就已編訂成帙，以抄本方式流行。但它在中國並不有名，還幾乎失傳，刻版印刷後，先傳至朝鮮，再傳於日本，竟對日本的文學藝術產生了極大影響，有學者稱其為「促使江戶怪談的黎明提早來臨」。

《剪燈新話》起初只在貴族、學僧等上層階級中流傳。傳佈到民間後，底層藝人對其進行了精華吸收，而後重新詮釋，進行藝術性地剪輯與再創作，鋪衍成具有本國特色的物語傳奇，其中的經典篇章更被大量改編成歌舞伎、單口相聲落語、小說等，《牡丹燈記》就是其中的代表作。

寬文六年（一六六六），淺井了意在所編撰的《御伽婢子》一書中，將《牡丹燈記》改寫後，更名為《牡丹燈籠》，時代背景從元末群雄逐鹿時的浙江，更改為日本戰國初期的京都，男女主人公分別是荻原新之丞與公卿之女彌子。江戶末期，三遊亭圓朝綜合當時流傳的各種《牡丹燈籠》故事版本，推出了《怪談牡丹燈籠》，時代轉為江戶時期，男女主角也變為阿露與萩原新三郎。後來小泉八雲在編著《怪談》時，即是以三遊亭圓朝的版本為依據改寫而成。

以下向讀者介紹的是淺井了意的《御伽婢子》版《牡丹燈籠》。

應仁之亂後，京都的紛亂雖然大體上平息了，但整個京都也因為無情的戰火而化成一座充滿屍臭的恐怖地獄。更大的戰國亂世拉開了序幕，諸國的大名忙於殺伐，無人去理會衰敗荒廢的京都。京都的百姓苦苦掙扎求存。

在僻靜野寂的五條大道，住著一位名叫荻原新之丞的沒落公家之子。前幾天，他新婚才數月的妻子因病去世了，他心傷愛妻之亡，意志消沉，每天借酒澆愁，鬱鬱寡歡。

這一天，是「盂蘭盆祭」。所謂「盂蘭盆祭」，和中國的鬼節差不多，已經逝去的先人會在這天暫時離開冥土，返回昔日居住的地方。為了能讓去世的親人知道回家的路，家家戶戶都會在門前點上一盞燈籠來指引方向。

黃昏時，新之丞在家門口也點了一盞燈籠掛著，點完後仍舊呆呆地坐在門前。須臾，不知從何處傳來陣陣異香，那香味很像是公卿家女子所使用的懷香。新之丞好奇地抬頭四望，只見門前的五條大道上，有個穿著鵝黃色小袖、年約十來歲的小女孩，手裡提著一盞紮著牡丹紙花的燈籠向他走來。小女孩的身後，跟著一位年約二十餘歲的女子。那女子一身公卿貴婦的裝束，容貌美豔絕倫。櫻花瓣般美麗的朱唇，配上水漾靈波的明眸、婀娜多姿的綽約體態，映著傍晚的夕陽款款走來，讓新之丞看得目瞪口呆，因喪妻而孤獨頹喪的心，登時怦然起來。

女子微笑著走近新之丞，兩人四目交投，就這樣癡癡地彼此望著對方，直至皎潔的明月將清輝灑滿大地。這時路上完全沒有行人了，新之丞神魂顛倒，不由自主地站起來，握住女子的纖手，誠懇地說道：「天色漸晚，世道又不太平，為了安全，姑娘可否就在寒舍暫歇一晚，明朝我再送姑娘回去？」

女子報以甜美笑容，赧顏道：「或許這就是所謂的緣分吧！今日出行，竟然遇上貴殿。如果您方便，我就隨您返家吧！」新之丞既得女子答允，鼻中又聞到她身上芬潔淡雅的清香，心智迷醉，渾然忘記了今夕何年。

喜滋滋的新之丞一面慶幸逢此佳人，一面忙不迭地帶著女子到他家去。一進家門，他就直奔廚下，想要弄點酒菜招待客人。可是家貧如洗，哪有酒菜？就在他抓耳撓腮為難之際，只聽引路的女童輕聲喚道：「水酒和餚饌準備好了，請出來共飲吧！」新之丞走出廚房一看，榻榻米的小木几上果然擺滿了頗為豐盛的酒菜，他大吃一驚，又不好多問，只得盤腿坐了下來。女童為他們斟好酒，在一旁服侍。

新之丞略飲數杯後，開口向女子問道：「既然相識即是有緣，敢問姑娘的芳名？」女子數杯溫酒下肚已雙頰霞紅，答道：「奴家名叫彌子，父親乃官拜左衛門尉的二階堂政宣。」新之丞點了點頭，心想果然是公家之女，難怪氣質與姿色都別於常人。

彌子接著說道：「本來我家世族鼎盛，但戰亂的擴大使整個家運都衰敗了下來。母親在洛東的火災中去世，數代居住的大宅也跟著毀了。沒多久，我父親與兄長們也都染上了瘟疫不幸罹難。全家現在只剩我與這個丫環而已。我們無處可去，只能暫且借宿在萬壽寺內。日子過一天算一天，不知何時方能脫離這苦海……」

新之丞想到自己的身世，不由鼻子一酸，同病相憐。他伸出手一把將彌子攬入懷中，借著下肚的酒力壯膽，激動地說：「原來你的身世如此淒涼，我倆都是同樣的寂苦之身，不如互相安慰彼此的寂寥吧。如果你不嫌棄的話，今夜……」溫順的彌子含羞點了點頭。一旁的女童知趣地將寢帳解開來，默默地退了出去。

此後的一個多月，彌子晚晚都造訪新之丞的住所，魚水之歡後，又在天未亮時離去。她的頻繁出入，引起了新之丞隔鄰的一位老人的警覺。老人注意到這一個多月裡，新之丞的氣色越來越不好，臉上黯淡無光，逐漸呈現出民間所謂的「死衰之相」。老人對此憂心忡忡。

一天下午，老人終於忍耐不住，暗地裡在與新之丞家相連的牆壁上鑿了個洞。入夜時分，老人聽到新之丞家中傳來男女的嬉笑聲，就輕輕地揭開先前塞在洞口的破布，往隔壁窺視。只一眼，就讓老人嚇得魂飛魄散。

原來，在新之丞眼裡所見到的大美女彌子，從老人的眼中所見，卻是不應當存在於人世間的妖物。只見她：亂髮如秋後枯黃的野蘆，披散在頭上；半裸的皮膚呈鐵灰色，肌肉乾縮龜裂地黏在骨骼上；凹陷的眼眶中已經沒有眼珠的存在，數尾蛆蟲在眼眶裡爬進爬出。一旁的童女也是如此的可怖之態。這兩人根本就是從墓所墳堆中爬出的腐屍之怪。恐懼無比的老人拚命捂住自己的嘴，才勉強沒有失聲驚叫出來。

次日中午，老人前往拜訪新之丞，新之丞卻仍然在房內昏睡著。老人將新之丞喚醒後，邀他到自己家中共進午餐，順便問起了彌子的事情。一開始新之丞並不願多說，老人只好開誠佈公直言道：「為了你好，老朽還是實話實說吧！每夜來找你幽會的那個女子，實際上並非此世應有的人啊！」老人把他所看的實情一五一十地告訴了新之丞，最後說道：「老朽這裡有銅鏡一面，貴殿可以看看自己的尊容。你的臉色極差，已有了死相。」新之丞拿過銅鏡一照，不禁驚惶失措。鏡中的自己面無血色、枯乾衰老，怎麼看都不像是二十幾歲的人應有的

⊙ 牡丹燈籠

面容。

新之丞猶疑地對老人說：「可是我看到的她，國色天香，完全不是您所說的樣子啊！」老人道：「既然如此，那恐怕要你去親眼確認了。那女子有說過她住哪裡嗎？」於是，新之丞就帶著老人一起去彌子所說的「萬壽寺」。

兩人一路打聽，好不容易才在一條小道的尾端找到了「萬壽寺」。原來那「萬壽寺」早已廢棄多年，破舊到連狐狸都不願在裡面築窩，現在胡亂埋葬著許多騷亂時死的窮公卿。

滿肚子狐疑的新之丞與老人仗著光天白日，互相壯膽，進了萬壽寺察看。兩人走到寺後院的墳堆，在亂墳之中找到了一個墓碑，上面刻著「二階堂左衛門尉政宣大居士」。讓新之丞感到徹底崩潰的是，這個墓碑旁還有個較小的木製墓碑，上寫：「二階堂左衛門尉政宣之女吟松院　俗名彌子」。旁邊還掛了一個已經殘破不堪的燈籠，仔細一看，正是那個童女所持的紮有牡丹紙花的燈籠。新之丞看到這一切，悲聲哀號，衝出寺門狂奔而去。

回到家後，老人對新之丞說：「我看這樣下去，早晚那個妖怪會榨乾你。我聽說東寺有位名叫卿公的人，是個行學兼法力高強的修行者，不如去找他求救，或許可以保住一命。」

新之丞至東寺見到卿公，尚未開口說明來意，卿公就立刻大驚道：「年輕人，你面有死相啊！看你的氣色肯定已經被妖魅纏染上，極重的鬼氣正充溢在你的體內。老實說，你的壽命大概只剩下十天左右了。」新之丞跪倒在地，苦苦哀求卿公救他一命。卿公拿出紙筆寫了一道法符，用御神的錦織小袋束好，交給新之丞，並叮囑說：「這道符你拿回去貼在自家外門上。到了晚上，不管那個妖物在外面如何求你或是喊你，切不可應聲，更不可把門打開！過了百日後，你就能撿回一命。」

新之丞回家後立即將法符貼上。當晚彌子與童女果然在外面敲門呼喊。極度恐懼的新之丞縮在被窩裡不停地發著抖，硬撐著捱過了這一晚。之後數晚彌子與童女依舊前來敲門呼喊，甚至有剛好路過的行人目擊到兩具活屍在新之丞門前死命拍門的恐怖景象，而嚇得落荒而逃。再之後的幾晚，就開始安靜了下來，拍門呼喚的聲音都沒有了。

就這樣過了九十多天，某日黃昏，新之丞從朋友家裡回來，正好經過萬壽寺，他心想都已經過去九十多天了，應該沒什麼問題了，趁現在夕陽尚未完全西下時，去弔祭一下彌子的墳吧。其實他心裡也委實難捨那段跟彌子相處的時光。於是新之丞就走入萬壽寺內。誰知一入院門，舉著牡丹燈籠的童女便迎面走來，一臉怨恨地說道：「您真無情啊，新之丞大人！」說完不容新之丞答辯，就將他拉進寺院內殿。

滿臉盡是幽怨之色的彌子緩緩走上前，對新之丞說：「我與你一見鍾情，本指望能長相廝守。為此我特意用牡丹燈籠吸取陽間人氣，只需再有十日，即可還陽。未料你卻聽信他人讒言，如此絕情棄我於不顧！這些日子我每晚哭泣，難以入眠，飽嚐相思之苦。一切都是你害的！既然今日與你再度相遇，無論如何我都不會再讓你離開了！」說完將手一招，她身後的墓穴頓時裂開，彌子抱著新之丞躍入墓穴中，「砰」一聲巨響，墓穴又合攏起來，新之丞死於墓中。

從此以後，每當夜裡或是陰天時，京都的人們就會見到荻原新之丞與彌子兩人牽著手出現在街道上，前面仍是那個持牡丹燈籠的童女在引路。凡是見到這三個怨靈的人，回去後無不大病一場。一直到織田信長率軍進京前，京畿內各處皆不斷傳出這對怨靈情侶出沒作祟的恐怖怪談。

【妖刀村正】

日本歷史上流傳著不少名刀的傳說，像村雨、長船、菊一文字、鬼切、天叢雲等等，它們各具特色、各擅勝場，但若論邪氣與鋒銳，當首推妖刀村正！

日本刀按照刀刃的長度，分為超長刀、長刀、小太刀和短刀。其中，超長刀因為太長，不便於攜帶和戰鬥，現在已經不常見。流傳下來的幾乎都是長刀和小太刀。長刀是武士的主戰兵器，而小太刀亦稱「脇差」，用於剖腹、巷戰和暗殺。

村正，長刀，刃長七十三點三二公分，斬切能力出類拔萃，是全日本最鋒利的刀，也是最有名的刀！它的來歷極具傳奇色彩。

相傳鎌倉末期，名刀匠岡崎正宗為選擇接班人，指令座下三大弟子村正、正近、貞宗，在二十一日內各自鍛造一把寶刀，誰的刀最鋒利，就由誰來繼承衣缽。三大高足日夜不停，將自身水準發揮到極限，鑄出了三把寒光凜冽、銳氣滿天的寶刀，表面上看起來不分軒輊。

岡崎正宗逐一審視、細細觀察完三把刀，一言不發，指定貞宗繼位。性格偏激的村正見師父如此快速地指定了繼承者，心中不服，便要求開刃試刀。正宗於是帶著三位弟子來到河邊，將鑄成的刀插在流動的水裡，刀刃面向上流。上流不斷地有樹葉、稻草漂下，流過刀身。如果刀刃足夠鋒利，葉子、稻草就會被順勢劃切而開。

當樹葉稻草流經正近的刀時，雖被劃斷，卻藕斷絲連，並不利索；流至貞宗的刀時，只輕輕一下，就被一切為二，隨波而去。可是，觸及村正的刀時，雖然也被極快地一分為二，但這把刀似乎具有生命般，將葉片稻草緊緊吸住，令它們無法漂走，而是圍著刀身團團打轉，如同被妖法纏住一樣！

岡崎正宗指著水中的刀，對三個徒弟說：「刀匠理想中的名刀，目的並非只在鋒利。短刃護身、長刀護國，這才是刀劍真正的使命。正近的刀，拖泥帶水，護身尚且不能，怎能保國？村正的刀充滿妖氣且失去美感，一刀既出，不沾鮮血誓不回。不但不能保國，恐怕反而禍國，只能稱之為妖刀；唯有貞宗的刀，磊落乾脆，必要時抽刀斷水，連水勢都可斷流，方可視為名刀。」

就這樣，村正刀在一代鑄劍大師的不祥評語下誕生了。它出世後，不但殺人無數，還有噬主的特性，據說武士只要手持村正便會入魔，成為一個殺人不眨眼的妖怪。如果持刀人本身的正氣不足以震懾住村正刀，就會反受其害，輕則斷指、重則死於非命！不過一旦制服了村正，持之即可所向披靡。到了戰國時代，此刀輾轉流傳到松平（德川）家，更令德川家飽受惡夢纏繞，被視為「在德川家作祟的不吉象徵」而名動後世。種種遭際，果真應驗了「妖刀」之論。

當德川家還用著三河地區的「松平」姓氏時，德川家康的祖父松平清康在天文四年（一五三五），與尾張之虎織田信秀（織田信長之父）作戰。松平家的家臣阿部彌七郎臨陣背叛，用村正刀將松平清康斬死——從右肩一直劈到左腹，肚破腸流、死狀極慘。可想而知村正刀的鋒利程度。

接著遭遇村正慘禍的，是家康的父親松平廣忠。松平廣忠在父親清康死後，努力收拾殘局，為了維持飄搖的政權，不得不投靠當時強大的今川氏，在其羽翼庇佑下繼續對抗織田氏。天文十八年（一五四九），織田氏買通了松平家臣岩松八彌，用村正刀暗殺了松平廣忠。廣忠死時才二十三歲，是個短命英傑。

村正刀與德川家族糾葛的第三起命案，則是德川家康一生最大的痛楚，因為被害人是他至愛的長子德川信康。

這事起因於兩個女人間的戰爭，她們一個是德川家康的正室築山殿，另一個是信康的老婆德姬。事情說白了無非就是婆媳不和，要是放在普通人家，頂多也就是拌拌嘴，可由於德姬是霸王織田信長之女，來頭很大，才釀成了血案。

築山殿是家康在今川氏作人質時，被迫迎娶的。此女年長家康十歲，生性傲慢，仗著娘家今川氏的勢力，不把家康放在眼裡，所以兩人感情基礎薄弱，一直不和。長男信康是築山殿所生，從小武勇過人，儀表不凡，深得家康疼愛。織田信長為了鞏固與德川家的聯盟，將自己的女兒德姬許配給信康，婚後兩人感情融洽。不料築山殿因為織田信長是自己的殺父仇人（桶狹間之戰，今川氏亡於信長），遂百般設計，挑撥離間小倆口的感情，甚至還強迫信康迎娶武田家的女兒為側室。信康受了蠱惑，慢慢地對德姬疏遠起來。

德姬氣惱不過，就一狀告到了父親信長那兒，還洋洋灑灑地列了信康母子十大罪狀，其中最要命的，說信康母子倆與武田家密謀對信長不利。其他罪名先不說，光這一條通敵之罪，就足以置人於死地。織田信長立即下達了處死信康母子的命令，德川家康雖然百般解釋，仍無濟於事，最後迫於信長強權，不得不違心接受了這一命令。

天正七年（一五七九），德川信康在二俣城剖腹。剖腹是日本武士存其忠節的死法，需要極大的勇氣。剖腹後不會立即死亡，會看到自己的血液和內臟流出體外。所以旁邊要有人幫忙快速斬頭，刀揮頭斷，使剖腹者立斃，不用忍受極大的痛楚。此人稱為「介錯」。

給信康擔任介錯的是服部半藏，檢視官是天方通綱。當信康握刀刺入腹中時，在旁的服部半藏早已泣不成聲，他勉強出手，卻因手腕顫抖，誤砍了信康的肩膀，本就十分痛苦的信康，又加上肩膀上這一刀，痛得呼天搶地。通綱見半藏無法下手，只好拔刀相助，結束了信康的性命。

事後，兩人向家康哭報信康剖腹的情形。淚流不止的家康突然詢問通綱介錯時用的是什麼刀，通綱答說村正刀。家康聞言如晴天霹靂，臉色立變。祖父、父親、兒子，惡夢般的一幕幕血腥慘劇，竟然全都與村正有關！泛著深冷寒光的嗜血妖刀，在漆黑的夜裡幽咽悲鳴，鋒利地噬齧詛咒著德川家，令家族飽嚐血光之災。這一切讓家康產生了一種莫名的恐懼和痛恨。他回想起自己在幼年時，也曾被村正刀割傷過小指，不由得心有餘悸，深怕自身也死於村正刀下。此時，家康已動了禁毀村正的念頭，無奈當時他還只是個小諸侯，沒有能力做到，只好暫且將此事擱下。

時光流逝，到了慶長五年（一六〇〇），德川家康已經是天下頭號實權人物。這一年，他發動了關原合戰，戰陣中，織田長孝誤傷了家康的小指，此指正是當年被村正刀割傷的那一指，更巧的是，織田長孝所持的，恰恰也是村正刀！

種種揮之不去的慘痛陰影和血光之災，令不信天命不敬鬼神的家康，也不由不認定村正刀是破壞德川家的不祥之物！當時，製造村正刀的技藝，已經由居住在伊勢桑名的鍛刀工房繼承，他們鍛造出的長刀、短刃，一律刻上「村正」的刀銘，跟現代的商標一樣。並且按照出產年代，分為第一代到第三代，所以世上流傳的村正刀很多。家康對此頒佈嚴令，通告全國銷毀所有刻有「村正」刀銘的刀，違者將視為藐視幕府、對德川家有異心，以大不敬罪滿門抄斬。

家康禁刀後，村正刀就成了德川政權的一大禁忌，妖刀的說法也隨之廣泛化。從此村正刀步入了黑暗的命運，不是被當場銷毀，就是被改鑿刀銘。只有極少數的村正刀，靠著少數武士冒著掉腦袋的風險，才得以保存下來。

不過，與德川家有仇的人依然愛用村正刀，心存反意的福島正則、真田幸村、島津義弘等人，都在秘密收藏村正。到了江戶末期，不少倒幕派人士故意把自己的配刀刻上「村正」的刀銘，以示堅決倒幕，希望能親手用村正斬了幕府將軍。只可惜村正刀並沒有因此而取回一代名刀應得的地位，幕末的混亂局面，讓它不斷被當成暗殺的工具，依然血債滿身。因此，妖刀村正的印象直到今天還根深蒂固地存在於種種離奇的傳說中！

現存的真品村正刀極為稀少，以第三代的「妙法村正」最為有名。此刀刀身刻龍，刀刃部分刻有「妙法蓮華經」的文字，與日蓮宗有著很深的淵源，是收藏家眼中的珍品。

【黑百合之殤】

黑百合，孤傲的花朵，沒有濃香卻惹人憐愛，不帶毒刺卻殺傷力非常。它的花語是「愛戀與詛咒」。自古情到深處兩相傷，每一段癡情愛戀到最後，若無花好月圓的結果，就必然是反目成仇，錐心刺骨。黑百合，既是魔力之花，對男性有著難以抗拒的神秘魅力，又是情殤之花，花上開滿了切齒的詛咒。在那戰國時代，名將佐佐成政就留下了一段與黑百合有關的情殤傳奇。

佐佐成政，乃是一代梟雄織田信長座下的猛將。與柴田勝家、瀧川一益等粗獷的將領相比，成政既不失豪勇剛毅風範，又有風雅浪漫氣息，是屈指可數的文武全才。更難得的是，他對信長忠心耿耿，這在朝秦暮楚的時代尤顯可貴。因此信長對成政也是信任有加，於天正九年（一五八一）任命他擔任越中（今富山縣）五十四萬石守護，全權負責越中諸事。

佐佐成政統治越中時，時常深入民間，微服私訪。某次，他到富山城吳羽山賞櫻，歸途中經過吳服村，邂逅了一位絕色美女。這女子是當地豪族之女，名叫早百合，天生麗質，尚未婚配。佐佐成政怦然心動，便把她納為側室。兩人如膠似漆，片刻也不願分離。

然而，本能寺的巨變改變了歷史的走向，織田信長在本能寺大火中殞命，天下重新陷入了紛亂。羽柴（豐臣）秀吉為信長復仇，迅速出兵討伐了叛將明智光秀，逐漸掌握了天下實權。曾發誓不事二主的佐佐成政，不願意看到織田家的天下落入秀吉之手，遂追隨信長遺孤織田信雄，與德川家康一道，於天正十二年（一五八四），在小牧和長久手向秀吉開戰。但狡猾的老狐狸家康，見戰鬥毫無勝算，竟單方面與秀吉締結了和議。佐佐成政為了改變危局，率壯士百餘人，冒著暴風雪，越過常年積雪、荒無人煙的飛驒立山，來到遠江濱松，企圖說服家康重新舉兵。這就是史上有名的「立山行」。

當成政從濱松回到富山之後，早百合卻被診斷出已有了身孕，登時流言四起，都說早百合與家臣竹澤熊四郎有染，她腹中的孩子就是竹澤的。同時還有人在早百合房門口拾到竹澤的物品。實際上，這一切都是成政的正室因嫉妒早百合而設計的陰謀。正室因為膝下沒有男孩，深恐早百合若生下兒子，會全面壓倒自己，遂捏造了早百合與家臣私通的謠言。

此時，成政剛剛遠途歸來，十分疲憊，再加上家康的背信棄義令他憤慨不已，乍聞愛妾的背叛，衝動壓倒了理智、愛意變成了殺意，也不詳加調查就輕信了誣告。他喚來竹澤，拔出佩刀將其當場砍死。

而後，獨佔慾極強的佐佐成政像瘋了一般衝入早百合房中，揪著她的長髮將她拖到神通川岸邊，把她綁吊在堤防的一棵樸樹上，一刀一刀地凌遲早百合，活活將她折磨死。無辜的早百合臨死之際，咬碎銀牙，合著血淚詛咒道：「成政，妾身無罪含冤，遭此慘刑，死不瞑目。我的怨恨將化為黑百合，必教佐佐家子孫橫死、家名斷絕！汝記著，立山盛開黑百合之日，就是佐佐家滅亡之時！」說完，早百合紅顏凋盡，轉為惡鬼的面容，在場的人個個嚇得毛髮為之倒豎。

早百合死後，神通川每當風雨之夜，便能見到青色鬼火，鬼火形狀酷似一顆被吊著的女人首級，附近村民都稱之為「早百合怨火」、「懸垂火」。當地人還相信吊著早百合的那株樸樹沾染著早百合的怨念，「若砍了這株樸樹，樹精就會作祟」。

天正十三年（一五八五），豐臣秀吉率領大軍攻打佐佐成政。開戰時，風雨交加、雷鳴電閃，陰霾中早百合的亡靈鬼火不時閃現。佐佐軍鬥志全失，一敗塗地，成政只得身穿黑色法衣，向秀吉投降了。

由於秀吉正室北政所的推薦，成政被改封為九州肥後（今熊本縣）領主。滿心歡喜的成政想著如何才能報答北政所的舉薦之恩。恰巧這時，立山的黑百合花盛開了，漫山遍野。成政聽說北政所從未見過黑百合，就特意讓家臣去立山採摘黑百合。說也奇怪，家臣採來的黑百合，絕大多數都枯萎了，只有一株存留下來。成政心想越稀有才越珍貴，於是就將這株黑百合送到了大阪，晉獻給北政所。北政所對成政的這份禮物相當滿意，決定召開一次花會，向人們炫耀自己得到了這樣的奇花。參加花會的賓客見到黑百合後都驚歎不已，唯獨秀吉的側室澱姬，對此表現得十分漠然。

三天後，澱姬也舉辦了一場花會，北政所應邀前往，卻看見澱姬家的花瓶內，竟插滿了黑百合。原來，澱姬早已命人到加賀（石川縣）白山摘來了大量的黑百合，與北政所區區一株相比，自然是大獲全勝。

覺得受到羞辱的北政所大發雷霆，並遷怒於佐佐成政，認為他只晉獻一株黑百合，是故意想讓自己出醜。兩年後，成政的領地發生暴動，北政所趁機向秀吉進讒言，逼迫成政切腹自盡。那朵給成政招來殺身之禍的黑百合，其實正是早百合的亡魂所化。

【邪門姬】

戰國，是男人爭做英雄的時代，但女子的命運卻往往都悲不堪言。或孤獨病亡、或受盡蹂躪、或枉死異鄉……青絲紛飛、淚眼矇矓，可歎無數紅顏凋謝於亂世不歸路，邪門姬就是這其中著名的一位。

邪門姬，又名「髮鬼」、「毛女」。在清冷的夜裡，她會把自己打扮得冶豔萬分，站在空無一人的街道上，背對著街面。過路的人如果好奇，詢問她：「都這麼晚了，你站在這兒幹什麼呢？」邪門姬便會轉過頭來，陰

⊙ 邪門姬髮鬼

森地盯著路人。她整個臉上佈滿了濃密雜亂的黑毛，五官被掩蔽得完全看不清楚。當路人意識到她是可怕的毛女，拔腿欲逃時，已經來不及了，邪門姬用她柔美纖細的長髮，如蛇般纏繞住路人的脖子，將其活活勒斃。

別看邪門姬如此可怖，但她的前身卻是個大美人兒。戰國時代末期，豐臣秀吉、德川家康等大名齊集京都聚樂第，覲見後陽成天皇。天皇有一位公主，生得沉魚落雁、閉月羞花，特別是那一頭長髮，烏黑潤澤、光彩照人，最是撩動人心。宮裡人人都為她的絕世風姿所傾倒，親切地稱她為「長髮姬」。

長髮姬集萬般寵愛於一身，在後宮驕縱慣了，並不把一眾覲見的大名放在眼裡，只是傲慢地頷首示意一下，就退回內殿。灑脫的豐臣秀吉並不在意，但德川家康卻視之為恥辱。生性堅忍的家康當時並不發作，而是將此事牢牢記在心裡。

冬去春來，轉眼間十年過去了，豐臣秀吉已然辭世，德川氏壓服天下，被天皇任命為幕府大將軍，建立了新的武家政權——江戶幕府。

再說長髮姬這絕代佳人，最愛顧影自憐，自我欣賞。

然而，再嬌俏的桃花，也抵不過歲月的無情。一天，長髮姬對鏡梳紅妝，淺淺一笑間，卻已尋見眼角多了兩道皺紋。一陣心慌意亂襲上心頭，她開始明白，自己也會老。

「宰相君，宰相君，快來！」服侍在外間的宰相君立即奔了進來，跪坐著，聆聽主人的訓示。宰相君是後宮的一種女官，專職替公主嬪妃打理一切生活瑣事。

長髮姬又細細打量著鏡中的自己，美仍是那麼美，只是再無蓓蕾初綻的青春。她緊皺眉頭，咬牙對宰相君命令道：「無論如何，必須給我尋來駐春之術。否則別回來見我。」

這是死命令，宰相君唯有拚死去尋，但青春常駐之方哪能那麼容易得到？多方尋訪無果之下，宰相君也迷了眼，死馬當作活馬醫，尋回了一位妖僧。

長髮姬也顧不得什麼妖不妖了，她像溺水的人抓住了救命稻草一般，熱切地懇請僧人傳授自己駐春之術。

妖僧說：「童顏不老，美貌常在，古往今來無數人孜孜期盼，卻幾乎無人做到。公主殿下認為這是何故？原因其實很簡單，因為極少有人能滿足藥引的條件。」

長髮姬道：「什麼條件，你只管說來。天下無皇家辦不到的事！」

妖僧陰冷一笑，說：「國人千萬，女子佔其半；其中少女只佔三成，美貌少女又只得十分之一，更要其中處女無瑕者，連選九百九十九人做藥引。你說，這不是比稀世珍珠還難尋麼？」

長髮姬聽完哈哈大笑，道：「我當什麼，不過是九百九十九個美麗的處女，這倒簡單了。你只管說怎麼做吧！」

妖僧默視長髮姬良久，終於下定決心似地說道：「血浴！人之精氣精華皆存於血中，以美貌處女之血沐浴，可美肌換膚，洗一次便年輕一分，猶如斷琴續弦，又可再奏新曲。」

「真是歪門邪道！」長髮姬聽得直冒冷汗，卻記得一字不差。希冀永恒青春的慾望早就壓倒了一切。雖說貴為皇女，但要將九百九十九名美貌處女弄進宮中，也絕非易事。最大的阻力，就是掌握實權的幕府可能出面阻撓。但是德川家康卻似乎並不知曉此事，不聞不問，長髮姬鬆了一口氣。經過一番強奪誘騙，具美貌的處女如數入了宮。她們被安置在「芙殿」，每晚殺其中一女，放盡鮮血，倒入浴池中供長髮姬沐浴。

如此過了五百個夜晚。

又一個滿月之夜，又一具潔白如雪的處女胴體在浴池中晃動，寒意已起，血氣隨襲，素白的月亮此刻竟變得血紅血紅。長髮姬呆呆地望著赤裸的美少女，彷彿看到了自己豆蔻年華時的身姿。

「又一顆櫻桃啊！又紅又多汁兒！」長髮姬舉起了手中的利刃，用力刺下。

不料，只聽「鏘」地一聲，利刃已被彈開。水裡的少女竟赤身躍出水面，敏捷靈動，指間握著一把短刀。

如此身手，絕非一般少女。

長髮姬嘶聲怒喝：「大膽！你是何人？」少女清脆俐落地答道：「我乃德川家座下伊賀流女忍者是也！」

「什麼？德川家？」長髮姬大吃一驚，暗呼不妙。就在此時，芙殿外一陣轟響，殿門被撞開，一班執甲武士闖入殿中。為首的武士大聲喝道：「奉天皇與大將軍令，討妖除逆！」

原來，長髮姬此前徵集民女時，德川家康早已得悉，他表面上佯作不知，暗中卻派女忍者混入九百九十九名女子當中，伺機收集證據。等到長髮姬殺女過半，犯下重罪後，家康這才稟明天皇，並且出示了女忍者收集的大量證據。天皇震怒，遂派兵捉拿長髮姬。

德川家康這一手果然毒辣，長髮姬猝不及防，但皇家貴胄的高傲令她怎甘心束手就擒？她無比憤怒，血氣翻湧，滿面已漲得通紅。

人在極憤怒之際，理智盡失，魔便乘虛而入。雖然血浴僅進行了一半，但五百位少女的鮮血早已滲入到長髮姬每一寸肌膚骨髓中，她們冤死的怨念也隨著血液滲透到了長髮姬的潛意識裡……

武士們正要上前捉拿長髮姬，突然如逢鬼魅般紛紛散避開來。但見長髮姬整個臉孔極度扭曲，五官漸漸消失，順滑的秀髮越來越長，從腦後飄散而出。那髮絲鋒銳如針，根根豎起像無數小蛇一樣，猛然噬向一眾武士。武士們嚇得魂飛魄散，個個面如土色，拋下兵刃，飛也似地逃離了芙殿。

芳名播天下的長髮姬，就這樣變成了人不人、鬼不鬼的女妖。皇宮是再也不能待了，駐顏回春又成了鏡中花、水中月，她惟有以長髮遮住醜陋萬分的臉，埋藏內心的憂傷，漂泊於無情的人間。

第六章

江戶時代

——光鮮織錦，浮世物語

小引：時代背景

真正結束戰國亂世的人，是被戲稱為「老烏龜」的德川家康。他以縮回拳頭式的謀略和忍耐力，忍常人所不能忍，在織田信長和豐臣秀吉面前忍氣吞聲，終於等到壓制自己的這兩大巨頭先後殞命，方才暴起發難。他於一六〇〇年挑起關原合戰，指揮東軍，大敗以石田三成為首的忠於豐臣家的西軍，掌握了控制諸大名和朝廷的實權。一六〇三年，德川家康受封為征夷大將軍，在江戶（今東京）建立日本第三個幕府政權——德川幕府。一六一四年及一六一五年，德川家康先後發動了旨在徹底消滅豐臣家殘餘力量的「大阪冬之陣」與「大阪夏之陣」，秀吉之子豐臣秀賴兵敗自殺，日本全境統一。綿延了一百五十餘年的戰國烽煙終於宣告平息！

江戶時代是一個長期和平、經濟繁榮、文化昌盛的時代，同時資本主義也在日本開始萌芽。商品經濟的興起，使得工商業階層發展壯大，消費文化漸趨繁盛。這一時期人們的教育水平高、藝術欣賞力強，都市的市民階層正在逐步形成，城市中到處都是新鮮事物。以通俗、享樂為標誌的反映庶民生活的「町人文化」隨之興起，蘭學、浮世繪、歌舞伎等成為時尚熱點。所以神怪傳說自然而然地轉向了都市類妖怪奇談，並且東西糅雜，求新求變。劍俠、怨靈、七福神、新都市妖等不同風格的異類，奇妙地混處於同一時空，濃郁的和風中渲染了絲絲西洋摩登氣息。

此一時期，紙張開始全面普及，印刷技術大發展，使得書籍大量出版。由於德川幕府實行「閉關鎖國」政策，統治階層嚴密地控管文化領域，老百姓普遍在精神上受到強烈壓抑，心中的苦悶必須找到紓解的管道。既然對現實無能為力，便轉而投向新鮮刺激的事物，渴求狂野獵奇。於是潛在的逆反心理孕育了「怪談文學」這一新的創作形式，結合圖書的印製發行，得到了蓬勃發展，成為人們的心靈寄託。

德川幕府歷二百六十五年，於一八六八年被代表資產階級和新興地主階級利益的倒幕派推翻。新即位的明治天皇頒佈《王政復古》詔書，宣佈大政歸還天皇，日本開始「富國強兵」的西化改革，這就是日本史上具劃時代意義的「明治維新」。至此，封建制社會終結，日本走上了近代資本主義發展道路。

【七福神】

福，是諸事和諧吉順的總稱，其含義相當豐富，過去指「福氣」，現代的解釋則是「幸福」。長壽、富貴、好運、健康、安寧、家庭和睦等等，都是「福」的具體表現形式。

中國有福星保佑人們萬福降臨，在日本，也有一個類似「八仙」的神仙組合，負責日本人民的福氣和福運，那就是人人禮拜的「七福神」。

七福神在日本神話中負責主持人間福德，賜予人們幸運、福分、財富、壽考、康寧等，幾乎一切凡人所衷心祈求的美好願景，七福神都一攬子全包圓了，因此他們在日本民間有著極其崇高的地位。正月初，日本人祭七福神、拜七福神、食七草粥，種種習俗無不浸透著對七福神的尊敬與崇拜。

七福神分別是：大黑天、惠比壽、毘沙門天、弁財天、福祿壽、壽老人、布袋尊。這七位神的來歷、背景各不相同，係參考吸收了佛教、道教、婆羅門教等多個宗教的相關原型，與日本本土的神道教信仰融合而來。其中除了惠比壽是日本固有神明外，其餘六位皆為「舶來品」。大黑天、毘沙門天、弁財天傳自印度，係佛教

之天部眾；福祿壽、壽老人、布袋尊則傳自中國。此外，也有人認為福祿壽和壽老人同為南極老人的化身，是同神異名，故把吉祥天也放入七福神之列。

七福神信仰源於佛教「七難即滅、七福即生」的觀念，其具體起源時間，眾說紛紜。「七」在東方文化中，是個吉利的佳數。中國有七寶、七星、竹林七賢等為之代表。受中國文化的影響，日本於室町時代首先在古城京都出現了七福神。當時日本清談之風漸起，京都的貴族、武士或者大商人，常把「竹林七賢」跟「七神」的繪畫掛在書院或茶室的牆上，之後七福神便漸漸風行開來。室町時代多年的戰亂導致社會疲憊，苦難中的人們只有把希望寄託於明天，寄託於七福神的庇佑，以尋求精神上的安慰。

到了江戶時代初期，有位高僧天海上人，對幕府大將軍德川家康說：「大人身具七德，兼有大黑天之富財、惠比壽之正直、毘沙門天之威光、弁財天之愛敬、福祿壽之人望、壽老人之長壽、布袋尊之大量。有此七神，可成就七難即滅、七福即生之功德。」家康聞之甚喜，便命人繪製了七福神像來供奉。由於可以同時求來七種福氣，所以樂於參拜七福神的人越來越多，不知不覺地推行到了各地，成為全國性的民間神祇。

❶……大黑天

七福神之首的大黑天，是五穀豐登、開運招福之神，他的根源在印度，原型乃天竺的破壞神濕婆，住在大荒天。其名梵語音譯為「摩訶迦羅」，「摩訶」意為「大」，「迦羅」意為「黑色」，所以被稱為「大黑天」。佛教傳入日本後，濕婆形象與日本的大國主神信仰相結合，嫁接出大黑天神（日語「大國」和「大黑」發音相同）。大黑天起先被封為比叡山的守護神，祭祀於各寺院的飯堂廚房裡。那個年代，想填飽肚子可真不容易，老百姓都認為有飯吃是頭等幸福的大事，所以主管糧食、守護灶台的廚神大黑天就被尊為第一位福神。

大黑天頭戴黑方巾、左肩揹一個大布袋、右手持萬寶槌，腳踏米袋，胖墩墩滿面福氣。祂身在廚

⊙ 七福神

房，不入世間，以「慈眼視眾生」，可使用神術驅除厄神邪氣，使農耕豐饒、人眾平安。祂背上的大布袋，是一個福袋，象徵著「福壽海無量」。由於他是司豐收之神，因此使者是老鼠，米倉裡的老鼠都歸祂管理。日本對老鼠的觀念與中國不同，因為老鼠感覺靈敏，常能預知火災和地震等災禍，所以，日本人認為只要老鼠住在家裡，就表示大黑天正庇護著這個家，如果連耗子都沒了，這家就要衰敗了。

❷……惠比壽

惠比壽，又寫作「惠比須」，是七福神中唯一的純粹本土神。日本的神怪林林總總，外來者多。惠比壽的前身是大神伊邪那岐命和伊邪那美命生下的水蛭子（事見第一章第三節），被放於蘆葦舟中，漂流到大海。古日本人認為大海的彼岸是神聖之地，聖地的神來陸地看望人們時，會帶來福氣。再加上惠比壽擅長捕魚，又教人們用魚和農作物進行物物交換，因而被尊為海運、漁業之神，代表著清廉，庇佑漁業豐收，以及海上、陸上的交通安全。

惠比壽的形象通常是圓圓的臉頰、大大的耳垂，帶著善意的微笑，右手持釣竿、左手抱著表示吉祥的大頭魚，一臉富態，巡遊四方，倍受庶民百姓的歡迎。海女潛水、漁民撒網時，都會大喊數聲「惠比壽」。日本全國的漁民都有把鯨魚和鯊魚叫做惠比壽的習慣，因為鯨魚和鯊魚的後面必定跟著大批魚群。

惠比壽起先只是漁業所信奉的神，到了中世紀，日本商業逐漸發展，祂又變成了商業之神。商人把祂當作自己買賣興隆的庇護者，爭相供奉。擁有惠比壽一般肥厚「福耳」的人，都被認為有福氣和財氣，可以聚財聚福。這點和中國一樣。

大黑天與惠比壽，分別司掌農業與漁業，守護著最基本的民生兩大產業，是以常常被合在一起並列奉祀。這也象徵著日本兩大神話體系的合流：大黑天，也即大國主神，代表出雲系；惠比壽則代表著高天原系。

❸……毘沙門天

毘沙門天原是佛教四大天王之一，係守護北方之多聞天。相傳在大和時代，物部氏和蘇我氏因為佛教的是非問題而起紛爭，終至兵戎相見。當時十六歲的聖德太子是蘇我氏的一員，而物部氏則控制了皇室和軍隊的大權，蘇我氏處於劣勢。決戰前夜，聖德太子在陣中雕刻了四天王像，並許願說：「若佑護我方獲勝，我必為四天王建造寺院，時刻供奉。」他手持四天王像，慨然地上了前線，帶頭衝鋒陷陣。蘇我氏軍為此士氣大振，一鼓作氣扭轉戰局，獲得了勝利，全滅了物部氏。蘇我氏擁戴崇峻天皇即位。天皇按照與聖德太子的約定，在攝津建造了四天王寺，四大天王從此在日本倍受尊崇。戰國時期，「越後之龍」上杉謙信就篤信毘沙門天，並以「毘」字為旗號。

毘沙門天形象勇武，金身披甲，一手托寶塔，一手持戟，足踏天邪鬼，神像上總是呈現憤怒的表情。祂原本是光明和無量智慧之神，後來被作為率領夜叉、羅刹守護國土的武神來信奉。祂左手的寶塔可以招福，右手的戟可以祛邪降魔。七福神中，祂負責賜予人們勇氣和力量。

❹……弁財天

七福神中唯一的女性弁財天，來自印度佛教，是梵天的女兒，同時也是祂的妻子，居於日輪中，照亮四洲。祂原先的稱謂是「弁才天」，本是印度的河神，印度人認為她的身軀，如大河般壯麗；河水流動的響聲，猶如美妙的音樂，所以祂又成了音樂之神。後來，祂被視為和語言女神同為一體，於是又成為了學問和辯論女神。「才」字就代表了祂的智慧、音樂、雄辯等才華。日本人從實用角度出發，將其改寫成「弁財天」，並將祂當成財富之神來膜拜。在鎌倉等地有「弁財天洗錢池」，據說在池裡清洗錢幣，能夠將金錢的污垢洗掉，重新煥發金錢的靈性，從而帶來財運。

在印度，弁財天有妙音天、美音天、大辯才天等別名，祂的原始打扮是坐於蓮花之上，頭飾八蓮冠，懷抱琵琶，身邊有白鳥或孔雀隨侍，並且擁有八臂，分持弓、刀、斧、索、箭、戟、杵、輪八種武器。在日本，弁財天則被改裝成了中國仙女的打扮，霓裳彩條、飄然出塵。祂的主要神職是幫助人們消災去禍，並保家運昌隆、財源廣進。

❺……福祿壽

福祿壽是來自中國的福、祿、壽三星的合體。日本人圖實惠快捷，乾脆將這三位合為一體，幸福、厚祿、長壽一併祈求。福祿壽的個子較矮，頭長身短，留有連鬢美鬚，手持團扇、拐杖，杖上繫著一卷經書，書裡記載著凡人的壽命年限。常有一隻白鶴與祂為伴。

❻……壽老人

有說法認為，壽老人和福祿壽原本是一回事，祂們都是南極老人星，也就是道教壽星的化身，是從中國傳入日本的神，傳入載體主要是水墨畫。傳說中，南極星緊貼著南邊的地平線，如果有幸見到，可得長生。

在具體決定七福神的過程中，對於特徵相近的福祿壽和壽老人，是否擇一而定，日本民眾曾幾度猶豫。最終為了湊齊「七」這個吉數，將兩者都保留了下來。

壽老人的福德是不老長命、無病無災。祂的形象與中國的壽星如出一轍，是老年人的理想姿容：身量不高、大耳白眉，披著過腰的飄逸銀髮，襲一領廣袂仙衣，一手拄杖、一手托著象徵長壽的仙桃，笑容可掬地望著世間的善男信女。好一副慈祥和藹、雍容富態的耆耋氣派。祂的身邊，伴有一隻活了一千五百歲的玄鹿。

⊙ 七福神

❼……布袋尊

布袋尊是典型的中國民間信仰日本化的產物。祂的前身，就是中國的布袋和尚。布袋和尚實有此人，是七福神中唯一有生活原型的神。祂原是中國後梁時期的禪僧，名為契此，體胖大肚，容顏喜人，常常帶著一隻布口袋四方化緣，並用布袋裡的財寶救濟窮人，又能占卜吉凶，故被認為是彌勒菩薩的化身。

自從禪宗傳到日本，人們普遍認為將出現「彌勒之世」。當彌勒菩薩現身時，會有彌勒方舟自大海彼岸航來，舟中載滿裝滿大米的米桶。所以，日本的十八羅漢和七福神裡都有布袋尊。布袋尊是福德圓滿、洪福吉祥之神，代表著平和、知足、快樂，司子孫長久和家庭圓滿。祂袒胸露腹，一手持寶杖，一手提著布袋，笑口常開、助人為樂，常為人預測天氣、命運、吉凶。

以上這七福神聚在一起，平安長壽、吉祥富貴，人人渴求。日本每逢新年，家家攜老帶幼，逐一參拜七福神的神社，祈求祂們降福。

七福神一般都住在寶船裡，由於日本是個島國，四面環海，因此很重視船的作用。七福神的寶船上載滿金銀珠寶和稻米包，船身上寫著回文：「長夜船行浪翻天，天翻浪行船夜長。」日本人相信，新年的第一個夢（初夢），要是夢見寶船，一年裡就會大吉大利，事事如意。所以，為了能如願夢見寶船，人們常把繪有七福神乘寶船的畫像嵌入牆壁內，或放在枕頭底下睡覺。這個習慣從近代開始傳遍了全國。

有趣的是，日本還有一項民俗與七福神有關。在新春之際，有貧民穿上七福神的服裝，悄悄溜到他人家中，那家人無論是否願意，都要高興地喊道：「福神來了，福神來了」，然後將紅包送給裝扮七福神者。散財者圖吉利，得財者也高興。這和中國的「接財神」民俗頗有異曲同工之妙。

【招財貓】

圓滾滾的身軀、細彎彎的瞇眼、還有咧開嘴的憨憨笑，這就是日本招財貓的可愛形象。貓在日本各式傳說裡往往是負面的存在，唯獨招財貓卻是個例外。從江戶時代開始，招財貓就是日本民間求取平安幸福的吉祥物。日本許多商家，都會在商店門口放置一隻招財貓，它憨態可掬、神情討喜，伸長著手，一副招錢來財的模樣，令人馬上聯想到客多財旺的好彩頭。逢孩子成年、丈夫外出，母親妻子也都要給他們戴上一個招財貓布玩偶，期待招財貓能給親人帶來好運。可見招財貓在日本是多麼受歡迎。

❶……招財貓的傳說

招財貓的由來，有多種說法，首先是「靈貓報恩」說。

話說江戶時代，有一個以染布為業的望族「越後屋」，原本生意經營得風生水起，哪知傳到少主這一代卻漸漸衰落了。原因是少主不喜歡經商，成日裡無所事事，不是聚眾賭博，就是和一隻叫「小玉」的貓咪玩耍，所以很快將祖業敗了個一乾二淨。一時間窮困潦倒，舉債如山。管家生氣地責備少主說：「你這樣做，怎麼對得起越後家的列祖列宗啊！」可是少主已沾染了潑皮無賴的習氣，毫不以為意，半開玩笑地說：「你就別囉唆了，以前不是有仙鶴報恩的故事嗎？沒錢怕什麼？叫小玉去找一些來就是了！對不對啊，小玉？」貓咪小玉頗有靈性地點了點頭。

到了第二天，小玉果真銜著一枚金幣回來了，少主眼睛一亮，興奮異常。管家趁機規勸他說：「少主啊，你就拿這枚金幣做本錢，好好地幹一番事業吧！」但遊手好閒慣了的少主哪裡聽得進去，他一把奪過金幣，看也不看小玉，就飛奔進了賭場。結果可想而知，他又輸光了。

少主沮喪地回到四壁空空的家，拍拍小玉的頭，說：「小玉，再幫忙取一枚金幣回來吧！這次我一定會好好利用，不會再去賭了。」小玉猶豫了一下，慢慢走了出去。

第二天，小玉又銜了一枚金幣回來，少主登時將承諾拋在了腦後，頭也不回地直奔賭場，「這次我一定要翻本！」然而到了晚上，他再次垂頭喪氣地回來了。

剛一進門，管家就慌慌張張地對他說：「小玉不知怎麼搞的，整天都懶洋洋地沒有精神！」少主聞言趕忙衝進屋裡，抱起小玉，關切地叫著：「玉，玉，你怎麼了？」小貓咪張開眼睛，舔了少主一下，少主鬆了口氣。管家說：「少主，你不覺得小玉最近越來越瘦了嗎？真是奇怪。」少主卻不理會管家，又抱著小貓說：「玉，再一枚，再一枚金幣就好了，這次我一定會好好做番事業的。求你了。」小貓幽婉地看著主人，掙扎著爬起來，步履緩慢艱難地走出屋子。少主心中突然一閃念：「我怎麼這麼笨啊！只要跟著小玉，不就能知道金幣的來源了嗎？如此一來，日後就有用不完的財富了！」於是他躡手躡腳，一路尾隨跟蹤著小玉。

小玉走了很遠，還越過了幾條河，最後走進樹林裡，在一座廟前停了下來。只見牠舉起前爪，合十作祈禱狀，口中唸唸有詞。少主躲在樹後，看到小貓這般奇異的舉動，十分愕然。他悄悄靠近，只聽小玉唸叨著：「拿走一些手，拿走一些腳，給我一些金幣；拿走一些肚子，拿走一些毛髮，給我一些金幣。」隨著小玉的禱告聲，牠的身子越變越瘦，越變越小。這時少主才恍然大悟，大叫著從樹林裡衝出來，高喊道：「小玉！不要唸了！我不要那些金幣了！」

小玉回過頭來，哀傷地看了少主一眼，又繼續唸著：「拿走一些手，拿走一些腳，給我一些金幣；拿走一些肚子，拿走一些毛髮，給我一些金幣。」空中強光一閃，小玉消失了，只在地上留下三枚金幣。

少主撿起金幣，失聲痛哭，後悔不已。從此以後，他像變了一個人似的，用這三枚金幣作本錢，努力創業

⊙ 招財貓

奮鬥，賺到錢也不亂花，全都存起來。經過多年打拚，越後屋家族又再度興盛起來，少主也成為了江戶首富！

越後屋就是日本現代企業「三越百貨」的前身。為了銘記小玉的犧牲，越後屋在店門前放了一尊貓咪口銜金幣的雕像，以示紀念。後來越後屋的生意越做越火紅，商人們認為這都是小貓的功勞，也紛紛仿效，在櫃檯或店口擺上一隻招手的小貓，最終演變成了今天的招財貓。

招財貓由來的第二種說法，被認為與花魁的三色貓有關。

江戶時代的煙花巷吉原，有個名叫薄雲的花魁，她養了一隻三色貓，取名為「玉」。薄雲每天與玉形影不離，甚至連上廁所時，玉也會跟在身後。於是有些無聊的人開始謠傳，貓會令人鬼迷心竅，並且說薄雲中了貓魘。

妓院院主三浦屋次郎，深恐謠傳會影響到薄雲的人望，強令薄雲丟棄玉。但薄雲置若罔聞，照樣愛貓如命。三浦無可奈何，便心生毒計，某天晚上，他趁玉又跟在薄雲身後進入廁所時，拔出大刀，斬下了玉的貓首。當貓首凌空飛落的瞬間，三浦和薄雲同時發現貓首正緊緊咬住一條毒蛇的頭。原來，妓院的廁所不太清潔，常有毒蟲出入，玉是為了守護主人薄雲，才會每次都跟進廁所的。

薄雲悲痛萬分，將玉的屍骸送到寺院，並立了一座貓塚祭祀。有位遊客對薄雲的愛貓之心深表同情，特意從長崎訂了沉香木，請能工巧匠刻成招財貓的模樣，送給薄雲，薄雲愛不釋手。她過世後，這個木雕的招財貓被送到祭祀玉的寺院內，與真正的玉相伴。「貓咪玉」的故事風傳江戶城，善良的人們有感於貓咪玉能保護主人免受災厄，也紛紛以陶瓷塑造「玉」的形象，作為吉祥物擺放，稱之為「招福貓兒」。

❷……招財貓各種造型的含義

最初的招財貓一定是坐在紅色布墊上，胸前掛金鈴，面無表情，雙眼緊閉，舉起手象徵財源廣進。四百多年來的發展演變，招財貓已不再局限於固定的神態和動作，其造型與顏色多種多樣，講究也很多，分別代表了不同的含義。

一般來說，舉右手是納福，通常放在家裡；舉左手是招財，用來擺放在店面；如果兩隻手都舉起來，「財」和「福」就全齊了。閉眼貓代表招近財，睜眼貓表示招遠財。

不同顏色的招財貓也代表了不同的意思：白色代表著幸運；粉紅是希望戀愛順利；紅色是祝願身體健康；綠色是期盼金榜題名；金色是希冀生意興隆、財運亨通；黑色表示避邪消災、長保平安；紫色寓意美麗、長壽；而藍色則代表事業有成。

最後，招財貓懷裡所抱（或在腳邊）的物品也有不同含義：茄子，象徵夢想和好運；桃子，象徵實現願望；金鯉，象徵年年有餘；富士山，象徵富貴財運；龜或鶴，象徵健康、長壽；松竹，象徵平安，生命力旺盛；竹筍，象徵事業進步、節節高升；寶船，象徵財富；櫻花，象徵戀愛、運程；浮萍，象徵平安、幸福康寧；松或梅，象徵著吉祥如意、福壽延年。

【光面妖】

光面妖的日語寫法「のっぺらぼう」本意為平滑、光亮，亦指沒有變化、單調平淡之意。光面妖是一種在日本相當知名的妖怪，從表面上看，這種妖怪具有普通人的形體、四肢，完全與常人一模一樣，但如果湊近看，你就會被嚇一大跳，這個「人」竟然沒有鼻子、眼睛、眉毛，也沒有嘴巴，整個臉就像一張白紙，所以才被稱為「光面妖」。

光面妖之所以著名，與小泉八雲《怪談》中一篇題為《貉》的故事有關。故事發生在江戶時代一個叫紀國阪的地方，這裡每到晚間，人跡稀少的坡道上就常常出現貉。一天深夜，一名女子蹲在坡道的壕溝邊哭泣，一位過路的商人關心地向女子打招呼，詢問有什麼可以幫忙的。豈料女子一回頭，把商人嚇得半死，那女子的臉容光光的，鼻子、眼睛、嘴巴統統沒有。商人見此怪狀，驚慌失措，急忙沿著坡道向上逃竄，好不容易跑進一家亮著燈火的賣蕎麥麵的店裡，商人驚魂稍定，向店主人述說剛才遇見的可怕事件。店主人背對著商人，說：「哦，你講的那個妖怪，是這個樣子嗎？」說完，扭過頭，商人當場汗毛倒豎，癱倒在地。原來，店主人竟也是個臉容光光的光面妖。

此外，在日本岐阜縣，也有相類似的一個傳說。久久利城主年輕時，酷愛狩獵。某個月光皎潔的夜晚，他在野外追獵一隻貉，貉忽然不見了蹤影，卻出現了一位僧人。久久利見僧人形跡可疑，遂連發數箭，誰知箭射到的一瞬間，僧人竟無影無蹤。久久利感到又奇怪又害怕，見前方不遠處有座寺廟，便進去投宿，同時向住持講了剛才發生的事情。住持對久久利說：「那個妖怪可是這個樣子？」說完，久久利的周圍登時出現了許多光臉的妖怪。久久利嚇得拔刀亂舞，一陣陰風吹過，妖怪全消失了，寺廟也不見了。

在日本沿海，也有個類似的傳說。有個年輕的男子，經過一個海濱小村時，見到一位女子正倚松觀海。雖然瞧不到她的容貌，但背影卻苗條柔美。男子動了心，便上前拍了拍女子的肩膀，想和她搭話。孰料女子一轉頭，登時把男子嚇得魂飛魄散。那女子的臉像蛋一樣光溜溜的，沒有眼睛、鼻子和嘴巴。男子渾身打顫，連滾帶爬地狼狽而逃。

由這些傳說可以推知，所謂的光面妖其實就是貉幻化而成的，但光面妖其實是善良的妖怪，它們並不加害於人，只是喜歡互相搭檔著搞搞惡作劇，嚇唬嚇唬人類而已。

光面妖在日本不同的地方有不同的傳說，叫法也不一樣，如青森縣津輕地區的光面妖就是一個男妖形象。

⊙ 光面妖

江戶後期，津輕有個叫興兵衛的人，嗓子特別好，沒事就愛哼兩句歌。一天，興兵衛從隔壁村子回來，天已經黑了，他走在山路上，邊走邊高聲唱著歌，唱著唱著，不知從何處也傳來了同樣的歌聲。興兵衛有點慌了，問道：「是誰？」對方也回問道：「是誰？」興兵衛四面瞧了瞧，不見有人，正想快步離開，一個男子的影子悄然飄到興兵衛面前，興兵衛提起燈籠一看，光面妖！興兵衛拔腿就跑，跑到一個朋友家裡，向朋友述說遇見光面妖的事情，朋友卻說道：「那個光面妖的臉可是這個樣子？」說完，湊上臉來，興兵衛一看，又一個活生生的光面妖，驚得仰頭便倒，不省人事。

當然，光面妖也有女的，女光面妖是有嘴巴的，基本上都是由無法成親的女性轉變而來。她們通常會身穿美麗的和服，頭戴「角隱」（日式婚禮上新娘使用的頭紗），打扮成新娘的樣子，用手遮著臉。遇見她的人，倘若好奇地向她打招呼，她就會回眸一笑，毫無防備的人一看，天哪，這個新娘子竟然沒有眼睛和鼻子，而咧開的大嘴裡卻露出染黑的牙齒（古日本貴族女性婚後會把牙齒染成黑色），真是恐怖萬分。看到這張空白臉的人，都會驚慌失措，甚至昏厥。

據說，如果遇上了身穿和服的女光面妖，無需慌張，只要假裝答應跟她結婚，就能擺脫她的糾纏了。

【歡喜神仙台四郎】

仙台是日本東北地區的經濟中心城市，素以商業繁榮著稱。從這裡，走出了一尊日本民間普遍信奉，非常

⊙ 仙台四郎

流行的神，祂是舉國公認的快樂神、歡喜神、幸福神；在人們心目中，祂不僅可以保平安、生富貴，更代表了知足常樂、包容忍耐、喜悅和善的納福心態。祂就是日本的歡喜神——仙台四郎。

仙台四郎是江戶末期出生於仙台的一位真實人物。他本名芳賀四郎，在家中排行老四，從小就長得胖墩墩的招人喜愛。七歲那年，一個不小心，四郎失足跌落河中，昏迷高燒了數日，自此成為智障兒。他長大後，雖說身強力壯，但智力水平卻一直保持在七歲程度。再加上一年四季總是剃成個大光頭，瞇著一對無邪的小眼睛，張著合不攏的笑口，樂哈哈地在仙台亂逛，逐漸就成了仙台的名人。

別瞧四郎樣子傻，卻別有一番天真。他性格樂觀寬容，沒有心機，待人熱忱，整天笑瞇瞇地在仙台市內的各個商店蹓來躂去，時不時還會主動幫店家打掃衛生，若是餓了，更會不告自取地拿走店裡的食品充饑。人們笑他、罵他、欺他、辱他，他都不氣不惱，也不與人爭辯，任人嘲諷羞辱，盡能容忍，而且總是面帶微笑。他那親切和藹的笑容，使人忘記了煩惱與憂愁，因此，人人都樂意見到他的笑臉。

更奇怪的是，似乎有一種不可思議的力量隱藏在他背後，凡是不嫌棄他，時有施予東西給他、隨他吃喝的店舖，往往生意分外興隆，大大獲利；而不肯施予或辱罵他的店，不知為何，必定會衰敗倒閉。久而久之，仙台民間開始流傳著這樣一句俗語：「四郎一笑，歡樂必到。」商家們紛紛認定他能夠吸引旺盛的人氣，並帶來福氣和財氣，對他無不熱情歡迎。可是四郎只有一個，分身乏術，於是各家店面乾脆供奉起仙台四郎的塑像，希望他坐鎮店堂，開運招財。

一九〇二年，四十七歲的四郎過世，隨即被拜祭他的人升格為歡喜神。很顯然地，日本的這位歡喜神，身上有著中國彌勒佛的影子，喜眉樂眼、憨態可掬，寄託著人們對幸福的嚮往追求。歡喜神以仙台為發源地，席捲日本全國。二戰後，歡喜神仙台四郎已成為全國的神祇，相當多的百貨公司、商業機構、寺廟神社，都供有「招き四郎様土鈴」的歡喜神祭壇，至今膜拜不已。

【盲俠座頭市】

❶……座頭市其人

在日本民間的劍俠傳說中，「盲俠」座頭市和「劍聖」宮本武藏一樣有名。如果說宮本武藏是個人修煉的代表，追求的是劍術與人生境界的圓滿的話，那麼座頭市則正好與之相反，他之於日本，猶如黃飛鴻之於中國，都是屬於平民階層的俠客英雄。他絕不會像宮本武藏和當時大多數武士那樣，「學得文武藝，貨與將軍家」，而是在良善被欺壓時及時出現，在懲戒惡人後施施然而去，給人以「哪有不平哪有我」之感。心地善良的座頭市，是老百姓心中的聖人，因此他的傳奇就更為廣大普通民眾所接受，並津津樂道至今。

「座頭市」這三個字，「座頭」是僧侶的一種級別，位居盲人組織「當道座」四頭銜的最末一級，是以說唱、按摩、針灸為業的落髮盲人的職稱。「市」則為人名。以前日本的平民沒有姓氏，為了區分個體，就有了「職業」加上「名字」形式的稱呼。

座頭市四海為家，過著風塵僕僕的流浪生活，時刻伴隨著孤獨與黑暗，周遊天下成了他的修行。短短的頭髮、滿臉的鬍鬚，襯出他滄桑的生涯。平時一襲布衫披在肩頭，一支盲公杖則是他隨身的標誌，在骯髒猥瑣的外表下隱藏著正直好義的心。他雖然雙目不能見物，表面上靠賭博和為人按摩維持生活，然而在卑微的身份背後，他卻是一群劍客的頭目，擁有風馳電掣般迅速的精湛劍術。由於聽力相當厲害，因此其劍術驚人地準確，往往一擊必殺。其劍法固然無人能敵，要起錢來也是罕逢對手，還經常表演把擲向空中的蠟燭、銅幣切成兩截的絕活。賭錢也好，動刀也罷，往往別人以為可以欺他殘疾時，卻恰恰中了他的暗算。

座頭市身殘劍不殘、眼盲心卻清，頭腦敏銳過人、劍術深不可測，再加上嫉惡如仇，以懲惡揚善為己任，

⊙ 座頭市

使得他在江戶時代末期的黑暗社會中成為飽受欺凌的百姓的救星，給弱者帶來了希望。其鋤強扶弱的俠義精神，慈悲為懷的菩薩心腸，令人敬重萬分，百姓都親切地尊稱他為「盲俠」！

盲俠行俠仗義的事蹟不勝枚舉，每一個故事，表層雖是喜劇，骨子裡卻是悲劇。每一個故事，都包含了悲喜交集的情感。所以他殺朋友，然後流淚，但此前大家還能坐在一起喝酒、釣魚；他殺兄弟，一了宿怨，但大家都曾經擁有同樣的回憶，甚至喜歡著同一個妓女；他拒絕了愛情，但明知身邊的女人與自己有著不共戴天之仇，還是讓她牽起自己的手……

然而，他始終只是一位盲人。世界越大，他就越無助。這注定了他不能成為一位風光人前的大武士。無敵天下的刀法，也只能用來苟全性命，捎帶著做點行俠的義舉。這是無法更改、也無法擺脫的宿命。他越是得到人們的敬仰，他的命運就愈發淒涼。悲劇的落差與矛盾之大，在他身上表露無遺。

與古龍創造出的風流盲俠花滿樓不同，座頭市把自己放在了一個很低的位置上，壓抑、抗爭、戰勝自身的缺陷與局限才是他生命的意義。他似乎永遠擁有超然物外的心境，有時會像濟公，詼諧幽默、神通廣大；但有時又像一位懶漢，邋遢懮懶、嬉皮笑臉。總之，當他行俠仗義時，人們看到的是人性崇高的一面；當他唱著「腳踏破鞋遊四方，只有今朝沒明日。漂泊鳥兒何處去，知我路者唯竹杖」的歌兒辛苦忙活時，人們又能在他身上看到自己卑薄的身影。無論世界怎樣變化，他永遠在路上。沒有人問他一句，這漫長旅途，何處是盡頭？

❷……座頭市其劍

一旦揮起刀來，世界就不存在了。

座頭市浪跡江湖，行俠仗義自然免不了「該出手時就出手」，高超的武藝是為弱者主持公道的資本。每當這時其劍與劍術就派上用場了。

座頭市的劍，藏於盲公杖中，平時協助行路，戰時杖柄一旋一抽，一把全手工冷磨開刃的利劍就躍然而出。有別於中國劍的飄逸華麗及西洋劍的花巧靈動，日本劍一般為雙手共用，以劈砍為主，講求沉靜低斂。但盲俠所用的這把劍，卻與日本傳統長刀有所不同，是反手短劍（單手向下握劍），長於近身格鬥，快如雷電、疾如霹靂是其最大的威力所在。

座頭市使用的劍術，是秘傳的居合刀法，充滿力道、準確性和窒息感。日本劍道一向認為只有「正手刀法」才是王道，它被當作一種武士精神的象徵，正統武士和浪人是絕不屑於用「反手刀法」的。但是座頭市出身低微，職業是按摩師兼半個賭徒，又盲了眼，所以使用反手刀並不被認為是卑鄙的作法。再加上他的劍因為藏在拐杖中，直刃長柄，用「逆手居合」的方式拔劍，可說是威力驚人。

在這個混沌世界裡你想要活著，一是心要比對手狠，二就是刀要比對手快。由於慣用反手刀法，座頭市成了最有名的快刀手。劍不出則已，一出必殺，一擊致命，決不手軟！因此「座頭市」三個字，令黑白兩道聞風喪膽。他有時與流氓群毆，有時同高手單挑，不管群毆還是單挑，時常會將對手打得苦不堪言。如閃電般迅速地抽刀出擊，電光火石間，刀壓瞬間爆發，精準俐落地將欺壓良善、蠻不講理的惡人，一刀兩斷。

【飛頭蠻與轆轤首】

江戶時代，有一種可怕的長頸妖怪，流傳甚廣。它們一般分為「脖子會伸長」和「脖子伸長後會飛出去」

兩種。脖子會伸長但不會飛出去的長頸妖怪，稱作「轆轤首」，特徵是脖子可以伸縮自如，與井邊打水時控制汲水吊桶的轆轤頗為相似，故名；而脖子伸長後會到處飛的，則稱為「飛頭蠻」。

飛頭蠻與轆轤首這一類的妖異傳說，在東亞和東南亞一帶都廣泛存在，要說到其起源，還得歸溯於中國晉代干寶的《搜神記》，其中提到的「落頭民」一族就是長頸妖怪。這個部族的人民每逢深夜時，一雙原本再正常不過的耳朵就會長大，變成一雙肉質的翅膀；然後首級離開軀體，像蝙蝠一樣飛動，捕食夜晚活動的昆蟲。當黎明將至，落頭民在外飛動的頭顱會飛回與軀體接合。在日常生活中，絲毫看不出它們有什麼異狀，可是只要留心察看，即可發現它們的脖子後有一條細細的肉紅色疤痕。

這落頭民有一個大弱點，就是在頭顱和軀體剛接合完的一柱香時間內，身體狀況特別虛弱，此時去取它們的性命，時機再好不過。殺死它們的方法還有一個：當它們的頭顱外飛時，用一塊銅板嵌蓋住它們軀體的脖頸，當它們的頭顱飛回時，就無法和自己的軀體接合。不能接合的頭顱只要被陽光照到，那個落頭民就會立刻身亡。

相傳三國時吳國大將朱桓便曾遇到過「落頭民」。朱桓有一位婢女，每晚睡臥後，頭就會自動從天窗或狗洞飛走，直到天快亮時，才返回身體。某晚，婢女的頭又飛了出去，與她同室的女伴朦朧中見她身上的棉被滑落了，便好心為她拉上被頭，無意中將婢女頸部的缺口給蓋住了。雞鳴五鼓，婢女的頭要飛回來歸復原位時，卻怎麼也找不到已讓棉被遮住的身軀，不得不掉落於地上，奄奄一息就要氣絕。這時，朱桓恰巧走進屋裡，見到了這一幕，相當震驚。婢女不斷用眼睛向朱桓示意棉被，朱桓領悟，立即上前將棉被拉開，只剩一絲生機的婢女用盡全力讓自己的頭再飛起來，回到脖子原位上，從而恢復了正常。

朱桓雖然救了飛頭婢女一命，但心裡總是隱隱不安，將「落頭民」視為不祥的異類。為了尋求一個安定的生存環境，落頭民一族便東遷至扶桑列島，成為日本的飛頭蠻。

飛頭蠻平時以正常人形態存在，可是一到夜裡，等到眾人皆睡著了，飛頭蠻的脖子就開始伸長，甚至比長頸鹿的脖子還要長，然後頭部從脖子的地方徹底和身體分離，一溜煙從窗外飛走，隨意變換著頭頸的角度，在街巷屋舍間四處任意遊走，直到破曉時分才回到原來的身體。這時候頭部和身體會重新結合在一起，醒來後就像正常人一樣行動。飛頭蠻以耳朵代替翅膀飛行，最愛大啖空中的飛蟲、地上的蚯蚓或蜈蚣。

在飛頭蠻傳說盛行的江戶時代，飛頭蠻多為女性形象，一般在深夜便化為飛頭狀態。它們伸長脖子，到處尋覓男子吸其精血，在獵物毫無防備的情況下，冷不丁一口噬咬，吸盡其精血後才會飛離。或者將正在睡眠中的人勒住脖子，然後用尖利的牙齒將對方啃蝕殆盡。這一類的飛頭蠻屬於能夠自主控制意念和行為，飛頭時往往帶有明確的目的，比如殺人或吸精血。它們有時五到十隻群聚在一起，集體行動，相當可怕，屬於危害性極高的一類。

但也有另一類飛頭蠻飛頭時處於無意識狀態下，因為其心中存在著某種執念，比如對某男子執著的愛戀，使得自己在不知情的狀況下成為了飛頭蠻。它們僅僅是在睡覺時才不由自主地發生飛頭，受潛意識驅使，浮遊到自己喜歡的男性住處，鑽進他的臥房，癡癡地凝望著深愛卻無緣共枕的男子，靜靜地陪著他、守護著他，直到天亮方才離開。等它們清醒時，完全不記得夜裡做過了什麼事。此類型的飛頭蠻不會害人。

此外，又有這麼一種說法：飛頭蠻其實是被梟號附身的人類。「梟號」是一種鳥的靈魂，會附在經常捕鳥、食鳥的人身上。被附身者七天內頭部與身體會分離，隨後變成一堆枯骨。

無論哪一類的飛頭蠻，到了早上，如果頭顱能夠順利回到本體就沒事；若是頭回不來了，那麼這個飛頭就會像遊魂野魄一樣四處飄蕩，直至最終氣絕。

由於飛頭蠻的頭部和身體經常分離，因此在脖頸處，有纏繞紅絲線的習慣，當結束夜晚的浮遊返回身體時，它們就依照紅線作為記號使身首重新正確結合。所以在日本民間流傳著「看到脖子纏紅線的女人千萬不能娶」的說法。

轆轤首的故事

轆轤首可說是日本最有名的妖怪之一，所以常常出現在文人的筆下，小泉八雲、田中貢太郎、馬場文耕、石川鴻齋等作家都有這方面的作品。其中有一篇故事頗為引人入勝：

在宮城縣桑田村，一位名叫佐助的男人雖然已娶有妻室，但仍然癡情地戀慕著鄰村一位美麗的姑娘，他朝思暮想，為此廢寢忘食。不久，他聽說這位姑娘嫁給了鄰村的村長次郎太夫，更是妒心大發，茶飯不思，總覺得很不甘心，不久就懨懨地生起病來。

次郎太夫與姑娘結婚後，夫妻倆如膠似漆，恩愛異常。一個悶熱的夏夜，次郎太夫與妻子敞窗而眠，但太夫翻來覆去就是睡不著，總感覺窗外似乎有什麼東西在蠕動。他決心探個究竟，就偷偷地撥開蚊帳一角，借著月光朝窗戶方向張望。只見一張男人的臉正從窗外向屋內窺視，這張臉相當奇怪，脖頸下面好像沒有身體一般，只有一條又細又長的管子連到牆外，那顆頭似乎是在空中懸浮著飛轉……

次郎太夫訝異萬分，又覺得這張臉孔似曾相識。當飛頭伸入窗內時，次郎太夫輕手輕腳地爬出蚊帳，順手抓起桌上一個銅製的煙筒，猛地砸向飛頭，喝道：「什麼怪物？」

可是慌亂中煙筒並沒有擊中飛頭，卻砸到牆壁，發出了很大的響聲，怪頭受驚，立刻退出窗外，一溜煙地不見了。

次郎太夫氣憤地轉回蚊帳裡，卻見妻子臉色蒼白地坐在那裡，次郎太夫安慰她說：「沒什麼大不了，只不過是個無聊男子想偷看而已！」

但妻子卻打著哆嗦，張惶失措地說：「不！我認得這個人，他叫佐助，還沒結婚的時候，他就一直在糾纏我。我剛才看到他的頭和身體以一條細長的脖子連接著，太可怕了。這……這難道是什麼不祥的預兆？」

次郎太夫不忍見妻子擔驚受怕，決心守夜等待佐助再度出現。可是一連守了四、五個晚上，都不見飛頭。

然而與此同時，村裡卻接二連三地發生了許多怪事。許多婦女在家中被人偷窺；夫妻歡愛時，被騷擾個不停；女子的內衣、首飾也常常被偷走，可又都找不出一點蛛絲馬跡。

這天，次郎太夫去外地辦事，一直忙到深夜才急忙趕回家，路過桑田村時，半路上借著月光，他發現前方有個長脖子怪物正慢慢地朝前走去，那顆頭在空中滴溜溜地轉個不停。太夫悄悄尾隨於後，看見飛頭漸漸地伸進了附近一間民房，那房子正是佐助的家。

翌日清晨，次郎太夫聚集了四、五位村中有名望的人，討論如何除去這「轆轤首」。他們請教了一名法師，得知佐助屬於尚未練到高層的轆轤首，因此當頭顱離開頭部時，連脖子也要跟著一起拖出去。在法師的指點下，次郎太夫帶著村裡的青壯年，在屋頂、牆角、窗邊安放了大量的防盜刺和有刺植物，然後將女人的首飾和衣物堆聚在一處，埋伏起來等待轆轤首的出現。

午夜剛過不久，轆轤首果然從遠處慢慢蕩了過來，它絲毫未察覺四周的危險，自顧自地從一大堆衣物中銜出次郎太夫妻子的內衣，用鼻子猛嗅了一陣，而後掉頭打算離去。不料，在飛過屋頂時，防盜刺和有刺植物突然勾住了他的長脖，佐助的頭顱拚命掙扎，弄得鮮血淋漓。四周埋伏的人發聲呼喊，一齊跳了出來。轆轤首大吃一驚，左閃右躲想衝出重圍，忽然「咻」地一聲，次郎太夫一箭射中轆轤首的脖子，轆轤首淒厲地慘呼一聲，狠命逃去，在地上留下了斑斑血跡。

第二天，桑田村傳來消息說，佐助於昨夜突然暴斃。次郎太夫領著人前往佐助家中，搜出了村人遺失的物品，證實了轆轤首的確就是佐助變化而成。他因為心中癡戀著太夫之妻，執念過盛，才化作轆轤首在半夜時分窺視所暗戀的人。

在日本民間，還流傳著另一個轆轤首的故事，結局卻頗為出人意料。話說古時有一男子遊歷四方，某日天色已晚，他到一家旅店中投宿。由於旅客眾多，房間不夠，所以他被安排與一位美麗的女子同宿一房，只在房

⊙ 飛頭蠻

中間豎起一面屏風遮擋。夏夜天氣悶熱，男子翻來覆去無法入眠。半夜時，就在他迷迷糊糊將要睡過去之際，忽然聽到屏風那邊傳來窸窸窣窣的聲響。男子正感奇怪，一股暖風迎面吹來，一張女子白淨的臉竟然伸到了屏風之上，輕輕地在屋裡轉動起來。男子驚得倒抽一口涼氣，啊！睡在屏風對面的女子竟然是轆轤首！

男子慌忙假裝睡熟，眼睛睜開一小條細縫，偷瞄著轆轤首。只見它沿著屏風遊到天花板，白色的脖子越來越細、越來越長，終於「吱溜」一下，從天窗鑽了出去。男子十分好奇，尾隨轆轤首來到戶外。

那個美女轆轤首越過旅店前的大道，鑽進森林中，長脖在一條小溪邊停下，然後伸出長舌頭向溪中舔水。「原來是找水喝啊。」男子心想：「嗯，說起來，我也有點渴了。」於是男子也伸出舌頭，在另一條小溪中舔水。

這時，美女轆轤首似乎發現了男子，衝著他所在的方向詭異一笑。男子登時被嚇著了：「不好，或許被它發現了。」這麼想著，急急忙忙返回旅館，裝作什麼也沒發生，蒙頭大睡。

次日清晨，美女比男子先起身，隔著屏風問道：「昨晚真是悶熱呀，您睡得還好麼？」

「嗯，確實悶熱。」男子勉強答道。說著，移開了屏風。

美女正對鏡梳妝。她在鏡中望見男子在自己身後發呆，笑了笑，說道：「昨晚我做了個奇怪的夢呢。」

「什麼夢？」男子問。

「我夢見自己飛了出去，飛到了森林裡，在一條小溪裡喝水。」美女答道。

男子愣了愣，鄭重其事地說道：「其實，這不是夢，這件事昨晚確實發生了。」

「哦？」美女微笑著，不置可否。

「雖然你十分美麗，但我必須告訴你實話，你是妖怪轆轤首。你昨晚所謂的夢，就是你變成轆轤首後，從天窗飛出去，飛到森林裡，在小溪邊喝水。我一直跟著你，所以都看到了。」

男子說完，盯著美女，以為她會很詫異。哪知美女嘻嘻一笑，說：「難道你絲毫沒有察覺到自己有問題嗎？」

「我有問題？我有什麼問題？」

「這間客房是在旅店的五樓啊！」

「啊……」男子渾身戰慄著。一瞬間，他似乎意識到了什麼。

「你終於明白了。你之所以能一路尾隨我，就在於你自己的脖子也可以變細、變長啊！別忘了，在森林裡，你也曾伸長脖子在另一條溪裡喝過水。」

男子用手摸了摸自己的脖頸，靜默無言，良久……

【澀谷櫻花】

櫻花是日本的國花，每逢春光明媚之時，日本列島的櫻花樹燦爛綻放，花團錦簇、五彩絢麗，已成為日本美學的獨特風景線。它既作為一種文化、一種象徵，甚至是一種精神。櫻花「轟轟烈烈而生，從從容容而去」的生命態度，與日本人的人生觀不謀而合。因此關於櫻花的神異故事，在日本怪談中有著舉足輕重的地位，「澀谷櫻花」就是其中最著名的。

江戶幕府初期的慶長年間。這一天，在東海道知事的官邸前，天色尚未吐白便已熙熙攘攘地聚滿了人。今天是知事大人的兒子鈴木秋元大婚的日子，迎親的隊伍一大早就被領隊的竹兵衛催促起身。總管藤元不解地向竹兵衛問道：「竹兵衛先生，為什麼天還沒亮便趕我們起來呢？其實我們少睡一點不要緊，但櫻子小姐若是沒

⊙ 櫻子

睡好，嫁給鈴木少爺時可不好看哩！」

竹兵衛大約二十七、八歲，長得十分魁梧，是鈴木家族的首席家臣。他朗聲回答說：「趕晚不如搶早，我們早一點把櫻子小姐接來，也好讓鈴木少爺安心。總比被指責不盡職守，延誤行程好吧？」

藤元只好收起滿臉的疑惑，不太情願地招呼轎夫役卒上路。竹兵衛走在隊伍的最前面，誰也沒瞧到他臉上正籠罩著一股殺氣。

一行人頂著尚未破曉的天空，朝著江戶方向趕路，天剛亮就到了櫻子家，急匆匆將櫻子接上轎，又急匆匆往回趕。櫻子雖然感到有些奇怪，但想到今天是自己大喜的日子，也就沒多問。就這樣到了江戶郊外的僻壤澀谷。

澀谷位於兩川交界之處，左右相對，共有四座幾十丈深的絕壁河谷。迎親隊伍走在河谷的棧道上，櫻子掀開轎子的窗簾，探頭欣賞著河谷晨曦。山風輕輕吹拂，帶著一股早春的花香飄過，一路上滿山櫻花的紅暈印在櫻子的臉龐上，愈發襯托出初嫁新娘嬌羞的美麗。櫻子心中蕩漾著無比的愉悅，憧憬著未來的幸福。

突然，一聲淒厲的慘叫驚醒了正陶醉的櫻子。她望前方一看，只見老總管藤元渾身是血，連滾帶爬地朝轎子奔來，他身後緊跟著兩名手持太刀的蒙面武士。轎夫役卒們見狀，嚇得紛紛丟下轎子，扭頭便跑。誰想棧道後面也圍上來兩名蒙面武士，各提著一柄大長刀。

櫻子見此情景，倒也並不十分驚慌，她知道竹兵衛武藝高強，對付幾個小蟊賊不在話下，便連聲呼喚竹兵衛禦敵。不料竹兵衛一反屬下的恭敬姿態，拔出長刀，猛然掀開櫻子的轎子，將櫻子拽了出來。櫻子雖然嚇得面色如土，但仍不失貴族氣質，她杏眼圓睜瞪著竹兵衛，厲聲呵斥道：「放肆！竹兵衛你膽敢以下犯上，我父親如若知曉，定然將你碎屍萬段！」

「小姐，請恕屬下不恭之罪。我只是奉命行事，要你性命的人，是鈴木少爺！」

「鈴木君！他為什麼要這樣做？」櫻子心中淒然迷惘。她兩眼滿含淚水，環顧四周，藤元老總管躺在地上已奄奄一息；轎夫役卒不是被殺，就是被踢到河谷下摔死了；兇橫的蒙面武士正舉著太刀，緩緩逼近。在這荒郊野谷，看來是沒有人會來救自己了！她把心一橫，咬牙站起身向谷旁的懸崖奔去。

竹兵衛沒想到一位弱女子會矢志尋死，心中大急，因為如果不能割下櫻子的首級，就無法證明完成了任務。他疾步上前，揮刀向櫻子猛斬，櫻子閃躲不及，一聲痛呼，一條手臂被斬了下來，鮮血四濺，染滿了株株山櫻樹。她整個人向河谷下的急流跌落。

竹兵衛與四名蒙面武士面面相覷，眼見懸崖壁高萬仞，絕難爬下去割櫻子的首級，只好作罷。他一聲口哨，道旁的草叢中閃出一名妖豔的女子，還有一幫轎夫役卒打扮的人。妖豔女子收好了櫻花的嫁妝，坐進轎子。竹兵衛與蒙面武士將現場屍體全部丟入河谷，然後簇擁著轎子，迅速回到了鈴木家。

當晚，鈴木家依然舉行了盛大熱鬧的婚禮，只是新娘不是櫻子，而是那位妖豔女子。她是鈴木少爺的情婦，青樓名妓野合子。

洞房之夜，鈴木與野合子得意洋洋地喝起了交杯酒，慶祝移花接木、瞞天過海的伎倆瞞過了眾人的眼睛。他們摟抱在一起，興沖沖地把櫻子的嫁妝一一打開，對著燈燭欣賞起金銀首飾。

正當這對心狠手辣的狗男女，打開最後一個盒面上飾有櫻花圖案的寶盒時，一道紅光激射而出，他們駭然發現盒子裡竟然是一隻女人的斷手，斷手旁邊血跡殷殷，恍若血紅的櫻花在怒放。原來藤元老總管眼見小姐遇害，自己也活不成了，就趁著蒙面武士收拾殘局不察之際，拾起櫻子被竹兵衛砍斷的手臂，放到了首飾盒中。

鈴木看到斷手，臉色大變，野合子也嚇傻了眼。那隻斷手居然還活生生地動了起來，鮮血汩汩地從被切斷的手腕處冒出，然後飛濺開來，牆壁上、床鋪上、桌椅上到處都是殷紅的血跡，就好像一朵朵凋落的櫻花，每朵櫻花的花蕊中，都顯出了櫻子幽怨的臉，口口聲聲淒涼悲苦地喊著：「姦夫淫婦，還我命來……」

第二天，鈴木便發了瘋，他不僅殺了野合子，還殺了竹兵衛與四名蒙面武士，自己也投井死了。

從此以後，澀谷的櫻花，比日本其他地方的櫻花都要紅豔，就是因為沾滿了櫻子的鮮血所致。春紅若錦，流染碧空。血染的櫻花於春夕薄暮中盛放，冶豔著一種殘忍的美，淺淺地向過往的人們誦傳著癡情女子的傷悲。

【數盤子的阿菊】

含冤受屈的人死後，靈魂不滅，化作一股怨氣，因執著的魔性，而逗留在人間。除非有人為其洗雪冤情，否則怨靈絕不退散。阿菊的怨靈即是其中最著名者。在日本，「數盤子的阿菊」可謂家喻戶曉。據說只要有井的地方，就有阿菊。大部分日本人都知道阿菊以怨恨的口吻數著「一枚……兩枚……」時的可怖情景。

那是在江戶中期發生的事情。阿菊原本是姬路城一名大商家的獨生愛女，因為一場大火而失去了雙親和家產，只好到旗本武士衣笠元信家當侍女。阿菊畢竟是大戶人家出身，不但長得漂亮且舉止得體，深受眾人喜愛。她的工作是侍奉衣笠的起居，衣笠與她日久生情，遂將亡母的一隻髮釵送給阿菊當信物，表示日後一定娶她為妻。

不料，姬路城的執權青山鐵山，企圖篡位奪權，陰謀殺害城主。忠誠的衣笠對此有所察覺，但苦於沒有證據。思前想後，衣笠一咬牙，決定讓自己心愛的阿菊喬裝到青山家幫傭，伺機偵查收集證據。

阿菊來到青山家後，取得了青山一族的信任，探聽得青山準備在增位山的賞花宴上毒殺城主。她遣人捎信給衣笠，誰知被青山的家臣彈四郎發現了。彈四郎早就垂涎阿菊的美貌，便趁機以此事脅迫阿菊，「只要你成為我的女人，我就不把這件事洩漏出去！」深愛衣笠的阿菊當然拒絕了。由愛生恨的彈四郎遂起報復之心，他在青山宴客的酒席上，偷偷藏起青山傳家之寶「十寶盤」中的一枚，然後將此罪推給阿菊。這套盤子是青山先祖傳下的，即使缺一枚，也會導致全套盤失去價值。青山鐵山失去祖傳寶貝，暴跳如雷，把阿菊綁在樹上鞭笞刑罰，然後丟進井裡淹死。

悲劇發生後，每當夜幕降臨，從那口井底就會傳來悲淒的女聲，聲音在細細地數著：「一枚、二枚、三枚……八枚、九枚」，數到第九枚時，女聲就轉變成啜泣聲，之後再從第一枚數起，夜夜如此。彈四郎被嚇得一病不起，沒幾天就一命嗚呼了，因此沒來得及將阿菊是臥底的情況稟報給青山鐵山。

青山自以為逆謀設計得天衣無縫，便在賞花當天，仍然力勸城主引飲毒酒。城主早已洞悉內情，一拂袖，將酒杯摔在地上，衣笠率領埋伏在屏風後的志士衝出，結束了青山鐵山的性命。

城主後來得到衣笠稟告，知道平定叛亂阿菊立有大功，遂下令將阿菊靈位遷入姬路城附近的十二神社內，世受供奉。此後的三百年間，城中總會出現大量奇怪的蟲子，人們都說這是阿菊化為蟲子回來啦！那口阿菊井今時仍然存在，吸引了很多人前去探險。

人們既同情阿菊，又對她的怨靈感到恐懼，於是唱起歌謠為她祈求冥福。後世淨琉璃劇、狂言、落語等藝術形式也都將「數盤子的阿菊」搬上舞台，傳演至今。

⊙ 數盤子的阿菊

【江戶醜女阿岩】

阿岩是江戶時代和阿菊齊名的女鬼，她的傳說起源於東京四谷的阿岩稻荷神社所留下的文獻。該文獻記載了一個被丈夫拋棄、殺害的苦命女子化為怨靈復仇的故事。這一故事來自於真人實事，在當時極為轟動，經歷街談巷議人言翻沸，以及歲月無言的淘洗後，終於成為文學、戲曲取材的對象。後世據此創作了形形色色的關於阿岩的作品，其中以四世鶴屋南北（一七五五至一八二九）的歌舞伎劇本《東海道四谷怪談》最為著名。一八二五年，該劇在江戶中村座首演時引發大轟動，觀眾人人嚇得膽戰心驚，「四谷怪談」由此成為日本代表性的怨靈故事。此後每逢此作上演，必定要先行參拜阿岩稻荷以慰靈，否則劇組成員必遭不祥之詛咒。

阿岩的故事分為民間傳說版本和《東海道四谷怪談》版本，兩個版本間存在較大差異。先來看民間傳說版本：

話說元祿年間（時為一六八八年至一七〇四年，此時的天皇是東山天皇，幕府將軍是德川綱吉），在東海道四谷（東京新宿區四谷）住著一位下級武士田宮又左衛門，他有一個女兒，名叫阿岩。阿岩在十幾歲時得了天花，雖然僥倖撿回一命，卻變得奇醜無比：滿臉痘疤、頭髮鬈曲、彎腰駝背，右眼上還有個大斑點。人們見了她，都避之唯恐不及。田宮又左衛門擔心女兒嫁不出去，十分苦惱。

阿岩二十一歲時，又左衛門病重。臨終前，他託付同僚幫女兒找個好夫婿，並言明誰願意入贅，就可以繼承自己的家業和官位。

又左衛門去世後，同僚找到一位名叫又市的媒人，請他幫阿岩介紹夫婿。又市收了一筆重酬後，十分賣力，果真找來一位名叫伊右衛門的攝州浪人。伊右衛門風度翩翩，是個美男子，當時已三十一歲，因家貧而無力娶妻。

又市向來能說會道，花言巧語哄騙伊右衛門，說女方雖稱不上美貌，但相貌也絕不醜。而且入贅後，可立即繼承女方父親的家業和官位。田宮又左衛門雖是下級武士，但有俸祿，又有幕府提供的房屋。這都是身為浪人的伊右衛門所渴求的。於是權衡一番後，他就答應了這門親事。

婚禮當天，伊右衛門雖然事前已有心理準備，知道新娘並不漂亮，但當他見到阿岩的真面目時，幾乎嚇昏倒地。這女子竟然如此醜陋？可是事已至此，無法推脫，也只能硬著頭皮，苦笑著應付完了婚禮。

婚後，岳母與阿岩待伊右衛門都十分好。伊右衛門起初看在錢的份上，虛與委蛇，勉強度日。阿岩深情脈脈，全副心思都在夫君身上。可是她越殷勤，越令伊右衛門感到厭惡。次年，岳母去世，伊右衛門對阿岩的忍耐也到了極限。

繼承了又左衛門職位的伊右衛門，在官府裡當差。他的上司伊藤喜兵衛風流好色，養了兩位年輕的寵妾。其中一位妾侍阿花有了身孕，喜兵衛年紀漸老，嫌累贅不願再養小孩，便打算拋棄阿花。他認真考慮後，想起部下伊右衛門曾經向自己發牢騷，抱怨家中的妻子太醜。於是他喚來伊右衛門，說道：「我有個妾侍阿花，十分漂亮，只可惜有了身孕，你如果肯要她和腹中的孩子，我就幫你們撮合，再給你一筆錢。如何？」

伊右衛門想了想，見可以財色雙收，便一口答應。

不過伊右衛門仍有顧慮，問喜兵衛道：「卑職家中那醜妻，該如何處置？只怕她不肯給我納妾。」

伊藤喜兵衛奸猾地笑了笑，說：「此事容易。我教你一個法子，保證她主動和你離婚。」

自此以後，伊右衛門便按喜兵衛的指點，日日花天酒地，整晚夜不歸宿，並且不停地變賣家產，揮霍無度。過不多久，阿岩的生活就陷入了窘境。伊右衛門又藉口阿岩持家無道，對她拳打腳踢。傷心的阿岩終於答應和伊右衛門離婚。伊右衛門如願以償，順利地將阿花娶進門。

被伊右衛門霸佔了全部家產的阿岩，無處可去，只好當了一名縫紉下女，寄居在貧民區，靠微薄的報酬勉強度日。但她心中仍然愛著伊右衛門。

某天，一個男人來找阿岩。他對阿岩說：「阿岩小姐，令尊在世時，曾對我有恩，所以我要把真相告訴您。伊右衛門之所以做出種種使您傷心的事，其實是為了迎娶伊藤喜兵衛的妾侍阿花而佈下的騙局！可憐您還對這個負心漢癡心一片，不值得啊！」

阿岩聽了這話，將事情前後對應細想了一遍，恍然大悟。霎時間，深深的怨恨湧上心頭，鮮血從咬破的嘴角流下。她神志狂亂，用手使勁扯著頭髮，帶著血肉的縷縷青絲被生生撕扯下。肉體之痛加上心靈之痛，使得她本就十分醜陋的面容，瞬間變成了女鬼的樣貌。她破門而出，飛奔著，不知去了何方。後來人們把她寄居的地方稱為「鬼橫町」。

伊右衛門得償所願後，與阿花雙宿雙飛，快活不已，先後生下四個孩子，其中大女兒阿染是伊藤喜兵衛的骨肉。就這樣時光飛逝，轉眼阿染已十四歲。

這年的中元節，伊右衛門和阿花帶著孩子們在庭院中納涼，忽然，大門外傳來詭異的敲門聲，一把女子的聲音幽幽地喚著：

「伊右衛門，伊右衛門，伊右衛門……」

阿花和孩子們都嚇壞了。伊右衛門抓起火繩槍，衝到門口，開門一看，只見一個相貌極醜的女鬼正惡狠狠地盯著自己。伊右衛門急忙朝女鬼開槍，女鬼倏地消失不見了。

伊右衛門垂頭喪氣地回到屋中，萬沒想到年僅三歲的幼女，竟因那聲槍響受到驚嚇，害了病。伊右衛門請來醫生診治，依然無濟於事，過不多久，幼女首先離世。緊接著，伊右衛門家怪事不斷。要麼是三子在庭院中見到已死的妹妹；要麼是伊右衛門半夜時見到阿花身邊睡著一個陌生男子；要麼是二女兒夢見死去的妹妹不停地要姐姐揹她。數月後，二女兒發起了高燒，三子得了霍亂，全都醫治無效，離開了人世。至此，伊右衛門的

⊙ 阿岩與伊右衛門

親生骨肉全部死亡。隨後輪到了阿花，她也莫名其妙地得了怪病，在極度痛苦中撒手人寰。

驚惶的伊右衛門向法師求助，法師推斷這是阿岩的怨靈在作祟，但卻無可奈何。鬱鬱寡歡的伊右衛門只好迅速為大女兒阿染招了一位夫婿入贅。

某日風雨交加，伊右衛門爬到屋頂修理被風吹破的漏洞，一不小心失足跌落，腰骨受傷，全身無法動彈。他的傷口流出膿血，引來十幾隻大老鼠啃咬。在奄奄一息中，伊右衛門的眼前出現了阿岩的身影，並口口聲聲地說要奪走他的性命……第二天，鄰居發現伊右衛門時，他已經被老鼠吃掉了大半個身子，死無全屍。

阿染的夫婿繼承了伊右衛門的家產。然而阿染二十五歲那年突然病逝，她的夫君因為宅中怪事頻發，變成了瘋子。伊右衛門苦心謀奪的家產，因絕後而被官府充公；而伊藤喜兵衛一家，也在數年間被各種詭異恐怖的事件所侵擾，家人相繼去世，最後全家死絕。

當地人既驚又怕，集資在田宮家宅的遺址上蓋了「阿岩稻荷田宮神社」，以安撫阿岩的怨靈。

這一事件發生一百多年後，七十一歲的四世鶴屋南北據此改編創作了歌舞伎劇本《東海道四谷怪談》，將阿岩傳說編進「忠臣藏」故事中，並作為《忠臣藏》的附加劇碼演出。後來因太受歡迎的緣故，《東海道四谷怪談》被獨立出來，成為單獨表演劇碼。

在鶴屋南北筆下，阿岩故事的框架未作大改動，但細節處變化甚多。故事一開始，阿岩並非醜女，而是生得花容月貌，是鹽谷武士四谷左門的長女。四谷左門對浪人伊右衛門頗為看重，將阿岩嫁了給他。起初夫妻倆十分恩愛，度過了一段幸福的時光。可是在阿岩即將分娩時，四谷左門卻離奇地被人殺害。原來，四谷左門發現伊右衛門曾盜竊大筆公款，所以不願女兒與罪犯共同生活。伊右衛門怕事情敗露，便秘密殺死了四谷左門。

伊右衛門雖然相貌俊朗，卻是個好吃懶做、狂妄自大的人，並且還有賭博的惡習。他經常將家中的米糧、衣物甚至阿岩的首飾都拿去典當，供自己濫賭揮霍。長期的放浪不羈，令他手頭已十分拮据，孩子出生後，生活愈發窘迫。

阿岩生下孩子後，因為產後恢復得慢而纏綿病榻。冷血薄情的伊右衛門開始對她嫌棄起來。

這時，富裕的鄰居伊藤喜兵衛，因孫女阿梅暗戀伊右衛門，遂以金錢、地位引誘伊右衛門與阿岩離婚。趨炎附勢、貪圖富貴的伊右衛門滿心歡喜地答應娶阿梅為妻。為了除去糟糠之妻阿岩這個絆腳石，他買通開妓院的宅悅，讓宅悅去強姦阿岩。如此便能誣陷阿岩與人私通而休掉她。

另一方面，伊藤喜兵衛為儘快成全孫女的心願，也想殺死阿岩。於是將毀人容貌的毒藥謊稱為調理產後氣血的補藥，送給阿岩喝。此時宅悅也來到阿岩家中，準備等阿岩喝完藥後，就將她姦污。不明就理的阿岩在宅悅面前喝下了毒藥，頃刻間，她臉部潰爛，變得醜陋不堪。縷縷青絲也連著頭皮紛紛掉落。

宅悅震驚不已，對破了相的阿岩登時沒有了邪念。出於恐懼，也由於同情，他將伊右衛門的陰謀和盤托出。阿岩憤懣、悲哀，萬沒料到竟是丈夫在謀害自己，一顆心霎時間冰冷如霜。她尖叫著，撲向宅悅，宅悅驚恐之下拔出刀來。混亂爭執中，鋒利的刀刃刺中了阿岩，阿岩倒在殷紅的血泊中，含恨而死。宅悅狼狽地逃離現場。

正巧伊右衛門這時回到家，見小平呆立著，眼珠一轉，又心生毒計。他趁小平不備，拔出太刀將其砍死。僕人小平聞聲趕來，見女主人已死，一時間愣住，不知所措。

而後將兩人的屍體分別釘在門板兩側，棄屍河中滅跡。隨後他對外聲稱阿岩與僕人小平通姦，兩人已私奔外逃，不知所蹤。

障礙清除了！伊右衛門立即與阿梅舉行了婚禮。但他沒有料到的是，阿岩已化身厲鬼，正一步步展開復仇計劃。

含冤受屈的人，死後因怨氣不消，故靈魂難以超生，於是積聚魔性的力量逗留於人間。那一層層怨念越積越厚，最終達到顯性巨變。阿岩從癡情專一的弱女子，在徹底心碎後，激發出無限仇恨，終於變成了令人毛骨悚然的江戶第一女怨靈，向這醜陋的世間、負心的男子，拉啟無法終結的詛咒之幕！

在伊右衛門與阿梅新婚當晚，正當伊右衛門春風得意，準備同嬌妻纏綿時，突然，阿梅的整個臉龐，竟變成了阿岩的臉！「啊！鬼啊……」伊右衛門驚叫著，狂奔出門，迎面撞上了伊藤喜兵衛。他急忙抓住伊藤的衣袖，喊道：「有鬼，救命！」豈料伊藤卻陰沉沉地說：「有鬼？是怎樣的鬼呢？」伊右衛門抬眼一望，登時嚇得魂飛魄散，伊藤喜兵衛的臉竟然變成了僕人小平的臉！伊右衛門又驚又懼，拔出太刀，將阿梅和伊藤喜兵衛砍翻在地。隨後自己也跌跌撞撞，慌不擇路逃向城外河邊。

河畔垂柳，蛙鳴蟬噪；池沼枯樹，灰霧迷濛。伊右衛門失魂落魄地走了一陣，在河畔停下慌亂的腳步，打算用河水洗去身上的血污。忽然，河上漂來了一塊門板，伊右衛門撈起來一看，霎時嚇得渾身震顫，那塊門板上竟釘著阿岩的屍體。「我好恨啊……伊右衛門……」屍體張口，用哀怨的語調，訴說著無盡的苦恨。伊右衛門駭然不已，急急翻轉門板，哪知門板的另一面釘著小平的屍體，同樣可怖地張開口，發出瘆人的咒罵。

受到如此可怕的驚嚇，伊右衛門徹底精神錯亂了。他在水中瘋狂地揮刀狂砍，口中還不停地唸佛，但一切都無濟於事。陰魂不散的阿岩對他死纏不休，河邊的石頭、樹木都幻化成阿岩的臉。最後，被怨靈追得無處可逃的伊右衛門切腹自殺，了斷了一切痛苦。此後，伊藤一家也在阿岩的詛咒中相繼死絕。

這個包含愛與恨、美與醜、執念與瘋狂的故事，不僅在幽暗瀰漫的江戶時代廣受傳揚，在現代的日本影壇也是久演不衰，是電影化次數最多的妖怪傳說。

【都市傳說之怪】

日本自進入江戶時代的長期和平後，人口繁衍生息，工商業日益發達，城市不斷吞併農村土地，密集聚居的大型都市逐漸增多。過去只在偏僻鄉野巷弄間流傳的妖怪故事，開始變得與人口稠密的大都會格格不入，於是都市傳說之怪應運而生了。

都市妖奇談在內容上多半圍繞城市生活展開，將過去發生在高山、荒野、河流等地點的老土的鄉下靈異故事重新詮釋改造，把發生地點改為學校、百貨商店、停車場、照相館等現代場所，再加點時尚元素，添上符合社會現狀的若干細節，然後經由市井間的口耳相傳，短期內大範圍地散佈出去，亦真亦幻、撲朔迷離，最終使其像瘟疫一般在城市中持續蔓延。正所謂「巧而多怪者老少喜聞，平淡無奇者行之不遠」，裂口女、人面犬等傳說，都是其中的典型案例。

此類怪談即使沉寂亦可死灰復燃，就算歷經百年依然逾久彌新。歸根結底，其實是源於現代文明與傳統生活方式的衝突與不適，從而導致處在無助和無奈中的都市人病態心理勃生，在積極向上的力量逐漸遺失後，剩下的只是焦灼與不安。於是，都市妖傳說成了人們排洩都市情緒的下水道。

進入二十一世紀後，都市妖傳說更經由現代傳播工具，如電視、手機、Email、ICQ、MSN 等渠道進行更便捷的傳播，也可以稱作「新都市妖奇談」。

❶……裂口女

裂口女（くちさけおんな）又稱座敷女，堪稱日本國妖級別的妖怪。人如其名，她的樣貌相當恐怖：嘴巴

大幅度開裂，一直延伸到耳垂處，露出全副白森森的牙齒。再加上披頭散髮、兇光滿眼，任何人見到她都會嚇得魂飛膽裂。

為了不讓人認出自己，裂口女平時都戴著口罩，或用頭巾、圍巾之類的東西將嘴部嚴嚴實實地遮掩住，只有等到作惡時才亮出那張開裂得誇張的大嘴。

江戶時代教育大步發展，除了以武士階層為對象的幕府直轄學校和藩學外，平民子弟大多集中於鄉學、私塾和寺子屋中學習。裂口女最喜歡在這些學校的門口附近徘徊，攔下孤身一人的小孩子，問：「我美嗎？」如果孩子答說：「美。」裂口女就會脫下口罩或摘下圍巾，裂開大嘴猙獰地再問：「這樣子也美嗎？」這時候大多數孩子都會嚇得驚聲尖叫，連呼「不美，不美！」裂口女便勃然大怒，用剪刀將小孩子的嘴巴剪裂。少數狡黠的孩子會違心地回答：「還是很美哦！」不過這個馬屁對有自知之明的裂口女可沒用，她會一邊冷笑著說：「小孩子不可以撒謊哦。」一邊取出針線，把說謊孩子的嘴巴縫起來。

裂口女之所以會做出如此變態的行為，皆因其悲慘的經歷所造成。她本是一位相貌平平的普通女子，為了讓自己變美，決定去做整容手術。但江戶時代末期，西醫剛剛傳入日本，整形手術失敗機率很大，不幸的是，裂口女的手術也失敗了。由於操作失誤，醫生的手術刀不小心剪到她嘴巴的兩側，將她的嘴弄得張裂開來，十分難看。被毀容的裂口女完全無法忍受這樣的結果，失去了理智，操起手術刀殺死了醫生。極度的悲傷以及殺人的負罪感，使得她選擇了用跳樓自盡來結束生命。但怨念實在太深，死後也難以化解，終於令她化成了裂口女怪。

裂口女軟硬不吃，你恐嚇她奉承它，統統無效。唯一躲避她的方法，是在自己的頭部抹上髮蠟，因為給它做整容手術的醫生頭上就抹有髮蠟，這種氣味令它刻骨銘心，一聞到髮蠟的味道，它便會想起往事，默默地走開。

裂口女的傳說本來只流行於江戶時代，但到了一九八〇年代，被稱作「新都市怪談」的一系列新興妖怪文化盛行，裂口女又突然通過電視和雜誌的渲染，爆發開來。這時裂口女的身份，變成一位整容失敗的母親。由於她的女兒見到她就會嚇哭，所以她把女兒交給一對沒有子女的夫妻撫養，自己則一再去整容，希望相貌不那麼嚇人後，能接回女兒。哪知整容一次又一次地失敗，她的嘴巴竟開裂到了耳根處。這讓她至死都不敢去看望女兒。在怨念鬱積下，悲哀的母親變成了裂口女。從此她遊蕩於每所學校，每當見到與自己女兒年齡差不多的女生時，就當她們是自己的女兒，想方設法將她們捉走。裂口女造成了巨大的社會影響，日本各地都傳出有人目睹過裂口女出現，這給家長帶來了相當大的困擾。它甚至還遠渡重洋去到韓國，引發了著名的「紅口罩恐慌事件」。當時韓國人心惶惶，告誡學生如果碰到一身紅裝、戴大號白色口罩的女人，就要格外小心。

❷……花子

「學校怪談」是「都市妖傳説」的一個分支，指的是以校園的人物及場景為背景的靈異故事。它的涉及面遠遠超出了學校範圍，已延展至社會生活中，渲染出介乎真假之間，光怪陸離的怪誕世界。「廁所裡的花子」就是著名的學校怪談。

花子，又被稱為「鬼娃娃」，是死於廁所的女孩子因極強的怨念而化成的浮遊靈。江戶時代的學校公廁，大多矮小破舊，長長的幽暗通道將裡面的便池與外面的洗手池分開，陰翳森冷。花子就是在這樣的環境下，被壞人綁架殘殺的。她的怨靈從此流連在廁所裡，想找小朋友玩，或是找個替死鬼。膽小的孩子在獨自如廁時，會聽到緊閉的廁門後傳來「打不開，打不開，我好痛苦……」的呻吟聲，而後突然伸過一隻手來，手裡拿著一卷衛生紙。要是用了這衛生紙，就會被拖進糞池中溺死。

某些學校的老師也會拿花子來嚇唬調皮的學生：「如果不聽話，不乖乖交作業，鬼娃娃花子會把你抓走喔！」因此花子成了日本孩子心中揮不去的夢魘，他們從小就得到告誡，如果一個人在學校的廁所時：一、洗

⊙ 花子

手的時候別看鏡子；二、大解時不能盯著天花板；三、聽到後面有人叫名字時，切勿扭頭去看。

❸……人面犬

天保七年（一八三六），一個風雨交加的夜晚，江戶城下町一名女子在野外的土路上，驚詫地望見一隻長著像人一樣臉龐的狗，碎步奔跑著迎面而來。那狗越跑越近，女子清晰地看到，狗臉上有粗粗的眉毛、細長的眼睛、扁平的鼻子，活脫脫就是一張人臉。而且，那狗竟然還朝著女子，咧開嘴笑了。

目睹此情此景，女子駭異萬分，尖叫著掩面而逃。這一事件後來被好事者添油加醋，傳得玄乎其玄，產生了各種不同的版本。江戶時代末期，甚至還傳言某地有人生下了人面犬身的孩子，預言說國家會發生大變革（指明治維新），屆時可能會流行傳染病，如果多吃梅乾就能無恙。說完這些話，人面犬孩就死了。

人面犬在一九八九年又捲土重來，只不過目擊者換成了一名女性週刊的記者，目擊地點也變成了高速公路。其實，由於人類的視覺存在盲點以及辨識誤差，幾乎每個人都有過將圖形、花紋、痕漬等，認作人臉的經歷。所以，人面犬也並非什麼突然變異而產生的畸形生物，只不過是以訛傳訛，才成了直指人心的陰影罷了。

❹……置行堀

日文裡有一句古諺：「置いてけ堀を食う」，意為被同伴拋棄，其典即源出置行堀的傳說。這是「東京墨田區七大不可思議」裡最有名的故事。

置行堀是一個渾身濕透、習慣在大霧裡出現的女妖。相傳有兩名漁夫在東京錦系堀裡（堀，即護城河）釣魚，似乎運氣特別好，不到半天工夫，魚簍中就裝滿了魚。他們高高興興地收拾好漁具，正準備回家，天色忽然暗了下來，堀畔隱約傳來聲聲呼喚：「放生吧，放生吧，把魚全放生了吧！」兩位漁夫非常奇怪，舉目四顧，根本不見人影。其中一位漁夫心裡直發毛，聽從了聲音的勸告，將捕到的魚全數放生。但另一位漁夫偏不信邪，硬是抱著魚簍大步離開。水中登時捲起了波瀾，水霧重重中伸出一雙女子的手，將這位漁夫強行拉進了護城河裡，漁夫掙扎了幾下，就被河水沒頂了。他的同伴打開他遺留下的魚簍，裡面空空如也，魚兒不知什麼時候已經不翼而飛了。

❺……菊人形

日語「人形」，是洋娃娃或布偶的意思；菊人形，指的是衣飾、身體完全由菊花所裝扮的人偶。其身高大約四十公分，身穿傳統的和服，頭髮長及膝蓋，渾身上下瀰漫著一份說不出的陰森詭異。在它背後有一段令聞者落淚的心酸故事。

那是在江戶末年，北海道空知郡有位鈴木永吉先生，帶著年僅三歲的女兒菊子，參觀在札幌舉辦的博覽會。在博覽會上，鈴木買了一個蓄著「冬菇頭」髮型的菊人偶送給菊子。菊子非常喜歡人偶，每天都與它作伴，形影不離。可惜好景不常，沒多久體弱多病的菊子就夭折了。

傷心的鈴木先生把女兒的遺體以及菊人偶安放在萬念寺供奉，自己則出國遠行。過了一段時間，萬念寺的僧人發現人偶的頭髮，居然在不知不覺間長了數公分，而且人偶夜晚還會轉動身子、流眼淚。這些靈異事件的發生，讓僧人懷疑菊子的靈魂已依附在人偶身上。

明治維新後，鈴木回到國內，去萬念寺看望女兒的遺體，愕然發現人偶的頭髮已經長到了肩部。「一定是菊子把她的靈魂澆注於生前最鍾愛的玩偶裡了吧！」目睹怪現象的鈴木遂和住持商議，將這個菊人偶長期安置在寺裡。之後，人偶的頭髮每生長至腰部，就由僧人進行一次斷髮。剪下來的頭髮經北海道大學醫學部分析，確認絕對是人的毛髮。

⊙ 菊人形

就這樣，頭髮長了又剪，剪了又長，萬念寺的歷代住持每年都要為菊人形進行「整髮式」，菊人偶的容貌也由稚嫩的幼女，變成了少女模樣；本來緊閉的雙唇也逐漸張開。轉眼一百多年過去了，如今菊人形依然被供奉於萬念寺，遊客到當地旅行，都要去瞧瞧菊人形的頭髮又長到哪裡了。

❻……敲敲妖

都市生活繁忙辛苦，有規律的起居是健康生活工作的保證。敲敲妖（たたみたたき），經常於高知縣和廣島縣一帶出現，有時候又被人們親切地稱為「吧嗒吧嗒」。之所以這樣稱呼，是因為它總在夜間敲擊石頭，發出像敲打榻榻米一樣「吧嗒吧嗒」的聲音。其實它算是一種石精，有著小小的身軀，常躲在石頭裡，對人類沒有什麼危害。晚上它敲打石頭，提醒人們早睡；到了早上又如鬧鐘般提醒人們早起，因此被看成是「活的鬧鐘」，喜歡早睡早起的人特別喜歡它。

第七章

我是妖怪我怕誰

——日本妖怪文化綜述

聽到那聲音，就會覺得似乎有什麼東西在那裡……你會按捺不住內心的衝動去幻想那東西是什麼模樣？雖然看不見，但你就是知道確實有什麼東西在那裡。來自個體遭受到監視或威脅的恐懼和直覺，妖怪就是這樣誕生的。

——水木茂《妖怪天國》

【日本妖怪文化發展史】

日本妖怪的來歷，較通行的說法是百分之七十的原型來自中國，百分之二十傳自印度，最後百分之十才是東洋土特產。「妖怪」一詞，在江戶時代才由中國傳入日本，在此之前，日語裡皆以「化物」或「物怪」稱之。日本是號稱有八百萬神的國度，妖怪數量多到令人汗毛直豎。抱持著「萬物皆有靈」的宗教觀，日本每一座城市、每一個鄉村、甚至每一條街道，以及大到廟宇樓閣、小到鍋碗瓢盤，都有著屬於自己的神明與魔物。如此眾多的妖怪，正是長久以來潛藏在日本人內心深處的神秘主義傾向的具體呈現。這些大大小小、形形色色的異界生物，一起構成了日本光怪陸離、眾說紛紜的妖怪世界。

遠古洪荒時代，人們的生存空間狹小。白天，必須面對野獸環伺、危機四伏的叢林和原野；每當夜幕降臨，無邊無際的黑暗又將人們吞沒。人們在種種未知中，對抗著隱藏於自然界背後看不見的神秘力量。自然條件的惡劣，孕育了妖怪傳說滋長的先天環境。

日本，又是一個多山面海的國家，地形狹長、森林繁茂，火山、地震、海嘯等自然災害頻發。對於大自然創造與毀滅這兩種偉力，弱小的人類必然既感恩又敬畏。原野、江河、深山，都是人們難以把握的存在。看不見、摸不著、無法控制的力量，無形無質的事物已經超越了人類常識所能理解的範疇，可這總得有個說法吧？總需要有個解釋災厄、處理恐懼的闡釋吧？諸神由此誕生。人們以此來解釋未知之物，安慰心底因未知而產生的恐懼與無力感。然而對超自然偉力的敬仰，總是帶有雙重性。光明的、善意的、溫暖的力量，人們敬之為「神」；但神衰落後而產生的黑暗的、恐怖的、詭異的惡之力量，又如何解釋呢？神因此被分為了好壞兩面，惡的一面聚集了人心巨大的妄念，便成為了妖怪。

日本早期的原始神話和怪談，都是人類原初的恐懼，伴隨著先民質樸的生活，顯得率真、坦蕩，並無機巧與花樣百出。這是因為日本的神，最初並沒有人的性格特點，而只具有強大的自然神的特徵。但在五至八世紀的國家體制形成過程中，由於天皇和貴族們希望統治階級獲得超越世俗的地位，於是將他們的祖先和神聯繫在一起。日本的神便開始有了人的性格特徵。

進入封建時代後，日本的社會形態以農耕為主、漁獵為輔，鄉農野老閒暇之餘，圍坐在田間地頭，聽著蟲鳴蛙叫，將祖輩留下來的幻想傳說當成枯燥生活的調劑品，各自在口頭進行著添油加醋的再創作，一個個糅合著鄉土味的民間故事就這樣生成了。妖怪的主題自然是其中的大熱門。人們懷著對未知的好奇，探索嘗試著，以各種妖怪的想像，來解讀難明的事物，把不可解的現象加以合理化，千奇百怪的妖怪傳說使這個民族奔湧著幻化無常的鮮活血液。妖怪成了人與自然溝通的橋樑，成了天地萬物和諧相處的平衡點。

五世紀，佛教從中國傳入日本，一些神話故事也借由佛經東渡扶桑；隨後，中國古典志異筆記也大量流入日本。佛教神話、古典中國玄幻故事與日本本土妖怪傳說嫁接結合，開始成為街頭巷尾的談資。

從此，擁有鮮明鄉土特色和民族性格的東洋妖怪，由民間的口耳相傳發軔，在島國的每一個角落裡生根、開花、結果，長期佔據了日本文化舞台的重要一角。伴隨著對靈異事物探索的好奇心，源源不絕的妖怪被「發明」了出來，也有眾多源於中國的「進口貨」被引進來，更有一大幫創造好手杜撰出新的各式妖怪。妖怪越來越多，它們的身影從古代的民間傳奇、浮世繪，到當今的影視、動漫和遊戲，五花八門、大行其道，終於演變成為一種文化。

妖怪在日本文化領域的全方位滲透，是如此根深蒂固、如影隨形，以至於日常生活裡都離不開與之相關的俗語引用。比方傳說中河童愛吃黃瓜，因此海苔捲黃瓜的壽司，就叫做「河童卷」；家裡如果娶了個特別厲害的惡媳婦，就稱為「鬼嫁」；說人長了個「天狗鼻子」，那是在批評人家驕傲自滿；如果說「鬼生霍亂」，是指英雄也怕病來磨；「把鬼蘸了醋吃」，則是「天不怕地不怕」的同義語；中國人所說的「貓哭耗子假慈悲」，在日本叫做「鬼口邊唸佛」；而在立春的前一天，日本還要舉行「撒豆驅鬼」的活動，諸如此類，不一而足。因此可以說，妖怪已經成為沉澱在日本人意識底層的東西，隨時都可能從生活中跳出來。

在人們年深日久的積累和整理下，譜系完整、類別繁多的「妖怪世界」形成了，日本人將妖怪作為一門專門的學問去研究。十九世紀，最先採用「妖怪學」這一術語的「明治妖怪博士」——哲學家井上圓了（一八五八至一九一九），站在打破迷信的立場上、以科學精神研究妖怪，點燃了近代日本妖怪學的火種。他投入巨大精力研究妖怪。一八九一年，他創立了妖怪研究會，開設講壇，刊行妖怪學講義錄，大力推廣啟蒙。他在《妖怪學》和八卷巨著《妖怪學講義》中深入考察了不同的妖怪，開啟了針對妖怪的有體系研究。「妖怪」也變成了一個具有學術意涵的詞彙。

妖怪學在日本民俗學研究譜系下，也佔據了一塊重要的位置。民俗學家們非但沒有將妖怪視為異端，或是人性的陰暗面，反而對妖怪有著極其濃厚的興趣。著名的妖怪民俗學者柳田國男（一八七五至一九六二）即是其中一位。他是日本從事民俗學田野調查的第一人，他認為妖怪故事的傳承和民眾的心理與信仰有著密切的關係，通過分析說唱故事和民間故事，即可獲知本已無法知曉的玄異世界。他將妖怪研究視為理解日本歷史和民族性格的方法，其代表作品《遠野物語》以知識人的筆墨，描繪了一個充滿原始自然氣息，迥異於都市空間的妖異之地，詳述了天狗、河童、座敷童子、山男等妖怪，使它們聲名大噪。一九三九年，柳田國男編撰了《全國妖怪事典》，涵蓋了日本大多數妖怪的名目，為後世的妖怪學研究開啟了一個更廣闊的視野。柳田國男一生的思想精華，集中於《妖怪談義》、《民間承傳論》、《國史與民俗學》等書中，迄今仍是研究日本妖怪學與民俗學的必讀著作。

研究妖怪學，與其說是一種個人的書房夜戲，倒不如視為探尋人生意義的一個切口。所謂「百鬼」，其實正是人性的種種縮影，恰似臨水照人，映出自身。竭力向未知的靈異領域進行探索，從人文角度而言，具有相當正面的意義與價值。

日本妖怪數目眾多，妖怪學裡對其進行了必要的分類，方式有多種，較為通行的是依照形成原因，粗分為「傳承妖怪」和「創作妖怪」兩大系統。

傳承妖怪，即至少在民俗學中流傳了兩個世紀以上的傳統妖怪，必須具備實際的地名、人名以及確切的時間；創作妖怪，則大多是由近現代作家或畫家杜撰出來的，且部分還受著作權法保護的妖怪。

儘管科學與理性已經支配了當代世界，但妖怪或許離人類並不遙遠。那些曾經被我們忘記卻依然存在，被我們遺棄卻依然生長的各式妖怪，透過交錯寫意的二維空間，從與我們平行的另一個世界活生生地跳將出來。悠長的人生道理，狡黠地隱藏在簡單平淡的故事後面，藉著「怪談」的名義，喧囂地粉墨登場，通過一部部文學作品、一幅幅繪畫、一幕幕影像，描述著一個個或驚悚或傷懷或奇趣的靈異傳說。

【造鬼運動：日本怪談文學】

日本人通常把本國的鬼怪故事，稱為「怪談」。從怪異裡延伸出來的超自然現象，是靈感的極佳素材，也是文學創作不可欠缺的養分。

《搜神記》云：「妖怪者，蓋精氣之依物者也。氣亂於中，物變於外，形神氣質，表裡之用也。」受中國儒家「子不語怪力亂神」的影響，妖怪、靈異的書寫，在二元對立的道德觀影響下，始終是受到排擠、壓迫的一群，它們被摒除於正典以外，不被官方所認可，卻透過街談巷議、野史筆記，保存了下來，並代代因襲。日本的怪談創作，首先體現在民間文學上。遠在文字未誕生前，各種妖異傳說就在民眾間口耳相傳，講故事者為吸引聽眾，往往即興添加內容，因此每個傳說都得到逐步地完善。有心的民間文人，收集整理村野夜話、茶餘閒聊，結集成書，遂將怪談版本漸漸固定，妖怪文學由此慢慢發展起來。這些道聽途說的傳奇，或論靈異鬼神、或說人世因緣，在僵化的體制下，讓百姓在沉悶的生活之中，也能擁有一些私密的解放空間。

夜雨淒清、妖風濃霧，清瘦的執筆者，對著斜窗黑案，煎出一盞異香撲面的茶來，輕呷一口，然後蘸了唐土來的煙墨，鬼使神差地寫就篇篇異談。然後這些異談又通過改編成為能劇、傀儡戲、落語等民間藝術形式，口耳相傳，逐漸滲透深入到了老百姓的精神生活中。

日本的怪談文學，可遠推至中國唐太宗時期。彼時日本選派大批遣唐使前來中華，在問道、學習之餘，也將當時中國民間流行的六朝志怪、隋唐傳奇等作品，或翻譯或抄錄回國，直接影響了日本志怪文學的創作。《今昔物語集》、《日本靈異記》和《宇治拾遺物語》是其中較成功的代表作。

與描繪宮廷貴族生活的其他物語相比，《今昔物語集》無緣於優美、奢華，屬於典型土生土長的「下里巴人文學」。這部平安朝末期的民間故事集，約成書於十二世紀上半葉，總共三十一卷，包含故事一千餘則，分為「佛法、世俗、惡行、雜事」諸部。其創作方式，頗類似於中國清代蒲松齡的《聊齋志異》。每年夏季，大納言源隆國必到宇治橋度假納涼。凡是從那裡路過的農夫野老、販夫走卒，他一律叫住，令其講述各種逸聞故事、地方奇談，並一一筆錄下來。這些故事累積起來，便成了《今昔物語集》。

因此，《今昔物語集》駁雜的內容不是面壁虛構，而是廣泛採集自民間，這使得該書先天就具有了濃郁的親民色彩，為老百姓所喜聞樂見。其內容虛實結合，在詳述歷史、地理典故的同時，又夾雜怪異傳聞，並穿插了不少勸善懲惡、因果報應的情節，可以說是後世同類文字的源頭活水。芥川龍之介（一八九二至一九二七）評價該書「充滿野性之美」、「是王朝時代的《人間喜劇》」，可謂一語中的。

江戶時代，妖怪被賦予了具體而固定的形象，且配有完整的說明體系，怪談文學也步入了繁盛期。這與都市化和庶民階層興起有著很大的關係，反映了當時社會意識的轉變對於民情風俗的影響。這時期的怪談故事經過創作者的去蕪存菁、昇華演繹，在城市人口大量增加的推動下，不斷發酵，演變成自體繁衍的強大文學類型。脫逸的人心成為了妖怪活躍的舞台，散發著墨香的書本則成為妖怪作品孕育的沃土。

最先出現的怪談、奇談集，以《曾呂利物語》、本多良雄的《大和怪談物語集》為代表。其後，中國明清古典小說大批登陸日本，在《剪燈新話》、「三言」的影響下，淺井了意（一六一二至一六九一）創作了《御伽婢子》，都賀庭鐘（一七一八至一七九四）推出了《古今奇談英草紙》，皆可算是日本怪談文學的經典之作。「御伽」本意為陪侍、陪伴。「御」是敬語，「伽」的意思是陪無聊者對談解悶。《御伽婢子》成於寬文六年（一六六六），共十三卷六十七篇，其中十九篇是《剪燈新話》的翻寫之作。《剪燈新話》中故事的地點、人物以及背景環境，均由中國移植至日本，部分篇名和故事內容也做了改動，使之更符合日本民眾的口味。《古今奇談英草紙》共收錄作品九篇，其中八篇是將馮夢龍的「三言」加以改編，使其日本化的作品。它們或借原賞口味較高的讀者。

在吸收和借鑒中國神怪小說的基礎上，日本作家由翻寫、仿作走向了創新。上田秋成（一七三四至一八〇九）的《雨月物語》就是其中的佳構。《雨月物語》的書名本身即源自《牡丹燈記》中「天陰雨濕之夜，月落參橫之晨」句，也就是「雨月寫的鬼怪故事」。

該小說脫稿於一七六八年，由九個主題明快、結構緊湊的短篇構成。上田秋成是江戶時代的大家，與浮華繁美的平安閒文比起來，「雨月」只見其凌厲，不見其婉約。書中採用了大量的典故和傳說，略帶鄉土味的行文，令字裡行間處處靈光閃動。作者在情節的構築中，不僅僅是把怪異作為一種獵奇的現象加以描繪，而是重在挖掘人類生存過程中的喜怒哀樂。談鬼論神，一如描摹人間，同樣是沒完沒了的「愛恨情仇」。人的本性在亂世的環境下，通過夢幻般的淒美筆調，完全展現在讀者面前。一篇篇地讀，一陣陣的心驚，於是深夜裡，寒氣漸漸入骨，又如一把利錐刺心，驚痛莫名。透過《雨月物語》，我們知道了原來怨鬼癡怪的故事，扶桑與中國一般無二，然而更為淒豔懾人，渾然沒有聊齋中的香豔情濃。

江戶時代各種怪談在民間已十分流行，以至於幾乎每個人都能說上那麼兩三個。彼時的人們熱衷於玩一種叫「百物語」的遊戲。玩法是在深夜時，一群朋友一律身穿青衣，聚攏在暗室內，點燃一百根白蠟燭，蠟燭旁邊安置一張小木桌，其上擺放一面鏡子。大家輪流說一個詭異的故事，在暗影憧憧中感受恐怖的氣氛。每一個人講完，就離開自己的座位，吹滅一根蠟燭，接著從鏡中照一下自己的臉回到原位，然後換下一位講。直到講完第九十九個怪談後，剩下最後一根蠟燭，大家都斂口不語，圍坐著等待黎明，到太陽出來後便各自回家。相傳在日出前若有人吹熄那最後一根蠟燭，就會引來鬼魅，被吸走靈魂。所以說故事的人都會十分警惕，時刻默記著次序數字，絕不讓自己變成最後一個。

「百物語」其實是一種民間文藝的傳播方式，許多好玩有趣的妖怪故事正是在這樣的情況下口耳相傳，並且被有心者用文字記錄下來，成了日本當代怪談的濫觴。

怪談故事結集的風潮，發展到後來，終於誕生了集大成者——《耳袋》。顧名思義，所謂「耳袋」，就是將耳朵聽到的怪異故事，放進袋子裡收藏起來。《耳袋》的作者根岸鎮衛（一七三五至一八一五）是江戶時代的下級武士，公事之餘，喜歡搜集聽來的鄉野奇聞、鬼怪傳說，範圍非常之廣，最後匯總成了這部每卷一百個故事，總計十卷的怪談故事集。

進入明治時期，怪談風潮更加流行，小泉八雲（一八五〇至一九〇四）的《怪談》被譽為近代日本怪談小說的鼻祖。有趣的是，小泉其實並非日本人，他原名拉夫卡迪奧·赫恩（Lafcadio Hearn），是出生於希臘的英國人，一八九〇年來到日本，認識了小泉節子小姐，於是結婚定居，從此永遠地留在了這片開滿櫻花的土地上。他用夫人的姓取了一個日本名字「小泉八雲」，並於一八九六年加入日本國籍，成了一個「比日本人更日本」的日本人。

小泉八雲學識淵博，涉獵典籍廣泛，翻譯介紹之作極多。綜其後半生的主要事業，就是致力於東西方文化的互相譯介、交流。正是由他開始，西方才逐漸開始瞭解日本。

《怪談》是小泉在竭力領悟日本文化的精髓後，創作出的最著名的作品。他居住在島根縣時，將從妻子那裡聽來的神怪故事整理加工，抱著極大的熱情，「煉句枯腸動，霜夜費思量」，完成了《怪談》、《骨董》等書。其中共輯錄了五十六個短篇故事，敘述方式和語境相當日本化，字裡行間充溢著濃濃的大和氣息，讀來教人不忍釋卷，非一氣呵成不可。

時至現代，怪談文學又與推理、奇幻甚至愛情小說等體裁相結合，「新怪談文學」華麗誕生。這其中，夢枕貘是代表者。夢枕貘被譽為「日本奇幻界天王」，他的《陰陽師》將奇幻與怪談相結合，以悠遠的平安時代為背景，藉著主人公安倍晴明為人鬼解憂的一次次離奇經歷，將一幅幅典雅精緻的時代圖景躍然紙上。夢枕貘的筆觸十分散淡抒情，即便寫鬼，也並不恐怖慘烈，反而有著古詩詞般的婉約色彩。

有「日本當代國民作家」之稱的宮部美幸，亦鍾情於古時的怪談故事。《本所深川不思議草紙》、《幻色江戶曆》，以及《扮鬼臉》等，都有著女性作家特有的溫暖與婉轉。怪談在她手裡充滿了江戶時期濃濃的人情，筆墨間飄散著淡淡的鄉愁。

不過，說到當今最炙手可熱的妖怪作家，則非京極夏彥莫屬。他出生於北海道小樽市，於一九九四年出版了「京極堂」系列的第一本小說《姑獲鳥之夏》，震驚文壇，開創了獨步天下的「妖怪推理小說」。此後幾年，他結合鳥山石燕的繪畫，陸續創作出了《魍魎之匣》、《狂骨之夢》、《鐵鼠之檻》、《絡新婦之理》、《陰摩羅鬼之瑕》、《邪魅之雫》等作品，重新詮釋出一個個散發著詭秘、豔麗而幽暗光華的故事。其小說特點是每部都以一個知名妖怪為主，小說主人公以豐富的知識，在一個肉眼看不見的世界裡驅除妖怪並解釋真相，大大迎合了新世紀讀者求新求變的需要，使得怪談文學以另類方式大放異彩。京極夏彥另有《巷說百物語》系列，也頗受歡迎。

日本的怪談小說，當然不只上述作家和作品。木原浩勝和中山市朗取「耳袋」的古意，將一系列二十世紀發生的不可思議的鬼怪故事，收集編寫而成的《新耳袋》。菊地秀行的《吸血鬼獵人D》、《魔界都市》；山田風太郎的《忍法帖》系列、小野不由美的《東京異聞》、坂東真砂子的《狗神》、皆川博子的《妖櫻記》等，都由傳統中吸取靈感，成為當代傑出的怪談小說。這些優秀作品的不斷湧現，令日本的怪談文學傳承至今日，愈發百花齊放，多姿多彩。

【妖怪造型師：日本妖怪畫】

世界上僅有日本將「妖怪」作為一門大學問來研究，也只有日本，在其美術史上，為妖怪畫留出專門的位置。別看日本的妖怪千奇百怪，可實際上真正見到妖怪真面目的人，根本就沒有。絕大部分的妖怪活在人們的心中，只是自我繪聲繪影的想像，而且每個人想像的妖怪形貌都不同，莫衷一是。為了統一認識，方便民間鑒別這些妖怪，於是便有了妖怪造型師這個職業，說通俗點，就是妖怪繪畫師。

妖怪畫的開山祖師，是室町時代的土佐光信（一四三四至一五二五）。在他之前的數百年裡，日本一直在學習中國的繪畫作品，主要借鑒作為佛教畫引入的「唐繪」，代表作有上品蓮台寺的《過去現在因果經圖》、正倉院的《鳥毛立女屏風》、藥師寺的《吉祥天女畫像》等。這些佛教繪卷為以後的妖怪題材繪畫提供了可參考的素材。經過三、四個世紀的民族化演變，日本至平安時代逐漸形成了自己的一套風格形式，稱為「大和繪」。到了室町時代，中國南宋水墨畫對日本美術影響巨大，日本在此時開始形成「幽玄、空寂」的水墨畫風。幕府專門設有繪製妖怪畫的畫家，他們搜奇集異，根據各種傳說描繪出妖怪形象，供皇室和貴族賞玩。其中最著名的，乃正統大和繪畫家土佐光信。他運用流暢、生動且極具庶民風格的筆觸，將妖怪傳說視覺化，以充滿平民生活情趣的意境、生動傳神地描摹出妖怪的奇形異貌。他的代表作《百鬼夜行繪卷》筆觸流暢細膩，極具幽異意蘊，是日本藝術史上的國寶級作品，對後世的妖怪畫產生了重大影響，導致後來者皆自覺不自覺地沿襲此種畫風。

土佐光信雖然開創了妖怪畫的先河，但要論在該領域成就最高者，非江戶時代的鳥山石燕（一七一二至一七八八）莫屬。日本人今天所熟知的諸多傳統妖怪的造型，都是拜鳥山石燕所賜。

桃山時代，日本繪畫摒棄簡約、樸素、淡薄的風格，轉向黃金為色的富麗美。到了江戶時代，經濟繁榮，市民文化盛行，妖怪繪卷也如讀本小說般，迅速勃興。畫界興起了以「怪奇圖鑒」來展示妖怪的潮流。鳥山石燕出身優越，有較好的物質支持，因此能夠拋開俗務，隱居於江戶根津，奇思天外，專事妖怪題材的創作。他承襲與土佐光信同時期的繪畫師狩野正信、元信父子創立的「狩野派」畫風，並從《和漢三才圖會》及民間故事中搜集了大量素材，仔細梳理成系譜。而後傾一生心力，完成了《畫圖百鬼夜行》、《今昔畫圖續百鬼》、《今昔百鬼拾遺》、《百器徒然袋》這四冊妖怪畫卷，合共描繪二百零七種妖怪，確立了今日我們所見到的日本妖怪的原型。

以往日本民眾雖然常聽妖怪故事，但對於妖怪的模樣，還是各憑想像，沒有一致的認知。鳥山石燕的四冊畫卷，如同「妖怪教科書」一般，將鬼怪按各自的特徵、習性、屬性來分門別類，每一冊頁，都介紹一兩種妖怪，清晰明瞭，使得妖怪形象具體化、定型化、常識化。民眾通過細膩逼真的畫卷，將純文字描述的想像，轉變為直接的視覺認知，既廣泛認識了各種妖怪，又滿足了求知慾和好奇心，並隨之接受了這一整套的形象設定。一個個躍然紙上的妖怪，並非人們想像中的恐怖、兇惡，而是有著與人類一樣情感、一樣愛恨情仇的活生生的精靈。從鳥山石燕開始，民眾心目中的妖怪形象得到了統一，大家都說：瞧，某某妖怪就是長成這副模樣的。

江戶時代坊間出版了許多描寫怪談的書（類似明清時期的筆記小說），書中的插圖多以木刻版畫為主，葛飾北齋所繪的木刻畫《百物語之圖》是其中的精品之作。葛飾北齋（一七六〇至一八四九）是活躍於江戶時代後期的浮世繪畫家，葛飾派的創始人。他的作品追求形式美和主觀表現，用墨酣暢、色彩簡樸，以想像力大膽著稱，從設色到構圖，頗多個性的創造，對浮世繪發展有很大的推進作用。種種世相人情，經由他的觀察與描摹，都鮮明地翻騰於浮世浪花之上。他自號「畫狂」，在風景畫、美人畫、讀本插圖、花鳥畫、妖怪畫等畫域均有傑作問世。葛飾派獨有的遒勁有力的筆調，結合西洋的透視畫法，生動地再現了「忽然出現」的鬼魅姿態，為世人所驚歎。其中最能代表北齋風格的《阿菊》、《阿岩》、《笑面般若》等，抓住傳說中最扣人心弦的細節進行描繪，充滿詭異與動感，迄今仍是日本妖怪畫的國寶級代表作。

另一位浮世繪巨匠歌川國芳（一七九八至一八六一）也是繪製妖怪畫的高手。他從小因給身為印染坊商人的父親幫忙，故對色彩和繪畫產生濃厚興趣。少年時期，他拜歌川國直、版畫大師歌川豐國為師，一八一四年出師後取藝名為歌川國芳。在數十年的繪畫生涯裡，他創作了大量妖怪畫，深受好評。其作品充溢著怪異與豐沛的奇想，畫中各式鬼怪爭相現身，白骨之夢鬼怪之繪，絲絲入扣、栩栩如生。畫面著色明暗交作，淡墨暈成的黑雲、朱砂點成的紅唇，風格繁複、細膩濃烈，格外受人歡迎。代表作有《歌聲中的妖怪》、《龍宮玉取姬之圖》等。歌川國芳還因為畫貓而著名，他在家中、作坊裡，到處養貓，日夜與貓相伴，觀察貓的習性、形態、動作。他的貓畫，是浮世繪中公認的大家精品。

歌川國芳的弟子月岡芳年（一八三九至一八九二），青出於藍而勝於藍，是一位富有傳奇色彩的浮世繪畫家。他將西洋的素描、解剖、透視等技法，融入浮世繪創作，以所謂「究極」的手法進行「武者繪」、「美人繪」、「無慘繪」的創作。其妖怪畫前後期風格有所不同，前期注重畫面的動感與衝擊力，後期則漸歸平淡雅致。代表作《新形三十六怪撰》，號稱「以新的視角和手法為妖怪立傳」，把東西方繪畫的長處完美地結合在一起，人物精準、意態跳宕、構圖靈動，加之利用揮灑熱情的書法式用筆，大大增加了畫面的運動感，明朗、舒展又不乏凝重，被譽為「神品」。

到了幕末明治時期，天才浮世繪畫師河鍋曉齋（一八三一至一八八九）成為妖怪畫領域坐第一把交椅者。河鍋生於下總國的藩士之家，七歲開始得歌川國芳啟蒙，九歲時就敢在河邊素描漂流的人頭。這種迥異常人的行徑，似乎正預示了他注定要創下妖怪畫的新高峰。後來他又師從狩野派，並深受北齋影響，熱衷於僅靠寥寥數筆，便能活靈活現地表達出人物神韻與動作。那一幕幕羅列鬼怪的畫面，如行雲流水般自然，飽含著異世界的活力。

他還從東西方繪畫風格技巧中廣為吸吮養分，逐漸形成了獨樹一幟的「曉齋流」。觀者賞其畫，彷彿能感覺到一股力透紙背的森森陰氣，冰涼徹骨。人們因此說他本身即帶有鬼氣，並譽其為「末代妖怪繪師」。

現階段年輕一代妖怪畫家，首推萩原鏡夏。他的《伽草紙妖怪繪》是目前在網絡上流傳最廣的系列鬼怪畫。其作品吸收了浮世繪、日式漫畫和西洋繪畫的特點，同時注入時尚元素，因此具有強烈的現代節奏感，十分吻合年輕一代的審美情趣。

鬼怪故事也是漫畫家筆下取之不盡的題材。隨著二戰後日本動漫業的迅速發展，日本妖怪的形象變得可愛逗趣而人性化了。號稱「妖怪通人」的水木茂（一九二二至二〇一五）是日本妖怪漫畫第一人，引領妖怪浪潮的先鋒。二戰後日本兒童對妖怪形象的最初認識，大多來源於他。他創作的《鬼太郎》系列，曾經風靡一時，紅遍日本，在動漫界產生過深遠的影響，鬼太郎這個角色也被評為日本最受歡迎的一百個動漫角色第六十五名。

水木茂，一九二二年生於大阪市住吉區。由於家鄉的河川自古就流傳著河童、小豆洗的傳說，再加上受到家中一名擅長講鬼故事的女傭影響，所以他從小就對各種妖怪極感興趣。在少年時代，他卓越的繪畫天賦已開始展露，十三歲那年在老師的安排下舉辦了第一次個人畫展。他還寫過一篇《可以簡單看見幽靈的辦法》的文章，似乎與幽靈相遇在他而言並非什麼天方夜譚。二戰期間，他被派遣到東南亞戰場，在印尼失去了左手，但他對繪畫的執著並未因此而消滅，相反還更為堅定。

一九五〇年，二十八歲的水木茂搬進一個名為「水木莊」的公寓。公寓裡一位名叫久保田的「紙芝居」（連環畫劇）畫師，令他初次接觸到形式接近於漫畫的繪畫創作。這次相遇對水木茂的人生起了重大影響，他決定以這座公寓的名稱作為自己的筆名，以妖怪為題材，投身連環畫劇的創作。此後七年間，他一直以紙芝居畫師為業，發表了不少作品。

數年後因電視機在民間慢慢興起，連環畫劇產業開始沒落，水木茂前往東京，改行做漫畫家。在此期間的妖怪題材作品有《怪異貓女》、《地獄之水》等。一九六〇年，《鬼太郎》系列第一個故事《幽靈一家》正式發表於出租漫畫雜誌《妖奇傳》。

一九六八年一月《鬼太郎》系列第一次動畫化（ＴＶ版），造成一波相當轟動的《鬼太郎》熱潮，紅遍了大街小巷。水木茂因此成了當時最炙手可熱的漫畫家之一。

水木茂對民俗志、地方學、神話極感興趣，走遍日本各地搜集、寫作、繪畫，對推廣妖怪文化上不遺餘力。其作品除了《鬼太郎》外，還有《惡魔君》、《河童三平》、《世界妖怪遺產》、《水木茂妖怪大百科》等。他還發起成立世界妖怪協會，立誓收集世界上一千種妖怪。一九九一年，他獲得了「紫綬褒章」的榮耀。

水木茂作為世界妖怪協會會長、妖怪博士、「活的妖怪百科全書」，他繼承並拓展了鳥山石燕的妖怪體系，不但開啟了妖怪復古熱潮，而且使得妖怪畫從傳統的版畫、浮世繪形式，順利過渡到了當今最具普及流行效應的漫畫上。如果說鳥山石燕用畫筆開創了前妖怪時代的話，那麼水木茂就堪稱為後妖怪時代劃上了完美的感歎號。他將民俗學融入漫畫，賦予古代妖異嶄新的生命，激發了無數後輩更寬廣的想像力。如今日本妖怪學界最具影響力的宗師級人物，除了他之外，不作第二人想。在他的故鄉境港市，於一九八九年開始策劃將水木茂筆下的妖怪文化、角色與市區融合，打造成觀光文化區。一九九三年「水木之路」正式揭幕，裡面按順序編號，全是與水木大師筆下的妖怪相關的青銅浮雕、電話亭、商品店面、紀念館、妖怪廣場、妖怪公寓等，到了這裡，就會感覺似乎真的進入了一個妖怪的世界。到了夏季，還會舉辦「妖怪節」。因妖怪文化而帶動起來的商業，已成為境港市的主要經濟支柱。

除了水木茂外，今市子的漫畫《百鬼夜行抄》亦相當有名。漫畫中的主人公自幼具有通靈體質，被賦予了一雙可以看到「普通人看不到的事物」的眼睛，能夠與妖怪鬼魂見面交談，甚至驅除惡靈。在祖父死後，他逐漸發現了祖父生前與妖魔間的諸多秘密。本作屬於單元型作品，以各自獨立的短篇漫畫串成，透過鬼眼探看人間異界，描畫了一個個在被忽視的黑暗中或孤獨或寂寞的故事，甚至還平淡地講述了許多人與妖怪之間的愛情，幽雅而淒迷。試看此中篇章，攤開來竟是滿目蕭索。讀者在神秘、深幽中感慨世態炎涼，歎息世間諸多無奈。

二〇〇三年，漫畫家綠川幸開始在漫畫雜誌 *LaLa* 上連載《夏目友人帳》。這部漫畫屬於妖怪題材中的溫馨物語。主人公夏目貴志生來擁有強大的靈力，能感知平常人所無法接觸的妖怪神明的存在。因其父母雙亡，多年間輾轉於互相推卸責任的親戚之間，造成孤僻的性格。在一次被妖怪追趕時，他打破了強大妖怪「斑」的封印，繼而牽涉到了祖母的遺物「友人帳」。友人帳是記錄著眾多妖怪名字的契約書。「斑」與貴志約定，以保護其一生為條件，交換友人帳的所有權。在「斑」的陪伴下，夏目貴志經歷了一個個奇異、悲傷、懷念、令人感動的怪誕奇遇，逐漸學會與人類、妖怪友好相處，演繹出一段段充滿人性哲理的故事。

二〇〇八年在週刊《少年 JUMP》上連載的《滑頭鬼之孫》，是以妖怪為題材的少年漫畫。其以現代日本為舞台，描繪了人與妖怪的日常怪異空想。故事中的妖怪，大部分出自鳥山石燕和竹原春泉的妖怪畫集。十三歲的主人公奴良陸生貌似普通中學生，實際上是妖怪「滑頭鬼」的孫子，擁有四分之一的妖怪血統。從小就與百鬼打成一片，夢想成為滑頭鬼三代目的他，在目睹妖怪的「真面目」後放棄了這個夢想，轉而想成為一個了不起的人類，由此展開了一連串縱橫人間妖界的大冒險。

此外，《幽遊白書》、《通靈王》、《抓鬼天狗幫》、《鏡花夢幻》、《昆蟲之家》、《雨柳堂物語》、《河童三平》、《犬夜叉》、《千與千尋》、《蟲師》等日本動漫畫作品，也同樣取材於鬼怪題材，一樣有著令人動容的迷離故事。這許許多多讓我們歎氣、驚恐、頓足、思索的傳奇，與其說是談鬼說怪，不如說是描摹人間景象。它們的姿態是夢一樣的境界，眾生相被繪在獰猙的面具下，等待你洞悉後伸手揭開。在這充滿妖氣的罐裝世界裡，於一筆一畫間感受現實殘留下的最後溫暖！

【魅影志異：妖怪電影】

日本妖怪電影起初都以文學名著為底本進行改編，怪談文學濫觴的《怪談》，在一九六四年由小林正樹搬上大銀幕，堪稱思想內容真正深刻的妖怪電影。影片從小泉八雲撰寫的靈異故事中選取四則，四個故事表面看上去毫無關聯，內裡卻都表達了「信任與背叛」這一人類亙古不變的道德困境。全片充滿了超現實主義的敘述，處處滲透出陰暗詭異的美，對白抒情細膩，場景也極盡幽美，上映後大獲好評，被讚賞為「精緻的恐怖」！

另一由名著改編的妖怪電影，是著名的《雨月物語》，由溝口健二導演。這是一部具有強烈東方審美色彩的影片，截取上田秋成原著中「蛇性之淫」和「夜宿荒宅」兩個故事進行演繹。影片透過名攝影師宮川一夫的巧手，將故事發生的舞台「幽靈豪宅」營造出一種朦朧而又金碧輝煌的氣氛。攝影機以俯瞰的角度取景，人物走位又採用「能劇」的舉止形式，加上歌舞伎、音樂之配合，神秘幽玄的怪談世界躍然於光影之間。本片因為精彩的意境塑造而受到高度讚賞，在威尼斯電影節上獲得銀獅獎。

和《雨月物語》齊名的，是由經典怪談故事集《東海道四谷怪談》改編的電影。其被拍成電影的次數超過三十次，至今仍持續影響著日本的恐怖文化。在這為數眾多的改編電影中，以一九五六年毛利正樹導演的《四谷怪談》、一九五九年中川信夫導演的《東海道四谷怪談》、一九六九年森一生導演的《四谷怪談——阿岩的亡靈》、一九九四年深作欣二導演的《忠臣藏外傳——四谷怪談》、二〇〇四年蜷川幸雄導演的《伊右衛門之永恒的愛》最為影迷津津樂道。

夾在溝口健二和小林正樹兩位大師之間的中川信夫，是日本驚悚片大師，擅長古典式恐怖。精緻的燈光佈景、幽玄的音效配樂和嚴肅的「本格派」恐怖氣氛，是他電影的一貫特點。《東海道四谷怪談》在超現實內容中所包含的因果報應、天理循環等思想，本質上比《雨月物語》更趨虛無，其虛幻的味道更加濃郁。因此《東海道四谷怪談》的場面更恐怖、更具衝擊力，有更多超自然的元素以視覺形象呈現。陰濕冷寂的深秋之夜，月影幽暗淺淡，映在殘敗的稻田水面上，隱約可見提著燈籠的人影在水邊沿著白牆青瓦下徐行，白牆上攀附著二、三枝常青藤。如此的鬼魅氛圍、令人毛骨悚然的意境，更接近於歌舞伎、浮世繪原作的風貌。這種青灰陰鬱、幻相飄忽的風格在怪談電影中得到了長久延續，奠定了此一類型電影的美學精髓。

此外，中川信夫的另一代表作《怪談蛇女》（一九六八），亦是「現實主義怪談」的傑作。深作欣二的《忠臣藏外傳——四谷怪談》係為紀念松竹公司創業百年而拍，與通常的《東海道四谷怪談》不同，他大膽地把《東海道四谷怪談》故事跟《忠臣藏》合成一線，使《東》的主人公伊右衛門在接受妻子阿岩報復的同時，也參與到四十七赤穗浪人的復仇中，並稱之為「赤穗第四十八義士」。本片的優點是充分展示了江戶的市井風情畫，在人物塑造上也做得十分成功。場面大氣十足、藝術衝擊力強，堪稱人性輓歌式的傑作。不過該片作為一部傳統的東洋妖怪物語，也顯得血腥有餘而哀怨不足。

二〇〇四年的《伊右衛門之永恒的愛》由日本能劇大師蜷川幸雄執導，改編自推理小說家京極夏彥的小說《嗤笑伊右衛門》。歌舞伎原著的作者鶴屋南北曾有「日本莎士比亞」的美稱，小心翼翼的京極夏彥則把他的劇作改編得更為莎士比亞，更接近「性格悲劇」的典型，並塑造了一個古典版本中前所未有的阿岩，剛毅、固執、有主見的阿岩，一個完全現代女性的形象。導演也在電影中挖掘了更深刻的人性。

在一片妖怪電影的熱潮中，大映公司於一九六八年推出《妖怪百物語》、《妖怪大戰爭》（黑田義之版），一九六九年又推出《東海道驚魂》，這三部製作精良的妖怪特攝電影，並稱「大映妖怪三部曲」。它們就像深夜的怪談大會，聚集了榨油鬼、轆轤首、油膩老先生、長頸女妖、單眼怪傘、無臉妖怪等日本知名妖怪，特技效果在當時更是首屈一指。

一九九〇年上映的《妖怪天國》是一部關於靈魂奇觀的電影，由動漫大師手塚治虫之子手塚真執導。影片用極端的映像美講述了「月著陸」、「妖怪城」、「河童」等五個故事，均採用套層結構進行，即一個故事裡包裹著另一個故事，層層打開，又最後依次了結。全片因精彩絕倫地描繪了絕對的愛與孤獨，成為各大傳媒的五星級推薦作品。

「萬物有靈」是日本鬼怪電影中常見的題材。傳說中的狸貓、河童、雪女等神怪，都曾經不止一次出現在銀幕上。黑澤明導演的《夢》，截取了人們生活或意識中的一些片段，不徐不疾地訴說著人世的寓言。片中出現了「狐狸嫁女」、「櫻桃祭」、「雪女」、「復活的兵士」等短篇故事，充滿了志怪的氣氛，將民間傳說、鬼魂之説和現代都市文明的批判共冶於一爐，傳達了黑澤明對日本文化崩潰的焦慮和警世的寓言。

「怨氣」二字，也是日本鬼怪片中常見的概念。與基督教截然對立的善惡二元論不同，日本影片中的鬼怪多為生前橫死，由怨氣所結化成的厲鬼，不斷地在陽間尋人報復，其種種行為所帶來的恐懼感，不僅在生理上造成不適，更在心理上形成長期陰影。正如作家傅月庵所言：「東洋幽靈最成功之處，就在心理的掌握與氣氛的營造，不似西洋妖魔動輒出現嘔吐、肉瘤、黏液等噁心作態。」日本大部分妖怪電影內容並不生猛，卻讓人時時感到背脊發涼。其令人不寒而慄的恐怖效果營造，就在於氣氛上。當一個清瘦鬼影張開枯手，白衣飄動間，顫聲傳來「我好恨哪」時，你怕了嗎？《咒怨》和《稻草人》便是其中的典型。

《咒怨》由清水崇導演，以一間鬼屋為線索，所有進入這間屋子的人都離奇而死。原來屋子當年的主人殘殺妻兒後自殺，死者怨氣衝天，瘋狂地向世人復仇。影片中不甚清晰的臉以及讓人驚惶的眼瞳等，已成為日本恐怖電影的標誌。鶴田法男導演的《稻草人》，講述了少女暗戀男孩未遂，死後附身於形態怪異的稻草人上。片中有一段夜景，無數稻草人如鬼魅般四處遊蕩，當真是鬼影憧憧，令人毛骨悚然。

日本影片中的怨鬼，多數不像中國鬼怪那樣急著要「討替代」，也不追求什麼化解，只是一味地以殺戮為樂，令人有逃無可逃之感。典型的例子便是中田秀夫導演的經典恐怖片《午夜凶鈴》。《午夜凶鈴》改編自作家鈴木光司的作品《七夜怪談》，女主角山村貞子擁有用念力殺人的超能力，她心中的怨念通過一盤錄影帶為禍世間，凡是看過該錄影帶的人都會在七天內死去。脫身的唯一辦法，是在七天內複製一盤錄影帶給別人看，嫁禍於他人方能保全自己。影片以密閉的空間為背景，劇情並無血淋淋的直接恐怖，而是通過製造懸疑氣氛揪住觀眾的心。觀眾眼前不停閃爍著黑白噪聲的畫面，銀幕中突然出現一口古井，接著有奇怪的文字像浮游生物一般不安地晃動，怨靈慢慢地從電視裡爬出來……這就是本片的經典畫面。觀眾往往在毛骨悚然之餘，更對人性產生深深的絕望。據說曾有壯漢在影院觀看此片時，嚇得哇哇大哭，可見本片之可怖可懼。

此後日本相繼推出《富江》、《催眠》、《裂口女》、《生靈》等恐怖片，身著白衣、長髮遮面的女鬼形象，一時成為日式鬼怪電影的看家本領。

二〇〇二年，中田秀夫又導演了《鬼水凶靈》一片，這一次怨靈換成了不慎落入大廈水箱中淹死的小學生，追殺由黑木瞳扮演的母親及其女兒。影片以母親留下來永遠陪伴怨靈，讓女兒得以脫身為結局，令人想起《午夜凶鈴》中的女主角在井中「溫柔擁抱」貞子骸骨的畫面。中田秀夫顯然是想在影片中追求一種「溫情的恐怖」，以擺脫傳統恐怖給人們心理上帶來的陰暗桎梏。

日本恐怖電影導演稻川淳二，號稱當代靈異影像第一人。其早年憑藉自撰的靈異鬼故事在廣播界一炮而紅，名利雙收。在嘗到「販賣妖怪」的甜頭後，他開始全力精研各類妖怪，成為此道中的大師級人物。日本著名的文化傳媒集團角川書店，看中了他這方面的才華，請他將角川旗下的恐怖小說改編為電影。從此，依靠一系列鬼怪恐怖影片，稻川淳二聲名大噪，獲得了「放送作家」的封號。日本媒體評價他：「用意想不到的場景與故事，來顯示靈異事件無處不發生。擅長將人周邊的各種元素靈異化，從細微處觸動恐懼，觀眾總在毫無防備的心理下驚聲尖叫。」

二〇〇四年，「稻川淳二系列」電影一口氣推出三部，分別是《稻川淳二之戰慄恐怖殺人故事》、《稻川淳二之幽冥傳說》、《稻川淳二之悲淒的真實印記》，每部皆是以四話短篇故事集錦為整部影片。其間既有取材古代的《牡丹燈籠》，又有來自現代小說的都市妖故事，還有據說是稻川淳二親身經歷的恐怖事件。種種幽玄迷離的素材，摻合勾兌成一壺壺異世界釀就的老酒，令觀眾愈品愈香。

二〇〇五年，三池崇史導演版的《妖怪大戰爭》根據水木茂同名漫畫改編，被譽為「《哈利波特》妖怪版」。這部電影投資巨大、場面壯觀，最大的亮點，在於未採用電腦CG，而是全部由演員化妝而成的五百多位叱咤於平安和江戶時代的妖怪，逐一在電影裡展現他們的尊容，可說是日本妖怪的集體大亮相。

「妖怪」原本是十惡不赦的代名詞，但本片裡的妖怪雖樣子齟齬，卻性情純良，反而是某些假仁假義的人類品德敗壞。影片利用妖怪的可憐遭遇影射了當今充斥在發達國家的種種問題，將哲理幻想化、魔幻化，展現出導演天馬行空的思緒，一如孩童在萬花筒裡看到的光怪陸離的世界。

二〇〇七年的《多羅羅》裡，也有著層出不窮的妖魔鬼怪。電影改編自漫畫泰斗手塚治虫壯年時期的重要作品，大師在其中注入了豐富的思想內涵，借主人公百鬼丸一路斬殺魔怪的冒險歷程，寄託了反戰思想和悲天憫人之心。電影以充滿魄力和魔幻色彩的故事，表達出對人生價值的肯定，以及對年輕人的真誠激勵，讓人不知不覺地浸淫日本獨有的妖幻世界中，如癡如醉。

時至二〇一一年，一部改編自一九六八年人氣動畫的電視劇《妖怪人間貝姆》，火爆熒屏。該劇講述妖怪人貝姆、貝拉和貝羅雖然長著醜陋的妖怪外形，但心存正義，夢想著成為人類，為建立人類與妖怪的良好溝通橋樑而不斷與惡勢力戰鬥的故事。由於展露諸多人性問題，曲折感人，故而榮獲諸多獎項並擁有了極高收視率。「想快點變成人類」的經典台詞給觀眾留下深刻印象。其電影版已於二〇一二年年底上映，有興趣便可欣賞一下吧！

附錄
細數百鬼

日本境內據說有四百到六百種妖怪，形形色色，構成了日本妖怪文化豐富的內涵。究其源頭與分類，是從中國道家擷取「物久成精」的概念，造就了自然界各種動物或植物妖怪。還有因魂靈附著在物體上而成妖者，稱之為「付喪神」，如破碗、杯盤、油燈、紙傘等皆可祟人。這些妖怪加起來，就構成了「百鬼」。它們主要可分為山海之怪、家居建築之怪、器具之怪、動植物之怪、人里之怪、都市傳說之怪等類別。

一些比較重要的妖怪，筆者已經做了單獨的章節介紹，現在，就讓我們集中瞧瞧百鬼裡的其他妖怪。

【女妖】

女妖在日本妖怪中所佔的比例，壓倒性地多過男妖。它們的共同特徵，是傳遞了日本「物哀」文化特有的「悲歎美」。那些被侮辱、被傷害、被拋棄的女性，由於不甘成為犧牲品，在離世後，以鬱結不化的深深怨恨，對抗著不公正的人世。它們的存在，表明了執著的怨懟與詈詛，才是真正如影隨形的恐怖！

① 骨女

生時被人欺辱、蹂躪、拋棄的女子，含恨而死後，憑著那股刻骨銘心的執念驅動著自己的骨骸重新回到人世，化為厲鬼向人索命，這就是「骨女」（ほねおんな）。

顧名思義，骨女就是完全的一副骷髏模樣的骨架女妖。它與中國《聊齋志異》中的「畫皮」十分相似——原形都是醜陋的女鬼，為了掩飾真面目，平時只好用人皮將自己偽裝成大美女。

骨女原見於小泉八雲的作品：有個叫十郎的人，因忍受不了貧窮的生活和妻子離了婚，與一位有錢有地位的小姐結婚並做了官。但新的生活越來越讓十郎厭倦，他懷念起整日在家織布的賢妻。數年後，十郎在一個夜晚回到家中，妻子沒有一點怪罪他的意思，反而殷勤地接待了他，這令十郎感動得熱淚盈眶。但他的鄰居卻看到了極其驚駭的一幕，與十郎相擁的，竟是一具黑髮骷髏……其實十郎的妻子早已飢寒交迫而死，但等待丈夫的意志、對愛人的眷戀，使她化為骨女，以骨骸之形繼續守候著她的丈夫。

雖然軀殼死去，卻帶著對這個世界的某種執念；即使肉體腐朽了，靈魂依然附著於冰冷的白骨上。因為只剩下一堆骨頭，所以骨女會用人皮來偽裝自己，平時的儀態是一位穿著露肩長襦袢的妖豔美女，以自身妖豔的姿色引誘男人。必要時，它還會特意露出部分白骨驚嚇惡人。

儘管骨女的殺氣和怨念都很重，但它只對那些薄情的男性進行報復，而不會去傷害善良的人。有些骨女情深意重，甚至還會回到生前的愛人身旁。在愛情催化的作用下，骨女在愛人眼裡仍舊是生前的容貌和聲音，但在周圍的人看來，便是一堆白骨和活人依偎在一起，相當可怖。

② 青行燈

青行燈這種妖怪，本無實體，因此外貌變幻不一，通常是以年輕女子的形象出現。它手提一盞青色燈籠，幽碧的燈光照得臉上慘白一片；長髮披散，神情木然，雙眼突出卻無神，全身散發著腐敗的氣息。

青行燈白天在冥界門口徘徊，一到夜裡，就飄浮在地面上，到處尋找進行「百物語遊戲」的人，用青燈吸取他們的魂魄。它手中的那盞紗製青燈，其實就是招魂燈，繫以「魔界之竹」為燈柄，燈籠中散發出柔和但十分明亮的青綠色光芒。夜晚時，青光幽幽地跳動著，映得人眉目皆碧。

③ 產女

在古日本的很多地方，產婦因難產死去時，引婆會剖開產婦的腹部，取出嬰兒，然後讓產婦抱著嬰兒下葬。產女（うぶめ）就是死於難產的婦人，又名姑獲鳥、夜行遊女、憂婦女鳥。由於尚未見到孩子便已死去，身為人母的執念歷久不散，使她化作了妖怪。

這位在日本小說家京極夏彥的《姑獲鳥之夏》裡大出風頭的女妖，一般以下半身染滿鮮血的婦人形象出現在世人面前。它能夠吸取人的魂魄，所居住的地方充滿青白色的磷火。白天時，披上羽毛即變成類似於青鷺的姑獲鳥。到了夜晚，脫下羽毛就化作婦人，在人類的聚居地出沒。

產女由於失去了自己的孩子，所以最喜歡奪人之子為己子。可是將孩子養到第七天後，它又會妖性大發，吃掉孩子，然後再去偷搶別的孩子。據《天中記》記載：如果哪個有嬰兒的家庭，夜晚忘記收回晾曬的嬰兒衣服的話，一旦被產女發現，就會在上面留下兩滴血作為記號，然後趁大人不備，掠走這家的嬰兒。不過產女非常怕狗，如果家裡養狗，它就無法下手。

產女每掠得一個嬰兒，都會抱出來夜遊。它懷抱裡嬰兒的啼哭聲，哇哇哇，化成了姑獲鳥的叫聲。此時，它原先秀美的臉上交織著迷茫、痛苦、悲傷、怨恨等複雜的表情。透過這些表情，人們可以看到，其實，它只不過是一個想多陪陪孩子的可憐母親罷了。

產女如在途中遇到行人，會拜託他們幫自己抱抱孩子。然而這個孩子卻似岩石般沉重——不過如果能夠堅持抱住的話，就能遇到幸運的事情。在《今昔物語集》中，卜部季武隨源賴光到美濃去，在途中便遇到了產女。產女以為季武可欺，就請他抱抱自己的孩子，季武一接過嬰孩，立時覺得重如鐵石，但他畢竟是賴光四天王之一，一聲不吭，咬緊牙關抱著越來越重的嬰孩大步向前走。產女這才知道季武的厲害，哀求他歸還孩子，賴光毫不理睬，帶著嬰孩回到駐地，細看時，繈褓之中只剩下了三片金葉子。

另外，還有種說法，產女給人抱的嬰兒，頭部會漸漸變大，然後將抱著自己的人吃掉。所以不能用通常的姿勢去抱，而要讓嬰兒頭朝下、腳朝上倒著抱，同時用利器抵在嬰兒的腳上。這樣嬰兒的頭就不會變大了。

④ 雨女

中國巫山的神女有著呼風喚雨的本領，日本的「雨女」（あめおんな）也具有這種能力。由於雨是大自然的恩惠，農業時代雨的重要性不言而喻，所以雨女的地位比一般妖怪高。雨天，一個女子立在雨中，如果有男子向她微笑，殷勤示意與她共用一把傘的話，那她就會永遠跟著他。此後，哪怕外面陽光燦爛，該男子也會一直生活在潮濕的環境中，不久即死去。因為普通人根本難以抵擋雨女帶來的如此重的濕氣。

⑤ **鬼一口**

在惡鬼的頭部，長長舌頭的前端，長著一位美女，這就是「鬼一口」（おにひとくち）。美女其實是鬼首的誘餌，裝出快要被鬼的大嘴吞噬的慘狀，引誘人來救它，然後一口把救它的人吃掉。

⑥ **溺之女**

溺之女專門出現在溫泉旅館裡，以色相勾引男人。如果你在浴池裡看見一個不明來歷的美女在泡澡，千萬別以為有了什麼豔遇，也不要貿然靠近。它一站起來，你就會駭異地發現，它浸在水裡的下半身全是白骨！

⑦ **白粉婆**

青樓女子所供奉的神祇裡，有一位愛搽紅粉的脂粉仙娘，白粉婆（おしろいばばあ）就是脂粉仙娘的侍女。傳説她臉龐蒼白、毫無血色，喜歡穿一身雪白的和服，頭頂大傘、手拿拐杖和化妝盒，平時總以和藹可親的老婆婆面目出現。

愛美之心人皆有之，日本女性自古便喜歡白皙的膚色。當容貌姣好、沒有化妝的素顏美女，在路上不巧遇見白粉婆時，白粉婆便會從化妝盒中取出自製的白粉（類似胭脂的化妝品），賣力地推介起來，稱此粉能讓女子更加白皙漂亮。少不更事的年輕女子往往受到欺騙，為了美麗，毫無戒備地將白粉塗抹到臉上。然而這種白粉一旦上臉，美女的整張臉皮就會在瞬間脱落下來，輕易地失去了美貌。年老的白粉婆就將美少女的臉皮收為己用。

⑧ **文車妖妃**

文車妖妃（ふぐるまようび）本是一名藝伎，美豔無比、色藝雙絕，十七歲時被成明親王所寵幸。後來成明親王即位，即村上天皇，文車也跟著水漲船高，入宮成為天皇的寵妃。

當時，村上天皇的皇后是權臣藤原師輔的女兒安子，安子借助娘家的勢力，頻頻干預朝政，天皇也拿她無可奈何。藤原家族一直想立安子的兒子為皇太子，村上天皇也希望能早得子嗣。但天不遂人願，不但安子的肚皮不見鼓，後宮諸多佳麗也無一人懷有皇種。因此，誰能誕下第一皇子便成為宮廷上下最為關注的事情。

備受寵愛的文車妃就在這時有了身孕，並順利地產下了第一位皇子。天皇喜慰萬分，但宮裡卻議論紛紛，認為藝伎之子要是成了儲君，真是莫大的笑話。驚怒交集的安子更是非常妒忌，她聯合娘家人，設計陷害並幽禁了文車妃，還把尚未滿月的小皇子殘忍地殺害，將屍身餵了狗。軟弱的村上天皇面對安子的淫威，竟然不敢說半個不字。

文車妃因此而瘋癲，她精神恍惚、癡癡呆呆，口中反覆唸叨著兒子的名字。美麗的容顏憔悴了，盛開的花朵枯萎了，三年後，文車妃的生命走到了盡頭。她臨死前用鮮血寫下惡毒的咒文，切齒詛咒卑鄙的安子。失去意識的那個短暫瞬間，她積鬱的怨氣噴薄而出，化作燃盡一切的火焰，靈魂就在這崩裂而絕望的紅光中，漸漸湮沒在一片蒼茫中。

此後，村上天皇又有了一個兒子——廣平親王，但廣平在幼年就夭折了。緊接著，天皇的妃子、其他皇子接二連三地死亡，同時宮內還發生了許多怪異之事，人們都說是文車妖妃在作祟。天皇請來陰陽師驅邪，暫時保住了後宮的安寧。然而文車妖妃的詛咒並沒有消失，九六〇年，皇宮突然大火，整個皇宮被燒為白地，甚至連象徵天皇的神器也化為烏有。

安子後來也有了自己的兒子，她雖然苦心孤詣，將兒子立為儲君，但太子卻患上了嚴重的精神病，即位後只做了兩年天皇（即冷泉天皇，九六七至九六九年在位），就不得不退位。他一輩子瘋瘋癲癲，受盡宮廷小人的白眼。據說這也是受文車妖妃詛咒之故。

⑨二口女

二口女（ふたくちおんな），是受飢餓而死的嬰兒所附身的女性。它的特徵是在後頸出現了一張嘴巴，這張嘴比臉部的嘴巴大許多，而且很會吃東西，一口就能吞下一個人一天吃的份量。平時這張嘴被頭髮遮蓋住，當沒有人在場，面前又有食物的時候，二口女就把頭髮變成蛇一樣的觸手，拿起食物，張開後頸的嘴巴，大口大口地吞食。

傳說，千葉縣有名男子，中年喪偶，續娶了一位心地很壞的女人。這個後母只疼愛自己親生的孩子，對前妻留下的孩子百般刻薄虐待，連飯也不給吃，可憐的孩子衣食無著，被活活餓死。

這個孩子死後的第四十九天，他的父親砍柴回來，手裡的斧頭不小心劃傷了後妻的後頸，他們慌忙請醫師包紮，奇怪的是這個傷口怎麼也無法癒合，慢慢地，竟然變成了一張嘴的模樣。更令人吃驚的是，嘴裡連舌頭和牙齒都有。只要把食物放進去，傷口就會變得絲毫不疼，可一旦停止吃食，傷口又會劇痛不已。後妻沒辦法，只有不停地吃啊吃，邊吃還邊對著空氣不自覺地喊著「對不起！對不起！」這一切變故，都是因為她被餓死的前妻之子附體了。

⑩ 後神

日語中有句俗語：「後ろ髪を引かれる」，字面上直譯為：腦後的頭髮被拉拽，引申含義為「戀戀不捨」。日語裡「髮」與「神」同音，「後神」的稱謂就是從這句俗語中吸取靈感而得來的。

後神（うしろがみ）是個頭頂上有一隻眼、下半身無足的女妖，專門附身於膽小鬼或優柔寡斷者身上。當人們做某事稍一猶豫時，它就飛到半空中，在耳旁低聲催促說：「呀！要趕快啊！」如果人們不聽話，它就從人的身後一把拽住頭髮，或者用一雙冰涼的手纏繞住人的脖子，引起人們的恐慌。

⑪ 百目妖

烏黑的秀髮幾乎遮住整張臉孔，寬大的白色長袍印滿素色的小花，將身體包裹得嚴嚴實實。在長袍內的軀體，上上下下都佈滿了眼睛。這就是「百目妖」，一個有著絕色容顏的女妖。

百目妖的前身是一位富商家裡的大小姐，雖然衣食無憂，但壓抑鬱悶的生活令她感到非常寂寞、空虛。有一次她去金飾店買首飾，不小心帶走了一件首飾，到家後才發現。但她並沒有把首飾還回去，相反地，她覺得這樣做實在是太刺激了。從此，她就頻繁地進出大大小小的店鋪，刻意偷竊各類商品。由於她穿著闊綽，又是遠近聞名的首富之女，所以一直沒有人懷疑她。

然而，人在做，天在看。有一天，她發現自己的手心裡竟然長出了一個瘤，沒過幾天，那個瘤從中裂開，變成了一隻瞪得大大的眼睛。她知道，這是上天的懲罰開始了。如果能迷途知返的話，也許還能得救，但已經偷上癮的她仍然沒有停止偷竊，終於，她全身上下都長滿了眼睛，變成了百目妖。

由於自責和內疚心理，成為妖怪後的百目妖不再偷錢，而是專門用自己的眼睛去跟蹤和監視壞人。那些心神不定或者做過虧心事的人，要是被百目妖碰上了，百目妖的身上便會飛出一個眼珠子，偷偷地跟在壞人背後一直監視著。

百目妖的眼睛最善勾人魂魄，看似平淡無奇，卻能釋放出驚心動魄的嫵媚與誘惑。不知道多少男人被它的媚眼奪去了雙目，據說只要奪滿一千隻眼睛，百目妖就會變成無法收服的千眼巨魔。當一位法師前去阻止它時，它已有了九百九十八隻眼睛，發出的邪光令法師無法動彈。為了不被它湊滿千目，法師自毀雙目，趁百目妖驚愕之際，用佛香灰封住了它頭上的兩隻主眼，才將其收服。

⑫ 飛縁魔

飛縁魔（ひのえんま）源自於佛教的「縁障女」傳說。縁障女，是以美色干擾佛陀參悟的魔障。它傳到日本後，變成了飛縁魔。飛縁魔面容嬌媚，婀娜多姿，也是很香豔的女妖，可惜卻個個都是紅顏禍水，屬於高危險級別。它們常在夜晚出來晃蕩，專門吸取好色男性的精血，當受害者油盡燈枯後，再取走他們的脛骨並殘忍地將他們殺死。

還有個古老的說法，認為飛縁魔係由丙午年出生的女囚所化。日本的丙午年是凶年，大家相信丙午年生的女人會剋夫，即使再嫁，依然要剋，所以丙午年的女子想嫁人比較困難，特別是其中的女囚犯，更是怨念滿腔，漸漸地就變成了盛開在黑夜的罪惡之花——飛縁魔。

⑬ 古庫裡婆

凡人或物，古老即成精，此乃中日兩國共通的思維。庫裡，日本寺院中住持及其家人居住的地方；古庫裡婆（こくりばあ），就是隱藏於寺廟中的妖怪老婆婆。

古庫裡婆原是某位住持僧人所喜愛的女子，住在住持的家中（即庫裡），由於她無法忍受清貧的生活，開始竊取施主的錢財及穀物，貪得無厭令她變成了偷食物吃的妖怪婆婆。

形容枯槁的古庫裡婆蝸居於一間陋室內，端坐在盛著死人頭髮的木桶前，用死人的頭髮編織衣物，死人的屍體已經被它吃光。老太婆瘦骨嶙峋，額頭刻滿皺紋，兩隻眼睛大而凹陷，掉了牙而顯得乾癟的嘴巴裡叼著頭髮。所有這些，都給人以妖異恐怖之感。

⑭ 哭女

哭女（うわん），民間俗稱「哇」，常出沒於青森縣一帶，墳墓、古寺、廢墟、荒屋等，是哭女最鍾意去的場所。它沒有實體，也沒有具體特徵，僅僅由聲音、光及其他的自然元素所構成。出現時既可以是個年邁的老婆婆，也可以是位很可愛的小姑娘，但更多時候還是身著喪服、披頭散髮的怨婦形貌。

當人們在日暮時分，從古寺或墳場附近走過，很可能會突然聽到背後有什麼東西發出一聲恐怖的「哇」，扭頭一看，不得了，一團白色的鬼火懸浮於半空飄來蕩去，火光裡映照出一張哭喪的苦臉，令人頓生寒意，膽戰心驚。

一般人很容易被哭女嚇到，唯有訓練有素、處變不驚的武士，才能夠無視哭女的惡作劇行為。不過這也僅限於普通的哭女，若是那些生前有著極大冤屈，特別是哭泣著死去的哭女冷不丁喊出的「哇」聲，如果反應遲鈍沒有立刻跟著回答「哇」，那麼靈魂立刻就會被吸食掉，身體也會被封進棺材埋在亂墳堆下。

⑮ 笑女（倩兮女）

既然有了哭女，自然相對地也就有笑女（けらけらおんな）。笑女又稱為「倩兮女」，取「巧笑倩兮」之意。其形貌為三、四十歲的中年女子，打扮妖豔，塗脂抹粉，半咧著朱紅色的嘴唇，不停地笑著。據說笑女都是由那些青樓女子或淫婦死後所化，因為素性輕浮，所以常嘻嘻哈哈地笑個不停。聽見它笑聲的人大都凶多吉少。

笑女往往在夜間出現於幽靜的山路或街道上，倘若路人獨身經過，並聽見由遠及近地傳來女人的笑聲，但張望四周卻連一個人影也沒有，那一定是笑女的傑作。隨著腳步聲與笑聲一步步接近，那種情狀真是令人毛骨悚然。

老人都會告誡年輕人，遇到笑女在背後陰笑時，千萬不能回頭去看，而要裝作若無其事的樣子儘快離開。但若不小心或條件反射地回頭的話，就會看見笑女巨大的頭顱懸浮在半空中，眼睛直勾勾地緊盯著你，嘴裡繼續發出「嘿嘿嘿」的怪笑聲，你越是害怕，笑聲就越大。若是拔腿狂奔，那笑聲會一直追著你，最終你會發現，所謂的「跑」其實只不過是在原地打轉罷了。

想要真正擺脫笑女的糾纏，最有效的方法只有一種：「以彼之道，還施彼身」。它笑，你也笑，而且聲音一定要蓋過它。只要在氣勢上壓倒笑女，笑女的笑聲便會變小，而且身體也開始萎縮。如此反覆多次，笑女的聲音會越來越微弱，身體也越來越小，直至最後消失不見。

⑯ 毛倡妓

毛倡妓（けじょうろう）的前身本是某個寺廟住持的私生女，住持為了保住自己道貌岸然的清高形象，從小就將她賣到奈良做了藝伎。毛倡妓的琴彈得非常好，頗受歡迎。後來妓院來了一個新老闆，逼迫毛倡妓賣身。毛倡妓在棍棒拳頭的威逼下，只好含淚應允。哪知她的生意特別好，引來了同行的嫉妒，她們合謀害死了毛倡妓。毛倡妓既被父親拋棄，又身陷煙花泥潭，最後還含冤而死，自然怨氣特別重，於是就變成了女妖，夜夜在妓院四周徘徊，以美色勾引那些好色的男人。春宵一夜後，嫖客在第二天清早都會長出濃密的長毛，長毛源源不斷地生長，直至把嫖客渾身包裹住，窒息而亡。

⑰ 朱盆

女妖朱盆（しゅのぼん）的樣子正如其名，看起來相當恐怖：滿臉就像塗了朱漆般血紅，額上有一小角，頭髮則如一根根尖針似地直聳著。最為恐怖的還是它那張血盆大口，一直開裂到耳根部，足以吞下整個活人。

據說朱盆經常出沒於福島縣附近，夜幕降臨時就張著大口窺伺行人，一旦有人接近它，它就先噴出一口赤砂，迷住人的雙眼，而後張開血色大嘴，「吧唧」一口把人吞進肚裡。不過它至少還有一樣好處，能幫人治好容易臉紅的毛病。無論哪個害羞的人，只要一看到她那恐怖的惡模樣，必定嚇得臉色蒼白泛青，從此後不管怎麼著都不會紅臉了。

⑱ 高女

高女（たかおんな）生前的身高是正常人的三倍，如此超拔常人的身高，令男人都對她望而卻步。高女苦苦等候，卻始終嫁不出去，終於難以忍受世人的白眼而選擇了投海自盡。

它把所有的怨氣都發洩到生前對自己不屑一顧的男人身上，遂化身為美女在深夜色誘那些男人，等他們上鉤後，高女就突然顯出原形，吸取男人的精氣。在燭影下它的影子高大兇狠，男人無不嚇得屁滾尿流。其實高女也算是生不逢時，如果生在當代，女籃、女排、模特，大把機會等著它呢！

⑲ 絡新婦

在日本妖怪傳說裡，「絡新婦」被引申為蛛女的同義詞。絡新婦（じょろうぐも）這一名字，在西方稱為Nephila，本是蜘蛛目園蛛科的一屬，是一種彩色的長腳蜘蛛。其體色豔麗、結網巨大，可吐劇毒，而且身上的顏色和花紋還能隨周遭環境的變化而變化。

說到佈局撒網，又有誰能勝過蜘蛛呢？《妖怪百象記》中記載，絡新婦係毒蜘蛛幻化而成，它們白天是妖豔的美女，頭髮光柔如緞、臉孔絕塵脫俗，那嬌媚的笑如同黑色的迷魂箭，直懾人心；那絲般婉轉的眼神，織成黏粘堅韌的情網，一層一層地將男人黏進溫柔鄉中長眠。好色者見了絡新婦，無不渾身酥麻，半昏半醉，輕而易舉地被它們引誘到住所。到了晚上，絡新婦就露出了大蜘蛛的本相，口吐蛛絲，放出許多小蜘蛛，附在男子身上吸取鮮血。到第三日男子精血枯乾後，連首級也被取走。這些首級被囤積起來，留待絡新婦肚餓時食用。

在另一個版本的傳說中，絡新婦本是一位領主的侍女，因為與領主之子產生了戀情，領主發現後勃然大怒，將她扔進一個裝滿毒蜘蛛的箱子中處死。侍女的怨靈遂化作蛛女，向領主展開復仇。

⑳ 青女房

妖怪青女房，是有著滿口黑齒的蓬頭女妖，專吃人類，具有高危險性，主要出沒於京都一帶，經常於幽暗的舊屋中出現，手中隨時拿著一面鏡子。別看它外表猙獰，其實它的身世頗為淒慘並值得人們同情。

當它還是凡人時，是一位在皇宮中服侍的女官。在入宮前，她已訂了婚約，卻身不由己，不得不入宮。她與未婚夫相約，待到出宮後再行完婚。未婚夫也承諾此心不變，等她歸來。

入宮後，她身處險惡的宮廷環境中，勾心鬥角，只因為心裡有個朝思暮想的他，才得以支撐下去，苦苦煎熬，一步步向上，終於成了一位頗有權勢的女官，並有了出宮的資格。但當她回到家鄉時，卻驚愕地發現未婚夫已背叛了自己，和其他女人結了婚。自己家原先的屋宅，早已破落荒廢。她不願相信這一切是真的，一心癡念著舊情人會回到自己身邊，便一直坐在破舊的暗屋中苦苦等待。日復一日，她的頭髮變得蓬亂、牙齒變得烏黑。每逢有人到訪時，她就對著鏡子精心梳妝，但一發現來訪者不是舊情人，便會痛下殺手。漸漸地，隨著舊情人歸來的希望越來越渺茫，她心中的怨念也越積越多，最終變成了妖怪「青女房」。

①蛇帶

蛇帶，是日本一種吸收了日月精華的妖怪，它的外形宛若一條上好的腰帶，專門給古時那些妖魔著裝時圍在腰上做裝飾用，被稱為「纏腰火龍」，因此蛇帶在妖界也算是一種高級寵物。不過，對於普通人類而言，它卻無異於奪命摧魂的殺手。

在日本民間，尤其是山區中的居民，幾乎人人知曉蛇帶的恐怖詭異。蛇帶的劇毒，比之一般的毒蛇更要毒上百倍，人類一旦被它們咬到，瞬間全身黑腫麻痺，立時毒發身亡。蛇帶的身軀柔韌度極好，善於自然伸縮，有時候它會故意幻化成色彩鮮明的腰帶，在山道旁小溪邊讓貪心的山民撿去。山民如果將蛇帶當成腰帶纏在腰間，蛇帶就會將身子越勒越緊，死死箍住人體，直到將人的精髓血液全部榨乾。

蛇帶是魔界之物，不但凡人怕，凡間的蛇類也怕。居住在山區的人最容易遭受毒蛇的傷害，有一位聰明的姑娘見毒蛇遇到蛇帶後會迅速躲避，就由此想出了一個辦法。她仿照蛇帶身上的花紋，編織了約一寸寬的花帶，然後將花帶纏在身上。這樣毒蛇就誤以為是蛇帶纏在人身上，避之唯恐不及，哪裡還敢傷人。

②覺

覺（さとり），是生活在美濃（今岐阜縣）深山裡的妖怪，渾身被濃密的黑色體毛所覆蓋，就像黑猩猩一樣。它相當聰明，會說人話，還能覺察出人的內心想法，所以山民給它取名「覺」。覺雖然能看透人的心思，不過只要你能做到內心一片空明，什麼念頭也沒有的話，它就會自覺無趣而消失。

覺體格強健、力大無比，但絕不隨意傷人，相反地，它的個性十分溫馴，只要山民善待它，它還會幫山民幹點力氣活。當你覺得餓時，還會摘下果子給你吃呢！不過，千萬別心存壞念頭想捉它，覺會識破人類的企圖，搶先一步把人活捉來吃掉。

③ 海坊主

坊主，光頭、禿頭之意，也指住持、方丈等。和尚到了海上就是「海坊主」（うみぼうず），又稱「海座頭」、「海法師」、「海入道」。它頭上精光無毛，身軀龐大，張著的兩隻腳頗似龜腳，典型的海洋生物形象。

傳説中，海坊主本是位高僧，因戀上某位美女，做出越軌之事。那女子因心中有愧，投海而死。高僧深感愧疚，遂以內心無盡的怨念，將女子投海的那片海域變成妖魔之海。其平時以手持拐杖、身揹琵琶的盲人形象出現，但到了夜間的海上時，形象就會有大改變。彼時一直平靜的大海會突然形成一座浪峰，從巨浪中間顯出海坊主黑色的光頭巨人身影。它會操縱一群由死於海難的人所變的「舟幽靈」襲擊漁船，給漁民帶來覆亡之災。舟幽靈會在漁民慌亂時向他們借勺子，一旦漁民借出了勺子，就凶多吉少了。海坊主會把勺子變大，然後不停地向船裡舀水，直至船隻沉沒。所以在海坊主出沒的地區，出海的人都會準備沒有底的勺子來防範舟幽靈。此外，出海捕魚的船如果滿載而歸，也得提防海坊主。它們會成群結隊地出現，或抱住船槳和櫓，或撲滅燈火，然後跳上船頭，瞪著一對藍光爍爍的妖眼，向漁民強行索要捕得的魚。漁民倘若不給或是魚量太少，海坊主就吐出黏液掀翻漁船，令漁民船翻人亡。由此可見，它的形象可能更多地源於對海盜的妖魔化。

海坊主雖然幹壞事，但好事也做。每當出海的漁民被霧困住分不清方向時，海坊主就會熱情地指引漁民安全抵達岸邊，而它站在海面上遙遙相望。這樣看來，它算是妖怪中亦正亦邪的代表了。

④ 海女房

海女房（うみにょうぼう），也稱為海夫人。女房，在日語裡就是妻子的意思。海女房是海坊主的老婆，樣貌類似於西方神話中的美人魚。

海女房全身佈滿著鱗和蹼，海陸兩棲，常出沒於島根縣附近的十六島，因為是海洋妖怪，所以它十分喜歡吃魚，尤其是鹹魚。但它並不自食其力，而是專偷漁民的魚。漁民為了不讓海女房得逞，用許多大石塊壓住漁網，然而這些沉重的大石塊根本難不倒海女房，它力氣大得出奇，總是輕易地搬開石頭偷走網裡的魚。其實它之所以頻繁地偷魚，並不全為了自己饞嘴，很多時候是為了自己和海坊主的孩子。

⑤ **姥姥火**

《椙山節考》記載，古時大阪附近有座丟婆山，年邁無用的老婆婆都被丟棄在這座山上，最後無助地凍餓而死。姥姥火就是這些被丟棄的老婆婆的怨靈凝聚而成。它頭上纏繞著紅蓮之火，總是突然從油燈或燈籠中出現，在空中飄來飄去；一邊飛舞，一邊還發出淒厲的尖笑聲。碧油油的火球中，隱約可見老婆婆幽怨憤怒的臉孔。

⑥ **塗壁**

塗壁（ぬりかべ）也就是俗稱的「鬼打牆」，深夜的海邊、偏僻的山道、森林中，都出沒著它的身影。塗壁的身體可謂剛柔多變，剛時，如銅牆鐵壁般堅實；柔時，能化作任意形態的泥水傾洩一地。一旦現身，人們的眼前登時有一堵無邊無際的白牆瞬間砌起，無論推也好，砸也罷，這堵白牆都紋絲不動。如果你因此驚惶失措，就會落入塗壁的圈套。此時要冷靜地用棒子輕敲白牆的下方，白牆將立刻消失得無影無蹤。

⑦ **婆娑**

婆娑，字面意為盤旋、跳舞的樣子。「婆娑」是種長相奇特的妖鳥，來自日本愛媛縣深山竹林，因其飛舞之時如竹影婆娑，搖曳生姿，故得此名。每隔一年，它們身上即有一根羽毛轉變成黃澄澄的金葉子，所居住的山區更是蘊藏著豐富的金礦。不過你可別想動婆娑的歪腦筋，婆娑的雙翅極其發達有力，搧動起來能捲起颶風，再加上口中吐出的黑色火焰，絕對能令居心不良者大吃苦頭。

⑧ **濡女**

濡女（ぬれおんな），又名磯女、海女、海姬等。磯，海岸之意。濡女就是海邊的女妖。它被認為是溺死於海中的女子亡靈所變，下半身呈龍尾或蛇尾形，上半身是女子形象，長髮委地、全身濡濕，從背後看去，如同岩石一般。

濡女有著超長的尾巴，據說長度有三百三十米左右。平日裡，它坐在海邊的岩石上，只露出上半部分的女身，嫵媚地梳理著隨風飄動的長髮，倘若有人為美色所迷，接近它並想搭訕的話，它就會迅速地甩出藏在水下的蛇尾，將目標纏繞住，然後露出猙獰的本相，裂開大口，發出幾乎可以刺破耳膜的尖嘯，嘴裡吐出蛇信般分叉的舌頭，一口氣吸乾受害人全身的血液。在鹿兒島縣，漁民之間甚至傳說只要看濡女一眼，就會得病死去，其可怖如此。

⑨牛鬼（土蜘蛛）

牛鬼（うしおに）是濡女的丈夫，一種惡毒的海怪，其性格殘忍，面目猙獰，喜好害人。它白天睡在海底，傍晚時和濡女結伴出現於石見（今島根縣）的海岸邊，伺機襲擊人類。每當人們打海邊經過時，濡女就先向行人提出「請抱一下這個孩子」的請求，一旦抱住孩子，濡女便立即消失在海裡，行人想扔掉孩子逃離，但孩子如石頭一樣沉重，怎麼扔也扔不掉。牛鬼就趁此時機鑽出海面，殘殺行人。

「牛鬼」的稱呼恰如其名，牛首鬼身，牛頭上長著犄角，臃腫的身體卻像蜘蛛似地長著八隻腳——八隻鋒利的彎鉤腳，所以又名「土蜘蛛」。其八足、獠牙、剛毛、蛛絲等都是傷人的利器。

牛鬼善於用毒，要是有誰招惹了它，它便從口中噴射出毒液污染一方水土，靠此水源生存的村民均會中毒身亡。不過牛鬼最令人膽寒的還是它的「兇眼」。據傳被牛鬼目露兇光地凝視到的人，會產生樹落葉、石流動、牛嘶叫、馬吼嚎等幻覺，之後不久即七竅流血而亡。幸好牛鬼並不會無緣無故地用兇眼去凝視每一個人，它只針對那些對神明不敬或對長輩不孝的人才作出兇眼的懲罰。

也正因此，人們都對牛鬼敬而畏之，不敢惹其犯怒。特別是海邊的漁民均十分害怕它的惡意襲擊。海裡的牛鬼只要發現漁船，就會拚命地追趕，將漁民辛苦捕獲的魚統統吃光。如果反抗它，船就會被牛鬼的魔力翻覆。不過牛鬼非常懼怕護身符，所以漁民都在船上貼符，來躲避牛鬼的侵擾。

傳說鎌倉幕府首代將軍源賴朝在生病時曾見過牛鬼，當時牛鬼化作美女想要接近他，但他不愧是有著「降鬼天王」之美譽的人，一眼就識破了牛鬼的真面目。他二話不說拔刀橫揮，立時砍下了牛鬼的右臂，牛鬼見事機敗露便使出障眼法逃遁而去。後來源賴朝追循血跡，發現了牛鬼的洞穴，又與其大戰一番，終於將它斬殺！那把殺死牛鬼的刀，從此成為日本名刀，被稱為「鬼丸國綱」。

⑩見越入道

當你在山間的小道上行走，突然跳出一個斜著鬥雞眼的禿頭妖怪，晃著一對大拳頭喝道：「呔，此路是我開，此樹是我栽……」那麼，

此怪正是見越入道（みこしにゅうどう），又稱「望上和尚」。

見越入道可以自由地改變身體的大小，其原先的大小與普通人差不多，但在打劫時，為了顯示自己的高大威猛，它會把自己膨脹數倍，變成龐然大物。當你向上仰視它時，看得有多高，它就變得有多高。然後兇狠地俯視著你，企圖藉此嚇唬住人們。

其實見越入道不過是外強中乾，只要你鼓起勇氣，盡力看得更遠，超越見越入道變身的極限，它就會立即消失了。

⑪ 古籠火

在草木也入眠的丑時三刻，如果你依然有興致去山間行走，可能會見到一團團的碧火，火焰閃爍跳躍，漸漸飛近。仔細地看，那火焰中隱現的，赫然竟是一個人的臉孔。

這火，就是古籠火（ころうび），係由鬼魂或精靈附靈於老舊的燈籠幻化而成。它無需燃料，在黑暗中會自然發光，常於山間小徑出現，不會傷害人類。

⑫ 百百爺

百百爺（ももんじい）本是關東地區一位孤苦的老人，後來離開村莊來到山林之中隱居，因為以山中野獸為食，頭部慢慢地變成了豬面鹿角。當他在山林荒野閒逛時，常因相貌醜陋、衣衫襤褸而嚇壞行人，它自慚形穢，遂刻意躲避人群，只在天黑時出來蹓躂。

不過百百爺可是個善良的妖怪，要是在野外碰到得病的人，它會毫不猶豫地出手相救。它在山間行走時身旁總圍繞著霧氣，遠遠望去，彷彿騰雲駕霧一般，再加上手裡拿著一根類似仙杖的拐杖，因此很多人供奉它為山神。

⑬ 以津真天

以津真天（いつまで）是一種有著人頭、蛇身、鷹喙，以及宛如刀劍般銳利鉤爪的怪獸。其翅膀張開時可達五米之廣，幕天遮地。

別看以津真天模樣兇狠，其實很熱愛和平。它白天躲在無人知曉的隱密巢穴中休息，等到入夜就出現於屍橫遍野的戰場上空盤旋，並從口中噴出怪火，染紅夜空。一邊噴，一邊還發出「itsumade、itsumade」的叫聲。「itsumade」音同日語的「到何時為止」。這哀慟淒厲的叫聲，彷彿在控訴著大地的烽火到底何時方能止息。由此可見，以津真天其實是為了喚起人類內心的罪惡感而出現的，隨著死屍的增多，以津真天的數量也會漸次增加。

因此，只要是不安寧的戰亂時代，總能看到以津真天在天空盤舞著，雖然它不會直接對人類發動攻擊，但若是一直處於被以津真天的怪火染紅的天空下，人類會萎靡不振，最終精神崩潰而亡。

⑭ 浪小僧

浪小僧（なみこぞう），又稱海浪小和尚，常年棲息於海中，是身體只有人的大拇指那麼大的迷你型妖怪。因為它與河童出自同一族系，因而也被稱為「海中河童」。

儘管長期居住於海岸邊，但浪小僧比較害怕暴風雨，每逢快要降雨時，它就從海邊遷移到陸地上暫時落腳，等天氣轉好再返回大海中去。海邊的居民往往會把浪小僧當成「天氣預報員」，每當看到它從海邊遷往陸地村落時，就意味著大雨即將來臨。浪小僧也確實擁有對海洋天氣的準確判斷力，能夠通過海浪聲的變化來判定什麼方向將有雨降，故而有的地區也將浪小僧奉為雨神，乾旱季節急需大雨時，大家都虔誠地期盼浪小僧能從海中來到自己的村落，同時帶來及時雨。

⑮ 海難法師

伊豆七島所流傳的惡靈，其傳說源於江戶時代的寬永五年（一六二八）。一位名叫豊島忠松的代官，由於一直欺壓島民，導致民怨沸騰。島民在忍無可忍的情況下，決定設計殺死他。某天島民利用所掌握的氣象知識，推算出一月二十四日將有颶風。於是故意勸請豊島忠松在那天巡視各島。忠松果然中計，出海後被狂濤巨浪所吞噬。此後，每年一到舊曆一月二十四日，忠松的幽靈就會變成海難法師，巡視各島。所以島民在這天都閉門不出，躲在家中。

【家居建築之怪】

①鬼混老

接近傍晚時分，對於突然來訪的陌生老人，必須格外留神！尤其是衣著光鮮、一臉高傲神色的老頭。此人通常身穿黑色羽織，腰際插著防身用的太刀，一副大有威嚴的模樣。乍看之下，頗像是一個富商，沉默威嚴的態度，令人望而生畏。如果他登門來拜訪，千萬別讓他進去，否則可有得麻煩受了。他會大搖大擺地走進客廳，若無其事地喝著茶，甚至還會拿起主人的煙管，從容不迫地抽起煙來。無論他進入誰家，都當作是自己家一樣，完全無視旁人的目光，不知道的人還以為他是主人的座上嘉賓呢！像這種不速之客，趕走他似乎顯得不盡人情，不趕走又會給家裡添麻煩，真是教人傷腦筋！這就是賴著不走的妖怪「鬼混老」（ぬらりひょん），又稱「滑瓢」。

據説鬼混老是妖怪大頭目，也就是眾妖怪的首領。妖怪之間要是起了口角或爭執，都會找它主持公道。可見它是個強力人物哦。如此一來便能理解，它的行徑為何如此大膽猖狂了。

鬼混老的真面目其實是章魚，貌似老人，特徵是禿頂，穿高檔有品味的和服。雖然它懂得利用人心的弱點，生性狡詐奸猾，可奇妙的是，它並不會加害於人，只會趁大夥兒忙成一團的時候出現，大家也就無暇看清它的模樣。或許正因為它是有地位的妖怪，所以才會三不五時地選擇人多的地方探視民情吧！

②垢嘗

在眾人皆睡，萬籟俱寂的半夜，一個妖怪不曉得從哪裡潛入了浴室，專門舔食人們洗澡後的污垢。浴室愈髒，它住起來愈舒服。凡是被它舔過的地方，不會變得乾淨，反而會愈來愈髒，洗也洗不掉，形成惱人的頑垢。如果舔食過程中被人發現，它就會放個屁，借「屁遁」而逃。在《畫圖百鬼夜行》中，畫著一個只有一隻腳，帶著爪鉤，披頭散髮的童子，伸出長長的舌頭正在找尋污垢，那就是「垢嘗」（あかなめ）。

垢嘗是由於浴廁沒有保持清潔，頑垢堆積，發黴發臭，最後變成了駭人的食垢妖怪。它的臉呈紅色，除了給人帶來不方便外，並不戲弄人，也不加害於人。除非有人突然勤快起來，將累積多年頑垢的浴廁洗刷得乾乾淨淨，才會引起它的不滿。垢嘗生氣起來，沒別的本事，就會猛放屁，長年囤積在肚子裡的污垢化為臭氣，可不得了呀，那股子臭味會久久揮之不去。

③毛羽毛現

毛羽毛現（けうけげん），漢字意為「稀有稀見」、「稀有稀現」，指稀有、罕見、新穎、不可思議的事物。它屬於那種本性不明的妖怪，沒有手和腳，全身被黑色的濃密長毛所覆蓋，只在頭上露出兩隻圓圓的眼睛。

毛羽毛現喜歡夜裡出來活動，長得嚇人不是你的錯，但出來嚇人就是你的不對了。不過還好，雖說它樣子有點嚇人，但也只是這裡走走，那裡轉轉而已，沒有什麼攻擊性的事件發生，真是莫名其妙的傢伙。

毛羽毛現會把疾病帶給不乾淨的人家，所以換句話說，要勤快點搞衛生哦，這樣就不怕病魔入侵了。

④家鳴

家鳴（やなり），是居住在古屋屋頂或地板下的一種妖怪，又稱「屋鳴」。要是晚上你總覺得房間裡有一種奇怪的聲音，吱吱嘎嘎地弄得滿屋子都在震響，並且聲音還總是從天花板、地板或牆壁間發出的話，那麼不用說，肯定是家鳴在搗鬼了。

家鳴身材矮小，其形體充其量也只比蒼蠅、螻蛄大一些，它們往往成群結隊地出沒，分工合作，有的撞拉門窗、有的搖撼廊柱，總之，一切行動的目的就是使房屋發出聲響，引起人的恐慌。但實質上這些聲音是極其微弱的，對於人類而言，除了造成心理上的恐怖感覺外，倒沒有別的危害了。

關於家鳴還有一個小故事，在但馬國（今京都府）有一批浪人為了試試膽量，住進了一間以「鬼屋」著稱的房子。三更時分，突然間，房屋震動搖晃起來，武士還以為發生了地震，急忙跑出屋外，定神一看，搖晃的只是房屋而已。第二天，發生了同樣的事情。於是，武士便與一位僧人商議，在第三天共同住進了這間屋子。晚上房屋照樣搖晃起來，僧人緊盯一處，口中唸唸有詞，舉起刀向搖晃得最激烈的地方刺去。只聽一陣輕微的「吱吱呀呀」聲，房屋停止了搖晃。天亮後，人們對房屋作了一番巡視，刀刺的部分還有血跡，幾隻比蒼蠅略大的家鳴躺在地板下，已經咽了氣。房屋搖動就是它們在作祟。

⑤ 油赤子

赤子，嬰孩之意。油赤子（あぶらあかご），從字面上理解，就是「舔油的小鬼」。

油赤子是賣油人死後所變，多以火球的姿態出沒於日本東北一帶，在空中飛來飛去。它不會傷害人類，也不會引發火災，只喜歡在夜晚熄燈時，以小火球的形態飛進民宅屋內，即使是再小的空隙，它都有辦法鑽進去，接著變成矮矮胖胖的小孩子模樣，貪婪地舔食紙罩燈中殘留的燈油。舔完油後，又恢復成火球的形態飛出窗外。

⑥ 天井嘗

古老陳舊、光線昏暗的屋子裡，經常會出現一個專門爬到天花板上用長舌頭舔天花板上沉積的灰塵，清潔四壁的妖怪，它就是天井嘗（てんじょうなめ）。假如看到牆壁上或天花板上有逐漸擴大的濕漉漉的浮水印，別害怕，那只不過是天井嘗的口水而已。

⑦ 目競

競，競爭、比賽之意。所謂「目競」（めくらべ），也就是互相瞪眼對視，看誰先忍不住笑起來或躲開對方的視線。

目競通常出現在庭院中，其形象是許多骷髏頭黏合堆積在一起，每個骷髏都瞪著巨大的眼睛，將視線齊齊朝向主人的臥室內。如果遇到目競與你對視，千萬不要躲避它的視線，要不然就會失明，這時候應該鎮定自若地怒目與它對視，過不了多久，目競就會膽怯而自動消失。

十三世紀的軍記小說《平家物語》卷五中，就記載了一則關於目競的故事：

一天清晨，入道相國平清盛從寢殿的內室走出，打開犄角上的小門，向庭院裡望去。令他大吃一驚的是，庭院裡不知何時竟充斥了無數骷髏頭，上下滾動，忽聚忽散，軲轆軲轆地發出難聽的聲響。平清盛大聲叫道：「來人啊！來人啊！」但奇怪的是，平時就在殿外伺候的衛士卻一個也沒有來。這時，許多骷髏頭黏合糾集成一堆，變成了一個大骷髏頭，高十四五丈，跟小山一樣，院子裡幾乎都容不下了。

在這個大骷髏頭上，有著千萬隻活人一樣的眼睛，直勾勾地瞪著平清盛，眼色兇狠，連眨都不眨一下。

平清盛心裡怦怦直跳，正想避開那些目光，忽然想起曾經有陰陽師說過，此類怪物名叫「目競」，如果迴避它的目光將會失明。於是他深吸一口氣，定下神來，毫無懼色地怒目相向。雙方僵持了大概半個時辰，目競被平清盛灼人的目光瞪得害怕起來，扭了扭頭，消失不見了。

⑧ 逆柱

樹木是有生命的，在生長時有上下之分，當它們被造成建屋用的柱子時，木工師傅如果不慎將木材上下顛倒錯置，根部朝天花板、枝幹的部分朝地板，就會形成「逆柱」（さかばしら）。那麼柱子會很生氣，後果也會很嚴重。因為柱子是房屋的主心骨，對家裡的風水和運氣都有著重要影響。

傳說「逆柱」會在夜深人靜時獨自發出怪聲，嘎嘎作響。自古以來，日本人就認為逆柱會帶來火災、家鳴、疾病等不吉利的事，所以木工這一行相當忌諱將木材上下顛倒。要是長期不理會逆柱，它會在柱體上顯現人的哭臉，並且發出呻吟聲。

日本最有名的逆柱，在日光東照宮的陽明門。門口十二根柱子中的一根，就是上下顛倒的逆柱。不過，這是為了消災避難而刻意設計的，為了破除「建設完成的同時，崩壞隨即展開」的魔咒，工匠才留下這根「魔除逆柱」來避邪。

⑨ 食夢貘

食夢貘是一種能為人類吃掉惡夢，留下美夢的傳說生物，因外形似貘而得名。它本是中國的上古神獸，力量強大。大唐盛世時，中國國泰民安，人民美夢多多，惡夢少得可憐，食夢貘吃不飽，便漂洋到了日本。它晝伏夜出，每當更深人靜時，就用靈敏的鼻子嗅探哪裡有惡夢，然後找上門去把惡之夢境吸食掉，讓人在一夜無惡夢的情況下安眠。過去的日本有出售食夢貘的畫像，人們睡不好時，就把畫像擺在床邊，即可夜夜好眠。

【器具之怪】

老一輩的日本人都相信家裡的各種生活用品，如鍋瓢、碗盆、筷子、桌椅、澡桶、雨傘等，由於在人類長期使用之下，接觸到了濃郁的人氣，經年累月間靈力不斷得到增強，慢慢地就會變成器具之怪！

① 返魂香

「北方有佳人，絕世而獨立。一顧傾人城，再顧傾人國。寧不知傾城與傾國？佳人難再得！」這一首傳唱千古的《佳人歌》，寫的是漢武帝與愛妃李夫人的愛情故事。「返魂香」即與此息息相關。

返魂香（はんごんこう），是中國古代的一種香料，據《海內十洲記》記載，它初次出現在漢武帝時期，由西域月氏國進貢而來。「斯靈物也，大如燕卵，黑如桑椹，燃此香後，香氣聞數百里，病者聞之即起，死未三日者，薰之即活。」漢武帝曾點燃此香，召喚死去的李夫人，可惜返魂香只能救活死去未滿三天的人，李夫人的魂魄短暫歸來，在屏風後為漢武帝跳了最後一支舞。在場的李延年目睹此情此景，涕淚滂沱，揮筆寫下了不朽名篇《佳人歌》。

隨著中日香料貿易的頻繁，返魂香也漂洋過海來到了日本。日本人起初並不知道它的神奇功效，在京城中點燃了香料，結果「其死未三日者皆活。芳氣經三月不歇」。——導致了一場人與亡魂的慘烈戰爭全面爆發。這就是平安時代為什麼會出現人鬼並存的原因及背景。

② 角盥漱

角盥漱（つのはんぞう），典型的由經年器具所化的付喪神。它本是用來盥洗的盆狀器皿，以圓木製成，塗著黑色的漆，安著四條長長的支架。支架的作用是為了盥洗時不讓盆裡的水浸濕衣服，把袖子掛在支架上。

角盥漱因為體積笨重、佔用地方，在木桶式臉盆大範圍使用後，就被逐漸淘汰了。經年不用的角盥漱，被人遺棄在角落裡，悄悄地化為了妖怪。

不過，雖然日常洗漱用不到它，但男人在剃頭時，女人在婚後染黑牙齒時，都還要再用到這種盆。如果不留神，映在水面上的人臉會被妖怪窺視到。到了深夜，要是再看到這個角盥漱，妖怪就會用支架把人的袖子纏住，人的臉便會永遠消失掉！

③琴古主

一位嗜琴如命的文士家裡所用的琴，在主人死後，琴因為無人彈奏，在經過悠長歲月的塵封後，化成了妖怪琴古主（ことふるぬし）。它身上的根根琴弦像飛舞的龍鬚，琴額上有兩顆大眼珠閃閃發光。琴古主常在深夜自行翻閱琴譜，彈出樂曲，琴聲或激憤或幽怨，如泣如訴，令聽到的人無不毛骨悚然。

④木魚達摩

木魚是外形酷似魚頭形狀的一種木製法器，腹內中空，敲之有聲。僧人日常修行時，有節奏地敲打木魚，可起到「警昏惰、驅魔障」的作用。香煙嫋嫋、佛聲朗朗，小部分木魚因為整日聆聽僧人誦讀經文，受佛性薰陶，化成名為「木魚達摩」的妖怪。它外形圓胖，常於午夜時現身並發出「咄咄咄」的木魚敲擊聲。

⑤匙鬼

在古代的中國，玉製的飯匙是最上等的飲食用具。玉器有靈氣，時間一久，吸收人氣，就會物化成妖。飯匙和筷子傳到日本後，日本民間大量使用木頭製成的飯匙。到了平安時代，筷子成為主要食具，陶瓷製作的湯匙也取代了木匙。被廢棄的木匙變成了匙鬼。

匙鬼形象猥瑣，附靈在木匙裡，渾身塗著紅色的油漆，具有火性的特徵。對於需使用筷子的煮物和豆類，匙鬼都施了咒語。因此在吃飯時，無論如何不能用筷子戳食物哦！

⑥ **白容裔**

任何家庭裡都會經常使用到抹布，抹布也是最經常更換的居家物品。白容裔（しろうねり）就是由白色的舊抹布變成的妖怪，因為頻繁地被用於擦拭各類髒東西，白抹布全身破破爛爛，充滿了餿臭味。它是那樣不起眼，以至於一用完就被隨手扔到晾物繩上，從此無人問津。長期閒置的白抹布積聚了深深的怨念，化作蛇一樣的怪物，每到深夜就從晾物繩上飛下來，飛進人類的屋子裡，甩動身子，纏繞抽打，將所有的委屈一古腦兒地發洩在各種擺設上。

⑦ **屏風窺**

鴛鴦被底擁香軀，錦帳紅閨私語新。每一對情侶都曾經海誓山盟，然而有幾人能廝守到老？一個美麗的女子受到欺騙，說是說比翼鳥連理枝，失身後卻立即被男方拋棄，她傷心欲絕，在幽會的房中終日哭泣，痛罵那負心寡義的薄情男子。這一切都被七尺屏風看在眼裡，為女子復仇的怨念，令屏風變成了妖怪。

⑧ **枕返**

在無人的夜晚，越來越稀薄的睡意已罩住夢境，人們漸入夢鄉。這時，一個小孩模樣的妖怪躡手躡腳地出現了，它將熟睡者腦袋下的枕頭拿掉，然後墊在腳下。這種惡作劇，被稱為「枕返」（まくらがへし）。

別看枕返只是輕輕地翻動枕頭，但已經令睡著的人改變了夢境，熟睡者的潛意識被操控，陷入了與現實的美好希望完全相反的悲慘夢中，如果不能及時醒來，將永遠地沉淪在虛幻的世界裡，失去方向，並永久地消沉下去。如果你做了這樣的夢，那麼醒來時，一定要重拍一下後背，將附在身後的枕返趕走，以後才能安心睡眠。

⑨ **杖入道**

遊方的僧侶執著禪杖四處遊歷，如果耐不住清苦疲勞，破了佛的戒律，就會墮落魔道。那麼他的禪杖也會隨之變成大頭的禿頂妖怪，這就是「杖入道」。

杖入道具有引路的本領，遇到十字路口時，只要放開手中的禪杖，沿著禪杖倒下的方向走就對了。它還能找到水源或礦脈。不過杖入道也有著將人導向地獄的魔力，對於它指示的方向，要小心謹慎哦。

⑩ **機尋**

機尋（はたひろ），典出唐詩「自君之出矣，不復理殘機」。古時日本有位女子的丈夫離家遠行，女子朝思暮想，長時間無心上機織布。織機荒廢殘破，變成了妖怪「機尋」。機上每一根織線都化作一條蛇，遊走出去替女主人尋找丈夫。

⑪ **戟魔**

戟，將戈和矛結合在一起，具有勾啄和刺擊雙重功能的一種兵器，戰鬥力相當強大。不過日本在冷兵器時代，很少使用到戟，戟魔就是被廢棄的戟幻化而成。

與嗜血的日本刀不同，愛好和平的戟魔，每夜都在寬敞的大道中帶著長戟，慢慢地踱來踱去。好戰的人如果碰到戟魔，血會一滴一滴地從戟中流出來。這些血是好戰者的血，戟魔藉此警告人們要珍惜和平。

⑫ **朧車**

在古代的日本，京都、奈良等大城市經常舉行各種祭祀活動，諸如「祇園祭」、「葵祭」等。每當祭祀活動開始時，人們都爭先恐後地湧上大街，一睹祭祀的風情。權貴一般都乘坐華麗牛車出行觀看。但道窄車多，於是爭搶車位便成為司空見慣的事情。牛車彼此傾軋的戰況非常激烈，甚至會有人流血喪命。「朧車」（おぼろぐるま）就是在爭搶車位的鬥爭中，車輪因為染了太多的血，而變成的妖怪。

朧車外觀是一對大木車輪，渾身纏繞著青綠色的火焰，移動速度不但快，而且衝擊的力道也不可小覷。在月光朦朧的夜晚，趕夜路的人會在賀茂的大道上看到朧車，從正面看，平時懸掛簾子的地方浮現出一張巨大的女性臉龐，怒眼圓睜、大嘴橫咧，滿是萬念俱灰的神情，似乎有無盡的怨恨要找人傾訴。

⑬ **絹狸**

絹，平紋織物，質地輕薄，堅韌挺括。日本的八丈絹是絲絹的上乘品類，絹狸（きぬたぬき）即由八丈絹所化。說起它變成妖怪的理由比較滑稽，八丈絹因為自身的品質、式樣、剪裁都是一流的，就特別想讓更多的人看到。可是絲絹沒有腳走不了，於是它就變成了毛色華麗的絹狸，跑到街町、田野上炫耀，讓每個人都能欣賞到自己。

⑭ **棘琵琶**

琵琶，撥弦類樂器，音域廣闊、演奏技巧繁多，具有豐富的表現力。它那奇妙的音色據說可以呼喚靈魂歸來。棘琵琶係用天上的聖木製成，腹內置兩條橫音樑及三個音柱，通體施有螺鈿裝飾，工藝精細；其音質鏗鏘飽滿，音色清脆純淨。如果你有機會彈奏棘琵琶，天神將陶醉其中，心神蕩漾，愉快地保護你的家居安全。但倘若彈奏的曲調不和諧，琴弦發出斷裂之音，琵琶便會狂亂地變成妖怪，使家運衰微。

⑮ **雲外鏡**

雲外鏡（うんがいきょう）是一種能映射出遠方影像的鏡子，從中可以看到人間天上每一個角落的各種事物，類似如今的電視，或是吉普賽的占卜水晶球。雲外鏡的前身是一面花銅鏡，歷經五百年修煉，吸收天地靈氣，幻化成為鏡妖。

雲外鏡容易跟照妖鏡混淆，因為照妖鏡可以映照出肉眼看不見的妖怪，而雲外鏡也能照出怪異的臉孔。據說在陰曆八月十五晚上，往水晶盆內注滿水，將鏡子平放在水面，若是映照出妖怪的模樣，就表示這面鏡子裡住著妖怪。雲外鏡在照出妖怪的同時，也會吸收妖氣變成它的樣子。

⑯ **草鞋怪**

顧名思義，草鞋怪（ばけぞうり）就是家裡的草鞋因年歲太大而變成的，其外形也是一草鞋樣，鞋正中有隻獨眼，腳跟處伸吐著長舌頭，看起來頗為滑稽。

草鞋怪對於人類完全沒有危害，只不過喜歡搞點小惡作劇，比如用舌頭舔你的新鞋子，讓鞋子充滿腳臭味，要是穿著這樣的鞋子出門，真會令人尷尬不已。

⑰ 釣瓶妖

釣瓶，是古時人們用來從井裡打水的桶子，裝有把手，只要將手一放開，桶子就以飛快的速度「撲通」一聲掉入井裡頭。釣瓶妖（釣瓶おろし）就是身子似釣瓶的一種妖怪。它日常潛伏於大樹上，一旦有行人從樹下路過，就會以迅雷之勢從樹梢上飛快落下，將一個吊桶套到行人的頭上，然後再拉上去咬死。

幹完一票害人的勾當後，釣瓶妖會立即換個地方。若閒來無事，它就吊在枝頭，上上下下地晃蕩，口中喃喃自語著：「夜班上完了嗎？要不要把釣瓶放下去呀？」

⑱ 唐傘小僧

傘從古至今一直是人們生活中的常用工具，因此關於傘的鬼怪傳説有很多。唐傘小僧即是由舊傘幻化成的妖怪，它在日本動畫《鬼太郎》中經常出現，屬於付喪神的一種。傳説中，它是油紙傘放置一百年後變化而成，特點是單眼、吐舌，傘軸就是它的腳，因為傘軸只有一隻，所以用單腳跳躍的方式前進。這種妖怪不會對人惡作劇，有時候還會穿著木屐出現，到處蹦來蹦去。挺可愛的哦。

【動植物之怪】

① 入內雀

入內雀（にゅうないすずめ），又名人肉雀，是種相當危險的怪鳥。它的蛋比人的毛孔還小，肉眼很難察覺，所以它通常把蛋下在人類身上，當幼鳥出生後，就以人的內臟為食，直到吃空五臟六腑才飛出人體。還有部分幼鳥並不飛出來，而是用人的肉體作為掩護，接近其他活人，進而把人殺死。

另有一種說法認為，入內雀是三十六歌仙之一的藤原實方，在被貶為陸奧守後，其鬱鬱不平的意念所幻化的麻雀。當時的陸奧十分荒涼，實方從雲端跌到谷底，心中苦悶難以紓解，最後失意死去，怨念糾結於魂魄中，化為鳥雀。由於一心想返回京都，這雀經常飛入皇宮，啄食天皇的御膳。此外還會吞噬農作物，造成饑荒。

② 鐮鼬

鐮，即鐮刀；鼬，一種身體細長、四肢短小的哺乳動物。「鐮鼬」（かまいたち），是有著兩隻鐮刀般的大爪子，如同鼬一樣的妖怪。它一般出現在山窪處，走起路來就像突然颳起的一陣旋風，銳利的爪子伴著凜冽的山風，颳打在人身上，如刀割一樣。風停後人們會發覺手腳上都是傷痕，傷口有時甚至會深及骨頭。剛被割時，傷口既感覺不到疼痛，也沒有流血，但過不多久，劇烈的疼痛就會襲來。

由於鐮鼬善於駕馭風，順理成章地成了狂風的象徵。在日本岐阜縣，人們認為風中的鐮鼬，其實共有三隻。它們動作迅速，聯手出擊惡作劇：第一隻先用狂風把人颳倒，第二隻立即在人的大腿上割出傷口，再由最小的一隻迅速給人塗上療傷膏藥，由於整個過程相當快，以至於人們產生錯覺，以為是自己擦傷的。

③ 木魅

「登高峰兮俯幽谷，心悴悴兮念群木。見樗栲兮相陰覆，憐梫榕兮不豐茂。」這首詩所頌的，就是木魅（こだま）。

中國人和日本人都相信，山裡的高齡樹木具有靈性，經過年深日久吸收日月精華後，便會成精。木魅，又稱樹魅、木靈，就是高齡的老樹變成的妖魅。它的外表與普通大樹沒什麼兩樣，但實際上有靈魂住宿其中，具有不可思議的神通力。如果有人打算把樹推倒或弄傷，那個人乃至全村的人都會遭遇很大的災難。因此木魅世代受到所在村落的保護，據說老人都能以直覺識別出它。

④ 人面樹

人面樹（にんめんじゅ）生長在人煙罕至的密林深處，粗壯的樹幹分支出諸多樹杈，樹杈上開滿花朵。盛開的花猶如人臉一般，默默無語，只是不停地微笑。笑過後，滿樹繁花便紛紛凋謝。接著，顆顆豐盈的果實露了出來。起初只是普通的果實，黃色、透著血紅，越長卻越奇怪，果實的表面開始凹陷凸起，漸漸有了形狀，變成了五官的樣子。眼是丹鳳眼；鼻是高挺鼻；嘴唇似櫻桃，耳朵如月輪。最後，每個果實上都浮現出一張清晰的人臉，在綠葉的簇擁下露出孩童般的笑臉。

關於這不可思議的樹，還有一個傳説：江戶時期有一名男子的心上人去世了，男子痛不欲生，尋找種種法子希望與戀人重逢。他聽信邪鬼之言，將女子的頭顱種入後院中。四十九日後，院內長出一樹，百日之後樹上開花、一年後結出果實。這罕見的果實竟然全部都是女子的人面，頓時轟動了江戶城。官府認為這是妖孽作祟，派軍隊圍剿妖樹。男子苦苦阻攔無果，就狠下心放了一把火，與人面樹一起悲壯地消逝於烈火中！

⑤ 地震鯰

「鯰魚鬧，地震到」是日本的一句諺語。日本處於環太平洋火山地震帶上，常年多發地震，經常性的地動山搖，是日本人永遠的心頭大患。這自然也投映到了妖怪文化中。在古代，日本人就注意到了地震前鯰魚的反常行為。傳説民間鄉村的泥沼水池中生活著一種土鯰，平時絕不動彈，打它踢它都不動。但只要它一動，就預兆著地震即將來臨。因此日本人稱之為「地震鯰」。後來這一傳説升級到更高版本，日本民眾普遍相信地球就是靠一條巨大的鯰魚支撐著的，鯰魚不高興時，尾巴一甩，就造成了地震。著名的繪畫形式「鯰繪」，描繪的就是人類對神鯰或搏鬥或祭祀的場面。

⑥ 鐵鼠

鐵鼠（てっそ）又稱賴豪鼠，是平安時代説書人最喜愛的題材之一。它的來歷據《平安物語》所載：

白河天皇與皇后中宮賢子極其恩愛，他們迫切希望能得到一位皇子，無奈賢子多年不孕。天皇聽説三井寺有個法力極靈驗的僧人，叫賴豪阿闍梨，便將他召來，命其代為祈願求子，並應允「事若有成，獎賞盡可由你説，無不恩准」。

賴豪阿闍梨回到三井寺，盡心盡意地祈禱了一百天，中宮果然有孕，於承保元年（一〇七四）生下了敦文親王。天皇大悦，詢問賴豪想要什麼賞賜。賴豪答道：「望得天皇敕許，於三井寺建立戒壇。」

天皇正在興頭上，一時爽快，立即答應了。但他卻忽略了三井寺位於比叡山側，天台宗延曆寺即在此處。當時延曆寺正與三井寺爭奪天台宗宗主之位，如果建了戒壇，必然引發延曆寺和三井寺的全面械鬥，天台的佛法將就此衰敗。天皇事後仔細一想，認為此事不妥，就反悔了。

賴豪阿闍梨聞得天皇收回成命，怒不可遏，噴血罵道：「皇子乃我費盡心力祈願得來，如今天皇負我，吾將攜皇子往魔道去矣。」語畢，七日不進水米，絕食斃命。當晚，敦文親王枕邊出現了一位白髮妖僧，握持錫杖站立在床前。天皇大驚不已，令比叡山僧侶祈福攘禍，但毫無效驗，敦文親王仍然在第二年就夭折了。

從此，天台宗完全分立，山門（延曆寺）和寺門（三井寺）結怨更深。賴豪的怨氣與憤恨化作八萬四千隻鐵牙老鼠，直逼比叡山，一夜之間將延曆寺的經文教典咬得稀爛。

⑦ 鵺（鵼）

在漢語中，鵼（ぬえ）這個漢字比較罕見，《廣韻．東韻》云：「鵼，怪鳥也。」鵼在中國的時候，是一種似雉的巨嘴鳥，以樹洞為巢。它善於判斷人之善惡，善人一生都會得到它的保護，惡人則會被它用大嘴啄死。

鵼流傳到日本後，被寫成「鵺」，其形象也做了改變：鷹的利爪、虎的斑皮、烏鴉的體色、黑天鵝的翅膀、鰻魚的尾巴，並且有著牛的力量（另有一説是：猿頭、狐身、蛇尾、虎足）。它整夜發出不吉的悲鳴聲，聽到這種聲音的人，會像中了毒氣一樣死掉。因此日本人認為鵺是不吉利的鳥。再加上「四不像」的形體，「鵺」這個字遂被用來比喻態度或想法都含含糊糊的人或事。

就是這麼一個形象模糊的怪物，在日本歷史上卻多次出現，備受關注。一條天皇時，三十六歌仙之一的藤原實方，因為當殿與權臣藤原行成爭吵，並將行成的冠帽擲於庭下，犯了大不敬罪，被貶為陸奧守。實方鬱鬱不滿，在九九九年含怨而死。然而，肉體的消逝卻無法帶走藤原實方盤旋於空中的怨念。不久，日本全國各地都出現了猿首狐身、虎足蛇尾的怪鳥——鵺，它們像蝗蟲一般到處啃食莊稼，甚至肆無忌憚地啄食清涼殿上的御膳。

藤原實方怨死整整五十四年後，鵺災越鬧越大。一一五三年，平安京皇宮突然被一大片黑雲所遮蓋。近衛天皇急忙召群臣商議對策，但是一切祈禱和加持都沒有作用。於是天皇派出了當世武勇第一的源賴政去降魔除怪。

賴政雖然英勇善戰，但面對異界魔物心裡也沒什麼底。在衛士的建議下，他先來到八幡神社祈願，得到了一個「大吉」的卦象，由此信心大漲，整甲厲兵，昂然出征。

到了丑時時分，黑雲又出現了，照樣遮蔽在宮殿之上。賴政定睛一看，雲團中現出無數鵺鳥的身影。它們從天而降，雙眼圓睜、嘴巴大張，捲起陣陣旋風，來勢極為兇猛。賴政彎弓搭箭，口誦「南無八幡大菩薩」的名號，一箭射去，將為首之鵺射了下來。

可是，鵺的死屍又引起了瘟疫等傳染疾病，人們便將其放入空舟，自淀河順流而下，漂到了澤上江的渚。當地的村民唯恐大禍臨頭，虔誠地祭奠並將鵺的屍體埋葬，這裡從此就被稱為「鵺塚」。

⑧白藏主

古時候，在甲斐夢山的山腳下，有一位叫彌作的獵人，依靠獵殺狐狸取其皮販賣維生。夢山裡的年長白狐，因為彌作殺了不少它的子孫，故對彌作怨恨入骨。

夢山附近有座寺廟，喚作寶塔寺，住持白藏主是彌作的伯父。白狐變化為白藏主，去彌作那裡，鄭重其事地勸告道：「殺生之罪必造業障，你還是放下屠刀吧。我這兒有一貫錢，你拿去用，以後不要再捕狐了。」但彌作很快就把一貫錢花光了，如果不捕狐狸，就無以為生。於是他決定去寶塔寺向伯父再要些錢。白狐知曉此事後，先行一步來到寺中，將真正的白藏主咬死，然後變身為他，把彌作哄了回去。從此以後，白狐就一直以白藏主的身份在寺內當住持，長達五十年之久。

然而，有一次白狐外出賞櫻時，正撞上某公卿出行狩鹿。白狐的身份被獵犬「鬼武」和「鬼次」識破，當場被咬死，現出了原形。人們害怕它死後作祟，為其建了「狐狸社」祭祀它。從此狐狸變化的法師，或行為像狐狸的法師，都被稱為「白藏主」。

日本有妖怪研究家認為，白藏主名字中的「白」，以及其作為獵人伯父的身份，都是一種暗示。因為「伯」既是「人」和「白」的合成字，也可認為暗喻了白狐化人。

【人里①之怪】

①**泥田坊**

泥田坊（どろたぼう）是福井縣傳說已久的妖怪，主要分佈於北陸一帶。它居住在田地裡，生前是個可憐的老農，沒日沒夜地辛苦勞作，好歹置下了一片良田。可他的兒子卻遊手好閒，花天酒地，把田地全賣光了。老農操勞一生卻一無所有，為此憤恨不已，死後化成了妖怪「泥田坊」。出於農民熱愛土地的本性使然，泥田坊固執地守護著自己的土地。如果田間有人勞作時偷懶，它會突然從田地裡鑽出來，大聲吆喝著提醒人們要勤力工作。

泥田坊最明顯的特徵，是原本眉下的兩眼已經退化消失，但其眉間另外長了一隻眼睛，類似於三目童子和二郎神的天眼。此外，它雙手都各有三根手指，這三根手指，是五個手指（即智慧、慈悲、瞋恚、貧貪、愚癡）中的後三個，即缺失了良性的智慧和慈悲，只剩下後面三個惡性的象徵。

根據福井縣當地居民的說法，當深夜獨自一人路經某些田地時，常會遽然發現田畝的正中央站著泥田坊漆黑的人影。這個黑影一邊不停地喊著「還我田來！」一邊向行人丟擲泥巴。這些泥巴相當腥臭，若是不幸被丟中的話，臭味將至少持續兩三天才能褪去。

---

① 所謂「人里」，指的是村、町、鄉、里等人煙稠密的聚居之地。

②袖引小僧

在日本，「小僧」的意思是小鬼、小傢伙。引，是拉、拽之意。袖引小僧（そでひきこぞう），就是拉袖子的小鬼。它屬於幽靈族的一種，頭大身子小，常出沒於琦玉縣附近，是個喜歡惡作劇的妖怪，琦玉縣的居民幾乎無人不知它的大名。黃昏時分，如果穿著和服或者浴衣走在偏僻小路上，四周又悄無一人，被袖引小僧戲弄的機會就相當大。這時會突然感到衣袖被人從後面拉了一把，但轉過頭卻又看不見任何人的蹤影。繼續再走的話，又被拉，轉身看，依然沒人……這都是神出鬼沒的袖引小僧搗的鬼，它最喜歡看人們被自己捉弄得疑神疑鬼的慌張表情。

袖引小僧的前身是一名沒有多少朋友的寂寞小孩，所以在外玩耍不回家的小朋友要是遇到了袖引小僧，小僧就會從背後強拉住小朋友的衣袖，口口聲聲哀求說：「來陪我玩嘛。」小朋友如果真的留下來，就永遠也別想回家了。

③震震

震，震動；震震，形容因寒冷、害怕等原因而哆嗦震顫的樣子。不過，震震並不是自己哆嗦，而是嚇唬人，讓別人哆嗦。人們因為遇到恐怖的事情而膽怯、渾身顫抖、起雞皮疙瘩，就是由於震震的存在所致的。

由此可見，震震其實就是「瘧病神」，利用人類的恐懼心理來作祟。它常常出沒於墓地、荒郊、洞穴等令人不寒而慄的地方，出現時帶著無限怨恨的表情，用冰冷的手指撫摸人的脖子或後背，把人嚇得半死。

震震分雌雄兩種，雄性震震會從女性的衣領處鑽到衣服裡面，受到侵襲的女性，身體將變得冰涼，直至背過氣去；而雌性震震專門攻擊男性，它渾身雪白，近乎透明，半浮在空中，長髮呈碎波浪狀。一旦認定某人是膽小鬼，就會鑽入那人的體內，伸出冰涼纖細的手，撫摸此人的後脊樑，被嚇的人往往心膽俱寒，驚恐不已。

④日和坊

相傳在日本茨城，有一個妖怪叫日和坊（ひよりぼう），長得似布偶一樣，有一個像太陽的圓圓大頭，臉色紅紅的。只有在晴天時，它才會出現。村民每次遇到日和坊，就知道數日之內必定都是晴天了，比天氣預報還準。

本來晴天對人們心情的影響是良好的，不過物極必反，古人多從事農耕，時常需要雨水滋潤田地，如果連續十天半月都能見到日和坊，就說明連續數月都不會下雨了！所以有時候日和坊也被看成是旱災妖怪。

⑤ 舞首

鎌倉時代中期，神奈川縣有三位落魄的武士相約到小酒館喝酒，他們平時雖然要好，但經常喜歡為一些小事爭執半天。這天，不知為了什麼他們又吵了起來，三人都已經喝了不少酒，借著酒意，越爭越氣，肝火乘著酒勢越燒越烈。初時還僅是口角，後來便拔出刀互斬起來。從酒館打到海邊，結果三敗俱傷，三顆頭顱都落了地。這三個被砍下來的頭掉進了海裡，頭髮糾結纏繞，捆成一體，化成了妖怪「舞首」（まいくび）。

此後每逢漲潮之夜，波濤洶湧，三個猙獰的頭顱就飛到半空中，露出森森白齒互相撕咬，浪聲中依稀還能分辨出三個鬼頭彼此斥罵的聲音。

⑥ 一反木綿

「反」，是日本量度面積的單位，以長度而言，「一反」大約有十一米。「木綿」即棉花，這裡指的是以棉花製成的棉布。「一反木綿」（いったんもめん）就是一塊長達十一米左右的棉布妖怪。

一反木綿能在空中飛行，據稱只要有人在夜間獨自行路，它就會無聲地飄忽而來，然後突然纏住人的脖子，使人窒息而死；或是捲起人的身體迅速飛上半空，再重重摔下。其身體質地奇特，用刀槍之類的利刃加以物理攻擊，不能傷其分毫。惟有用黑鐵漿染黑的牙齒，才可以把它咬開。因此，一反木綿出沒頻繁的地區，男性都有染黑齒的習慣。

⑦ 豆腐小僧

豆腐小僧（とうふこぞう）來自鹿兒島，模樣是個頭戴大圓盤斗笠、身穿和服的小和尚。他的頭部四四方方，異常的大，腳卻只有兩趾。別看他表面上和藹可親，其實是個非常乖僻陰險的妖怪呢。每逢清晨，它便手捧一盤可口的豆腐站在大道上，友好地勸路過的人們吃豆腐，那樣子特別誠懇。如果有人抵不住美食的誘惑，吃了那豆腐，身體裡就會長出黴來！

⑧ 火車

生前惡貫滿盈的罪人一斷氣，屍體旁立刻出現一輛燃燒著熊熊烈火的車子，這就是火車（かしゃ）。它專門負責拉載惡人的屍體前往地獄，即使是已經裝進棺木的屍體，火車也會打開棺蓋把屍骸奪走。這些屍骸會被切割成一塊一塊地拋入地獄，而靈魂則被火車做成糯米團來享用。

⑨ 小豆洗

小豆，就是紅小豆。在日本各地的河邊或橋下，人們常會看到一位身著黑衣的怪婆婆，彎著腰，在「沙沙沙」地淘洗著紅豆。不過其大而圓的眼睛並沒有看著紅豆，而是瞪著遠方，似乎期待著什麼人的到來。有時她還會齜牙咧嘴，唱起「是洗赤豆呢？還是吃人肉呢？」的歌謠。她，就是妖怪「小豆洗」（あずきあらい），也有人叫「洗紅豆婆婆」、「篩赤豆婆婆」、「小豆磨」等。

其實，「小豆」是個相當龐大的妖怪族群，相互之間的界定和區別並沒有太嚴格的區分，目前比較常用「小豆洗」或「小豆婆」來作為這個族類的形象代表。一般情況下，小豆婆屬於好妖怪，不但不會危害人類，還會將所磨的豆子做成紅豆飯送給飢餓的人們吃。但是，如果有人試圖從正面去看小豆婆長相的話，就會被其抓住，然後用篩子磨成肉粉吃下去。它身邊的赤豆桶裡放著一根孤拐棒、一個笊籬，既用來洗赤豆，又用來殺人。

另外，在大多數的文學作品中，對於小豆洗的來歷，都認為是失戀的女孩在河邊帶著怨恨洗紅豆，因為怨念積累甚重，女孩的身體化成了無數的紅豆。紅豆逐個散裂開來，又都化為濃濃的血水，血水蒸發後所形成的怨氣，最終便聚集成妖怪小豆洗。

⑩ 狂骨

狂骨（きょうこつ）是居住在古井裡的骨骸妖怪，相傳是被棄屍於井中的冤死者所化。若在寂靜的深夜從荒涼的古井邊經過，會聽見從古井中傳來嘎嘎嘎的可怕聲音，令人寒毛直豎。狂骨就在這恐怖的聲響中飛舞而出。它渾身以白布包裹，骷髏頭下掛著單薄的骨架，一邊浮蕩在空中，一邊對路過的行人輕聲説：「喝水吧！快喝水！」如果照它的意思喝了水，便可無事離去；膽敢拒絕的話，狂骨渾身的骨頭便發出格格的響聲，接著跳起狂舞。看了舞蹈的人，如中邪魅，將立刻瘋狂並投井自殺。

日本著名小説家京極夏彥曾以此為題材，寫了一部名為《狂骨之夢》的長篇小説。

⑪ 火消婆

火災發生的原因多種多樣，有自然的因素，也有人為的結果，但並不是所有火災都能找到源頭的。有些莫名其妙的火災，常常超出人類知識的範疇，這類火災一概被歸諸為神的無名怒火，稱為「不知火」。只有「火消婆」（ひけしばばあ）才能控制不知火的火勢不再蔓延。在民間傳説中，無論多大的火勢，只要火消婆出現並吹上一口氣，就能立刻熄滅。

⑫ 髮切

髮切是出沒於理髮店的妖怪，它的雙手和嘴部，均呈利剪型，相當鋒利。它最拿手的小把戲是趁人理髮時，偷偷溜到身後將人們的頭髮剪下來，令頭髮變得稀稀落落、斑禿不平，即俗稱的「鬼剃頭」。

⑬ 煙煙羅

人煙稠密的地方，總有各種煙：炊煙、香煙、煙霧、煙花、煙塵……煙煙羅（えんえんら）就是一種寄身於煙的妖怪，由於煙縹緲無形，隨風變幻，所以煙煙羅也可以幻化成各種形態。它最常出沒的地方是灶間、篝火、煙斗上，出現後會讓人視線模糊，面前朦朧一片。不過煙煙羅縱有一身的變化，卻什麼具體的事情也做不了，只能凝成一股薄薄的煙，籠罩著天地間的惆悵。

⑭ 網切

網切（あみきり），又名剪刀怪、網剪，身體像蝦糠一樣彎曲，有著鳥喙般尖尖的嘴，以及如螃蟹一樣強而鋒利的大螯。這對前肢上的巨螯，極具攻擊性，是網切賴以生存的利器。

網切的前身是貧家女孩使用的剪刀，古人認為「身體髮膚受之父母」，不能輕易捨棄，特別是女孩子的頭髮，就如生命一樣寶貴。但也有一些女子為生活所迫，不得已剪下自己的頭髮拿去賣，以此換取生活費。她們邊哭邊剪下自己的頭髮，淚水滴在剪刀上，凝聚悲哀與怨恨的剪刀便化成了妖怪「網切」。

相傳網切能夠在空中自由自在地飛翔，沒有人的時候，就四處劃剪漁夫用的網、民家洗完晾在外頭的衣服等，以此試驗自己的剪刀還利不利。特別是在蚊蟲肆虐的炎熱夏季，網切還會潛入民居臥室用大螯將蚊帳剪破，讓蚊子可以從破漏的洞中鑽進去吸取人血。

出於嫉妒心理，網切也時不時地窺視有錢人家的千金小姐，將她們的頭髮剪掉，直到她們成為光頭為止。

⑮ 川赤子

川赤子（かわあかご），又名「河嬰兒」，是一種棲息在沼澤或池塘地帶的妖怪，一般由三到六歲左右的河童分化而來，在某些地方也被稱作「川太郎」、「川童」。

川赤子總喜歡在夜晚時，隱藏在野外的草叢中，裝出嬰兒的哭聲來欺騙路過的行人。要是有好心人循聲前去查探，川赤子刻意佈下的圈套就得逞了。行人會亦步亦趨地被嬰兒的哭鬧聲引向附近的沼澤地，隨後雙足會陷入泥潭中難以自拔，直至遭受滅頂之災。

⑯ 提燈小僧

提燈小僧（ちょうちんこぞう）是宮城縣傳說中的妖怪，其形象有兩種，一是手持燈籠、面色赤紅的十二、三歲少年模樣；二是人燈一體，「頭即為燈」的形象。

提燈小僧常出沒於仙台的城下町，每逢下雨時，他就會從夜路的後方跑來，超越行人，而後突然停步，又返身跑回。就這樣反覆來回地奔跑數次，而後消失不見。

提燈小僧對人類並無危害，但傳聞他出現的地方，會發生殺人事件。

江戶城本所也有提燈小僧的傳說，只是此地的提燈小僧不單是前後折返跑動，也會圍繞在行人左右及身邊跑動。行人要是追他，他就會迅速消失不見。

責任編輯　俞　笛　許正旺
版式設計　吳冠曼
封面設計　a_kun
插圖繪製　胡　子

書　　名　日本妖怪物語（第三版）
著　　者　王新禧
出　　版　三聯書店（香港）有限公司
　　　　　香港北角英皇道四九九號北角工業大廈二十樓
　　　　　Joint Publishing (H.K.) Co., Ltd.
　　　　　20/F., North Point Industrial Building,
　　　　　499 King's Road, North Point, Hong Kong
香港發行　香港聯合書刊物流有限公司
　　　　　香港新界大埔汀麗路三十六號三字樓
印　　刷　美雅印刷製本有限公司
　　　　　香港九龍觀塘榮業街六號四樓A室
版　　次　二〇一三年三月香港第一版第一次印刷
　　　　　二〇一五年六月香港第二版第一次印刷
　　　　　二〇二〇年九月香港第三版第一次印刷
規　　格　特十六開（150 × 228mm）三六八面
國際書號　ISBN 978-962-04-4701-3

日本のお化け物語